MATTHIAS P. GIBERT
Höllenqual

PHANTOMJAGD Kassel im Frühsommer 2012. Gerade wurde mit dem üblichen Pomp die 13. Ausgabe der Documenta eröffnet, der weltgrößten Ausstellung zeitgenössischer Kunst. Hauptkommissar Paul Lenz, der darunter leidet, dass er nach einer Operation auf Krücken angewiesen ist, und sein Mitarbeiter Thilo Hain werden an den Tatort eines Mordes gerufen. Die Tote ist eine Edelprostituierte, ihr übel zugerichteter Freier wird mehr tot als lebendig ins Krankenhaus gebracht, wo sich herausstellt, dass es sich um Erich Zeislinger, den Oberbürgermeister der Stadt Kassel, handelt. Zunächst geht der Kommissar davon aus, dass der Hintergrund der Taten ein Anschlag auf das Leben des OB ist, doch dann geschehen zwei weitere Morde, diesmal an einem minderjährigen Stricher aus der Schwulenszene und seinem Freier. Der Mörder hinterlässt einen wirren Text, in dem er seine Taten als Strafe Gottes an dem unmoralischen Lebensstil der Opfer begründet. Und, dass weitere Menschen ihr Leben verlieren werden.

Lenz und Hain machen sich auf die Jagd nach einem Phantom, das weiter mordet und damit die gesamte Stadt mitsamt ihrer internationalen Besucherschar in Angst und Schrecken versetzt.

Matthias P. Gibert, 1960 in Königstein im Taunus geboren, lebt seit vielen Jahren mit seiner Frau in Nordhessen. Nach einer kaufmännischen Ausbildung baute er ein Motorradgeschäft auf. 1993 kam der komplette Ausstieg, anschließend die vollständige Neuorientierung. Seit 1995 entwickelt und leitet er Seminare in allen Bereichen der Betriebswirtschaftslehre und ist seit 2003 zudem mit einem zusammen mit seiner Frau entwickelten Konzept zur Depressionsprävention sehr erfolgreich für mehrere deutsche Unternehmen tätig. Seit 2009 ist er hauptberuflich Autor. Mit »Höllenqual« erscheint bereits der zehnte Teil seiner erfolgreichen Serie um Hauptkommissar Paul Lenz.

Bisherige Veröffentlichungen im Gmeiner-Verlag:
Menschenopfer (2012)
Zeitbombe (2011)
Rechtsdruck (2011)
Schmuddelkinder (2010)
Bullenhitze (2010)
Zirkusluft (2009)
Eiszeit (2009)
Kammerflimmern (2008)
Nervenflattern (2007)

MATTHIAS P. GIBERT
Höllenqual
Lenz' zehnter Fall

Original

GMEINER

Besuchen Sie uns im Internet:
www.gmeiner-verlag.de

© 2012 – Gmeiner-Verlag GmbH
Im Ehnried 5, 88605 Meßkirch
Telefon 0 75 75/20 95-0
info@gmeiner-verlag.de
Alle Rechte vorbehalten
1. Auflage 2012

Lektorat: Claudia Senghaas, Kirchardt
Herstellung: Julia Franze
Umschlaggestaltung: U.O.R.G. Lutz Eberle, Stuttgart
unter Verwendung eines Fotos von: © JoeEsco / photocase.com
Druck: GGP Media GmbH, Pößneck
Printed in Germany
ISBN 978-3-8392-1308-7

Personen und Handlung sind frei erfunden.
Ähnlichkeiten mit lebenden oder toten Personen
sind rein zufällig und nicht beabsichtigt.

1

Bernd Ahrens ging mit gesenktem Kopf auf die Journalisten zu, die vermutlich seit mehreren Stunden vor dem Eingang zum Landgericht Kassel auf ihn gewartet hatten. Sein Anwalt griff nach seinem Arm und zog ihn, ohne ein einziges Wort zu verlieren, ins Innere des Gebäudes. Dort standen mehrere Kamerateams, die sich sofort den beiden Männern zuwandten, doch auch an dieser Ansammlung schoben sie sich ohne eine Erklärung vorbei.

»Wie die Schmeißfliegen!«, stöhnte der Jurist, nachdem sie die Sicherheitsschleusen hinter sich gelassen hatten und auf dem Weg zum Sitzungssaal waren. Auch dort wurden die Männer von ein paar Journalisten erwartet, doch Dr. Schober, der Anwalt, schritt, seinen Mandanten vor sich herschiebend, kopfschüttelnd und mit eindeutiger Geste an ihnen vorbei, stellte seine große Aktentasche auf einem Stuhl ab und nestelte die Robe daraus hervor.

»Was erwarten Sie sich von dieser Verhandlung, Herr Ahrens?«, wollte ein Reporter, der den beiden mit einem Block in der Hand gefolgt war, wissen.

»Mein Mandant hat nichts zu sagen!«, herrschte Dr. Schober ihn an, während er damit zu tun hatte, sich kleidungstechnisch auf die bevorstehende Verhandlung einzustellen.

»Aber ...«

»Nichts, aber! Sie warten, wie Ihre Kollegen auch, bis es ein Urteil gibt. Zu dem werden wir dann Stellung nehmen.«

Der Journalist wollte nachhaken, doch ein strenger Blick des Anwalts ließ ihn diesen Gedanken verwerfen.

»Dann halt bis später«, murmelte er enttäuscht, »und vergessen Sie mein Gesicht nicht. Nachher geht es hier nämlich garantiert wieder drunter und drüber.«

Von der Seite näherte sich ein weiterer Mann, dessen Auftauchen von Bernd Ahrens jedoch mit großem Wohlwollen quittiert wurde.

»Hallo, Konrad«, begrüßte er den Besucher.

»Guten Morgen, Bernd. Wie geht es dir?«

Die Andeutung eines müden Schulterzuckens musste als Antwort reichen.

»Du weißt, dass alles gut werden wird, Bernd, weil wir auch hier im Gerichtssaal in Gottes Händen sind«, schob der Besucher hinterher. »Vertraue auf den Herrn. Er wird dafür sorgen, dass diesem Wesseling seine gerechte Strafe zuteil wird.«

»Ja, darauf vertraue ich, Konrad.«

Ein weiterer strenger Blick des Anwalts, diesmal in seine Richtung, schreckte Bernd Ahrens ein wenig auf. Schnell schob er die Hand nach vorn und drückte Konrad Zimmermann, seinem Besucher, dessen Rechte.

»Wirklich schön, dass du gekommen bist, Konrad. Wir sehen uns, wenn die Sache ausgestanden ist, ja?«

»Ganz bestimmt.«

Damit wandte Zimmermann sich ab, schob sich an den Reportern vorbei und setzte sich auf einen Platz in der ersten Reihe, den er mit seiner Jacke reserviert gehalten hatte. Ahrens schluckte, schloss kurz die Augen und setzte sich dann ebenfalls.

»Alles klar mit Ihnen?«, wollte sein Rechtsbeistand wissen.

Zu einer Antwort kam es nicht mehr, weil in diesem Augenblick Franz Marnet, der die bevorstehende Berufung vor dem Landgericht Kassel begleitende Staatsanwalt, den Sitzungssaal betrat und damit einen Schwenk der versammelten Medienvertreterschar auslöste, die sich sofort auf ihn stürzte.

»Verdammte Aasgeier!«, zischte Dr. Schober genervt.

Ahrens hätte den Juristen nur zu gern darauf hingewiesen, dass er dessen permanentes Fluchen nicht mochte, traute sich jedoch nicht. Außerdem wurde seine Aufmerksamkeit auf einen großen, braun gebrannten Mann gelenkt, der in diesem Moment, umringt von mehreren Kamerateams, den Saal betrat. Wieder und wieder wurde der Weg des Hünen von Reportern verstellt, doch sein Begleiter, der schon eine Robe trug, drängte die Journalisten zurück und schob ihn wortlos in Richtung Anklagebank, wo die beiden schließlich Platz nahmen.

»Haben Sie ihn seit damals eigentlich mal wieder gesehen?«, wollte Dr. Schober von Bernd Ahrens wissen.

Der hagere Mann schüttelte kaum wahrnehmbar den Kopf.

»Nein. Warum auch?«

»Ich dachte nur«, erwiderte der Jurist abwesend, während er damit beschäftigt war, seinen Aktenstapel zu sortieren.

Ahrens hätte gerne länger zu dem ihm seitlich zugewandten Mann gesehen, ihm ins Gesicht geblickt, doch auch dazu fehlte ihm der Mut. Also faltete er die Hände, schloss die Augen, senkte den Kopf und versuchte, nichts mehr von dem Tumult um ihn herum an sich heranzulassen.

Zwei Stunden später war die Verhandlung in vollem Gang. Zu Beginn hatte Maik Wesseling, der Angeklagte, seinen Anwalt eine Erklärung verlesen lassen, in der er es bedauerte, dass Bernd Ahrens bei dem verhandelten Verkehrsunfall seine Frau und sein Kind verloren hatte, er jedoch mit der ganzen Sache nicht das Geringste zu tun habe. Wie er schon des Öfteren erklärt habe, war ihm seine Mercedes-Limousine samt Schlüsseln am fraglichen Abend gestohlen worden, während er mit ein paar Freunden beim Kartenspiel saß. Der Fahrer des Wagens müsse demzufolge der Fahrzeugdieb gewesen sein. Dass dieser sich von der Unfallstelle entfernt hatte, auch das bedaure er, jedoch könne ihm selbst daraus kein Vorwurf gemacht werden.

Bernd Ahrens hörte dem Vortrag mit versteinertem Gesicht zu, wobei er das Gefühl hatte, dass der tiefere Sinn dessen, was er hörte, nicht in sein Gehirn vordringen konnte.

Danach wurden die beiden Polizeibeamten gehört, die als Erste am Unfallort eingetroffen waren und die aussagten, dass sich der Fahrer des den Unfall verursachenden Mercedes bei ihrer Ankunft schon vom Unfallort entfernt hatte. Nach zwei weiteren Zeugen aus den umliegenden Häusern, die allerdings erst etwas gesehen hatten, nachdem schon fast eine Minute seit dem Zusammenprall vergangen war, und die demzufolge nichts Erhellendes beisteuern konnten, betrat ein KFZ-Sachverständiger den Zeugenstand, der erklärte, dass es für ein unbefugtes Benutzen des Mercedes keinerlei Anzeichen gäbe und dass der Wagen zur Tatzeit mit an Sicherheit grenzender Wahrscheinlichkeit mit dem Originalschlüssel bewegt worden war.

Nach der Mittagspause traten nacheinander fünf Männer auf, die allesamt eine bis ins Detail gleiche Geschichte erzählten. Nämlich die, dass sie zum Zeitpunkt des Unfalls mit Maik Wesseling an einem Tisch im Hinterzimmer einer

Kasseler Kneipe gesessen und gepokert hatten. Und überhaupt, so versicherten die Zeugen unisono, sei der Angeklagte wegen seines maßlosen Alkoholkonsums am betreffenden Abend gar nicht mehr in der Lage gewesen, ein Kraftfahrzeug zu führen. Auch auf skeptisches Nachfragen des Vorsitzenden wie auch des Staatsanwalts blieben alle fünf bei ihrer Version.

Dann wurde Bernd Ahrens an den Zeugentisch gebeten. Nach den obligatorischen Fragen zur Person und dem Hinweis auf seine Wahrheitspflicht wurde er vom Vorsitzenden gebeten, seine Erinnerungen an den Unfall vom 24. Dezember 2011 zu schildern.

»Meine Frau Gerlinde und ich«, begann er mit dünner Stimme, »waren, zusammen mit unserer neun Wochen alten Tochter Sarah, auf dem Weg zur Heiligen Messe. Wir befuhren die Hoffmann-von-Fallersleben-Straße, wo von Weitem sichtbar war, dass die Ampel an der Kreuzung zur Wolfhager Straße auf Grün stand.«

»Wer hat das Auto in diesem Moment gesteuert?«, wollte der Vorsitzende wissen.

»Meine Frau. Sie saß vorn auf dem Fahrersitz, ich hinten rechts. Das Baby hatten wir, wie immer, in seiner Liegeschale auf dem Beifahrersitz angeschnallt.«

Es entstand eine kurze Pause.

»Ja, weiter bitte, Herr Ahrens.«

»Gerlinde bremste bis auf die nötige Geschwindigkeit ab, näherte sich der Kreuzung und wollte abbiegen. Genau in dem Sekundenbruchteil, in dem sie die Wolfhager Straße befahren hatte, sah ich von links die rasend schnell näher kommenden Scheinwerfer des anderen Wagens, der sich kurz darauf in unsere linke Seite bohrte.«

Ahrens schluckte hörbar.

»Möchten Sie etwas trinken, Herr Ahrens?«, fragte der Vorsitzende sanft.

»Nein, es geht schon.«

Wieder ein paar Sekunden Pause, bevor der kleine Mann weitersprach.

»Es ging alles so schnell, dass ich es bis heute kaum verstehen kann, Herr Richter. Unser Golf wurde bei dem Aufprall in zwei Teile gerissen, das vordere Stück, also der Motor und die Vorderachse, flog und schleuderte bis zur Einfahrt der Feuerwehr.«

»Sind Sie bei dem Unfall verletzt worden?«

»Ja. Ich habe mir den linken Oberschenkel gebrochen und eine Gehirnerschütterung zugezogen.«

»Waren Sie bewusstlos?«

»Es tut mir leid, aber das kann ich Ihnen wirklich nicht sagen. Wenn, dann nur ganz kurz.«

»Was hat sich im weiteren Verlauf abgespielt?«

»Nachdem das Drehen aufgehört hat, gab es plötzlich eine gespenstische Ruhe. Das Einzige, was ich gehört habe, war das leise Glucksen einer Flüssigkeit. Ich vermute, es handelte sich dabei um irgendwelches Wasser aus unserem Kühler.«

Er machte eine weitere Pause.

»Ganz kurze Zeit später hörte ich eine Tür schlagen. Dann beugte sich eine Gestalt über die Beifahrerseite, hielt eine Hand gegen die Scheibe, vermutlich, um besser etwas erkennen zu können, und sah in den Wagen. Ich dachte, es würde sich um einen Helfer oder Retter handeln, aber dem war nicht so, denn die Gestalt bewegte sich sofort von unserem Auto weg und verschwand.«

»Konnten Sie das Gesicht der Person, die in den Wagen gesehen hat, erkennen?«

Bernd Ahrens schloss für eine Sekunde die Augen. Als er sie wieder öffnete, fixierte er Maik Wesseling.

»Ich glaube, es war der Angeklagte.«

Dr. Schober, sein Anwalt, senkte den Kopf und fuhr sich mit einem Anflug von Entsetzen durch die Haare.

»Was genau heißt das, wenn Sie sagen, dass Sie ›glauben‹, dass es sich um den Angeklagten handelte?«

Ahrens schluckte.

»Ich musste ja ins Licht sehen, deshalb konnte ich nicht viel erkennen. Aber ich bin mir sicher, dass ich die Umrisse …, also …, der Kopf … des Mannes, sahen dem Angeklagten sehr ähnlich.«

»Aber Sie konnten nicht zweifelsfrei erkennen, dass es sich bei dem Mann, der ins Auto blickte, um den Angeklagten gehandelt hat?«

Ahrens zögerte.

»Zweifelsfrei?«

»Ja. Zweifelsfrei würde bedeuten, dass Sie sein Gesicht ganz genau erkannt haben müssten.«

In diesem Augenblick drehte Maik Wesseling zum ersten Mal während der gesamten Verhandlung den Kopf nach rechts und sah Bernd Ahrens mit einem durchdringenden, stechenden Blick an. Dann entspannten sich seine Züge, und um den Mund des Mannes mit den gegelten Haaren und dem Dreitagebart wurde so etwas wie die Andeutung eines Lächelns sichtbar.

»Es war sehr dunkel, Herr Richter«, antwortete Ahrens leise. »Aber ich würde mich darauf festlegen, dass ich Herrn Wesseling erkannt habe. Zumindest mit an Sicherheit grenzender Wahrscheinlichkeit.«

Eine erneute Pause.

»Nein, ich habe ihn zweifelsfrei erkannt.«

Im Saal machte sich ein Raunen breit, das nach einem kurzen, strengen Blick des Vorsitzenden langsam wieder verstummte.

»Können Sie uns bitte noch schildern, auch wenn es Ihnen schwerfällt, was mit Ihrer Frau und Ihrem Kind passiert ist, Herr Ahrens?«

Ahrens nickte, holte tief Luft und schluckte.

»Meine Frau war sofort tot. Ihr Genick ist durch die Wucht des seitlichen Aufpralls gebrochen. Sarah ist zwei Tage später an ihren schweren inneren Verletzungen gestorben.«

Der Vorsitzende machte sich ein paar Notizen.

»Haben Sie Fragen an den Zeugen, Herr Staatsanwalt?«

»Durchaus«, erwiderte Franz Marnet und stellte ein paar Fragen, die jedoch nur darauf abzielten, die im Verlauf der Befragung erzielten Erkenntnisse zu vertiefen.

»Herr Verteidiger?«, wandte sich der Vorsitzende an Hubert Dörner, den Mann links von Maik Wesseling, der nach einem DIN-A4-Blatt griff, das er zuvor fast zur Gänze vollgeschrieben hatte.

»Ja, ich habe ein paar Fragen an den Zeugen, Herr Vorsitzender«, begann der renommierte Kasseler Strafverteidiger und wandte sich an Bernd Ahrens.

»Herr Zeuge, Sie saßen also auf dem Platz hinter dem Beifahrersitz.«

Ahrens nickte.

»Bitte antworten Sie auf meine Fragen so, dass jeder im Saal das, was Sie sagen, verstehen kann, Herr Ahrens«, forderte Dörner mit strengem Tonfall und vorwurfsvollem Blick.

»Ja, ich habe auf dem hinteren Beifahrersitz gesessen«, antwortete der Zeuge nun leise, wobei nicht wenige der im Raum Anwesenden den Eindruck hatten, dass er ein wenig eingeschüchtert wirkte durch das forsche Auftreten des Juristen, der ihn befragte.

»Und Sie sind sich nicht sicher, ob Sie nach dem Aufprall des anderen Fahrzeugs bewusstlos gewesen sind?«

»Nein, wie ich schon gesagt habe, ich weiß es nicht. Aber wenn, dann ...«

»Ja«, wurde Ahrens von dem Juristen barsch unterbrochen, »wenn, dann allenfalls für ganz kurze Zeit. Das haben wir zur Kenntnis genommen.«

Dörner warf einen längeren Blick in seine Aufzeichnungen, bevor er fortfuhr.

»Nur, dass ich es richtig verstehe, Herr Ahrens. Sie können sich nicht daran erinnern, ob Sie nach dem Zusammenstoß der beiden Fahrzeuge bewusstlos gewesen sind. Vielleicht ja, vielleicht nein, sagen Sie. Aber Sie wollen uns hier trotzdem weismachen, dass Sie meinen Mandanten direkt nach Ihrer Vielleicht-ja-vielleicht-nein-Bewusstlosigkeit erkannt haben? In einer Gegenlichtsituation und nach einem Aufprall, bei dem, leider und für Sie überaus tragisch, Ihre Frau und Ihr Kind ums Leben gekommen sind? Noch dazu mit einer schweren Gehirnerschütterung?«

Ahrens sah zu Boden, schluckte und blickte dann Maik Wesseling beklommen an.

»Aber ich bin wirklich ganz sicher, dass er der Mann war, der durch die Scheibe geblickt hat.«

»Das wundert mich schon sehr, nachdem Sie vorhin eingestanden haben, sich alles andere als sicher zu sein. ›Ich glaube, es war der Angeklagte‹«, zitierte Dörner genüsslich die erste Einlassung von Ahrens auf die Frage des Vorsitzenden.

»Ich will Ihnen etwas sagen, mein lieber Herr Ahrens, und

das können Sie sich gern für den Rest Ihres Lebens merken. Wenn Sie zunächst von *glauben* sprechen, und kurz darauf plötzlich *sicher* sein wollen, dann machen Sie sich als Zeuge vor Gericht einfach unglaubwürdig. Und genau so sehe ich Ihren ganzen Auftritt hier. Unglaubwürdig. Sie sind wegen des schweren Leids, das Ihnen zugestoßen ist, zu bedauern, aber deshalb dürfen Sie sich nicht dazu hinreißen lassen, einen nahezu unbescholtenen Mann in Haft nehmen lassen zu wollen. Mein Mandant kann absolut nichts dafür, dass Ihnen dieser grausame Schicksalsschlag zugestoßen ist, denn er saß zur fraglichen Zeit mit seinen Freunden beim Kartenspiel.«

»Herr Verteidiger«, räusperte sich der Vorsitzende, »es wäre mir überaus recht, wenn Sie sich Ihr Plädoyer für später aufheben würden. Im Augenblick sind wir noch mitten in der Beweisaufnahme. Haben Sie also noch *Fragen* an den Zeugen?«

»Ja, eine Frage hätte ich noch.«

»Dann bitte.«

Der Strafverteidiger wandte sich wieder Ahrens zu.

»Stimmt es, Herr Ahrens, dass Sie sich gegenüber einer Krankenschwester des Klinikums Kassel in sehr klaren Worten über meinen Mandanten geäußert haben?«

Er griff nach einem anderen Blatt Papier vor sich auf dem Tisch.

»Wörtlich sollen Sie gesagt haben, dass Sie ›eine schwere Prüfung durchmachen müssen, aber dass kein Unrecht auf dieser Welt ungesühnt bleibt. Sie würden darauf vertrauen, meinten Sie weiter, ›dass Männer, die so etwas Schreckliches getan hätten wie der Unfallverursacher, dafür hart und blutig bestraft werden würden. Und dabei meinten Sie offenbar nicht die deutsche Gerichtsbarkeit.«

»Woher … wissen …?«

»Woher ich das weiß? Von der Krankenschwester, der gegenüber Sie diese ungeheuerlichen Drohungen geäußert haben. Und für den Fall, dass Sie es abstreiten sollten, habe ich die Dame vorsorglich auf die Zeugenliste setzen lassen.«

Der Jurist stand auf und ging langsam auf Ahrens zu.

»Also, stimmt es oder stimmt es nicht?«

»Ich protestiere auf das Schärfste, Herr Kollege«, mischte Dr. Schober sich ein. »Mein Mandant ist Zeuge in diesem Verfahren, nicht Angeklagter.«

»Das weiß ich sehr wohl, Herr Kollege, und darüber muss ich auch von Ihnen nicht belehrt werden, aber hier geht es sowohl um die Glaubwürdigkeit des Zeugen wie auch um seine persönlichen Rachegelüste. Und wenn es eine Motivation geben könnte, aus der heraus er meinen Mandanten einer falschen Anschuldigung aussetzt, dann muss natürlich darüber geredet werden.«

Beide Augenpaare wandten sich in Richtung des Vorsitzenden, der sofort eine Entscheidung traf.

»Bitte antworten Sie auf die Ihnen gestellte Frage, Herr Ahrens. Gab es gegenüber einer Krankenschwester eine solche Bemerkung?«

Ahrens sah aus, als würde er gleich zu weinen anfangen. Oder sich übergeben.

»Ja«, antwortete er schließlich leise. »Ich habe so etwas wohl gesagt. Aber dazu muss ich klarstellen, dass ich mich zu dieser Zeit im Krankenhaus befunden habe und dass ich seit ein paar Stunden wusste, dass ich meine Frau und meine Tochter verloren hatte. Das müssen Sie bitte dabei bedenken.«

Über das Gesicht von Hubert Dörner huschte ein kurzes, kaum wahrnehmbares Lächeln.

»Ich bin fertig mit dem Zeugen, Herr Vorsitzender.«

Zwei Stunden später erging im Namen des Volkes ein Urteil, das für ein paar Tage zu großer Aufgeregtheit und noch größeren Kontroversen innerhalb der Kasseler Bevölkerung führte. Maik Wesseling wurde, weil es beim Gericht nicht unerhebliche Zweifel an seiner Schuld gab, freigesprochen.

2

Hauptkommissar Paul Lenz öffnete mühsam sein linkes Auge und schloss es sofort wieder, weil ihn eine nach seiner Wahrnehmung riesige Deckenlampe blendete.

»Wann geht es denn endlich los?«, nuschelte er.

»Wann das losgeht, was Sie meinen«, hörte er wie durch Watte die Stimme einer unsichtbaren Frau, »kann ich Ihnen nicht sagen, aber Ihre OP ist vorbei. Und sie ist gut gelaufen, wie die Ärzte sagen.«

Lenz streckte den rechten Arm aus, griff mit einer unbeholfenen Bewegung an sein rechtes Bein und tastete es bis zur Wade ab. Tatsächlich, dachte er und stellte mit großer Erleichterung fest, dass er die Operation seines gebrochenen Sprunggelenks überstanden hatte.

»Willkommen zurück im Leben!«, erklang direkt neben ihm eine weitere weibliche Stimme. Der Polizist drehte den Kopf nach rechts, öffnete erneut das linke Auge und blickte in das liebevoll lächelnde Gesicht seiner Frau.

»Hallo, Maria«, murmelte er mit trockenem Mund.

Sie griff nach seiner Hand und streichelte sanft darüber.

»Hallo, Paul.«

»Ich hätte nicht erwartet, dich so schnell wiederzusehen«, verkündete er matt.

»Und ich hätte nicht erwartet, dass es so lange dauern würde, bis ich dich wiedersehe«, gab sie zurück.

Lenz sah sie überrascht an.

»Wie spät ist es denn?«

»Halb vier.«

»Halb vier? Das kann doch nicht sein. Dann wäre ich ja …«

Er versuchte zu zählen.

»Lass mal, Paul. Du warst insgesamt drei Stunden im Operationssaal und seit etwa vier Stunden bist du hier im Aufwachraum.«

Sie machte eine Handbewegung nach rechts, wo der Hauptkommissar eine weiß gekleidete Frau erblickte, die einem anderen Patienten etwas in den Mund träufelte.

»Möchten Sie auch etwas Flüssigkeit in den Mund?«, wollte sie wissen.

»Das wäre klasse, ja.«

Sie ging in einen Nebenraum, kam jedoch gleich darauf zurück und benetzte seinen Mund mit etwas Flüssigkeit.

»Das tut gut, vielen Dank.«

»Gerne. Jetzt erholen Sie sich noch etwas, dann lasse ich Sie auf Station bringen.«

Lenz nickte, während die Frau wieder im Nebenraum verschwand, und sah sich in dem weiß gestrichenen, etwa 30 Quadratmeter großen Raum um.

»Darfst du eigentlich hier sein?«, wollte er von Maria wissen, die sofort anfing zu grinsen.

»Nein, das dürfte ich eigentlich nicht. Aber mit meinen guten Kontakten ins Klinikum und deiner Prominenz war es gar nicht so schwer, mich bis hierher durchzumogeln.«

»Klingt interessant.«

»Ist es aber gar nicht. Dr. Raible hat mich gefragt, ob ich während der Aufwachphase mit dir Händchen halten will, und ich habe natürlich Ja gesagt. Also hat er mir erklärt, wo ich hin muss, und einen schönen Gruß an die nette Schwester Ilona mitgegeben, das war auch schon alles.«

»Hmm.«

Maria betrachtete sein rechtes Bein.

»Hast du Schmerzen?«

»Ganz leichte, ja. Aber ich vermute, dass es dabei leider nicht bleiben wird. Das hat mir Dr. Raible zumindest gestern Abend so erklärt.«

Sie sah ihn fragend an.

»Na ja«, versuchte er, seine Aussage zu präzisieren, »er hat mir gesagt, was alles zu machen ist, damit ich wieder ohne Probleme laufen kann, und dabei wurde schon klar, dass es sich um eine größere Operation handeln würde. Und so fühle ich mich im Moment auch. Wie nach einer größeren Operation. Und ich könnte einen Stalleimer Wasser aussaufen.«

»Damit müssen wir noch eine knappe Stunde warten«, vermeldete Schwester Ilona, die seinen Wunsch im Vorübergehen mitbekommen hatte. »Aber dann hindert Sie nichts mehr daran, etwas zu trinken. Ein Stalleimer wird es allerdings nicht gleich sein.«

»Erst in einer Stunde«, sinnierte Lenz traurig. »Hoffentlich bin ich bis dahin nicht verdurstet.«

»Keine Sorge«, gab die Krankenhausmitarbeiterin fröhlich zurück, »da passen Ihre Frau und ich schon auf.«

Damit war sie wieder aus dem Blickfeld der beiden verschwunden.

»Ich kann leider nicht mehr allzu lange bleiben, Paul«, bemerkte Maria nach einem kurzen Blick auf ihre Uhr, »weil wir nicht fertig geworden sind mit der Galerie. Es sieht dort, trotz zweier durchgearbeiteter Nächte, noch immer aus wie nach einem Bombenangriff. Und in fünf Tagen soll die große Eröffnung steigen.«

»Stimmt, dann beginnt die Documenta. Wie sieht es denn aus in der Stadt?«

Maria begann zu lachen.

»Wie soll es schon aussehen? Wie immer natürlich. Die

paar Buden auf dem Friedrichsplatz und die Plakate, die auf die Ausstellung hinweisen, machen die Innenstadt sicher nicht schöner. Und der Rest spielt sich leider im Verborgenen ab. Die Documenta wird in der Innenstadt erst durch die Besuchermassen sichtbar, die sich in den Straßen bewegen.«

»Ja«, erwiderte der Polizist matt, »das war schon immer so, da gebe ich dir eindeutig recht.«

»Wie auch immer, Paul, in der Galerie müssen wir noch einige Nachtschichten einschieben, damit alles bis zum Eröffnungstermin steht.«

Maria und ihre Geschäftspartnerin hatten schon im letzten Jahr den Auftrag erhalten, einige der Documenta-Exponate in ihren Räumen zu präsentieren.

»Ja, macht das.«

Er sah an seinem frisch operierten Bein hinab.

»Leider kann ich in den nächsten Tagen und Wochen keine große Hilfe für euch sein.«

»Das macht nichts. Du hast schon wesentlich mehr zum Erfolg beigetragen als irgendjemand anders. Und musstest deshalb eine Operation über dich ergehen lassen.«

Lenz quälte sich mit dem Versuch eines Lächelns ab.

»Das stimmt nicht so ganz, Maria«, verbesserte er sie. »Die Operation und den Krankenhausaufenthalt habe ich mir eingebrockt, weil ich zu doof war, auf einer Leiter zu stehen.«

Er spielte auf den Hergang und den Ort des Unfalls an, bei dem er sich das Sprunggelenk gebrochen hatte.

»Wenn ich nicht zu blöd gewesen wäre, in der Galerie gleichzeitig eine Lüsterklemme und eine Lampe zu halten, ohne von der Leiter zu stürzen, wäre garantiert überhaupt nichts passiert, aber das war ich nun mal leider doch. Also …«

Diesmal klappte es mit einem Lächeln, doch seine Frau schüttelte energisch den Kopf.

»Trotzdem kannst du nicht verhindern, dass ich mich schuldig fühle. Wenn du uns nicht geholfen hättest, wäre dir nichts passiert, so viel ist Fakt.«

»Du immer mit deinen Fakten«, entgegnete ihr Ehemann. »Dann wäre ich halt vor dem Präsidium von einem Auto überfahren worden.«

»Wow«, machte sie ironisch, »mein Mann wird zum karmaorientierten Esoteriker. Alle Wetter!«

»Pass auf«, gab er grantelnd zurück, »sonst bitte ich Schwester Ilona um einen Pisspott, aus dem ich dir deine Zukunft vorhersage.«

Maria grinste, beugte sich nach vorn, küsste ihren Mann sanft auf den Mund und erhob sich von der Bettkante.

»Soll ich heute Abend noch mal nach dir sehen?«

»Nein, das muss nicht sein. Ich glaube, ich will eher schlafen, als mich von dir unterhalten zu lassen.«

»Gut. Dann kann ich mich voll und ganz darauf konzentrieren, meine Arbeit zu machen.«

»Viel Spaß dabei!«

»Mistkerl!«

3

Kassel, eine Woche später.

Erich Zeislinger betrachtete sein Spiegelbild. Was er sah, ließ ihn nicht unbedingt jubeln, doch mit den Jahren hatte er sich an sein bordeauxrotes Bluthochdruckgesicht und seinen feisten Schmerbauch gewöhnt. Immer und immer wieder hatte der Oberbürgermeister der Stadt Kassel sich vorgenommen, etwas zur Reduktion seines Gewichts zu unternehmen, und jedes Mal war es bei den guten Vorsätzen geblieben. Nun, da er sich bedrohlich der 130-Kilo-Marke näherte, war ihm jegliche Motivation dahingehend abhandengekommen. Wenn es irgendwann einmal darum gegangen war, sich 10 oder 15 Kilo abzuhungern, so drehte es sich nun um 40 oder gar 50 Kilo, und das kam ihm vor wie die Besteigung des Mount Everest, nämlich völlig unmöglich. Nachdem er sich angezogen hatte, schlüpfte er umständlich in ein Paar braune Lederschuhe, und nach dem Binden der Schnürsenkel, was ihm wegen der im Weg stehenden Wampe nur mit seitlich abgespreiztem Bein gelang, waren auf seiner Stirn kleine Schweißperlen sichtbar. Dann steckte er seine Brieftasche ein und begann, sich auf den weiteren Verlauf des Abends zu freuen.

»Guten Abend, Erich, dich habe ich aber lange nicht gesehen«, hauchte die extrem schlanke, in einem hochgeschlossenen schwarzen Kleid steckende Frau an der Tür dem OB ins Ohr und zog ihn mit einer schnellen Bewegung ins Innere der Penthousewohnung, wo sich ihre Zunge sofort in seinen Mund bohrte.

»Herrgott, Denise!«, japste Zeislinger, nachdem er sich

ein wenig von ihr freigemacht hatte. »Das sieht ja aus, als könntest du es kaum erwarten, von mir flachgelegt zu werden.«

»Das kann ich auch nicht, du Sexmonster«, erwiderte sie mit geschlossenen Augen, »und das weißt du ganz genau.«

Wenn Zeislinger etwas genau wusste, dann, dass jedes ihrer Worte eine Lüge war; eine süße Lüge zwar, nichtsdestotrotz eine Lüge. Aber er stand höllisch darauf, auf diese Weise belogen zu werden.

»So, so«, gurrte er, »dann kannst du es also kaum erwarten, meinen Prachtlümmel zu spüren?«

»Keinen Augenblick länger.«

Damit zog sie ihn weiter in die Wohnung, schälte ihn aus dem Sakko und nestelte an seinen Hemdknöpfen.

»Warte, ich muss erst noch mal für Königstiger.«

»Dann mach schnell, ich geh schon mal rüber und bereite alles vor für uns.«

In den nächsten 30 Minuten plagte Stefanie Kratzer, wie die Bewohnerin des Penthouses mit bürgerlichem Namen hieß, sich mit der nicht besonders ausgeprägten Erektion Zeislingers ab. Immer wieder musste sie auf, unter und über ihm ihr umfassendes Repertoire an erotischen Techniken einsetzen, um dem OB schließlich zu jener Form der Befriedigung zu verhelfen, die er erwartete und für die er sie bezahlte.

»Ich sag doch, dass du etwas ganz Besonderes bist, mein lieber Erich«, hauchte sie, als sie von einer Kurzreinigung aus dem Bad zurückgekehrt war und sich neben ihm niederließ. Zeislinger, der mit geschlossenen Augen auf dem Bett lag, hob ein Lid und sah sie erschöpft an.

»Das Kompliment kann ich in aller Form zurückgeben«, nuschelte er.

Stefanie Kratzer wusste, was nun kommen würde. Nach einer kurzen Phase des Dösens würde ihr Freier einschlafen, sie den Rest der Nacht mit seinem Geschnarche nerven, am Morgen Kaffee am Bett und eine weitere Würdigung seiner sexuellen Leistungen erwarten, sich anziehen und verschwinden. Allerdings gab es irgendwann im Verlauf des Morgens einen kleinen, jedoch nicht zu unterschätzenden Akt, der die Prostituierte für ihre Mühen entschädigte. Zeislinger würde aus seiner Brieftasche einen 1000-Euro-Schein ziehen, ihn glattstreichen, für etwa fünf Sekunden ansehen und danach in der Schublade des Nachttisches verschwinden lassen.

»Schläfst du schon?«, wollte die Frau ein paar Minuten später wissen, obwohl sie keine Antwort mehr erwartete.

Zeislinger war der einzige Kunde, dem sie es gestattete, die ganze Nacht zu bleiben. Irgendwann vor etwa zwei Jahren war er unangemeldet aufgetaucht, was sie eigentlich auf den Tod nicht leiden konnte, und hatte ihr ebenso wütend wie empört geschildert, dass seine Frau sich ein paar Stunden zuvor von ihm getrennt habe. ›Wegen eines einfachen Polizisten!‹, hatte er mindestens 100 Mal in jener Nacht gejammert, in der sie es nicht übers Herz gebracht hatte, ihn wegzuschicken. Am folgenden Morgen hatten sie den Deal gemacht, der noch immer Bestand hatte: 1000 Euro für Sex und ihren warmen, anschmiegsamen Körper bis zum nächsten Morgen.

Sie griff zur Fernbedienung, schaltete den Fernseher ein und fing an, durch die Kanäle zu zappen. In einem der dritten Programme lief eine Tiersendung, und als die Kamera auf ein Löwenbaby zoomte, das tapsig durch ein Gehege lief, fing die 26-jährige Frau beseelt zu lächeln an.

Zwei Stunden später, nachdem sie längst über dem laufenden Programm eingeschlafen war, wurde Stefanie Kratzer von einem Geräusch aufgeschreckt. Die Prostituierte zuckte zusammen und dachte für einen Augenblick, ihr Unterbewusstsein könnte Eindrücke aus einem Traum in die Realität verlagert haben, doch eine schemenhafte Bewegung im Dämmerlicht des LED-Fernsehers an der Wand ließ sie erkennen, dass das ein Irrtum war. Im gleichen Moment, in dem die Frau ihre Augen aufriss und einen lauten, spitzen Schrei ausstieß, ertönte aus Erich Zeislingers Mund ein raumfüllendes Schnarchgeräusch.

»Was …?«, wollte sie ängstlich eine Frage beginnen, wurde jedoch zeitgleich von einem zischenden Strahl im Gesicht getroffen, der ihr die Luft nahm und schlagartig Tränen in die Augen trieb.

»Bitte«, rief sie leise in den Raum, »bitte tun Sie mir nichts!«

»Seien Sie still, Sie Dreckstück!«, zischte eine Stimme über ihr.

Dann griff jemand nach ihren Armen, zog sie ihr mit einer schnellen Bewegung vor die Brust und umfasste kraftvoll beide Handgelenke.

›Ratsch‹ machte es, als ein paar Sekundenbruchteile später ein Kabelbinder zugezogen wurde.

»Bitte«, flehte sie hustend, »was habe ich Ihnen denn getan?«

Während sie sprach, lief ihr Flüssigkeit aus der Nase.

Nun fing auch Erich Zeislinger neben ihr an zu keuchen. Der Oberkörper des OB, dessen Rücken der Frau zugewandt war, wurde offenbar von einem Krampf geschüttelt. Kurz darauf wieder das zischende Geräusch, diesmal links von Stefanie Kratzer, gefolgt von einem Schrei, der die Prostituierte an ein verwundetes, sterbendes Tier erinnerte. Und im Anschluss wieder das Ratschen eines Kabelbinders.

»Und jetzt Ruhe, ihr Dreckschweine«, befahl die Männerstimme, »sonst …!«

»Was soll denn das?«, fuhr Erich Zeislinger atemlos und mit genervt klingendem Ton dazwischen. »Sind Sie verrückt? Wissen Sie nicht, wer ich bin?«

Damit wollte der OB sich erheben, was ihm jedoch wegen seiner gefesselten Hände nicht gelang.

Das Nächste, was die Frau auf der anderen Seite des Bettes hörte, war ein dumpfes Geräusch, dem ein kurzes Stöhnen ihres Freiers folgte. Obwohl die Frau es nicht sehen konnte, nahm sie wahr, dass Zeislingers Körper zusammensackte und sich nicht mehr rührte.

»Mein Gott!«, flüsterte sie.

»Du wirst nicht den Namen des Herrn in den Mund nehmen. Du nicht, du gottlose Schlampe!«, schrie der Mann mit der hohen Stimme, sprang auf das Bett und versetzte ihr einen Faustschlag auf den Mund, der sofort beide Lippen aufplatzen ließ. Ein Blutschwall schoss aus ihrem Mund und verteilte sich warm auf ihren Brüsten.

Die Prostituierte hatte für einen Moment die Vision, dass sich all das, was sie gerade erlebte, nicht wirklich in ihrem Schlafzimmer abspielte, sondern nichts weiter wäre als ein böser Traum.

»Pech gehabt!«, schrie der Mann über ihr sie an, gerade so, als habe er ihre Gedanken gelesen, zerrte sie hoch und warf sie auf den Boden.

Stefanie Kratzer schrammte mit dem Kopf über den hochflorigen Teppich, zog sich dabei eine höllisch schmerzende Verbrennung an der Stirn zu und blieb mit vor dem Körper ausgestreckten Armen auf der Seite liegen. Irgendetwas in ihrem Unterbewusstsein sagte ihr, dass es besser wäre, wenn sie die Besinnung verlieren würde, doch diese Gnade wurde ihr nicht zuteil. Noch nicht.

Hinter ihrem Kopf hörte sie ihren Peiniger husten. Offenbar hatte er etwas von dem Tränengas eingeatmet, mit dem er Zeislinger und sie traktiert hatte.

›Scheißgefühl, was?‹, dachte sie mit einer gewissen Befriedigung und zog die Arme an die Brust. Dann versuchte die Frau vorsichtig, ihre Augen zu öffnen, doch der sofort einsetzende Schmerz war zu groß, sodass sie es sein ließ und die Lider wieder zusammenpresste.

In das Husten des Mannes mischte sich ein weiteres Geräusch. Ein Stöhnen. Erich Zeislingers Stöhnen.

»Hilfe!«, rief der OB mit weinerlicher Stimme. »Hilfe, ich kann nichts sehen!«

»Halten Sie Ihr Schandmaul! Sofort!«

Anstatt der Anweisung des Eindringlings Folge zu leisten, wollte Zeislinger sich aufsetzen, was Stefanie Kratzer am Quietschen der Federkernmatratze hören konnte.

»Liegen bleiben, habe ich gesagt!«, zischte die Stimme neben ihr, doch Zeislinger dachte gar nicht daran, sich zu fügen, und fiel mit einem dumpfen Schlag neben das Bett. Die Prostituierte, die noch immer auf dem Boden lag, riss nun trotz der Schmerzen die Augen auf und sah in Zeislingers Richtung, konnte jedoch, außer sich bewegenden Schemen, nichts erkennen. Was sie jedoch wahrnahm, war, dass der Mann, der in ihre Wohnung eingedrungen war, ihren Freier, der sich hochgerappelt hatte, mit der einen Hand auf das Bett zurück stieß, während er mit der anderen ausholte und einen Gegenstand auf Zeislinger herunterkrachen ließ. Wieder gab es das dumpfe Geräusch, doch diesmal blieb es nicht bei einem einzelnen Hieb, denn die

Eisenstange, oder was auch immer es war, krachte wieder und wieder auf den Kopf und den Körper des Oberbürgermeisters. Das hilflose Stöhnen des Politikers weckte in Stefanie Kratzer zwar Mitleid, doch sie war sich darüber im Klaren, dass sie nichts für Zeislinger tun konnte. Sie konnte ja nicht einmal sich selbst helfen.

»So hören Sie doch auf, Sie schlagen ihn ja tot!«, sprudelte es ebenso plötzlich wie hysterisch und wegen der aufgeplatzten Lippen kaum verständlich aus ihr heraus. »Hören Sie auf, bitte!«

Während sie wie in Trance dem Angreifer dabei zusah, wie er Zeislinger mit Schlägen eindeckte, wurde der Frau klar, dass sie die Augen offen hatte. Es war, als wäre ein Schleier weggezogen worden, und was sie dabei sah, ließ ihr das Blut in den Adern gefrieren.

Über Erich Zeislinger, der sich längst nicht mehr rührte oder wehrte und dessen massiger Körper sich allein durch die Wucht der Schläge hin und her bewegte, stand ein Mann, dessen Gesicht durch einen Nylonstrumpf fast bis zur Unkenntlichkeit verfremdet wurde. Was Stefanie Kratzer jedoch erkennen konnte, war der unbändige Hass, mit dem er sich an Zeislingers Körper abarbeitete. Blinder, unkontrollierter Hass, der den Mann zur Raserei trieb und ihn immer wieder mit der Stahlrute in seiner Hand ausholen ließ, begleitet von angestrengtem Ächzen und Stöhnen. Und die Prostituierte sah, dass sich auf dem Bett eine immer größer werdende Blutlache ausbreitete.

›Schade um die neue Bettwäsche, die ich heute Morgen aufgezogen habe‹, dachte sie. Und während ihr dieser angesichts der Situation banale Gedanke durch den Kopf geisterte, drehte sie ihren Körper langsam nach rechts, zog sich auf die Knie und begann, in Richtung der Tür zu robben.

Langsam, sehr langsam bewegte sie sich vorwärts, wobei auch sie eine hässliche Blutspur auf dem Teppich hinterließ. Von links knallten noch immer die Schläge auf Zeislingers Körper, und für ein paar Sekunden keimte in der jungen Frau die Hoffnung auf, sie könne entkommen, doch genau in jenem Augenblick, in dem sie mit letzter Kraft die Türschwelle erreicht hatte, brach der Eindringling seine Tortur an dem leblosen Körper des Kasseler Oberbürgermeisters ab und erkannte, dass sie dabei war, ihm zu entkommen.

»Nichts da!«, zischte er keuchend, sprang hinter ihr her, griff ihr in die Haare und schlug den Kopf der Frau mit voller Wucht gegen den Türrahmen.

Stefanie Kratzer wusste schon bei seinen Worten, dass sie nicht den Hauch einer Chance haben würde, und sie wehrte sich auch nicht, als er neben ihr auftauchte. Der Schmerz, den sie empfand, als die Kante des Türrahmens ihr die Schädelbasis zertrümmerte, währte nur ein paar Tausendstel Sekunden. Dann wurde es pechschwarz um sie herum, und alle Schmerzen waren für den Moment vergessen.

4

»Na, Gevatter Hinkefuß, wie geht's immer so?«, wollte Oberkommissar Thilo Hain wissen, nachdem er angeklopft und das Krankenzimmer betreten hatte. Lenz, der auf dem Bett saß und in seine Richtung sah, verengte die Augen zu schmalen Schlitzen.

»Danke der Nachfrage, geht schon. Trotzdem kann ich es kaum erwarten, hier rauszukommen.«

»Dann mal los. Soll ich die Krücken tragen oder deine Tasche?«

»Blödmann!«

»Gerne.«

Damit griff der junge Polizist nach der großen, blauen Reisetasche neben dem Bett.

»Mein Gott, hast du heimlich einen Goldhandel aufgemacht?«, ächzte er.

»Nein, das nicht. Aber immerhin musste ich zehn Tage hier drin verbringen, da kommt schon das eine oder andere zusammen, das nach Hause zurücktransportiert werden muss.«

Hain zerrte sich die Tasche auf die Schulter.

»Dir würde ich sogar zutrauen, dass du dieses Ding mit alten Zeitungen aufgefüllt hast, nur um mich zu ärgern.«

Lenz lachte laut los.

»Keine schlechte Idee. Nur bin ich darauf leider nicht gekommen.«

Eine knappe Stunde später saßen die beiden Polizisten in einem Eiscafé an der Friedrich-Ebert-Straße. Vor jedem stand ein dampfender Cappuccino. Hain nahm einen Schluck, stellte die Tasse zurück und sah seinem Chef ins Gesicht.

»Hat dir die Maloche während der Zeit im Krankenhaus gefehlt?«

»Ein bisschen schon, glaube ich«, antwortete Lenz nach einer Weile des Nachdenkens. »Aber ich habe mich, trotz der OP und der Schmerzen vorher und im Anschluss daran, irgendwie gut erholt. Und auch, wenn ich die nächsten Wochen auf Krücken durch die Gegend humpeln muss, fühle ich mich trotzdem nicht krank oder so was.«

Hain bedachte ihn und sein in einer Gipsschiene ruhendes Bein mit einem spöttischen Blick.

»Na ja«, murmelte er. »Das kann man auch anders sehen. Wie lange wirst du krankgeschrieben bleiben?«

»Keine Ahnung, wirklich. Der Doc im Krankenhaus hat mir erklärt, dass es zwar wichtig ist, den Fuß auf keinen Fall zu belasten, hat aber dazu gesagt, ich könne von ihm aus laufen, so weit die Unterarm-Gehhilfen es zuließen.«

»Hat er wirklich ›Unterarm-Gehhilfen‹ gesagt?«, erkundigte sich Hain verwirrt. »Ich dachte immer, die Dinger heißen Krücken?«

»Ich auch und so nenne ich sie auch weiterhin. Aber wie auch immer sie heißen«, winkte sein Chef ab, »das Gehen mit ihnen ist auf jeden Fall verdammt anstrengend.«

»Vielleicht wachsen dir davon ja ein paar Muskeln. Schaden würden sie sicher nicht.«

Lenz bedachte seinen Kollegen mit einem bösen Blick.

»Charmant wie immer, der Herr Kollege.«

»Ich dich auch. Aber viel wichtiger als dein Prachtkörper ist mir, dass du weißt, wie es in der Zeit ohne dich gelaufen ist.«

Der junge Oberkommissar nahm genussvoll einen Schluck Kaffee.

»Nämlich wunderbar.«

»Wie auch sonst?«, erwiderte Lenz ungerührt. »Was allerdings einzig dem Umstand zu verdanken ist, dass ich eine schlagkräftige und bestens ausgebildete Abteilung geformt hatte, bevor ich mich in den Krankenstand verabschiedet habe.«

Hain hätte sich fast am nächsten Mund voll Kaffee verschluckt.

»Meine Herren!«, prustete er los. »Geht's nicht noch ein wenig selbstbewusster?«

»Ginge schon, muss aber nicht sein. Außerdem hab nicht ich mit dem Blödsinn angefangen«, verteidigte Lenz sich grinsend und ließ dabei ein Tütchen Zucker in seinen Cappuccino rieseln.

Die nächste halbe Stunde verbrachten die Polizisten damit, über einen Bankraub mit anschließender Geiselnahme zu sprechen, der sich während der Abwesenheit des Hauptkommissars ereignet hatte.

»Mir war schon recht, dass die beiden Täter nach Norden abgehauen sind«, fasste Hain schließlich zusammen. »Nachdem sie die Landesgrenze überfahren hatten, waren wir aus der Sache raus.«

»Aber ihr habt doch noch mit den Göttinger Kollegen zusammengearbeitet, oder?«

Hain verzog angewidert das Gesicht.

»So würde ich das nicht nennen. Tenhagen, der alte Kotzbrocken, hat die Sache an sich gerissen und uns wissen lassen, dass er unsere Hilfe nicht in Anspruch nehmen will. Außerdem, so hat er mir erklärt, habe er die relevanten Informationen über die beiden Bankräuber schon am Fernseher mitbekommen.«

Der Oberkommissar sprach vom Leiter des Göttinger Kommissariats für Gewaltdelikte, Werner Tenhagen.

»Der Mann war ein Arschloch, ist ein Arschloch und wird immer ein Arschloch bleiben«, fuhr er fort.

»Da wirst du von mir keinen Widerspruch hören, Thilo.«

»Schön.«

Lenz sah auf die Uhr an der Wand.

»Schon halb fünf. Lass uns mal losfahren. Ich will zu Maria in die Galerie, bei der hat sich für sechs Uhr die Documenta-Leiterin samt kompletter Entourage angesagt.«

»Und was hat das mit dir zu tun?«, wollte Hain irritiert wissen.

»Gar nichts, ich will einfach die Hand meiner Frau halten. Die neigt nämlich in solchen Situationen zu einer gewissen Nervosität, die heute wahrscheinlich noch dadurch gesteigert wird, dass ihr Exmann, unser aller Schoppen-Erich, sich im Tross der Kunstsinnigen befinden wird. Der ist, wie du sicher weißt, in seiner Eigenschaft als Oberbürgermeister der Stadt Kassel auch Aufsichtsratschef der Documenta-Gesellschaft.«

»Ich kann mich dunkel erinnern, ja. Meinst du, es gibt Ärger, wenn die beiden sich über den Weg laufen?«

»Was weiß ich«, erwiderte Lenz, drückte sich umständlich im Stuhl hoch und griff nach den Krücken.

»Du zahlst«, fügte er fröhlich hinzu und begann, sich auf den Weg zu Hains Wagen zu machen.

Maria wirkte deutlich angespannt, als die beiden kurz darauf die Galerie betraten, freute sich jedoch sehr, ihren frisch gebackenen Ehemann und seinen Kollegen zu sehen.

»Hallo, Thilo«, wandte sie sich ihm zu, nachdem Lenz einen dicken Kuss von ihr auf den Mund gedrückt bekommen hatte. »Willst du auch einen kulturell geprägten Abend verbringen?«

»Gott bewahre«, erwiderte der junge Polizist lachend, »das ist nun wirklich nicht mein Spezialgebiet. Ich spiele quasi nur den Transporter für deinen Mann.«

»Da sage ich ganz herzlich danke, weil er sonst die Straßenbahn hätte nehmen müssen.«

»Ich hätte mir auch ein Taxi leisten können«, maulte Lenz.

»Klar hättest du das«, stimmte Maria ihm zu, »aber so ist es mir bedeutend lieber. Und vielleicht kann ich Thilo sogar noch in die, seiner Meinung nach, Niederungen der Gegenwartskunst entführen und ihm einen kleinen Vorgeschmack geben auf das, was in den nächsten drei Monaten hier stattfindet.«

Hain machte ein unglückliches Gesicht.

»Ich weiß wirklich nicht, Maria …«

»Aber du bleibst schon noch, bis die Großkopferten hier durchmarschiert sind, oder? Bitte, sag ja.«

Der Oberkommissar sah auf seine Uhr, legte die Stirn in Falten und nickte schließlich.

»Wie könnte ich dir etwas abschlagen? Ich muss nur zu Hause anrufen, damit Carla sich keine Sorgen macht.«

»Das mach mal. Und grüß sie ganz …«

»Maria«, ertönte die Stimme von Bettina Reichelt, Marias Geschäftspartnerin, die auf die kleine Gruppe zukam und die Polizisten zur Begrüßung mit einem Lächeln bedachte, »kannst du mal bitte ans Telefon gehen? Die Stadtverwaltung will dich sprechen.«

»Die Stadtverwaltung?«

»Ja.«

»Aber es ist nicht Erich?«

»Nein, den hätte ich abgewimmelt. Schlimm genug, dass der gleich persönlich hier aufschlagen wird.«

Maria ließ ihren Mann mit einem Schulterzucken stehen und ging mit schnellen Schritten in einen kleinen Nebenraum, wo sie nach dem Mobilteil eines Telefons griff. Lenz konnte beobachten, dass sie während des etwa einminütigen Gesprächs mehrfach mit den Schultern zuckte. Dann legte sie das Gerät zur Seite und kam, nachdenklich dreinblickend, zurück.

»Alles klar?«, wollte der Hauptkommissar wissen.

»Mit mir schon, ja«, gab sie ein wenig verstört zurück. »Aber offenbar scheint etwas mit Erich, meinem Exmann, nicht zu stimmen.«

»Wer sagt das?«

»Frau Ballmeier, seine Sekretärin, die mich gerade angerufen hat. Sie ist völlig aufgelöst und befürchtet ernsthaft, dass ihm etwas zugestoßen sein könnte. Er ist den ganzen Tag nicht im Rathaus aufgetaucht, obwohl er einen übervollen Terminkalender hatte, und geht weder an den Anschluss zu Hause noch an sein Mobiltelefon.«

»Und was hat sie jetzt von dir erwartet?«, fragte Lenz eher rhetorisch. »Dass du ihr sagen kannst, wo er steckt?«

»Ich glaube, die Frau ist einfach nur verzweifelt, Paul. Aber ich kann ihr nun leider nicht mehr helfen.«

»Was mich auch gewundert hätte. Kam so was öfter vor, als ihr noch verheiratet wart?«

Maria dachte eine Weile nach.

»Öfter wäre zu viel gesagt, aber es gab so Zeiten, da ist der Gute einfach mal für ein paar Stunden abgetaucht und war praktisch unauffindbar.«

»Interessant.«

»Ja, fand ich auch. Aber es hat mich wirklich nicht interessiert, wo er sich herumgetrieben hat. Für die arme Frau Ballmeier war das schon eher peinlich, wenn sie mal wieder Termine verschieben oder einfach absagen musste.«

»Und du hast wirklich keine Ahnung, wo er sich zu diesen Zeiten herumgetrieben hat?«

»Wer treibt sich rum?«, kam Hain, der offenbar seinen Anruf erledigt hatte und wieder neben den beiden auftauchte, ihrer Antwort zuvor.

»Schoppen-Erich ist verschwunden«, klärte Lenz ihn auf und nahm dabei Bezug auf den in der Stadt gebräuchlichen Spitznamen des OB.

»Wie – verschwunden?«

»Na – weg.«

»Das sollte mich wundern, wenn so ein Klotz von einem Menschen einfach verschwinden würde. Obwohl, eine gewisse Begeisterung ...«

Er beließ es bei der Andeutung, dass seine Sympathien für den OB eher mit homöopathischen Maßstäben gemessen werden konnten.

»Und was bedeutet das jetzt?«, fuhr er stattdessen fort. »Sollen wir nach ihm suchen?«

»Nein, das nicht«, widersprach Maria. »Seine Sekretärin ist nur ziemlich verzweifelt, weil sie ihn einfach nicht erreichen kann. Und dass er sich bis zum Abend nicht bei ihr gemeldet hat, sagt sie, sei definitiv noch nie vorgekommen.«

»Vielleicht ist ihm ja wirklich was passiert«, gab Lenz zu bedenken. »Ich meine, gesundheitlich, und er liegt nun hilflos in seinem Haus rum.«

»Oh ja, vielleicht ein netter kleiner Schlaganfall«, setzte Hain den Gedanken seines Chefs farbenfroh um.

»Thilo!«, wurde er halbherzig von Maria getadelt.

»Ja, ja, schon gut, mit so was macht man keine Scherze.

Soll ich mal bei ihm vorbeifahren und durch die Fenster sehen, ob irgendwo sein Walrosskörper auf dem Boden liegt?«

»Das würdest du machen?«, zeigte sich Maria hellauf begeistert.

»Klar.«

»Und ich komme mit«, entschied Lenz spontan.

Maria sah ihn verständnisvoll an.

»Eine bessere Ausrede als die hättest du vermutlich nicht finden können, um dich mal wieder dem ach so langweiligen Kunstbetrieb zu entziehen«, grinste die Exfrau des vermissten OB.

»Nein, wirklich, was du immer von mir denkst, Maria«, gab der Hauptkommissar mit gespielter Empörung zurück.

»Sie sind da, Maria!«, ertönte die aufgeregte Stimme von Bettina Reichelt.

»Na los, dann haut schon ab, ihr zwei Helden.«

Das Haus des Oberbürgermeisters im Stadtteil Oberzwehren lag am Ende einer ruhigen Spielstraße. Vor dem Grünstreifen, der das Gebäude vom Bürgersteig trennte, gab es eine Reihe mannshoher portugiesischer Lorbeersträucher, die als Sichtschutz dienten. Lenz, der im Wagen sitzen geblieben war, sah seinem Kollegen dabei zu, wie der zunächst ebenso lange wie erfolglos auf die Klingel drückte, um ihn danach aus den Augen zu verlieren. Es dauerte etwa drei Minuten, bis der Oberkommissar wieder auftauchte.

»Was entdeckt?«

»Ach was, nicht die Bohne. Aber man kann auch nicht in jedes Fenster reinsehen, bei mehreren sind die Rollläden unten.«

»Hast du die Türen gecheckt?«

»Ja, die sind alle fest verschlossen.«

»Und auch sonst nichts Auffälliges?«

»Mitten im Garten liegt völlig unmotiviert eine Gießkanne rum, was irgendwie komisch aussieht, aber vermutlich ohne jegliche Bedeutung ist.«

»Dann«, seufzte Lenz, »können wir leider nicht mehr tun. Also, lass uns zurück zur Galerie fahren.«

Hain zögerte.

»Ich könnte einen Blick ins Haus werfen, was meinst du?«

»Ich meine, dass du völlig meschugge bist, wenn du auch nur daran denken solltest, mit Hilfe deiner Einbruchswerkzeuge in Schoppen-Erichs Haus einzudringen. Es gibt keinen, aber auch wirklich keinen einzigen Grund, der das rechtfertigen würde.«

Er deutete auf das mondäne Anwesen.

»Stell dir nur mal vor, du bist da drin, und er kommt fröhlich angefahren. Vor dem Haus in einem Wagen sitzt der Mann, der ihm die Frau ausgespannt hat, und in seiner Bude geistert dessen Bullenkollege rum. Das sich garantiert anschließende Klärungsgespräch stelle ich mir überaus heiter vor.«

»Kein schlechter Einwand«, gab Hain kleinlaut zu.

»Das will ich meinen. Also komm, lass uns abhauen.«

»Wenn ich wenigstens einen Blick in die Garage werfen dürfte«, machte der Oberkommissar einen letzten Versuch. »Dann wüssten wir wenigstens, ob er mit seinem Auto unterwegs ist oder nicht.«

»Schoppen-Erich ist garantiert nicht mit seinem Auto unterwegs, weil er gar keinen eigenen Wagen hat. Er hat nämlich schon seit mehr als zehn Jahren keinen Führerschein mehr.«

»Was?«

»Aber das hängst du nicht an die große Glocke. Verstanden?«

»Ja, klar. Aber warum …?«

»Das erkläre ich dir mal an einem langen Winternachmittag, wenn wir nichts zu tun haben und uns brutal langweilen. Aber nicht jetzt und nicht heute, weil ich nämlich zurück zu meiner Frau will.«

Hain griff zum Zündschlüssel, zog jedoch die Hand wieder zurück und blickte nach rechts.

»Was ist denn jetzt noch, Thilo?«

»Einen Versuch noch, dann fahren wir sofort los.«

»Du wirst nicht in das Haus eindringen, und darüber diskutiere ich auch nicht mehr.«

»Jetzt reg dich nicht so künstlich auf, das ist garantiert schlecht für deine Rekonvaleszenz.«

Damit zog der junge Polizist sein Mobiltelefon aus der Sakkotasche und wählte eine Nummer.

»Du raubst mir noch den letzten Nerv, Junge«, nölte Lenz, sichtlich angefressen.

»Und du solltest besser im Bett liegen und dich …

Thilo Hain hier, grüß dich, Uli. Ich brauche eine Information von dir. Und zwar, ob über euch gestern oder heute eine Fahrt …«

Der nun wieder ruhiger wirkende Lenz hörte seinem Kollegen mit großem Erstaunen bei dessen Telefonat mit der Taxizentrale zu.

»… also gab es gestern Abend um 20:33 Uhr tatsächlich einen Fahrauftrag. Kannst du mir vielleicht auch noch sagen, wohin die Reise ging?«

Es gab eine kurze Pause.

»Wo genau ist das denn?«

Wieder ein paar Augenblicke, in denen er der Erklärung vom anderen Ende der Leitung lauschte.

»Vielen Dank, du hast mir sehr geholfen, Uli. Bis dann.«

Hain sah triumphierend nach rechts, während er sein Telefon zurück in die Jacke schob.

»Alle Achtung! Aus dir wird vielleicht doch noch mal ein guter Bulle.«

»Ich bin längst einer von den ganz guten, also spar dir deine bescheuerte Ironie.«

»Stimmt, das war doof, entschuldige. Wo hat er sich hinbringen lassen?«

»In den Fuldablick.«

»Wo ist das denn? Hier in Kassel?«

»Ja. Am Wolfsanger draußen.«

Lenz sah lange auf den Bungalow, in dem der OB lebte, bevor er wieder etwas sagte.

»Das war jetzt echt klasse, Thilo, und das meine ich ganz ehrlich. Auf die Idee wäre ich nämlich nicht gekommen.«

Hain sah wieder nach rechts, konnte diesmal jedoch nichts in der Mimik seines Beifahrers erkennen, das auf eine Verlade hindeutete.

»Du meinst das ernst?«

»Klar!«

»Dann verzeihe ich dir deinen Lapsus von eben.«

Er startete den Motor.

»Aber mal ganz im Vertrauen, was hilft es uns, dass wir wissen, wo Schoppen-Erich sich gestern Abend hat hinfahren lassen?«

»Gute Frage.«

Ohne zu antworten drehte Hain den Zündschlüssel wieder nach links, zog erneut sein Telefon aus der Jacke, drückte ein paar Mal auf dem Bildschirm herum und hielt das Gerät kurze Zeit später in die Mitte, sodass sie beide etwas erkennen konnten.

»Hier kannst du sehen, wer in dem Haus, vor dem unser OB aus dem Taxi gestiegen ist, einen Telefonanschluss hat. Vielleicht haben wir ja Glück, und einer davon ist ein anderer berühmter Politiker, mit dem Erich Zeislinger bis in die frühen Morgenstunden gesoffen hat, woraufhin die beiden den Tag Arm in Arm verpennt haben. Demzufolge müssten wir nur kurz diesen potenziellen Saufkumpan anrufen, um den Verbleib unseres allseits beliebten Stadtoberhauptes zu klären.«

»Das hast du jetzt aber richtig schön gesagt!«, lobte Lenz seinen Kollegen, während er seine Lesebrille aus der Jackentasche kramte, sie aufsetzte und die Informationen auf dem kleinen Monitor las. »Allerdings kenne ich niemanden, der dort wohnt; und ob ein berühmter Politiker darunter ist, kann ich dir noch viel weniger sagen.«

»Dann«, zuckte Hain mit den Schultern und steckte das Telefon weg, »hilft es nichts, dann müssen wir dorthin fahren.«

»Zum Wolfsanger?«, echauffierte Lenz sich augenblicklich. »Warum das denn? Ich will zurück zur Galerie.«

»Ach, nun stell dich mal nicht so an. Maria war ganz schön aufgeregt, und die Sekretärin von Schoppen-Erich ist es bestimmt noch viel mehr. Also, lass uns ein gutes Werk tun und der Sache ein klein wenig nachgehen. Ich bin sowieso fest davon überzeugt, dass es eine ganz harmlose Erklärung gibt für das Untertauchen des OB.«

»Aber …«, wollte der Hauptkommissar einen letzten Versuch starten, stoppte ihn jedoch selbst mit einem Schulterzucken.

»Also gut, von mir aus, aber ohne langes Theater. Einmal kurz jede Klingel gedrückt, und basta.«
»Einverstanden.«

5

Neben der ersten Klingel, auf die Hain seinen Finger legte, war in ordentlichen Druckbuchstaben ›Arthur Straßberger‹ zu lesen. Schon drei Sekunden danach ertönte eine militärisch zackige Ansprache aus dem kleinen Lautsprecher vor den Polizisten.

»Ja, bitte, was gibt es denn?«

Hain stellte sich und seinen Boss vor.

»Wir bitten um Entschuldigung für die Störung und hätten eine kurze Frage an Sie«, hängte er an.

»Dann kommen Sie mal rein. Durch die Tür, rechts um die Ecke, da stehe ich in der Tür und erwarte Sie.«

›Jawoll, Herr Major!‹, hätte der Oberkommissar am liebsten geantwortet, beließ es jedoch bei einem knappen »Danke«.

»Arthur Straßberger«, begrüßte der schlanke Endsechziger, der genau dort stand, wo er es angekündigt hatte, die Beamten mit einem fragenden Lächeln. Dann fiel sein Blick auf Lenz' eingegipstes Bein und die Krücken.

»Ich hoffe, nichts Schlimmes.«

»Nein, das wird bald erledigt sein.«

»Gut. Was kann ich also für Sie tun, meine Herren?«

»Es geht um gestern Abend«, erklärte Hain dem Mann. »Haben Sie vielleicht ein Taxi beobachtet, aus dem ein Mann ausgestiegen und in dieses Haus hier gegangen ist? Das Ganze müsste sich zwischen 20:45 Uhr und 21:30 Uhr abgespielt haben.«

»Nein, das tut mir leid, da kann ich Ihnen leider ganz und gar nicht helfen. Gestern Abend hatte ich außerhalb zu tun. Reservistentreffen.«

»Und Sie leben allein?«

»Das ist richtig, ja.«

»Dann hat sich unser Besuch schon erledigt«, meinte der junge Oberkommissar mit ein wenig Enttäuschung in der Stimme. »Aber danke, dass Sie uns empfangen haben, Herr Straßberger.«

»Immer wieder gern.«

Der hilfsbereite Hausbewohner trat einen halben Schritt näher an die Polizisten heran.

»Fragen Sie bei Frau Semlin im 1. Stock nach. Wenn Ihnen jemand aus dem Haus helfen kann, dann die. Aber von mir haben Sie das nicht!«

»Wie kommen Sie darauf, dass ausgerechnet diese Dame uns helfen könnte?«, wollte Lenz verwundert wissen.

»Weil sie alles hört und sieht, was sich hier im Haus und in der näheren Umgebung abspielt«, flüsterte Straßberger verschwörerisch. »Die Frau ist die Neugier in Person.«

»Gut, und herzlichen Dank für den Tipp«, beeilte sich Lenz zu erwidern, lächelte den Mann zum Abschied an und nahm hickelnd Kurs auf den Fahrstuhl.

›Lore Semlin‹ stand auf dem Edelstahlschild, das neben der Tür angebracht war, der sich Lenz und Hain eine knappe Minute später näherten. Es dauerte deutlich länger als bei Arthur Straßberger, bis die Tür einen Spalt geöffnet und der Kopf einer rothaarigen Frau sichtbar wurde.

»Ja, bitte?«, wollte sie ohne jegliche Freundlichkeit in der Stimme wissen.

Wieder stellte Hain Lenz und sich vor und leierte im Anschluss seine Frage herunter.

»Warum wollen Sie das denn wissen? Ist etwas passiert?«

»Reine Routine, Frau Semlin. Aber Sie würden unsere

Arbeit sehr unterstützen, wenn Sie etwas beobachtet hätten und uns an Ihrem Wissen teilhaben ließen.«

Die Frau sah von ihm zu Lenz und zurück.

»Wissen Sie denn, um wen es sich bei dem Mann handelt, der mit dem Taxi angekommen ist?«, fragte sie misstrauisch.

»Das ist uns bekannt, ja.«

»Und Sie wissen bestimmt auch, dass er nicht das erste Mal hier im Haus gewesen ist?«

Hain sah sie irritiert an.

»Das ist im Augenblick zwar für uns nicht von Belang, aber wir wussten es wirklich nicht.«

»Aber ich kann es Ihnen sagen. Er war regelmäßig hier, sozusagen als Stammgast.«

Sie zögerte.

»Die Dame dort oben verdient ihr Geld vermutlich ohnehin nur mit Stammgästen.«

»Wie dürfen wir das verstehen?«, wollte Lenz wissen.

Wieder eine kurze Pause.

»Ach, ich meinte nur so. Aber mehr sage ich Ihnen jetzt nicht, sonst bekomme ich wieder Ärger.«

»Mit wem?«

»Mit besagter Dame natürlich«, echauffierte die Frau sich. »Mit besagter Dame, die keinen Namen am Klingelbrett hat und auch nicht an ihrer Tür. Vermutlich lebt sie von der Mundpropaganda und hat einen Namen nicht nötig.«

»Jetzt machen Sie mich aber neugierig«, mischte Hain sich wieder ein. »Das klingt nämlich alles sehr geheimnisvoll, Frau Semlin.«

»So geheimnisvoll ist es auch wieder nicht. Aber ich habe mir schon mehr als einmal den Mund verbrannt, das mache ich nicht mehr. Bitte, haben Sie Verständnis dafür.«

Damit schob sie die Tür zu, die mit einem satten Geräusch ins Schloss fiel. Die beiden Polizisten sahen sich verdutzt an.

»Was jetzt?«, brummte Lenz.

»Ich könnte noch mal klingeln und die Dame höflich auf ihre staatsbürgerlichen Pflichten hinweisen.«

Der Hauptkommissar winkte ab.

»Das lass mal.«

»Oder wir stöbern durchs Haus und suchen nach einer Tür, an oder neben der kein Namensschild angebracht ist.«

»Das ist vermutlich die cleverste Idee, Thilo. Und wenn wir sie gefunden und ein paar Worte mit der Bewohnerin und ihrem möglichen Besucher gewechselt haben, will ich sofort zu meiner Frau. Verstanden?«

»Alles klar, Herr Kommissar.«

Die Suche der beiden war schnell erledigt, was in der Hauptsache daran lag, dass es in dem Haus nur vier Etagen gab. Nachdem sie die jeweils drei Wohnungen in den Etagen eins bis drei kontrolliert hatten, blieb nur noch Etage vier, in der es nur eine Wohnungstür gab.

»Bingo!«, stellte Hain zufrieden fest. »Kein Schild.«

»Also los, dann ran an die Klingel«, befahl Lenz, dem wegen der ungewohnten Bewegungsabläufe mit den Krücken der Schweiß auf der Stirn stand.

»Ja, ja, mein Guru, ich mach ja schon«, erwiderte Hain süffisant, legte seinen rechten Zeigefinger auf den golden glänzenden Klingelknopf und trat einen Schritt zurück. Als nach etwa 15 Sekunden noch immer nichts geschehen war, wiederholte er den Vorgang.

»Niemand zu Hause!«, frohlockte Lenz und wandte sich ab. »Du kannst ja morgen früh noch mal herfahren und einen weiteren Anlauf starten, wenn Schoppen-Erich bis dahin nicht aufgetaucht ist. Wovon ich allerdings nicht ausgehe.«

»Du hast recht«, stimmte Hain seinem Boss zu und machte sich ebenfalls auf den kurzen Weg zum Fahrstuhl, wo Lenz dabei war, mit der Krücke in der Hand umständlich den Rufknopf zu drücken.

»Lass mal, Hinkebein, ich mach das schon.«

»Das wäre ja noch schöner, wenn ich von dir und deinem Wohlwollen abhängig wäre«, gab Lenz protestierend zurück und schaffte es schließlich, die Taste zu drücken. Sofort fuhren die Lifttüren auseinander und gaben den Blick frei in die kleine, neonbeleuchtete Kabine.

»Irgendwie freut es mich, dass niemand aufgemacht hat«, fasste der Hauptkommissar schmunzelnd zusammen, nachdem beide den Fahrstuhl betreten hatten und die Türen zuglitten.

»Warum das denn?«

»Weil es sich, wenn ich die Worte dieser Frau Semlin richtig deute, bei der Bewohnerin hier oben um eine Nutte handelt. Und es wäre mir absolut nicht recht, wenn ich den Exmann meiner Frau in einer eindeutigen Situation bei einer solchen antreffen würde.«

»Da ist was dran. Aber …«

Hain, dessen Blick auf die mit Edelstahl verkleideten Türen der Liftkabine gerichtet war, kniff die Augen zusammen und fixierte einen Punkt dort.

»Was ist denn los, Junge?«, fragte Lenz.

»Moment bitte, Paul«, erwiderte der Oberkommissar, trat an seinem Kollegen vorbei und zog seinen Schlüsselbund aus der Jacke. Mit fliegenden Fingern schaltete er die daran befestigte LED-Taschenlampe ein und richtete den

Lichtkegel auf eine Stelle rechts neben dem Schnittpunkt der Türen. Lenz, der sein Treiben mit gerunzelter Stirn verfolgte, versuchte etwas zu erkennen, doch ohne Lesebrille fiel ihm das extrem schwer.

»Das sieht aus wie getrocknetes Blut«, murmelte Hain ein paar Sekunden später und deutete mit dem Zeigefinger der freien linken Hand auf einen für Lenz kaum zu erkennenden braunen Fleck.

»Bist du sicher?«

Noch einmal näherte sich Hain der Stelle, die er fixierte, mit dem Kopf, bevor er antwortete.

»Sicher bin ich natürlich nicht, aber es sieht schon sehr danach aus. Genau so, als ob jemand mit blutigen Fingern unbeabsichtigt über die Edelstahlverkleidung der Tür gewischt hätte.«

Im gleichen Moment, in dem der junge Polizist seine Vermutung beendet hatte, ertönte ein dezenter Gong und kurz darauf schoben sich die Türen auseinander. Hain verfolgte mit der Lampe in der Hand den Weg des Metalls, beugte sich bis auf ein paar Zentimeter an die vermeintliche Blutspur heran und kam wieder hoch.

»Lass uns noch mal nach oben fahren«, schlug er vor, »und sicherstellen, dass in der Wohnung alles in Ordnung ist.«

Lenz, der sein rechtes Bein auf der Krücke abgestützt hatte, nestelte an seiner Brille herum. Als er sie auf der Nase hatte, betrachtete er eingehend die Stelle, auf die Hain die Lampe gerichtet hielt.

»Verdammt, du könntest recht haben«, murmelte der Chef der Mordkommission und drückte auf den Edelstahlknopf mit der aufgedruckten 4. Dort angekommen, zückte Thilo Hain sein kleines, braunes Lederetui, das er immer mit sich führte und dessen Inhalt ihm im Notfall die Öffnung von verschlossenen Türen ermöglichte.

»Lass uns erst noch mal Sturm klingeln, damit wir auf der sicheren Seite sind«, schlug Lenz vor und legte den Finger für etwa zehn Sekunden auf den Taster. Als sich daraufhin nichts tat, schlug Hain so fest mit der flachen Hand gegen das Türblatt, dass es ihm in den Ohren schmerzte.

Wieder keine Reaktion.

»Also gut, dann bring uns mal rein.«

Der Oberkommissar beugte sich nach vorn, betrachtete das Schloss, zog im Anschluss ein kleines Werkzeug aus dem Etui, führte es in die Öffnung ein und bewegte es ein paar Mal hin und her. Danach griff er zu einem etwas gröberen Metallbügel, verfuhr mit ihm auf ähnliche Weise, und ein paar Sekunden später öffnete sich das Schloss mit einem sanften Klacken.

»Das war schon mal nicht schlecht«, lobte Lenz flüsternd und hob eine seiner Krücken an. »Aber ab jetzt kann ich dir nur noch assistierend zur Seite stehen.«

Hain sah ihn mit großen Augen an.

»Ach so, und bis jetzt hast du die Sache hier federführend betreut, oder was?«

»Mensch, Thilo, so war das doch nicht gemeint.«

»Hat sich aber so angehört.«

Der junge Polizist zog seine Waffe aus dem Holster am Gürtel und schob die Tür langsam nach vorn. Im Flur brannte die Deckenbeleuchtung. Hain bewegte seinen linken Arm weiter nach vorn, während er den rechten darüber kreuzte und die Waffe in die Wohnung richtete. Dann setzte er den ersten Fuß in den Flur, sah mit einer schnellen Bewegung hinter die Tür, damit ihn dort keine Überraschung erwartete, und bewegte sich anschließend weiter vorwärts.

Vom etwa fünf Meter langen Flur gingen vier Türen ab; zwei auf der rechten Seite, eine auf der linken und eine an der Stirnseite. Bis auf die vordere, die etwa 20 Zentimeter offen stand, waren alle Zugänge zu den Zimmern geschlossen. Im gleichen Augenblick, in dem der Kripomann die Hand auf die Klinke der ersten Tür auf der rechten Seite legte, fiel sein Blick in das Innere des Zimmers an der Front und er musste unwillkürlich schlucken.

»Ach du Scheiße!«, murmelte er leise.

»Was ist los?«, wollte Lenz aus dem Hintergrund wissen.

»Ruf die Kollegen, Paul«, wies Hain ihn an, ohne sich zu ihm umzudrehen, »alle, wir brauchen hier das komplette Programm, inklusive Notarzt.«

Damit bewegte er sich mit schussbereiter, nach vorn gerichteter Waffe auf den Raum am Ende des Flures zu, drückte die Tür mit der rechten Schulter nach innen und schluckte erneut, denn was er sah, ließ ihm für Sekunden den Atem stocken.

Auf einem riesigen Bett lag der über und über mit getrocknetem Blut verschmierte Körper eines nackten Mannes. Links davon, auf dem Boden und in einer auf den ersten Blick arrangiert wirkenden Haltung, befand sich eine Frauenleiche. Ihr bis auf einen Büstenhalter nackter Körper lag auf dem Rücken, die Beine hatte sie übereinander geschlagen, die Arme ausgebreitet. Ihre leeren Augen starrten auf einen Punkt an der Decke.

Hain drehte sich nach einem abschließenden Blick um, ging zurück in den Flur, wo Lenz mit dem Telefon am Ohr dastand, und kontrollierte die anderen Räume, in denen er jedoch nichts Ungewöhnliches vorfand.

»Geh besser nicht rein«, schlug er seinem Kollegen vor, während er die Waffe wegsteckte.

»So schlimm?«

»Schlimmer.«

»Schoppen-Erich?«

»Sieht so aus, ja.«

»Ist er …?«

Der Oberkommissar nickte.

»Ich glaube schon.«

In diesem Moment ertönte aus dem Schlafzimmer, in dem die vermeintlich Toten lagen, ein leises Stöhnen.

»Verdammt«, rief Hain leise, »der lebt noch!«

6

Maria hätte sehr gern einmal kurz an einer Zigarette gezogen, obwohl sie das Rauchen schon vor ein paar Jahren aufgegeben hatte. Es war kurz nach 19:30 Uhr, und die Delegation mit der Documenta-Leiterin an der Spitze hatte soeben, begleitet von mehr als zwei Dutzend Journalisten, unter ihrer Leitung eine Führung durch die Ausstellungsräume gemacht. Nun standen alle um verschiedene Stehtische verteilt und unterhielten sich angeregt miteinander, nur Maria und ihre Geschäftspartnerin hatten sich in eine Ecke verzogen.

»Meinst du, es hat ihr gefallen?«, wollte Bettina Reichelt wissen.

»Wie könnte es nicht? Immerhin haben sie und ihr Team den Rahmen, in dem wir uns bewegen konnten, bis auf den letzten Millimeter vorgegeben.«

»Ach, komm«, widersprach ihre Freundin, »so schlimm war es nun auch wieder nicht. Und mit vielen Verbesserungsvorschlägen, die wir gemacht haben, konnten wir uns doch durchsetzen.«

»Das stimmt.«

Bettina Reichelt nippte an ihrem warmen Sekt.

»Hast du etwas von deinem Mann gehört?«

»Welchen meinst du? Den aktuellen oder den verflossenen?«

»Sowohl als auch.«

»Nein, keine Neuigkeiten. Weder von dem einen noch von dem anderen.«

»Die da drüben haben das alle ziemlich gut totgeschwiegen.«

»Na ja, ist ja auch schon peinlich, so was. Und dass Erich

und ich mal verheiratet waren, hat es sicher nicht besser gemacht.«

»Den Typen, der an seiner Stelle aufgetaucht ist, finde ich total unsympathisch.«

»Ich auch. Und das war noch nie anders.«

Wie auf Bestellung tauchte Helmut Sobotzyk auf, einer der Referenten des OB.

»Hallo, Frau Zeislinger. Oder tragen Sie mittlerweile einen anderen Namen?«

»Hallo, Herr Sobotzyk. Kann ich etwas für Sie tun?«, überging Maria seine dreiste Frage.

»Ach, eigentlich nicht. Wir sind nur alle in Sorge, weil wir nicht wissen, wo unser Boss steckt.«

»Ich will mich mal um die anderen Gäste kümmern«, murmelte Bettina Reichelt und trat zur Seite.

»Lassen Sie sich durch mich bitte nicht vertreiben«, flötete Sobotzyk ihr honigsüß hinterher.

»Nein, nein, ich muss sowieso noch etwas mit dem Regierungspräsidenten besprechen«, log sie.

»Ich habe auch noch zu tun«, beschied Maria ihn höflich und wollte ebenfalls gehen, doch Sobotzyk stellte sich ihr mit einer schnellen Bewegung in den Weg.

»Was soll denn das, Herr Sobotzyk?«

Der Referent ihres Exmannes sah sie mit zu Schlitzen zusammengekniffenen Augen an.

»Wir alle im Rathaus hätten es lieber gesehen, wenn Sie Ihren Mann nicht verlassen hätten, Frau Zeislinger.«

Maria sah ihm fest in die Augen und lächelte.

»Schön, das zu hören, ich nehme es mal als Kompliment. Aber leider ließ es sich nicht einrichten.«

Sobotzyk formte seine Lippen ebenfalls zu einem Grinsen.

»Das ist mir klar. Allerdings ist mir auch bewusst, dass Ihr ehemaliger Mann und unser oberster Dienstherr seit der Scheidung nicht mehr der Alte ist. Und das bedauert das ganze Rathaus.«

»Es stimmt mich traurig, wenn Sie das sagen, Herr Sobotzyk, doch kann ich leider nichts an dieser Situation ändern.«

Sie hob die rechte Hand und drehte sie mit abgespreiztem kleinem und mittlerem Finger, sodass sein Blick auf den silbernen Ring fallen musste, den sie trug.

»Ich habe mich, wie Sie vorhin so treffsicher vermutet haben, anderweitig vermählt. Deshalb heiße ich seit ein paar Wochen auch nicht mehr Zeislinger, sondern Lenz.«

Ihrem Gegenüber fror das Lachen ein.

»Das ging ja schnell«, murmelte er.

»Stimmt, das ging wirklich schnell. Aber ich wüsste wirklich gern, was Sie das eigentlich angeht.«

Sobotzyk wirkte, als hätte ihn Marias Information ein wenig aus der Bahn geworfen.

»Eigentlich«, beantwortete er ihre Frage mit Verzögerung, »interessiert mich Ihr Privatleben gar nicht. Nicht mehr jedenfalls. Mich interessiert eher, wo ich meinen Boss finden kann, und in diesem Zusammenhang glaube ich, dass Sie mir vielleicht helfen könnten.«

»Das«, erwiderte Maria mit einem traurigen Kopfschütteln, »kann ich aus Mangel an Informationen beim besten Willen nicht, Herr Sobotzyk. Selbst wenn ich es wollte und selbst wenn ich Sie leiden könnte, was beides nicht der Fall ist.«

Damit drängte sie sich an ihm vorbei und wollte auf eine Gruppe Frauen zugehen, die sich um einen der Stehtische drängten, wurde jedoch vom Surren ihres Telefons aufgehalten.

»Hallo, Paul«, meldete sie sich nach einem kurzen Blick auf das Display. »Habt ihr was rausgefunden?«

7

»Hierher!«, brüllte Hain dem Notarzt entgegen, der sich mit einem schweren Koffer in der rechten Hand aus dem Fahrstuhl drängte. Direkt hinter ihm befand sich eine Rettungsassistentin, die ebenfalls einen schweren Aluminiumkoffer schleppte.

Die beiden stürmten in die Wohnung, wo Hain neben dem OB stand und wild mit den Armen fuchtelte.

»Er lebt. Zwar nicht mehr viel, aber sein Herz schlägt noch. Die Frau«, deutete er auf den Körper von Stefanie Kratzer, »ist tot und auch schon kalt.«

»Solche wie Sie können wir brauchen«, spottete der Notarzt. »Warum haben Sie nicht gleich mit den notwendigen Maßnahmen begonnen, statt nur dumm herumzustehen?«

Damit beugte er sich zu dem bewegungslosen Körper auf dem Bett und tastete sich an dessen Hals entlang, bis er gefunden hatte, wonach er suchte.

»Und damit ist Ihr Auftritt hier auch erledigt«, wies er Lenz und Hain an, das Zimmer zu verlassen.

Während die beiden seiner Aufforderung nachkamen, drehte der Mediziner vorsichtig den Kopf des Verletzten, um in dessen Gesicht schauen zu können.

»Das ist doch …«, stockte er.

»Ja, genau, das ist er«, bestätigte Hain beleidigt.

Der Notarzt sah ihn entschuldigend an.

»Ich habe es doch nicht böse gemeint. Aber ich hätte seit mehr als drei Stunden Feierabend, der mit einer Einladung zu einer Grillparty einhergegangen wäre. Aber weil sich mal wieder ein paar Motorradfahrer überschätzt haben, stehe ich jetzt hier vor dem Oberbürgermeister der Stadt Kassel und bin am Ende noch der Gelackmeierte, wenn er es nicht schafft. Und wetten würde ich akut ganz bestimmt nicht darauf, dass der Mann durchkommt.«

Während seines kleinen Vortrags hatte er unter Mithilfe seiner Assistentin die ersten Handgriffe erledigt, legte eine intravenöse Verweilkanüle und hängte eine Infusionsflasche an.

»Schon gut, Doc. Uns geht es nicht wesentlich anders.«

»Danke.«

An der Wohnungseingangstür trafen die beiden Polizisten auf Rolf-Werner Gecks, der gerade aus dem Fahrstuhl getreten war.

»Sorry, RW, dass wir dir auch noch den Feierabend torpediert haben, aber das hier ist eine wirklich große Sache«, erklärte Lenz seinem Kollegen nach der kurzen Begrüßung.

»Zunächst könntest du mir mal erzählen, was du eigentlich hier treibst.«

Der Blick des altgedienten Kripokommissars fiel auf die Gipsschiene und die Gehhilfen des Leiters der Mordkommission.

»Mit den Dingern unterm Arm solltest du zu Hause auf der Couch liegen und dich von deiner Liebsten bedienen lassen.«

»Das wollte ich auch, echt«, erwiderte Lenz entschuldigend. »Wir sind in diese Geschichte reingeraten, wie die Mutter zu dem berühmten Kind gekommen ist.«

Damit machte er Gecks, der während der Schilderung immer größere Augen bekam, mit den Erkenntnissen der letzten zwei Stunden vertraut.

»Gute Polizeiarbeit, Jungs, das muss man euch lassen.

Was mich nur stört, ist die Tatsache, dass Schoppen-Erich mit von der Partie ist. Wenn der OB und die vermeintliche Nutte kein gefundenes Fressen für alle großen und kleinen Zeitungen im Land sind, dann weiß ich auch nicht.«

Aus dem Inneren der Wohnung wurden hektische Stimmen laut, kurz danach ertönte das typische Geräusch eines Defibrillators im Einsatz.

»Scheiße!«, murmelte Hain.

»Ja, das hört sich alles nicht gut an«, bestätigte Gecks. »Aber ob er nun durchkommt oder nicht, wir sollten definitiv anfangen, unseren Job zu machen.«

»Gute Idee«, bestätigte Lenz. »Als Erstes müssen wir herausfinden, wer die Frau ist, was nicht so schwer sein sollte. Dann müssen wir die komplette Umgebung abgrasen und klären, ob jemand seit gestern Abend etwas Auffälliges bemerkt hat.«

»Meinst du, es handelt sich um einen Einzeltäter?«, wollte Gecks wissen.

»Keine Ahnung, dazu konnten wir uns da drin noch nicht genug umsehen. Zunächst gehen wir von allen erdenklichen Möglichkeiten aus.«

»Zumindest bei der Frau sieht es so aus, als wollten der oder die Täter mit ihrer merkwürdigen Positionierung etwas ausdrücken«, gab Hain zu bedenken.

Gecks sah ihn fragend an.

»Na ja, du wirst es gleich selbst sehen und kannst mir dann gern widersprechen, wenn du zu einer anderen Interpretation kommst.«

»Na, da bin ich wirklich gespannt. Bis dahin schlage ich vor, dass ihr beiden hier im Haus aktiv werdet, während ich mich in den Nachbarhäusern umhöre, ob jemand etwas beobachtet hat.«

»Danke, RW.«

»Schon gut, Paul.«

Gecks Blick fiel erneut auf das rechte Bein seines Chefs.

»Darfst du in dem Zustand eigentlich arbeiten? Ich meine, nicht dass du Ärger kriegst.«

»Das weiß ich nicht, und es ist mir im Augenblick auch egal. Bei so einem Fall wird sich vermutlich niemand beschweren, wenn alle Mann an Bord sind, oder?«

»Keine Ahnung, wie unser neuer Boss das sieht. Aber ich vermute, das wird sich sehr schnell klären, wenn er erfährt, was hier passiert ist.«

»Davon können wir überzeugt sein«, stimmte Hain ihm zu.

Die beiden sprachen von Kriminalrat Hieronymus Weck, dem neuen Leiter der regionalen Kriminalinspektion, dessen Posten nach dem Abgang von Ludger Brandt, dem langjährigen Boss von Lenz und Hain, und einem Kurzintermezzo eines anderen Beamten einige Monate unbesetzt gewesen war. Nachdem Lenz es mehrmals abgelehnt hatte, sich für die Stelle zu bewerben, war ihm von seinem Dienstherrn ein 38-jähriger Karrierebeamter aus Wiesbaden vor die Nase gesetzt worden. Der hatte allerdings noch nie einen wirklich bösen Buben zu Gesicht bekommen und betrachtete seinen Job sowohl als ein Sprungbrett zu höheren Aufgaben wie auch als rein theoretische Herausforderung. An einem Tatort war der Mann nämlich noch nie aufgetaucht.

»Bliebe außerdem noch die Frage zu klären«, fuhr der Oberkommissar fort, »ob der oder die Täter es wirklich auf Schoppen-Erich abgesehen hatten oder ob er nur zufällig zur falschen Zeit am falschen Ort gewesen ist.«

Lenz bedachte ihn mit einem strafenden Blick.

»Das ist jetzt nicht dein Ernst, oder? Du kannst doch nicht wirklich meinen, dass es bei der Sauerei hier um einen Prostituiertenmord geht, in den Erich Zeislinger zufällig hineingeraten ist.«

»Was weiß denn ich?«, hielt Hain trotzig dagegen.

»Obwohl«, schob Lenz nach ein paar Sekunden des Überlegens nach, »wenn ich es recht überlege, hätte auch der Prostituiertenmord eine gewisse Logik.«

»Und was heißt das jetzt?«, wollte der Oberkommissar wissen.

»Das heißt, dass wir deinen Ansatz keinesfalls ausschließen dürfen, Thilo.«

Rolf-Werner Gecks betrachtete seine beiden Kollegen mitleidig.

»Wie das zusammengehört, Männer, müssen wir klären. Bis dahin sollten wir nichts als feststehend betrachten, genau wie wir nichts ausschließen dürfen.«

Wieder ein Blick von Lenz zu Hain und zurück.

»Wenn kein Widerspruch von euch kommt, gehe ich jetzt kurz rein und sehe …«

Der Polizist stockte, weil in diesem Augenblick die Fahrstuhltüren auseinanderglitten und drei Männer auf den Flur traten. Der erste war Polizeipräsident Bartholdy, dem Kriminaldirektor Rudolf Fleck folgte, und in dessen Schlepptau befand sich Kriminalrat Hieronymus Weck.

Bartholdy warf Lenz einen vernichtenden Blick zu.

»Es ist unglaublich, was Sie hier aufführen. Sie haben genau zehn Sekunden, um sich von diesem Tatort zu entfernen, Herr Lenz«, presste er schneidend heraus. »Und das ist eine Anordnung, keine Diskussionsgrundlage.«

Er deutete auf die beiden anderen Polizisten.

»Sie, Herr Hauptkommissar Gecks, und Sie, Herr Oberkommissar Hain, bleiben natürlich, um die Kollegen des Staatsschutzes, die ab sofort die Leitung des Falles übernehmen, über jene Fakten zu unterrichten, die zum jetzigen Zeitpunkt bekannt sind. Und falls es dazu kommen sollte, dass dies ein BKA-Fall wird, wovon ich im Übrigen stark ausgehe, werden Sie natürlich auch den Wiesbadener Kollegen zuarbeiten.«

Lenz und Hain tauschten einen kurzen Blick.

»Bei allem gebotenen Respekt, Herr Polizeipräsident«, wandte der junge Polizist sich an Bartholdy, »aber ohne die Kombinationsgabe und den Instinkt von Hauptkommissar Lenz hätten wir den OB nie vor seinem Ableben gefunden. Deshalb wäre es ganz bestimmt ein Fehler, ihn …«

»Ich nehme Ihren impertinenten Einwand zur Kenntnis, er ändert jedoch natürlich nichts an meiner Entscheidung.«

Sein Blick wandte sich wieder Lenz zu.

»Bitte, gehen Sie.«

Der Hauptkommissar nickte, drehte sich nach rechts und humpelte davon. Zehn Sekunden später hatte er den Absatz der Treppe erreicht und machte sich auf den beschwerlichen Weg nach unten. Als er endlich im Erdgeschoss angekommen war, blickte er in das überraschte Gesicht des leitenden Hauptkommissars Bert Glagow, dem Leiter der Staatsschutzabteilung ZK10.

»Mensch, Paul, was ist denn mit dir passiert?«

»Ein Freizeitunfall. Ist aber nichts Dramatisches, nur das Sprunggelenk.«

Glagow wies seine hinter ihm wartenden Mitarbeiter an, schon nach oben zu gehen, bevor er weitersprach.

»Und was treibst du hier? Kannst du denn ganz und gar nicht von der verdammten Arbeit lassen?«

Lenz schilderte seinem Kollegen mit ausführlichen Worten den Verlauf der letzten beiden Stunden.

»Meine Fresse, dann ist es also wahr, dass Zeislinger in die Sache verwickelt ist? Und du bist völlig ahnungslos in den Fall geraten?«

Lenz nickte.

»Thilo, RW und ich wollten gerade anfangen, uns schon mal im Haus und in den Nachbargebäuden umzuhören, als der Big Boss und dein und mein Chef aufgetaucht sind. Zehn Sekunden später war ich raus aus der Geschichte.«

»Was so ganz schwer nicht zu verstehen ist, oder?«, erwiderte der Mann vom Staatsschutz mit Blick auf die Krücken und den Gips an Lenz' Bein.

»Aber du kannst mir glauben, dass meine Jungs und ich auch nur ein paar Stunden mit der Sache betraut sein werden, Paul, weil so eine Nummer auf jeden Fall das BKA an sich ziehen wird. Vielleicht dürfen wir noch bei der sich sofort konstituierenden SOKO mitmachen, viel mehr wird es jedoch garantiert nicht sein.«

»Wobei es noch nicht einmal raus ist, dass Zeislinger der Adressat gewesen ist«, gab Lenz zu bedenken.

»Wen juckt das denn? Es geht um den Bürgermeister einer deutschen Großstadt, das reicht alle Male als Begründung für den Aufwand.«

»Schöne Scheiße, das.«

»Womit du den Nagel auf den Kopf getroffen haben dürftest.«

Damit verabschiedete Glagow sich und machte sich auf den Weg nach oben. Lenz sah sich noch einmal im Hausflur um und bewegte sich schon Richtung Ausgang und auf die beiden Uniformierten zu, die vor der Tür Wache standen, als er es sich anders überlegte, zurückhumpelte und sich wieder auf den Weg nach oben machen wollte. Bevor er losging, griff er jedoch zum Telefon und drückte auf die Kurzwahltaste für Marias Mobilanschluss.

Eine knappe Minute später hatte der Polizist das Gespräch mit seiner Frau beendet, humpelte in den ersten Stock und klingelte zum zweiten Mal an diesem Tag bei Lore Semlin.

»Ich habe Ihnen doch bereits gesagt, dass Sie von mir nichts erfahren werden«, belehrte ihn die Frau, nachdem sie ihn eine Weile unentschlossen im Spion beobachtet und dann die Tür einen Spalt breit geöffnet hatte. »Und das gilt auch dann, wenn Sie und Ihre Kollegen in Mannschaftsstärke hier anrücken.«

»Wie wäre es, wenn Sie mich kurz reinbitten würden, Frau Semlin? Dann könnten wir, sagen wir mal, unsere Informationen austauschen.«

Die Tür öffnete sich ein wenig weiter.

»Wie meinen Sie das?«

»Ich weiß etwas, Sie wissen etwas«, erwiderte Lenz vielsagend. »Lassen Sie uns gegenseitig von unserem Wissen profitieren.«

»Sie wollen mir tatsächlich erzählen, was sich da oben abgespielt hat?«, gab die Frau, ebenso zweifelnd wie neugierig, zurück. »Das glaube ich Ihnen nicht.«

»Ich verspreche es«, beteuerte Lenz mit erhobener rechter Hand, wobei ihm die Krücke entglitt.

»Na, dann kommen Sie mal rein«, beschied Lore Semlin den Kriminalbeamten schließlich, nachdem sie die Gehhilfe aufgehoben und an ihn zurückgereicht hatte.

»Die Frau, die da oben wohnt, heißt Stefanie Kratzer«, klärte sie den Polizisten auf, nachdem die beiden in ihrer modern eingerichteten Küche Platz genommen hatten. »Das weiß ich, weil der Postbote es mir einmal erzählt hat.«

»Ihr Name steht nicht am Briefkasten?«

»Am Briefkasten finden sich nur ihre Initialen, den Rest wickelt die Dame über ein Postfach ab.«

»Was Ihnen ebenfalls der Briefträger verraten hat?«

Sie nickte.

»Aber eingeschriebene Briefe zum Beispiel müssen ja trotzdem an die Postadresse zugestellt werden.«

»Ach? Das wusste ich gar nicht.«

»Auf jeden Fall. Aber jetzt verraten Sie mir erst mal, was sich da oben zugetragen hat. Ich kann es nämlich kaum erwarten zu erfahren, was die nette Frau Kratzer und der Herr Oberbürgermeister so alles getrieben haben. Obwohl«, winkte sie ab, »das meiste kann man sich ja vorstellen, das braucht man gar nicht so genau zu wissen.«

»Das finde ich auch, Frau Semlin«, stimmte Lenz der Frau zu. »Und so viel gibt es außerdem auch gar nicht zu berichten.«

»Na, hören Sie mal, jetzt wird aber nicht gekniffen, Herr Inspektor!«, reagierte sie empört.

»Nein, ich will bestimmt nicht kneifen. Aber Sie waren gerade so schön am Erzählen.«

»Nichts da, jetzt liefern Sie.«

Der Hauptkommissar nickte ihr freundlich zu.

»Klar, wie wir es abgemacht haben.«

»Dann los, lassen Sie hören!«

»Also, wie es aussieht, hatte der OB einen Schwächeanfall. Viel scheint ihm nicht passiert zu sein, aber der Arzt ist dabei, ihn zu untersuchen.«

Er beugte sich ein Stück auf Lore Semlin zu, bevor er in verschwörerischem Tonfall weitersprach.

»Ich glaube, er und die Bewohnerin des Apartments haben eine Liaison.«

»Das können Sie sich aber mal so was von aus dem Kopf schlagen, Herr Inspektor!«, fuhr sie ihn an. »Dann hätte Frau Kratzer nämlich viele *Liaisons*. Die Frau lässt sich für ihre Dienste bezahlen, und das bestimmt nicht zu gering.«

»Sind Sie sicher?«

»Das bin ich, und zwar *ganz* sicher!«, fauchte die Dame. »Ich habe sie deswegen schon zwei Mal angezeigt, konnte es ihr aber nicht beweisen; so ist das leider bei uns in Deutschland.«

Lenz zögerte, bevor er seine nächste Frage stellte.

»Und warum genau haben Sie Frau Kratzer angezeigt?«

»Weil sie nach meiner Meinung ein Gewerbe hier im Haus betreibt, und das ist laut Eigentümersatzung verboten. Noch dazu, wo es sich um ein *horizontales Gewerbe* handelt. Was soll man denn den Kindern erzählen, die auch hier wohnen?«

»Und Frau Kratzer hat behauptet, oder richtiger, behauptet natürlich noch immer«, bekam Lenz gerade noch die Kurve, »dass dem nicht so sei?«

»Klar. Die Frau lügt, dass sich die Balken biegen.«

Lore Semlins Gesicht nahm langsam eine ungesund dunkelrote Farbe an.

»Wo die geht und steht, lügt sie. Das sage ich Ihnen, Herr Inspektor.«

»Hauptkommissar. Meine korrekte Dienstbezeichnung ist Hauptkommissar, Frau Semlin.«

»Ist das mehr als Inspektor?«, wollte sie irritiert wissen, zu einer Antwort kam es jedoch nicht mehr, denn die beiden wurden von einem Klingeln an der Wohnungstür unterbrochen.

»Das sind vermutlich die Kollegen«, beeilte sich Lenz zu erklären und stemmte sich hoch.

Die Wohnungsinhaberin stand ebenfalls auf, bewegte sich kommentarlos in den Flur und sah durch den kleinen Spion in der Tür.

»Da ist niemand«, stellte sie fast beleidigt fest und griff zu dem links neben dem Eingang angebrachten Hörer.

»Ja, bitte?«

Es entstand eine kurze Pause.

»Nein, das bin ich nicht. Guten Abend und auf Wiedersehen.«

Damit trabte sie zurück in die Küche, wo sie von Lenz, auf seine Krücken gestützt, erwartet wurde.

»Als ob ich es nötig hätte, mir eine Pizza zu bestellen!«

»Das war ein Pizzaservice?«

»Ja, ganz richtig. Aber ich vermute, die haben sich im Haus geirrt. Das kommt leider öfter vor.«

Lenz nickte der Frau zu.

»Ich muss jetzt auch weiter, Frau Semlin. Und vielen Dank für alles.«

»Na, so viel war es ja nicht, Herr Inspektor. Und von Ihnen hätte ich mir auch ein wenig mehr erwartet.«

»Ja, so geht das«, meinte der Polizist traurig und humpelte langsam Richtung Flur. Dann jedoch drehte er sich noch einmal um.

»Sie erwähnten eben eine Eigentümersatzung. Was genau muss ich mir darunter vorstellen?«

Sie zögerte eine Weile mit ihrer Antwort.

»Das ist so etwas wie die Hausordnung, der sich die einzelnen Wohnungseigentümer unterwerfen.«

»Ach«, gab er überrascht zurück, »die Wohnungen sind Eigentum, die werden gar nicht vermietet?«

»Doch, natürlich haben ein paar der Eigentümer ihre Wohnungen vermietet. Aber das trifft nach meinem Kenntnisstand nur auf drei Objekte zu. Von immerhin 22.«

»Hier im Haus gibt es 22 Wohnungen?«, zeigte Lenz sich völlig überrascht.

»Nein, nicht hier im Haus, sondern in der ganzen Anlage. Da sind die umliegenden Häuser mitgerechnet. Das gehört alles zusammen und bildet rechtlich eine Einheit.«

Der Hauptkommissar zeigte Lore Semlin sein gewinnendstes Lächeln.

»Sie könnten mir doch bestimmt auch sagen, ob Frau Kratzer die Eigentümerin der Wohnung im 4. Stock wa… äh, ist?«

Die Frau bemerkte seinen erneuten Lapsus nicht.

»Das könnte ich, natürlich.«

»Und, wollen Sie auch?«

Wieder überlegte sie eine Weile.

»Sie sind kein schlechter Mensch, Herr Inspektor, deshalb will ich mal nicht so sein, obwohl Sie das auch über das Katasteramt herausfinden könnten. Die Wohnung gehört einem gewissen Herrn Ehrenreich. Er ist noch nie persönlich bei einer Eigentümerversammlung aufgetaucht, deshalb kann ich Ihnen leider gar nichts zu seiner Person sagen.«

»Ehrenreich«, wiederholte Lenz mehr für sich als für die Frau.

»Wo der Herr wohnt, wissen Sie nicht zufällig auch noch?«

»Irgendwo hier in Kassel, daran kann ich mich erinnern. Den Rest müssen Sie schon selbst herausfinden. Denn wozu sind Sie denn sonst Polizist?«

»Ja, das wird schon klappen«, erwiderte Lenz, während er zunächst tief Luft holte und sich danach wieder in Bewegung setzte.

»Nochmals vielen Dank, Frau Semlin.«

»Gern, Herr Inspektor.«

8

Maik Wesseling nahm einen letzten Zug aus der filterlosen Zigarette, presste den Rest in den Aschenbecher auf dem Schreibtisch, griff zum Telefonhörer und drückte eine Kurzwahltaste. Als der Anruf sofort auf die Mobilbox des Teilnehmers weitergeleitet wurde, hielt er den Finger genervt auf die rote Taste, wartete einen Augenblick und wählte eine andere Nummer.

»Hat sich die Steffi endlich bei dir gemeldet?«, fragte er ohne jegliche Begrüßungsformel.

»Nein«, kam es ebenso kurz angebunden zurück.

»Dann fährst du auf der Stelle zu ihr und siehst nach, was schon wieder mit diesem Miststück los ist. Ich will wissen, warum ich seit gestern nichts von ihr gehört habe.«

»Soll ich ihr sagen, dass du sauer bist auf sie?«

»Das kannst du dir sparen, weil sie sich das ohnehin denken wird. Wenn sie zu Hause ist und keinen Kunden hat, bringst du sie bei mir vorbei. Wenn das nicht geht, erklärst du ihr mit salbungsvollen, warmen Worten, dass ich ihren Besuch allerspätestens im Lauf der Nacht erwarte.«

Es entstand eine kurze Pause.

»Sonst noch was?«

»Nein, das war alles.«

Damit war das Gespräch beendet. Wesseling griff nach der Zigarettenschachtel in seiner Brusttasche, fingerte einen filterlosen Glimmstängel heraus, schlug ein Ende ein paar Mal auf dem Tisch auf und steckte ihn sich anschließend in den Mund. Mit dem brennenden Feuerzeug in der Hand saß er ein paar Sekunden da und überlegte. Dann ließ er die

Flamme verlöschen, griff erneut zum Telefon und drückte die Taste der Wahlwiederholung.

»Bist du schon unterwegs?«

»Nein.«

»Dann vergiss, was ich dir gerade gesagt habe.«

»Ist was passiert?«

»Nein. Ich mache es selbst.«

Wesselings Gesprächspartner stöhnte deutlich hörbar auf.

»Das ist nicht gut, was du da machst, Maik. Du darfst die Frau nicht so nah an dich ranlassen. Immer, wenn sie sich mal länger als ein paar Stunden nicht bei dir gemeldet hat, drehst du völlig am Rad. Die wird dich noch völlig um den Verstand bringen.«

»Wenn ich in dieser Sache deinen Rat brauche, Olli, werde ich dich vielleicht danach fragen. Vielleicht. Bis dahin nervst du mich besser nicht mit deinem dummen Geschwätz.«

»Ja, mach mich nur fertig. Aber dann lass mich auch in Ruhe, wenn sie dich mal wieder versetzt oder keinen Bock auf dich hat. Mindestens einmal in der Woche rennen ich oder Pit hinter der Braut her, weil du nicht weißt, wo Madame Unzuverlässig abgeblieben ist. Das nervt mit der Zeit.«

»Vergiss besser nicht, mit wem du redest.«

»Ich meinte doch …«

Ein Klacken in der Leitung, und die Verbindung war unterbrochen. Der groß gewachsene, muskulöse Mann warf den Hörer auf die Gabel, stand auf, griff nach seiner Jeansjacke und dem Autoschlüssel und verließ das Büro. Auf der Straße angekommen, stieg er in ein dunkelblaues BMW-Cabrio, öffnete das elektrisch betriebene Dach, zündete sich eine Zigarette an und rollte langsam davon. Sein Weg führte ihn durch die gesamte Innenstadt, bevor er den Wagen an der Kreuzung Weserspitze nach halbrechts lenkte und die letzten etwa 1800 Meter hinter sich brachte. Als Wesseling um den Häuserblock herumgefahren war, der ihm den Blick auf den zu der Wohnanlage gehörenden Parkplatz verstellte, musste er schlucken. Vor und neben der Eingangstür standen drei Streifenwagen, dahinter parkten mehrere zivile Limousinen und Kombis, bei deren Anblick er sofort sicher war, dass es sich ebenfalls um Einsatzfahrzeuge der Polizei handelte. Einer der beiden vor dem Haus stehenden Uniformierten löste sich von seinem Kollegen, mit dem er sich unterhalten hatte, und kam auf Wesseling zu, der den BMW in die vom Haus am weitesten entfernt liegende Parklücke manövriert hatte.

»Guten Abend. Wohnen Sie hier?«, wollte er wissen.

»Was geht Sie das an?«, gab Wesseling leise zurück, während er den Motor abstellte, die Autotür öffnete und sich vor dem blau gekleideten Beamten aufbaute.

Der Polizist sah seinem braun gebrannten Gegenüber etwas unsicher ins Gesicht.

»Hier gibt es, wie Sie unschwer erkennen können, einen Polizeieinsatz. Deshalb ist es im Augenblick nicht möglich, das Haus zu betreten.«

»Was ist denn passiert?«

»Darüber kann ich Ihnen keine Auskunft geben. Aber ich frage Sie noch einmal, ob Sie in dem Haus wohnen.«

»Nein, ich wohne nicht in dem Haus. Mir gehört eine Wohnung hier, und ich habe einen Termin mit dem Mieter, den ich sehr ungern verpassen würde wegen Ihrer Räuber-und-Gendarm-Spielchen.«

»Sie dürfen trotzdem das Haus jetzt leider nicht betreten. Ich kann aber gern veranlassen, dass sich einer der mit der Sache betrauten Herren der Kripo um Ihr Anliegen kümmert.«

In diesem Augenblick rollte ein großer, schwarzer Kombi an den beiden vorbei. Sowohl der Kopf des Polizisten als auch der von Wesseling machten eine Drehbewegung, als ihre Blicke dem Leichenwagen folgten.

»Wow. Wer ist denn gestorben?«

»Darüber kann ich, wie gesagt, keine Auskunft geben. Soll ich nun dafür sorgen, dass ein Mitarbeiter der Kripo zu Ihnen kommt oder nicht?«

Wesseling, dessen Blick noch immer auf den Leichenwagen gerichtet war, machte eine abwehrende Handbewegung, stieg ohne eine Antwort in seinen Wagen und verließ den Parkplatz. Anstatt jedoch zurück in Richtung Innenstadt zu fahren, parkte er in der nächsten Querstraße, stieg aus, zündete sich eine Zigarette an und griff zum Telefon.

»Hier ist die Kacke am Dampfen, Olli«, ließ er seinen Gesprächspartner wissen, nachdem der sich gemeldet hatte.

»Wie meinst du das? Was ist denn los?«

»Ich weiß, verdammt noch mal, nicht, was los ist!«, schrie Wesseling in das Gerät. »Vor dem Haus im Fuldablick stehen jede Menge Bullenautos, und ein Leichenwagen ist gerade eben auch aufgetaucht.«

»Meinst du, der Steffi ist was passiert?«

»Quatsch, warum das denn? Die kann schon auf sich aufpassen. Aber wenn dort die Bullen im Quadrat gestapelt vor dem Haus rumlungern, kann sie nun mal kein Geschäft machen. Oder meinst du, ihre Kunden wollen sich fragen lassen, was genau sie in dem Bunker zu tun gedenken?«

»Nein, das wollen die ganz bestimmt nicht.«

»Also.«

»Und wenn der Steffi doch was passiert ist?«, fragte der Mann am anderen Ende sehr, sehr vorsichtig. »Die Welt ist nun mal voller Irrer, Maik.«

»Ach was. Hör auf, mich mit deinen blöden Movies zu nerven.«

»Ja, klar, ich hab ja nur gemeint.«

»Ich mach jetzt Schluss, Olli. Wir sehen uns später.«

Wesseling warf das Telefon auf den Beifahrersitz, nahm einen tiefen Zug an seiner Zigarette und wollte gerade wieder einsteigen, als ein Auto um die Ecke bog, kurz beschleunigte und wieder abbremste. Der Fahrer sah sich suchend um, blickte danach genervt auf den kleinen Monitor seines Navigationsgeräts an der Frontscheibe und ließ schließlich die Seitenscheibe heruntergleiten.

»Kennen Sie sich hier aus?«, wollte er von dem Mann wissen, der mit dem Gesäß am hinteren Kotflügel des BMW lehnte.

»Klar, was wollen Sie denn wissen?«

»Ich suche die Straße Fuldablick.«

Wesseling trat auf den weißen Kleinwagen zu und wollte dem Fahrer erklären, wie er fahren musste, doch als sein Blick auf einen großen, silbern schimmernden Alukoffer auf der Rückbank fiel, hielt er kurz inne. Ein Alukoffer, wie ihn Fotografen benutzten.

»Wollen Sie auch zu dem Haus, das von der Polizei belagert wird?«

»Ja«, gab der Fahrer erstaunt zurück. »Woher wissen Sie das?«

Wesseling deutete auf den Koffer.

»Ist ja nicht zu übersehen.«

»Ja, das stimmt. Sind Sie ein Kollege?«

Eine kurze Pause.

»Nein, das nicht gerade. Ich hatte einen Termin zur Wohnungsbesichtigung in dem Haus, wurde allerdings nicht reingelassen. Ich wollte dort ein Apartment kaufen, aber wie es aussieht, scheint das keine gute Wohngegend zu sein.«

»Das würde ich so pauschal nicht sagen. Dass Sie da nicht reingelassen wurden, kann ich mir jedoch sehr gut vorstellen; ist ja auch eine große Sache, die sich da abgespielt haben soll.«

»So, so«, machte der Mann an der Fahrertür möglichst unbeteiligt. »Was genau hat sich denn dort abgespielt?«

»Bis jetzt gibt es zwar nur Gerüchte, aber einer meiner Tippgeber hat behauptet, dass Oberbürgermeister Zeislinger beteiligt ist. Vielleicht soll er sogar tot sein.«

»Der OB? Du meine Güte!«

»Ja. Und deshalb muss ich jetzt los, bevor mir ein anderer Fotograf zuvorkommt. Bis jetzt habe ich die Geschichte vermutlich exklusiv.«

»Dann viel Glück!«, gab Wesseling dem Journalisten mit, erklärte ihm kurz den Weg und sah dem davonfahrenden Wagen hinterher, bis er um die nächste Ecke und damit aus seinem Blickfeld verschwunden war.

9

Lenz war schweißgebadet, als er das Erdgeschoss erreicht hatte. Dort traf er auf Heini Kostkamp, den Leiter der Spurensicherung, der mit einem seiner Leute dabei war, die Liftkabine zu untersuchen. Als Lenz näher kam, hob er erfreut den Kopf.

»Na, du müder Krieger. Ich dachte, du seist schon längst abgehauen.«

»Hallo, Heini. Wie kommst du denn darauf?«

»Der Kleine hat mir so was geflüstert. Und, dass du mächtig Ärger am Hacken hast.«

»Ärger kommt und geht. Was hat Thilo dir denn sonst noch so erzählt?«

»Dass er sich Sorgen macht, dein Ärger könnte diesmal ein längerer Begleiter sein. Aber wir hatten nicht viel Zeit, uns darüber auszutauschen. Da oben ist nämlich richtig dicke Luft.«

»Wie geht es Schoppen-Erich?«

»Der ist schon im Klinikum. Der Notarzt meinte, dass es fifty-fifty steht.«

»Na, wenigstens lebt er noch.«

»Ja, das tut er. Meinst du, der oder die hatten es auf ihn abgesehen?«

»Keine Ahnung. Aber wenn ich wetten müsste, würde ich mittlerweile Nein sagen.«

»Warum?«

»Weil es viel bessere und vor allem einfachere Momente gibt, einen wie ihn zu erlegen und gleichzeitig dem Kollateralschaden mit der Frau aus dem Weg zu gehen.«

»Vielleicht ging es ja darum, ihn in dieser verhängnisvollen Situation zu zeigen.«

Lenz dachte eine Weile nach.

»Interessanter Ansatz. Nur leider habe ich mit der Sache nichts zu tun, also musst du die Idee den Kollegen vom Staatsschutz mitteilen.«

»Lass mal. Die sind alt und erfahren genug, um selbst auf so was zu kommen.«

Draußen auf dem Parkplatz tauchte ein Kleinbus mit einer heruntergeklappten Satellitenschüssel auf dem Dach auf.

»Die Aasgeier haben Witterung aufgenommen«, kommentierte der Mann von der Spurensicherung die Szene, während einer der auf dem Hof stehenden Uniformierten sofort wild gestikulierend auf das Auto zustürmte.

»Meinst du, wir sollten ihnen sagen, dass ein Mann oben an der Einfahrt Wunder wirken würde?«, wollte Lenz schmunzelnd wissen.

»Warum das denn? Dein Fall ist es nicht, wie du gerade richtig bemerkt hast, und ich bin nur der Spurenheini. Nein, lass die Jungs das mal machen, wie sie es für richtig halten.«

Er trat etwas näher an seinen Kollegen heran und senkte die Stimme.

»Die Tote da oben dürfte eine Nutte gewesen sein, was meinst du?«

Lenz zuckte mit den Schultern, während Kostkamp weiter seiner Arbeit nachging.

»Wenn es mein Fall wäre, würde ich es vermutlich annehmen, ja. Und wenn, dann eine der besseren Sorte.«

Er wischte sich mit dem rechten Handrücken den Schweiß von der Stirn.

»Hast du dich schon ein bisschen in der Wohnung umgesehen?«

»Nur einen kurzen Blick reingeworfen, und zu mehr wird es vermutlich auch nicht mehr kommen, weil die Komiker da oben ein Team vom BKA angefordert haben. Wir Kasseler sind gerade mal gut genug, um für die Spezialisten aus Wiesbaden den Fahrstuhl zu untersuchen.«

»Vermutlich verfügt Weck noch über sehr gute Beziehungen in die Landeshauptstadt.«

»Und vermutlich will er auch so schnell wie möglich wieder dorthin zurück«, ätzte der alte Spurensicherer vergnügt, während er mit einem feinen Pinsel etwas auf dem Edelstahl der Liftkabinentür verteilte. »Und damit es so kommt, muss er hier bei uns in Hessisch-Sibirien ein paar schnelle Erfolge vorweisen.«

Kostkamp hob den Kopf und legte die Stirn in Falten.

»Was mich ein bisschen verwirrt hat, war die Aufmachung der Frau. Irgendwie hat es mich an eine Kreuzigungsszene erinnert, wie sie so dalag.«

»Nur die Löcher in Händen und Füßen haben gefehlt«, stimmte Lenz ihm zu.

Im Treppenhaus wurde das Geklapper von Absätzen laut, bis schließlich Thilo Hain und Rolf-Werner Gecks um die Ecke bogen.

»Was machst du denn noch hier?«, rief Hain erstaunt, als er seinen Boss sah. »Ich dachte, du würdest schon in der familieneigenen Galerie Häppchen naschen und Schampus schlürfen.«

»Nein, ich hatte noch ein paar Dinge im Haus zu erledigen.«

Sowohl Hain als auch Gecks und Kostkamp sahen dem Leiter von K11 ungläubig ins Gesicht.

»Mannomann, Paul«, erwiderte der junge Oberkommissar fassungslos, »wenn du glaubst, dass die Jungs da oben das, was sie dir mitgegeben haben, nicht ernst meinen, dann solltest du diese Meinung schleunigst überdenken. Die machen nämlich wirklich keinen Spaß.«

»Davon bin ich restlos überzeugt, Thilo; aber danke trotzdem für den Hinweis. Wie geht es weiter bei euch?«

»RW soll sich in den umliegenden Häusern umhören, mir wurde aufgetragen herauszufinden, ob es sich um ihre Wohnung handelt, in der sie liegt, und wenn nicht, wem sie gehört. Die Dame heißt übrigens Stefanie Kratzer, so steht es zumindest in ihrem Personalausweis.«

Lenz sah seinen Kollegen anerkennend an und tat so, als höre er den Namen der Frau zum ersten Mal.

»Wenn du mich zur Galerie fährst, erzähle ich dir, wer der Eigentümer der Immobilie ist.«

Gecks, Kostkamp und Hain warfen sich einen vielsagenden Blick zu.

»So ist er, unser Boss«, kommentierte der junge Oberkommissar schließlich den Vorschlag. »Dann komm, du Invalide, damit ich dich endlich loswerde.«

»Ehrenreich«, begann Lenz, als die beiden auf dem Weg in die Innenstadt waren. »Der Eigentümer der Wohnung heißt Ehrenreich.«

»Vorname?«

»Du bist doch der mit dem Fall betraute Bulle. Den musst du schon selbst herausfinden.«

»Das heißt, du weißt ihn nicht.«

»Stimmt.«

»Hat dir diese Frau Semlin seinen Nachnamen verraten?«

»Richtig.«

»Hätte ich mir denken können, dass du noch mal bei ihr einkehrst. Was wusste sie denn …«

Der Oberkommissar brach seinen Satz ab und nahm den Fuß vom Gas.

»Hast du gerade gesagt, der Eigentümer der Wohnung heißt Ehrenreich?«

Lenz sah seinen Mitarbeiter überrascht an.

»Ja, und das ist keine 30 Sekunden her. Ich fange langsam an, mir ernsthafte Sorgen um dich zu machen, Thilo.«

»Das ist denkbar unnötig. Mir ist nur gerade zu dem Namen Ehrenreich ein Gesicht eingefallen, und wenn ich mir den Kontext vergegenwärtige, kann ich dir vielleicht den Vornamen des Wohnungseigentümers nennen, ohne weiter ermitteln zu müssen.«

Damit lenkte er seinen Kombi auf einen Parkstreifen am rechten Fahrbahnrand, trat auf die Bremse und würgte den Motor ab.

»Peter Ehrenreich.«

»Nie gehört.«

»Dem will ich nicht widersprechen. Mit der Mordkommission hat er bisher auch nichts zu tun gehabt, aber mir und meinen alten Kollegen von der Sitte ist der Name mehr als geläufig. Er ist kein großer Fisch, eher ein Stichling, aber einer von der Sorte, auf die man immer ein wachsames Auge haben sollte. Was er zur Zeit macht, weiß ich natürlich nicht, immerhin bin ich seit mehr als sechs Jahren nicht mehr im Sittendezernat, aber das lässt sich bestimmt leicht rauskriegen.«

»Und du meinst, dieser Typ kann sich so eine Penthousewohnung leisten?«

»Das weiß ich nicht, Paul, wie gesagt. Als ich das letzte

Mal mit ihm zu tun hatte, war er Aufpasser und Rausschmeißer in einem Puff auf der Leipziger Straße, und mit dem Geld, das er dort verdient hat, hätte das garantiert nicht geklappt. Aber die Zeiten ändern sich, und vielleicht hat er ja irgendwo einen Hauptgewinn gezogen.«

»Du meinst, diese Stefanie Kratzer ist für ihn anschaffen gegangen?«

»Das würde ich ausschließen, denn dazu fehlt ihm eindeutig die Klasse. Er hat zwar eine locker sitzende rechte Hand und ist sicher auch zuverlässig und loyal, aber er ist nun mal keiner, der bei diesem Konzert das Solo spielt. Das machen andere.«

»Außerdem gibt es noch die Möglichkeit, dass es bei dem Wohnungseigentümer um einen ganz anderen Mann mit Namen Ehrenreich geht.«

Hain schüttelte energisch den Kopf.

»Die Tatsache, dass es sich bei Stefanie Kratzer mit an Sicherheit grenzender Wahrscheinlichkeit um eine Prostituierte gehandelt hat, und das Auftauchen des Namens ›Ehrenreich‹ in der Sache macht mich schon sicher, dass es sich dabei um den guten Pit handelt.«

»Und was schlägst du jetzt vor?«

»Wie, was ich vorschlage? Gar nichts schlage ich vor, weil ich dich auf der Stelle zur Galerie deiner Süßen bringe, wie vereinbart. Danach mache ich mich allein auf den Weg und sehe, was ich herausfinden kann über Peter Ehrenreich.«

10

Bernd Ahrens saß zusammengesunken in seinem Stuhl und konnte kaum die Augen offenhalten. Sein auf die Brust gesunkener Kopf bewegte sich leicht von links nach rechts, und ein zufälliger Beobachter hätte vermuten können, dass es sich bei dem Mann um einen geistig Behinderten handelte.

»He, Bernd!«, rief jemand seinen Namen. »Du sollst nicht schlafen im Angesicht dieser wunderbaren Veranstaltung, die uns gleich geboten wird.«

Ahrens riss den Kopf hoch, blickte nach links und sah in das strahlende Gesicht von Konrad Zimmermann.

»Guten Abend, Konrad.«

»Auch dir einen guten Abend. Schön, dass du gekommen bist.«

»Was hätte ich denn sonst machen sollen? Zu Hause herumsitzen, wie nahezu jeden Abend?«

»Das muss doch nicht sein, Bernd«, gab der groß gewachsene, muskulöse Zimmermann aufmunternd zurück. »Du weißt, dass du in der Gemeinde immer jemanden findest, der sich um dich bemüht.«

»Das stimmt, das weiß ich. Aber ich will nun einmal niemandem zur Last fallen.«

»Aber du fällst doch niemandem zur Last. Wir alle sind froh, wenn wir uns während dieser schweren Prüfung, die du bestehen musst, um dich kümmern können.«

Ahrens nickte.

»Ja, eine schwere Prüfung ist es wahrlich, die mir der Herr da auferlegt hat. Eine sehr, sehr schwere Prüfung.«

Zimmermann zog sich einen Stuhl heran, ließ sich darauf

nieder und sah zur Tür, wo weitere Menschen in den kleinen Saal strömten.

»Siehst du, Bernd, diese ganzen Menschen sind unter anderem hier, um dir, dir allein, in dieser schweren Zeit beizustehen. Jeder einzelne dieser Menschen würde dich auf seine Schultern laden und zu sich nach Hause tragen, wenn es dir helfen würde, den Kummer um den Verlust deiner Lieben erträglicher zu machen. Aber das hat der Herr nicht vorgesehen. Der Herr will, dass wir uns den Prüfungen, die er uns gesandt hat, stellen. Dass wir aushalten, was er von uns verlangt. Wir verstehen nicht, was er sich dabei denkt, aber wir wissen, dass es richtig ist. Es ist auch richtig, wenn es uns Leid auferlegt.«

Bernd Ahrens sah seinem Freund lange ins Gesicht.

»Ich will nicht klagen, Konrad, wirklich nicht. Aber es ist schon schwer auszuhalten, dieses Leid, das er mir auferlegt hat.«

Ein paar der Besucher hatten Ahrens im Vorbeigehen eine Hand auf die Schulter gelegt oder über seinen Kopf gestreichelt.

»Siehst du? Alle sind hier, um dich zu unterstützen und aufzurichten.«

»Meinst du nicht, dass sie eher gekommen sind, um dem Referenten zuzuhören?«

»Das natürlich auch«, gab Zimmermann zu, »aber in der Hauptsache sind sie wegen dir hier.«

Im Hintergrund wurde leise gemurmelt, und kurz darauf betrat ein etwa 55-jähriger Mann mit schlohweißen Haaren und strengem Blick den Raum. Nachdem er zwei Männern die Hand geschüttelt hatte, schritt er direkt auf das etwa drei Meter vor den Stühlen aufgestellte Rednerpult zu und stellte seine schwarze Aktentasche daneben ab. Es dauerte etwa weitere fünf Minuten, bis er seine Unterlagen geordnet hatte und jeder der im Saal Anwesenden auf einem Stuhl Platz genommen hatte.

»Guten Abend«, begann der Redner nach einem kurzen Schluck aus dem Wasserglas, das er zuvor aufgestellt und befüllt hatte.

»Mein Name ist Volker Weidler, und ich komme aus Gießen zu Ihnen.«

Er sah sich in seinem Publikum um und nickte dabei immer wieder.

»Manche von Ihnen habe ich schon einmal gesehen, andere lerne ich heute erst kennen. Trotzdem begrüße ich Sie alle sehr herzlich zu meinem heutigen Vortrag.«

Ein weiterer Schluck Wasser.

»Sicher hat es sich schon bei vielen von Ihnen herumgesprochen, was dieser Weidler aus Gießen für einer ist. Für alle anderen jetzt eine Kurzfassung meiner Biografie. Ich wurde vor 54 Jahren in Marburg geboren, habe nach dem Abitur Biologie und Sport auf Lehramt studiert und war bis vor etwa drei Jahren an einer Schule in Gießen angestellt. Einer christlich orientierten Schule. Dann wurde mir von Teilen der Elternschaft meiner Schüler unterstellt, dass mein Biologieunterricht sich nicht am Lehrplan orientieren würde, was zu einem Aufschrei in den Medien und natürlich auch im Kultusministerium zu Kontroversen führte. Kurz und gut, ich verlor meinen Arbeitsplatz und habe bis heute keine neue Stelle als Lehrer gefunden.«

Ein leises Raunen ging durch den Saal.

»Ja, das ist eine Sache, wenn man von heute auf morgen seinen Job verliert, meine Damen und Herren. Aber in meinem Fall hat es dazu beigetragen, dass mein Leben sich von Grund auf zum Besseren verändert hat.«

Weidler ließ seinen Blick über die Zuhörer schweifen.

»Es hat dazu beigetragen, dass ich Sie alle heute kennenlernen kann, was sonst vermutlich nicht geschehen wäre. Und es hat dazu beigetragen, dass mein Vertrauen in die Führungskraft des Herrn ins Unermessliche gewachsen ist, denn *er* hat mir diesen Weg aufgezeigt und ermöglicht. *Er* hat in seiner unendlichen Güte dafür gesorgt, dass ich meine neue Berufung gefunden habe und nun vor Ihnen spreche.«

Es erklang ein erstes, zaghaftes Klatschen aus den hinteren Reihen.

»Aber vielleicht sollte ich Ihnen zunächst ein paar der Hintergründe erklären, die zu meinem Hinauswurf als Lehrer geführt haben, meine Damen und Herren, denn ich finde, Sie haben das Recht, darüber informiert zu sein, wie in diesem Land mit Menschen umgegangen wird, die zu Ihren Überzeugungen stehen und diese auch leben.«

Ein Nippen am Wasserglas.

»Ich habe 27 Jahre als Lehrer an der gleichen Privatschule unterrichtet; Biologie und Sport waren meine Fächer, wie ich schon erwähnt habe. In all diesen Jahren habe ich versucht, meinen Schülern mehr auf ihren Lebensweg mitzugeben, als es der reine Lehrplan vorgesehen hat. Zum Beispiel war es mir immer wichtig, neben der Vermittlung der Evolutionstheorie, die, und da werde ich nicht müde, es zu betonen, nicht mehr ist als eine unbewiesene und unbeweisbare Annahme, wie übrigens der Begriff *Theorie* schon sagt, den Fokus auf die Schöpfungsgeschichte zu lenken, die im Buch der Bücher auf anschauliche und vor allem glaubhafte Weise dargelegt ist.«

Erneut machte Weidler eine kleine Kunstpause.

»20 Jahre lang war das für keinen Menschen ein Problem, und ich stehe noch heute in Kontakt mit vielen meiner ehemaligen Schüler, von denen einige eine wirklich beeindruckende Entwicklung genommen haben. 20 Jahre. Keine Probleme. Dann jedoch regten sich erste Widerstände. Eltern beschwerten sich beim Direktor, Kollegen, mit denen ich mich immer gut verstanden hatte, begegneten mir plötzlich mit Misstrauen.«

Ein weiterer Blick in die Runde.

»Was war geschehen? War ich ein anderer Mensch geworden? Hatte ich zu einem Krieg aufgerufen? Hatte ich mich an einem Aufstand beteiligt? Nein, meine Damen und Herren, nichts dergleichen war geschehen. Nur die Wahrnehmung meiner Aussagen hatte sich verändert. Aber was hatte ich eigentlich so Schlimmes ausgesagt?«

Seine Augen fuhren jede der vor ihm aufgebauten Stuhlreihen ab, gerade so, als würde er eine laut herausgeschriene Antwort auf seine vielen Fragen erwarten. Doch keiner der Anwesenden sagte etwas.

»Ich hatte zum Beispiel meine Schüler darauf hingewiesen, dass die Evolutionstheorie lückenhaft und keinesfalls logisch aufgebaut ist. Dass es in Deutschland Millionen von Menschen gibt, die nicht an diese Theorie glauben, oder besser, sie rundheraus ablehnen. Dass es nur allzu normal wäre, im Biologieunterricht neben dieser Theorie über die Entstehung des Lebens auch die Schöpfungsgeschichte zu lehren, mit all den daraus resultierenden Folgen. Dass es der Menschheit besser erginge, wenn sie sich am Wort des Herrn orientieren würde, anstatt dem Mammon hinterherzulaufen und sich in vorehelichem Intimverkehr eine schnelle Lustbefriedigung verschaffen zu wollen. Von der verabscheuungswürdigen, ja abartigen Homosexualität, die schon in der Bibel verdammt wird, will ich an diesem Abend gar nicht sprechen.«

Weidlers Gesichtszüge bekamen nun eine harte Note.

»Was also soll schlimm daran sein, wenn ein Lehrer seine Schüler darauf hinweist, dass die Entstehung der Erde, anders als Darwin es vermutete, gar nicht weiter zurückliegen *kann* als 6000 Jahre, wie es das Erste Buch Mose verheißt? Und dass man, wenn man diesem Umstand Glauben schenkt, gar nicht anders kann, als auf eine Macht zu vertrauen, die dies alles erschaffen haben muss. Eine Macht, die nur unser aller Schöpfer sein kann.«

Der nun einsetzende Applaus war schon deutlich stärker als das Klatschen ein paar Minuten zuvor.

»Und jetzt fragt sich der eine oder andere unter Ihnen, der vielleicht noch immer nicht restlos überzeugt ist, ob das alles denn wirklich sein kann und wo zum Beispiel die Dinosaurier geblieben sind in diesen 6000 Jahren. Haben die nicht vor Millionen von Jahren gelebt, wie es uns viele Wissenschaftler und einige Hollywoodregisseure glauben machen wollen? Nun, soweit ich weiß, trug kein einziger aller bisher ausgegrabenen Dinosaurierknochen einen Hinweis auf den Todestag seines Eigentümers.«

Das sofort unter den Besuchern einsetzende leise Gelächter wertete der Vortragende als Bestätigung seiner These.

»Nein, meine Damen und Herren, die Dinosaurier wurden, wie alle Tiere, vom Schöpfer kreiert, und zwar am fünften und sechsten Tag. Sie haben mit den Menschen gemeinsam auf der Erde gelebt bis zu dem Moment, in dem die Sintflut kam und sie hinweggespült hat. Und ich kann allen Zweiflern nur empfehlen, sich einmal mit Leviathan auseinanderzusetzen. Oder mit Behemoth. Deren Existenz beweist nämlich klar, dass unbestritten Gott die Saurier erschaffen hat und sie zur gleichen Zeit wie der Mensch die Erde bevölkert haben.«

Lautes, aufmunterndes, länger andauerndes Klatschen.

»Aber kommen wir zurück auf das, was den Menschen ausmacht und was ihn nicht ausmachen sollte, meine Damen und Herren. Was den Unterschied ausmacht zwischen einem guten Menschen und einem schlechten Menschen. Das ist nämlich einzig die Tatsache, ob er sich bei der Planung und Umsetzung seines göttlichen Lebensauftrags an die Zehn Gebote hält, mit deren Hilfe Gott uns vor Hölle und Verderbnis beschützen will.«

Es folgten längere Ausführungen zu jedem der angesprochenen Gebote, die in einer Zentralaussage mündeten.

»Und deshalb sage ich Ihnen, dass es unbedingt notwendig ist, sich jeden Tag aufs Neue mit seinem Leben und der Hinwendung zu Gott zu beschäftigen. Dass es für jeden guten Christen völlig ausgeschlossen sein sollte, auch nur für eine einzige Sekunde seines Lebens nicht an den Schöpfer und seine Wohltaten zu denken, die er uns Tag für Tag zukommen lässt. Und wenn wir uns also später voneinander verabschieden, dann sollte jeder von Ihnen diese Veranstaltung mit dem festen Vorsatz verlassen, Gottes Wort und seine Bedeutung für uns Menschen zu preisen und zu verkünden, wo und wann immer es ihm möglich ist.«

Nun brandete lauter Beifall auf, garniert mit einzelnen Bravo-Rufen. Volker Weidler ließ sich den Applaus gern gefallen, und nachdem er geendet hatte, hob er die Arme, gerade so, als wolle er ein Meer teilen, und bedankte sich. Er redete noch etwa eine dreiviertel Stunde, bevor er zum Ende kam und sich von seinen Zuhörern verabschiedete, die ihm stehend ihre Ovationen darboten.

»Eine Sache möchte ich noch erwähnen«, rief er in den Jubel, »bevor ich mich wirklich von Ihnen verabschiede.«

Seine Augen suchten den Blickkontakt zu Bernd Ahrens, und als er ihn hergestellt hatte, machte er eine aufmunternde Bewegung in seine Richtung. Ahrens verstand zunächst nicht ganz, doch dann wurde ihm klar, dass der Mann am Rednerpult ihn aufforderte, zu ihm zu kommen. Also erhob er sich unsicher, trat aus der Reihe und ging langsam und mit tapsigen Schritten nach vorn.

»Das hier ist«, fuhr Weidler fort, nachdem Ahrens neben ihn getreten war, »Bernd Ahrens. Die meisten unter Ihnen kennen ihn, da bin ich sicher. Und die meisten von Ihnen wissen auch, welch schwere Prüfung der Herr ihm in diesen Tagen auferlegt.«

Der Redner umfasste den traurig dreinblickenden Mann an seiner Seite an der Schulter.

»Bernd hat durch einen tragischen Verkehrsunfall seine Frau und seine kleine Tochter verloren. Bestimmt ist es für manche unter uns, und zu denen zähle ich mich ganz bewusst auch, schwer oder gar nicht zu verstehen, warum er solch ein schweres Schicksal erdulden muss. Und warum der mutmaßliche Verursacher des Unfalls vor ein paar Wochen auch noch freigesprochen wurde. Aber wir dürfen uns so etwas nicht fragen.«

Er drehte sich nach rechts und sah Ahrens fest in die Augen.

»Wir dürfen uns solche Fragen nicht stellen, und auch du darfst dir solche Fragen nicht stellen, Bernd. Wir sind dazu nicht befugt. Und es ist weiterhin nicht unsere Aufgabe, die Wege des Herrn in irgendeiner Form zu beurteilen, geschweige denn, zu kritisieren. Selbst wenn es uns noch so schwerfällt.«

Weidlers Hand strich sanft über den Kopf des neben ihm stehenden Mannes.

»Wir können sicher sein, dass hinter allen Entscheidungen des Herrn ein großer, allumfassender Plan steht, den wir in seiner ganzen Tragweite überhaupt nicht verstehen könnten, selbst wenn wir wollten. Es geht nicht. Und so biete ich dir, lieber Bernd, meine aufrichtig und vollkommen ehrlich gemeinte Unterstützung in jeder Hinsicht an und ich sage sicher nichts Falsches, wenn ich dieses Hilfsangebot auf jeden hier im Raum Anwesenden ausdehne.«

Sein Blick drehte eine Runde durch den Saal, wo sofort heftiges Kopfnicken unter den Besuchern einsetzte.

»Siehst du, wir sind in diesen schweren Tagen alle für dich da. Jeder Einzelne. Ruf an oder komm vorbei, unsere Türen stehen dir immer offen, Bernd.«

Etwa eine Stunde nach Ende der Veranstaltung saßen Bernd Ahrens, Konrad Zimmermann, Volker Weidler und ein befreundetes Ehepaar aus der Gemeinde in einer Ecke eines Restaurants.

»Ich möchte mich noch einmal für Ihr überaus interessantes Referat bedanken, Herr Weidler«, erklärte Monika Schorfheide dem Mann aus Gießen. »Oder sollte ich besser von einer Predigt sprechen?«

Sie lächelte beseelt.

»Mich jedenfalls haben Ihre Worte berührt wie eine Predigt.«

»Vielen Dank.«

»Und was Sie für und über Bernd gesagt haben, war das Schönste, was ich mir vorstellen konnte.«

Sie nippte an ihrem Weinglas.

»Natürlich«, fuhr die blonde, etwa 45-jährige Frau fort, »trage auch ich ein paar Gedanken nach Sinn und Unsinn eines solchen Verlustes mit mir herum, die ich jedoch im Zwiegespräch mit dem Herrn auszuräumen versuche.«

»Und, gelingt es Ihnen?«

Die Frau sah beschämt auf den Tisch.

»Ich wünschte, ich könnte diese Frage mit einem klaren Ja beantworten, aber es ist mir leider nicht möglich. Manchmal geht es, aber leider nicht immer. Dann muss ich an meine gute Freundin Gerlinde denken, mit der ich so viele schöne Stunden und Tage verbringen durfte, und es ist mir unerklärlich, warum der Herr sie schon abberufen hat.«

»Ja«, gab Weidler gedankenversunken zurück, »diese Zweifel zehren, das gebe ich unumwunden zu; aber umso mehr müssen wir stark sein im Glauben, dass alles gut werden wird und dass wir dereinst im Paradies mit unseren Lieben vereint sein werden. Und das werden wir, weil der Herr dafür Sorge trägt.«

»Ja, das ist sicher«, bestätigte Werner Schorfheide die Worte des ehemaligen Biologielehrers mit Blick auf Bernd Ahrens. »Und dir, Bernd, sagen wir nochmals gern unsere gesamte Unterstützung zu. Wir werden an deiner Seite stehen, wann immer du es benötigst.«

Ahrens sah verlegen in die Runde.

»Das ist wirklich sehr, sehr nett von euch allen. Und es hilft mir schon, es zu wissen.«

Er schluckte.

»Natürlich ist es schrecklich, ohne die beiden auskommen zu müssen. Es ist so furchtbar, abends allein ins Bett zu gehen in der Gewissheit, am Morgen allein aufzuwachen. Kein gemeinsames Frühstück, kein gemeinsames Gebet, kein gemeinsames Leben mehr.«

Über seine Wangen liefen nun dicke Tränen.

»Und natürlich ist es schwer, in dieser Situation den Glauben nicht zu verlieren. Es ist schwer, den Herrn nicht zu verurteilen für das, was er mir auferlegt.«

»Aber Bernd«, reagierte Monika Schorfheide geschockt, »so etwas darfst du nicht einmal denken. Das geht nicht!«

»Ich weiß«, erwiderte Ahrens kleinlaut. »Ich weiß, dass ich schwach und verletzlich bin, und ich bitte Gott in jedem Gebet um Verzeihung dafür, aber ich kann diese Gedanken im Augenblick nicht abstellen. Und nach der Gerichtsverhandlung ist es noch viel schlimmer geworden.«

Er schluchzte.

»Wie kann es gerecht sein, dass dieser Mörder weiterhin frei herumlaufen darf, während Gerlinde und Sarah tot sind?«

Volker Weidler legte ihm sanft eine Hand auf den Unterarm.

»Es erscheint uns und dir vielleicht nicht gerecht, aber es ist Bestandteil der Planungen des Herrn. Wir verstehen es nicht, was jedoch nicht heißt, dass es ungerecht ist. Es ist nur für uns unverständlich.«

»Das sind schöne Worte, Herr Weidler«, entgegnete Ahrens leise, »aber es bleiben Worte, wenn der Schmerz so tief sitzt wie der, den ich erdulden muss.«

Wieder ein leises Schluchzen.

»Ich habe mir schon so häufig ausgemalt, wie schön es gewesen wäre, wenn auch ich an diesem Abend gestorben wäre. Und wie angenehm ist doch der Gedanke, diesen Kummer, den ich gerade erlebe, einfach hinter mir zu lassen.«

Jeder der am Tisch Sitzenden wusste sofort, wovon Bernd Ahrens sprach.

»Aber das wäre eine Todsünde, Bernd!«, hielt Konrad Zimmermann der Denkweise seines Freundes entsetzt entgegen. »Dann würdest du Gerlinde und Sarah nie mehr wiedersehen.«

»Ich weiß, Konrad, ich weiß. Und das ist der einzige Grund, warum ich diese Prüfung durchstehen kann.«

11

»Ich bin's, Maria«, meldete Lenz sich.

»Mein Gott, Paul, wo steckst du denn? Ich mache mir schon richtig Sorgen um dich.«

»Nein, das ist nicht notwendig. Ich hatte noch ein bisschen in dem Haus zu tun, in dem sich die Sache abgespielt hat.«

»Aber du hast mir vorhin gesagt, du seist spätestens in einer halben Stunde hier, und das war vor mehr als zwei Stunden.«

»Ich weiß, Maria, aber es hat nun einmal nicht geklappt. Sei bitte deswegen nicht sauer, ja?«

»Nein«, erwiderte die frisch gebackene Frau Lenz, »sauer bin ich natürlich nicht. Nur besorgt war ich, aber das hat sich ja nun erledigt. Sag, gibt es etwas Neues von Erich?«

»Er ist im Krankenhaus, mehr kann ich dir leider nicht sagen. Oder vielleicht noch so viel, dass es eine reelle Chance für ihn gibt zu überleben. Aber sicher ist das, wie ich dir vorhin schon erklärt habe, leider nicht.«

»Weißt du schon etwas darüber, wie das alles gekommen ist? Oder wer es gewesen sein könnte?«

»Nein, darüber gibt es noch gar keine Erkenntnisse. Außerdem bin ich gar nicht in dem Fall aktiv, das hat mir der Polizeipräsident persönlich untersagt.«

»Das klingt nach Ärger.«

»Ja, ein wenig schon, da gebe ich dir recht.«

Maria seufzte leise.

»Herrje, was für ein Tag. Kommst du noch in der Galerie vorbei oder lässt du dich gleich nach Hause bringen?

Ich bin nämlich schon seit geraumer Zeit hier fertig und würde mich gerne schleunigst in die Badewanne zurückziehen.«

»Äh, Maria«, druckste der Hauptkommissar herum, »das mit dem Heimkommen wird noch ein wenig dauern. Thilo und ich haben noch eine kleine Sache zu klären, aber dann bringt er mich sofort nach Hause.«

Es entstand eine kurze Stille in der Leitung, bevor Maria antwortete.

»Nur, dass ich es richtig verstehe, mein lieber Paul. Du hast mit dem Fall rein gar nichts zu tun, musst aber noch eine kleine Sache dazu abklären?«

»So ähnlich, ja«, gab Lenz kleinlaut zu.

»Ich würde ihn lieber jetzt als in fünf Minuten deiner Obhut übergeben, Maria«, rief Hain aus dem Hintergrund, »aber der Herr Chefermittler will alles schön selbst in der Hand behalten und möglichst wenig abgeben. Ach, was rede ich denn, du kennst ihn doch mindestens genauso gut wie ich.«

»Du hast eine Stunde. In diesen 60 Minuten werde ich alles tun, um nicht daran zu denken, dass du heute aus dem Krankenhaus entlassen worden bist und eigentlich ins Bett gehörst. Ab der 61. Minute allerdings wird dein Empfang zu Hause sekündlich frostiger ausfallen.«

»Du kannst in der Badewanne auf mich warten«, gab Lenz hörbar erleichtert zurück.

»Und wie stellst du dir das vor? Sollen wir deine frische Operationswunde in einer Plastiktüte verstecken?«

»Darüber sprechen wir später.«

»60 Minuten.«

»Ja, ich hab's verstanden.«

»Und du fahr los, Judas!«, ranzte der Polizist seinen jungen Kollegen an, nachdem er auf den roten Knopf am Telefon gedrückt und es weggesteckt hatte.

»Was heißt denn hier Judas? Es war klar, dass ich dich nach Hause bringe, schon allein deshalb, damit ich keinen Ärger kriege, wenn dir unterwegs was passieren sollte. Aber nein, der Herr Oberschlau muss sich ja mal wieder durchsetzen.«

Lenz wandte den Kopf nach links und bedachte seinen Kollegen mit einem unterwürfigen Blick.

»Ich mache mir einfach Sorgen um dich, wenn du so ganz allein bei den bösen Jungs aus dem Rotlichtmilieu unterwegs bist. Aber mein Versprechen, dass ich im Auto sitzen bleibe und nur deinen Rückzug decke, steht.«

»Na, dann kann mir ja nichts passieren; zumindest dann nicht, wenn ich stiften gehen muss.«

Der Kasseler Straßenstrich spielte sich traditionell im unteren Teil der Wolfhager Straße ab; dort gingen die Damen des horizontalen Gewerbes seit Generationen ihrem Broterwerb nach. Auf der gut ausgeleuchteten Meile zwischen dem Gebäude der Berufsfeuerwehr, also genau jener Kreuzung, an der Bernd Ahrens am Heiligen Abend des Jahres 2011 seine Familie verlor, und der Brücke über die Mombachstraße standen beidseitig der vierspurigen Ausfallstraße leicht gekleidete, meist sehr junge Frauen und warteten auf Freier. Etwas weiter zur Stadtmitte hin gab es noch den illegalen Drogenstrich, auf dem sich die Ärmsten der Armen prostituierten, doch den ließen Lenz und Hain an diesem Abend links liegen. Der ehemalige Mitarbeiter des Sittendezernats fuhr langsam stadtauswärts, wendete an der Abzweigung zum Marienkrankenhaus und bewegte den japanischen Kombi ebenso gemächlich wieder Richtung

Innenstadt. Ein unbeteiligter Beobachter hätte vermutlich einen hohen Betrag darauf gewettet, dass die beiden Insassen auf der Suche nach schnellem Sex bei nächster Gelegenheit eine der grell geschminkten Damen ansteuern würden, was schließlich auch geschah.

»Hallo, Gitti!«, rief der junge Polizist aus dem Seitenfenster, nachdem Lenz es geöffnet hatte. Die etwa 30-jährige Frau trat lächelnd an den Wagen und sah mit schief gelegtem Kopf ins Innere.

»Mensch, der Kommissar Thilo! Dich hab ich aber lange nicht gesehen.«

Lenz warf seinem Mitarbeiter einen irritierten Blick zu.

»Sie meint nicht das, was du denkst«, murmelte Hain.

Die Frau fing an zu grinsen und wandte den Blick in Lenz' Richtung.

»Nein, nein, du musst keine Angst haben, Häuptling. Dein Junge ist immer ein Braver gewesen.«

»Schön, das zu hören«, erwiderte Lenz, wobei sich seine Irritation noch ein klein wenig steigerte.

»Was führt dich denn zu uns, Thilo? Du kommst doch garantiert nicht hier vorbei, um eine schnelle Nummer zu schnorren, wie der eine oder andere von deinen Kollegen?«

»Nein, das ist immer noch nichts für mich, Gitti. Ich bin hier, weil ich eine Information von dir brauche.«

Die Frau hob den Kopf und scannte kurz die Gegend ab.

»Also, wie kann ich dir helfen?«, fragte sie, nachdem sie sich versichert hatte, dass niemand das Trio beobachtete.

»Ich will wissen, wo ich Peter Ehrenreich finde.«

»Peter Ehrenreich?«, rief die Frau gereizt. »Was hast du denn mit dem am Start?«

»Das weiß ich noch nicht genau«, erwiderte Hain leise. »Zunächst will ich ihm ein paar Fragen stellen, was danach kommt, werden wir sehen.«

»Wenn dir während deiner Befragung zufällig 1200 Euronen in die Hände fallen sollten, nimm sie mit und bring sie mir vorbei. Die Kohle schuldet der Dreckskerl mir nämlich seit mehr als vier Jahren.«

»Ich werde daran denken. Also, kannst du mir helfen?«

Sie nickte.

»Der Bastard ist schon lange nicht mehr hier bei uns auf der Straße. Er arbeitet jetzt für Maik Wesseling. Kennst du den?«

»Nein«, schüttelte Hain den Kopf, »den Namen habe ich noch nie gehört.«

»Das kann sein. Er ist vermutlich hier aufgetaucht, nachdem du von der Sitte weggegangen warst. Ein ziemlich brutaler Typ aus Ostdeutschland, ich glaube, aus Leipzig. Irgendein Russe hat ihn mit nach Kassel gebracht, dem ist dann aber wohl aus irgendwelchen Gründen die Lust an der Stadt verloren gegangen. Wesseling ist nicht mit ihm abgehauen und hier kleben geblieben.«

»Und was macht er so?«

»Nichts auf der Straße. Soweit ich weiß, hat er ein paar Mädchen in Wohnungen sitzen, aber das ist mehr Hörensagen, also verlass dich besser nicht drauf. Was ich aber genau weiß, ist, dass Peter für ihn die Drecksarbeit macht. Zusammen mit Olli Heppner.«

»Ach was, der Oliver Heppner ist auch dabei? Na, ja, ich hätte es mir eigentlich denken können.«

»Klar. Wo was Krummes ausbaldowert wird, darf der doch nicht fehlen. Aber die wirkliche Drecksarbeit macht der Pit.«

»Und von wo aus macht er die? Gibt es ein Büro oder ein Haus, wo es sich lohnen würde, nach ihm zu suchen?«

»Soweit ich weiß, ist ihr abendlicher Treffpunkt immer das Babaluga.«

»Die Butze gibt es noch immer?«, zeigte Hain sich höchst erstaunt.

»Klar«, erwiderte Gitti lachend. »Was sollte der alte Kurt denn sonst machen? Wenn der die Tür zusperren und sich aufs Altenteil zurückziehen würde, wäre er doch garantiert eine Woche später tot. So sieht er zwar jetzt schon aus, aber er hält sich wirklich wacker für sein Alter.«

»Wie alt ist der denn jetzt?«

»82, glaube ich. Aber aussehen tut er, wie gesagt, wie 200. Wobei ihn der Qualm und der Suff irgendwie zu konservieren scheinen.«

Sie griff in ihre schneeweiße Handtasche und kramte eine Packung Zigaretten heraus.

»Wie uns alle, vermutlich«, setzte sie hinzu, während ein Glimmstängel den Weg zwischen ihre Lippen fand.

»Ach, komm, du kannst dich doch nicht beschweren, Gitti«, bemerkte Hain mit mächtig Charme in der Stimme. »Du siehst immer noch aus wie 25.«

Die Prostituierte fing glucksend an zu lachen.

»So ist er, der Kommissar Thilo«, gab sie fröhlich zurück. »Immer ein Späßchen auf den Lippen. Nein, aber mal im Ernst, ich wollte schon lange mit diesem Lotterleben aufhören.«

Die Glut der Zigarette leuchtete hell vor ihrem Gesicht auf.

»Einen Mann hatte ich auch schon gefunden, der es gut mit mir gemeint hat, und eine Tochter war unterwegs. Doch dann ist leider alles anders gekommen, als es sich mein kleines Familienprogrammhirn so ausgemalt hatte.«

»Was ist passiert?«, wollte Hain, ehrlich interessiert, wissen.

Die Frau vor dem Auto winkte ab.

»Wie das Leben halt so spielt. Irgendwann ist ihm anscheinend klar geworden, dass er mehr an meine früheren Freier dachte als an mich, wenn wir zusammen waren, was dazu geführt hat, dass er bei Nacht und Nebel verschwunden ist.«

»Und? Was ist aus dem Kind geworden?«

»Das ist natürlich auf die Welt gekommen und heute mein ganzer Stolz.«

Gitti reckte den Kopf nach oben, griff sich an den Hals, und öffnete ein an einer dünnen Kette baumelndes goldfarbenes Herz.

»Das ist meine Kleine«, erklärte sie stolz und beugte sich ins Innere des Autos.

»Die sieht ja süß aus«, bemerkte Hain mit Blick auf den kleinen, im diffusen Licht der Innenbeleuchtung kaum zu erkennenden Fotoausschnitt.

»Ja, das stimmt. Das ist mein kleiner, goldiger Engel.«

»Aber du kriegst das alles hin mit ihr, oder?«

»Klar, was denkst du denn? Tagsüber kann ich mich um sie kümmern, das ist das Schöne an meinem Job, und abends bringe ich sie zu meinen Eltern.«

»Wenn ich mich recht erinnere, hattest du mit denen doch ziemlichen Krach damals?«

Wieder winkte sie ab.

»Die Zeit heilt alle Wunden, Thilo. Und ein kleines,

süßes Enkelkind hilft ungemein dabei. Natürlich wäre es ihnen lieber, wenn ich bei Lidl oder Aldi an der Kasse sitzen würde, aber das kriege ich einfach nicht hin. Mein Leben findet hier statt, zumindest ab 19:00 Uhr abends, und das wird auch noch eine Weile so bleiben. Bis die Falten im Gesicht so tief geworden sind, dass ein Ozeanriese darin rumschippern könnte«, setzte sie nach einer kurzen Pause mit frechem Grinsen hinzu.

»Laufen die Geschäfte wenigstens einigermaßen vernünftig?«, wollte der junge Polizist wissen.

»Es geht, ja. Wenn ich nicht den ganzen Abend von irgendwelchen Infoschnorrern wie dir aufgehalten werde, dreht sich schon genug. Wobei die ganz guten Zeiten definitiv vorbei sind.«

»Woran liegt es?«

»Muss ich dir das wirklich erzählen, Thilo? Du gehst doch auch mit offen Augen durch die Welt und siehst, was sich da alles verändert hat. Das Internet mit dem ganzen Drum und Dran killt vermutlich irgendwann mal das komplette Straßengeschäft.«

»Interessant. Und wie läuft das?«

»Die meisten Mädchen, auch viele, die vorher hier bei mir gestanden haben, hocken jetzt in irgendwelchen Wohnungen und machen Termine über das Internet. Der Kunde kann in Dutzenden von Portalen seine Auswahl treffen, mit Bild und allem Pipapo. Dann macht er einen Termin, fährt zu der Adresse und muss sich nicht umständlich im Auto abplagen. Was für die Mädchen im Übrigen auch viel angenehmer ist.«

»Und warum stehst du dann noch hier rum, Gitti?«

Wieder ihr kehliges Lachen.

»Ich hab viele Stammfreier vom Land, die unbedingt

zu mir wollen und die vermutlich noch kein Internet zu Hause haben. Oder die Herrin des Anwesens hat die Hoheit über die Tastatur und würde im Dreieck springen, wenn sie rauskriegen würde, dass ihr Gatte sich mit einer Hure verabredet.«

»Das kann ich verstehen.«

Der Polizist streckte den Arm nach vorn und drückte der Frau die Hand.

»Dann noch fette Beute, Gitti. Wir müssen leider los, weil mein Boss hier zwar heute erst aus dem Krankenhaus entlassen wurde, aber trotzdem darauf besteht, dem bösen Peter Ehrenreich selbst auf die Füße zu steigen.«

Sie nickte.

»Dann macht's mal gut, Jungs. Und wie gesagt, wenn du bei ihm irgendwelches Geld finden solltest, 1200 Euro davon gehören definitiv mir.«

»Du machst dir aber besser nicht zu viele Hoffnungen«, erwiderte Hain lächelnd, winkte ihr noch einmal zu, startete den Motor und rollte langsam in die einsetzende Dunkelheit.

»Bei der hast du aber einen Stein im Brett, mein lieber Mann«, bemerkte Lenz anerkennend, nachdem er die Seitenscheibe geschlossen hatte.

»Das stimmt. Und sie bei mir auch. Wir konnten uns vom ersten Moment an gut leiden.«

»Aber du hattest nichts mit ihr, oder?«, wollte der Kommissar wissen.

»Und wenn, würde dich das belasten?«

»Nein …, ja …, ich weiß nicht.«

»Stotter, stammel. Du bist mir ja ein schöner Held. Nein, ja …, ich weiß nicht. Sag halt, was du meinst.«

»So hab ich das doch gar nicht gemeint, Thilo. Es kam

mir nur so vor, als wäre bei euch schon mal mehr im Spiel gewesen.«

»Das war es auch.«

»Ja, was denn nun? Ja oder nein?«

Hain bedachte seinen Kollegen mit einem mitleidigen Blick.

»Wenn du mit ›schon mal mehr im Spiel gewesen‹ meinst, dass wir miteinander gevögelt hätten, dann muss ich dich enttäuschen. Aber wir haben mal eine ganze Sommernacht zusammen an der Fulda verbracht und dabei nur Händchen gehalten.«

»Nichts weiter?«

»Nichts weiter.«

»Nicht mal einen Kuss oder so?«

»Nicht mal einen Kuss.«

»Alle Achtung! Ich weiß nicht, ob ich das geschafft hätte.«

»Siehst du.«

Es entstand eine kurze Pause, während der die beiden ihren Gedanken nachhingen.

»Und jetzt will ich wissen, was es mit diesem Bubaluga auf sich hat«, nahm Lenz schließlich den Faden wieder auf. »Davon habe ich nämlich in meinem ganzen Leben noch nie etwas gehört.«

Hain lachte laut auf.

»Die Kaschemme heißt Babaluga, und dass einer wie du noch nie davon gehört hat, verwundert mich jetzt nicht im Geringsten.«

»Was soll denn das heißen?«, empörte sich Lenz.

»Das heißt, dass du dich in deinem ganzen Leben nie in ein solches Lokal verlaufen würdest. Und es heißt weiterhin, dass wir von der Mordkommission dort eher selten zu tun haben, weil sich die wirklich bösen Buben auch nicht dahin verlaufen.«

»Und welche bösen Kerle verlaufen sich ins Babaluga?«

»Das war schon immer ein Treffpunkt für Zuhälter und Nutten. Dort ist es das ganze Jahr über warm, irgendwie geht es familiär zu, und der alte Kurt, der Betreiber, hat für alle immer ein nettes Wort übrig.«

»Und der ist wirklich schon so alt, wie diese Gitti gesagt hat?«

»Darauf kannst du wetten.«

In diesem Augenblick verstummte die Musik des laufenden Radioprogramms, und eine Männerstimme erklang.

»Meine Damen und Herren, wir unterbrechen unsere Sendung für eine Eilmeldung. Heute am frühen Abend wurde der Oberbürgermeister der Stadt Kassel, Erich Zeislinger, in kritischem Zustand in einer Wohnung der nordhessischen Metropole aufgefunden. Offenbar wurde der Politiker das Opfer eines Gewaltverbrechens. Eine Frau, die sich ebenfalls in der Wohnung aufgehalten hatte, konnte nur noch tot geborgen werden. Nach Angaben gewöhnlich gut unterrichteter Kreise steht außer Frage, dass es sich bei der Tat um einen Anschlag auf das Leben Zeislingers gehandelt hat. In welchem Verhältnis der Oberbürgermeister zu der getöteten Frau stand, wird zur Stunde untersucht. Hören Sie hierzu unseren Nordhessenkorrespondenten Wolf Gerland.«

Es erklang die nüchterne, trotzdem aggressiv anmutende Stimme des Außenreporters.

»Kassel, eine ruhige Seitenstraße im Stadtteil Wolfsanger. Hier hat sich in den letzten Stunden eine Tragödie ereignet, die man vermutlich in ganz Deutschland ebenso entsetzt wie fassungslos aufnimmt. Erich Zeislinger, seit mehr als 13 Jahren Oberbürgermeister der Stadt, wurde von einem oder mehreren Tätern, das ist noch ungeklärt, auf so brutale Weise misshandelt und gefoltert, dass er in kritischem Zustand ins Klinikum Kassel eingeliefert werden musste, wo zur Stunde ein vielköpfiges Ärzteteam um sein Leben kämpft. Nach Aussage des Kasseler Polizeipräsidenten Bartholdy muss davon ausgegangen werden, dass Zeislinger das Opfer eines politisch motivierten Anschlages geworden sein könnte, wobei jedoch in alle Richtungen ermittelt werde. In der Wohnung, in der sich die Tat ereignet hat, wurde außerdem die Leiche einer Frau gefunden, deren Körper ebenfalls Spuren von Misshandlungen aufweist. Darüber, in welchem Verhältnis die Getötete zu dem Politiker stand, kann zum aktuellen Zeitpunkt nur spekuliert werden. Jedoch gibt es Indizien, die darauf hindeuten, dass sie die neue Frau an der Seite des OB, der erst vor wenigen Monaten geschieden wurde, gewesen sein könnte. Besondere Brisanz gewinnt die Tat im Übrigen dadurch, dass vor wenigen Tagen die 13. Ausgabe der Documenta eröffnet wurde, die weltgrößte Ausstellung zeitgenössischer Kunst, deren Aufsichtsratsvorsitzender Zeislinger kraft seines Amtes ist und die ohne die aktive Beteiligung von Oberbürgermeister Zeislinger für viele in der nordhessischen Region nur sehr schwer vorstellbar ist.

Aus Kassel Nordhessenreporter Wolf Gerland.«

Die beiden Polizisten sahen sich ungläubig an.

»Das ist die größte Scheiße, die ich jemals in meinem gesamten Leben gehört habe!«, brüllte Lenz los. »Die glauben doch nicht ernsthaft, dass sie damit durchkommen.«

»Warum nicht?«, gab Hain den Zweifler. »Klingt doch alles ganz logisch.«

»Aber es ist trotzdem gequirlte Kacke, und das weißt du auch ganz genau, Thilo. Diese Stefanie Kratzer und seine Lebenspartnerin, da lachen wir uns gleich tot.«

»Ich widerspreche dir doch auch gar nicht, Paul. Wir beide wissen, dass es sich bei diesen Statements um Nebelkerzen handelt, und gut ist es. Lassen wir es dabei, weil wir die Informationspolitik von Bartholdy ohnehin nicht ändern können.«

»So ein verdammtes Arschloch«, brummte Lenz.

Hain bremste, ohne weiter auf seinen Boss einzugehen, wortlos ab, setzte den Blinker und rollte durch den Torbogen einer Hofzufahrt. Dann ging es über einen weiteren Hof, und schließlich stoppte er den Wagen mit etwas Abstand vor einem dunklen Schuppen, aus dessen milchigen Fenstern schummriges Licht fiel. Über der Eingangstür, vor der ein paar Autos standen, gab es ein unbeleuchtetes Werbeschild, auf dem sich offensichtlich ein Künstler mit der Buchstabenkombination ›Babaluga‹ verewigt hatte.

»Braucht man für so was nicht eine Gaststättenkonzession?«, wollte Lenz, nun wieder etwas ruhiger, wissen.

»Die braucht man, und die hat Kurt auch. Lass dich besser nicht vom Äußeren der Bude abschrecken.«

»Das fällt mir nicht leicht.«

Der Oberkommissar drehte den Zündschlüssel um und ließ den Motor absterben.

»Ich gehe jetzt da rein und höre mich ein bisschen um. Du bleibst hier im Wagen sitzen und rührst dich nicht von der Stelle. Haben wir uns verstanden?«

»Klar und deutlich, ja.«

»Dann mach am besten ein Nickerchen oder warte einfach. Es kann eine Weile dauern, was darauf ankommt, ob ich welche von den alten Kunden treffe oder nicht. Ich gehe aber davon aus, dass es so kommen wird.«

»Und ich gehe nicht weg von hier.«

Mit einem hingenuschelten »gut« beendete der junge Polizist die Konversation, stieg aus dem Wagen und betrat einige Sekunden später die merkwürdigste Kneipe, die Lenz jemals zu Gesicht bekommen hatte. Zumindest von außen.

12

Maik Wesseling starrte mit ausdruckslosem Gesicht auf sein halb geleertes Bierglas. Vor seinem geistigen Auge lief ein Film ab, in dem er selbst die männliche Hauptrolle spielte; die weibliche wurde von Stefanie Kratzer übernommen. Die beiden fuhren in seinem offenen Wagen an leuchtend gelben Rapsfeldern vorbei, liebten sich wild an einer Flussbiegung oder stritten über irgendeine Belanglosigkeit.

Eine halbe Stunde vorher hatte der Mann von einem Schutzpolizisten, der sich ab und an im Zuhältermilieu herumtrieb, die Information erhalten, dass Stefanie Kratzer tot sei. Dass sie einem Mord zum Opfer gefallen war.

Seine Steffi.

Er hatte die Frau vor etwas mehr als zwei Jahren kennengelernt, auf der Geburtstagsfeier eines Freundes. Während des ganzen Abends war sie ihm aus dem Weg gegangen und hatte seine unverhohlenen Annäherungsversuche hartnäckig ignoriert. Dann jedoch, um drei Uhr morgens, das erste, arrogante Lächeln in seine Richtung. Um fünf saßen sie in seinem Wagen und fuhren aus der Stadt. Wesseling führte ihr sein ein paar Tage zuvor erworbenes Pferd vor, ließ sie eine Runde ohne Sattel drehen.

»Das mit uns wird nichts werden«, hatte sie ihm im weiteren Verlauf des Morgens erklärt, »und wenn du dich noch so anstrengst. Ich weiß, wer du bist, und das kann nichts Gutes für mich bedeuten.«

Er hatte ihr nicht widersprochen, sie in den Tagen darauf jedoch mit Blumen überschüttet. Rote Rosen zum Frühstück, zum Mittag und zum Abend. Und nachts, wenn Stefanie Kratzer müde von der Arbeit nach Hause kam, saß er vor ihrer Wohnungstür und wartete auf sie. Mit einem riesigen Strauß roter Rosen natürlich. Dieses floristische Bombardement hatte sie zwei Wochen durchgehalten, dann war sie weich geworden und hatte sich zum Essen einladen lassen. Aus dem Essen wurden Kinobesuche, und aus denen erwuchs langsam, sehr langsam ein Vertrauensverhältnis. Und doch dauerte es noch länger als einen Monat, bis Maik Wesseling zum ersten Mal seine Hand unter ihren Pullover schieben durfte. Von diesem Augenblick an war jedoch alles ganz schnell gegangen. Gemeinsame Wohnung, gemeinsame Kasse, gemeinsame Shoppingorgien; denn wenn die beiden etwas verband, dann war es ihre Liebe zu Luxus und Prunk. Leisten konnten sie sich beides, weil Stefanie Kratzer sehr gut im Geschäft war und Wesseling noch sechs andere Frauen für sich anschaffen ließ. Nach einem halben Jahr jedoch war Schluss mit der großen Liebe. Stefanie hatte herausgefunden, dass ihr Freund sich nebenbei mit einer anderen Frau traf, was sie dazu bewog, sofort bei ihm auszuziehen.

»Du miese kleine Ratte!«, hatte sie ihn lautstark beschimpft. »Ich hab dir vertraut, und du machst so einen Scheiß.«

Ihre neue Wohnung hatte zwei Zimmer und einen so kleinen Balkon, dass man nicht zu zweit nebeneinander hätte auf ihm stehen können, doch sie war zunächst froh, Wesseling losgeworden zu sein. Obwohl sie selbst jeden Tag so etwas Ähnliches wie Sex mit Männern hatte, die sie dafür bezahlten, war es immer wichtig gewesen für die junge Frau, dass ihr Partner im Bett nur für sie da war. Ein paar Wochen später allerdings hatte sie das merkwürdige Gefühl beschlichen, dass sie ohne Wesseling auch nicht leben konnte und wollte, und so hatte sich eine merkwürdige Symbiose zwischen den beiden entwickelt, in der sie die Fäden in der Hand hielt und er froh war, sie wieder als seine Freundin bezeichnen zu können. Stefanie ging ihrem Job nun in dem von ihm auf Peter Ehrenreichs Namen gekauften Penthouse am Wolfsanger nach, die Einnahmen wurden aufgeteilt, und wenn sie Lust auf ihn hatte, kam sie vorbei. Wenn nicht, ließ sie es bleiben, was für Wesseling oftmals sehr unbefriedigend war, doch er wusste, dass es die einzige Lösung darstellte, wenn er sie nicht komplett verlieren wollte.

Und nun war sie tot.

Ermordet von einem Irren, der unbedingt den Bürgermeister killen musste, wenn der sich von seiner Stammnutte bedienen ließ.

Wesseling hatte bis zu diesem Abend im Juni 2012 nur geahnt, dass der OB der Stadt Kassel zu ihren Freiern zählte. Er wusste von Wirtschaftsmagnaten und anderen Politikern, nicht jedoch mit 100-prozentiger Sicherheit, dass Erich Zeislinger Stefanie Kratzer besuchte. Daraus hatte sie ein kleines Geheimnis gemacht, das sie nicht mit ihm teilen wollte.

»Es kommt einer, den ich schon sehr lange kenne und den ich auf keinen Fall als Kunden verlieren will«, hatte sie ihm rigoros erklärt. Und weil Wesseling sich aus ihrer Terminplanung und der Kundenauswahl ohnehin komplett heraushalten musste, war im Detail auch kein weiteres Gespräch zwischen den beiden notwendig gewesen.

Der Zuhälter hob den Kopf und sah sich um. In der von innen deutlich wertiger als von außen aussehenden Kneipe waren außer ihm nur sechs weitere Personen anwesend. Vier Frauen, die allesamt für ihn arbeiteten, saßen auf der Eckbank hinter einem großen Tisch und unterhielten sich leise mit Oliver Heppner. Hinter der Theke stand ein traurig dreinblickender Kurt, der Betreiber der Kneipe. Alle wussten, was sich in dem Penthouse zugetragen hatte, und alle waren betroffen deswegen. Ollis Aufgabe bestand darin, den Frauen zu erklären, dass der Mordanschlag dem OB gegolten hatte und nicht ihrer toten Kollegin.

»Ihr könnt ganz beruhigt sein, Mädels«, beschwichtigte er die Frauen, »diese Scheiße haben wir diesem Zeislinger zu verdanken, und nur dem. Die Steffi war einfach zur falschen Zeit am falschen Ort.«

»Du hast leicht reden«, widersprach Jacky, eine dralle Brünette. »Du musst nämlich nicht deine Rübe hinhalten, wenn dieser Irre wieder auftaucht. Du hockst hier in der guten Stube und hältst die Hand auf.«

Die anderen Frauen nickten.

»Ich für meinen Teil«, meinte Viola, eine der anderen Frauen, »würde am liebsten gar keinem mehr die Tür aufsperren.«

Sie blickte sich in der Runde um.

»Wer weiß, vielleicht wäre das sogar das Beste.«

»Das kommt gar nicht in die Tüte«, stellte Heppner drohend richtig. »Es ist Documenta, was nichts weiter bedeutet, als dass in diesem Sommer der Rubel richtig rollen wird. Ihr wisst es, und ich weiß es. Deswegen werdet ihr alle arbeiten gehen, und basta. Und diskutiert wird darüber auch nicht mehr. Was ich euch erlaube, ist, heute Nacht frei zu machen, wegen der Steffi und der ganzen Sache. Aber ab morgen wird wieder ganz normal Kohle rangeschafft.«

»Aber …«, versuchte Jacky einen weiteren Widerspruch.

»Kein *Aber*«, wurde die Frau von Heppner scharf unterbrochen. »Kein *Aber* mehr, und jetzt Schluss damit. Ihr habt eure Notfalltasten in den Wohnungen, und wenn etwas sein sollte, sind entweder Maik oder ich in weniger als fünf Minuten bei euch.«

»Was der Steffi ja auch so wunderbar das Leben gerettet hat«, ätzte Viola.

Heppner warf der Frau einen genervten Blick zu.

»Noch einmal zum Mitschreiben, du Dumpfbacke: Die Steffi ist tot, weil ein Irrer es auf den Bürgermeister abgesehen hatte. Dass der noch am Leben ist und die Steffi nicht mehr, ist garantiert ein blöder Zufall.«

»Na ja«, winkte Mona, eine Österreicherin und die Dritte in der Runde, gelangweilt ab. »Wenn der Killer es wirklich auf den Zeislinger abgesehen hatte, dann kann er seinen Job ja im Hospital zu Ende bringen, wenn es sein muss. Der OB wird in den nächsten Wochen in keinem Hurenhaus mehr auftauchen, wenn ich die Nachrichten am Radio richtig verstanden hab. Vielleicht kratzt er eh schon bald ab.«

»Darauf kannst du Gift nehmen«, ertönte die dunkle Stimme von Maik Wesseling, der aus dem Halbdunkel des Schankraums aufgetaucht war und sich auf die Sitzbank fallen ließ.

»Warum?«, wollte Jacky wissen. »Willst du ihm den Rest geben?«

Der Zuhälter lachte bellend auf.

»Das würde ich am liebsten machen, ja. Ist aber nicht mein Stil.«

Er ließ seinen Blick von einer Frau zur nächsten wandern.

»Habe ich eben gehört, dass ihr Probleme damit habt, euren Job zu machen?«, fragte er drohend.

Schweigen.

»Also war das mehr so eine Fata Morgana für die Ohren, oder was?«

Die Köpfe der Frauen bewegten sich langsam nach oben und unten.

»Also gibt es keine Probleme, an denen wir arbeiten müssten?«

Allgemeines Kopfschütteln.

»Es war nur …«, setzte Viola an, brach jedoch ihren Satz gleich wieder ab. Wesseling sah der Frau ein paar Sekunden lang bohrend in die Augen.

»Wenn es nur so war, können wir es ja auch ganz schnell wieder vergessen, was meint ihr?«

»Schon klar«, erwiderte Jacky für alle. »Ab morgen wird wieder gerackert.«

»So will ich euch hören«, gab er zufrieden zurück, garniert mit einem gefährlich wirkenden Haifischlächeln.

»Und weil das…«, wollte er fortfahren, stoppte jedoch, weil in diesem Augenblick die Eingangstür aufgezogen wurde, wobei ein quietschendes Geräusch entstand. Ein etwa 30-jähriger Mann betrat den Gastraum, ging zielstrebig auf Kurt, den Wirt, zu und begrüßte ihn. Bei den sechs Personen, die um den Tisch gruppiert waren, kamen von der Unterhaltung der beiden nur unverständliche Wortfetzen an, jedoch war offensichtlich, dass der neue Besucher und der Wirt sich kannten. Dann drehte der junge Mann sich um und hielt auf die Gruppe am Tisch zu.

»Das ist ja der Kommissar Thilo«, murmelte die vierte Frau am Tisch, eine wirkliche Schönheit aus dem Niger namens Simone.

»Du hast recht«, stimmte Jacky ihrer Kollegin leise zu, »das ist wirklich Kommissar Thilo.«

»Kein Wort dem Bullen gegenüber!«, zischte Oliver Heppner und griff nach seinem Zigarettenpäckchen auf dem Tisch.

»'n Abend«, tönte der offensichtlich ungebetene Gast freundlich in die Runde und nickte dabei allen am Tisch Versammelten kurz zu, ohne jedoch eine merkbare Reaktion zu erzielen. Die Frauen stierten alle auf einen Punkt in der Nähe des riesigen Aschenbechers, der in der Mitte des Tisches stand, und die beiden Männer starrten nur ausdruckslos ihre auf der Tischdecke ruhenden Hände an.

»Na, hat es euch die Sprache verschlagen, Mädels?«, wollte der Polizist, noch immer sehr freundlich, von den Frauen wissen.

»Es ist besser, ihr bewegt jetzt euren Arsch hier raus!«, wurden sie von Heppner angeblafft, der dabei aufstand und ihnen den Weg freimachte. Eine kurze, direktiv dargebrachte Geste mit der Hand unterstrich seine Ansage, worauf die vier sich sofort erhoben, um den Tisch herumkamen und sich wortlos aus dem Staub machten. Keine hob dabei den Kopf und sah Thilo Hain an.

»Mein lieber Mann!«, kommentierte der Polizist die Szene, während er sich auf einen der Stühle vor dem Tisch fallen ließ. »Der kleine Olli scheint neuerdings mit den großen Hunden pissen zu gehen.«

Heppner funkelte ihn mit zusammengekniffenen Augen an, doch Hain hielt seinem Blick ungerührt stand.

»Mit wem habe ich denn das Vergnügen?«, wollte Maik Wesseling wissen, ohne den Blick von der Tischplatte zu heben.

»Thilo Hain, Kripo Kassel. Früher bei der Sitte, jetzt für die ganz üblen Strolche zuständig, die anderen das Lebenslicht ausblasen.«

Wesseling nickte.

»Und was führt den Abgesandten der Staatsmacht zu uns?«

Hain kratzte sich unentschlossen am Kinn.

»Wollen wir die Vorstellungsrunde nicht komplett machen, bevor wir dazu kommen, was mich in diese heilige Halle treibt?«

»Ich bin der Weihnachtsmann«, antwortete Wesseling völlig desinteressiert.

Der Oberkommissar legte die Stirn in Falten, machte dabei ein unglückliches Gesicht und bedachte Olli Heppner mit einem geringschätzigen Blick.

»Das passt ja. Knecht Ruprecht schwingt dazu die Keule.«

»Was willst du, Bulle?«, presste der Angesprochene hervor.

»Nicht viel. Ich will nur wissen, wie ein drittklassiger Halunke wie Pit Ehrenreich es sich leisten kann, eine Penthousewohnung am Wolfsanger zu unterhalten. Ach ja, und ich will außerdem wissen, wo er momentan steckt und wo er sich in den letzten 24 Stunden aufgehalten hat.«

Hain ließ den Blick zwischen den beiden Männern wandern und grinste dabei feist.

»Und wenn ich es recht überlege, gilt das Gleiche auch für euch beide.«

»Gibt es einen Grund für diese Fragen?«, mischte Wesseling sich in das Gespräch ein.

»Klar gibt es den.«

»Und, wie heißt der?«

»Stefanie Kratzer. Dieser Grund dafür heißt Stefanie Kratzer und ist ziemlich tot.«

Bei der Erwähnung des Namens der toten Prostituierten veränderten sich die Züge des großen Mannes neben Hain ein wenig, doch er hatte sich sofort wieder im Griff.

»Muss man die Dame kennen?«, fragte er seelenruhig zurück.

»Ob man das *muss*, weiß ich nicht, aber es deutet einiges darauf hin, dass der nette Pit sie kannte. Immerhin hat sie in seiner Wohnung angeschafft, und wie man hört, hat sie das auch unter seiner Obhut getan. Aber wenn der sie kannte, dann gehe ich davon aus, dass das auch für unseren Olli hier zutrifft, weil man die beiden in der Szene nicht umsonst ›Die Siamesischen Zwillinge‹ nennt.«

»Ich habe ja nicht so viel mit Peter Ehrenreich zu tun«, sonderte Wesseling mit stierem Blick auf die Hängelampe etwa einen Meter vor seinem Kopf teilnahmslos ab, »dass ich viel zu ihm sagen könnte, aber ich an Ihrer Stelle würde mal die Passagierlisten von Thai-Airways der letzten Wochen auf den Kopf stellen. Dort findet sich nämlich garantiert sein Name.«

»Aha«, entgegnete Hain zufrieden, »dann weilt er also im wohlverdienten Urlaub.«

Keine Reaktion am Tisch.

»Na ja«, fuhr der Polizist ein paar Sekunden später mit Blick auf Heppner fort, »eigentlich ist es ja auch egal. Wir haben nämlich längst herausgefunden, dass die Ermordete ihre Einnahmen auch an dich abgetreten hat, Olli.«

»Wer erzählt denn so einen Blödsinn?«, brüllte Heppner so unvermittelt los, dass sowohl Hain als auch Wesseling zusammenzuckten.

Der Polizist lehnte sich in seinen Stuhl zurück und sah von einem seiner Gesprächspartner zum anderen.

»Ich habe absolut keine Lust, mit euch blöde Spielchen zu spielen, Jungs. Es steht definitiv fest, dass die Wohnung, in der Stefanie Kratzer umgebracht wurde, auf den Namen Ehrenreich eingetragen ist. Klar ist weiterhin, dass die Frau die Bude zum Anschaffen benutzt hat. Ob sie das für Ehrenreich, für dich oder den Sportsfreund Wesseling hier zu meiner Rechten gemacht hat oder gar für euch alle drei, könnt ihr mir gleich erzählen, oder wir kriegen es eben morgen oder übermorgen heraus.«

Wieder ein Blick in die Runde, der jedoch keine Antwort provozierte.

»Gut, dann halt nicht«, resümierte Hain kein bisschen geknickt. »Was wir aber eindeutig noch besprechen müssen, ist euer Alibi seit gestern Abend. Irgendwelche Einlassungen eurerseits dazu?«

Schweigen am Tisch.

»Wie ihr wollt. Dann rufe ich jetzt ein paar Streifenwagen und lasse euch beide ins Präsidium bringen, wo eine erkennungsdienstliche Behandlung ansteht, inklusive Speichelprobe zwecks DNA-Abgleich. Und falls euch bis dahin noch nichts zum Thema Alibi eingefallen sein sollte, könnt ihr gerne in unseren gemütlichen Zellen im Tiefgeschoss ausführlich darüber nachdenken.«

Damit griff der Kommissar in die Innentasche seines Sakkos und wollte sein Telefon herausziehen, kam jedoch nicht mehr viel weiter, als das körperwarme Kunststoffteil zwischen Daumen und Zeigefinger zu klemmen.

Die blitzschnelle Bewegung Wesselings, als er sich nach vorn stürzte, konnte Thilo Hain mehr erahnen als erkennen, und obwohl er seinen Körper zeitgleich spannte und zur Seite warf, schlug die linke Faust des Zuhälters mit gehöriger Wucht direkt auf seinem rechten Ohr ein. Vor den Augen des Polizisten tanzten sofort Sterne auf, und ihm wurde schlagartig kotzübel. Sein Oberkörper vollführte eine leichte Drehung nach links, sodass er mit der Brust auf die Lehne des freien Stuhls neben sich schlug, der mit einem lauten Krachen zur Seite stürzte. Im Fallen nahm Hain wahr, dass sowohl Heppner als auch Wesseling aufgesprungen waren und sich auf ihn zubewegten. Er rollte sich ab, schüttelte kurz den schmerzenden Kopf und blickte in Richtung der beiden Angreifer.

13

Bernd Ahrens setzte mühsam einen Fuß vor den anderen. Sein Kopf schmerzte, seine Augen tränten und seine Lunge mühte sich nahezu vergeblich, Atemluft zu fördern.

›Was soll ich nur machen?‹, dachte der Mann, dessen Haar seit dem Heiligen Abend des Vorjahrs fast komplett ergraut war. ›Was kann ich tun, um diesem dumpfen, erdrückenden Gefühl zu entfliehen? Was soll ich noch auf dieser Welt, die mich abstößt und dafür sorgt, dass meine Gedanken von Tag zu Tag trister und gefühlloser werden?‹

In den ersten Tagen und Wochen nach dem Horrorunfall war es Ahrens überhaupt nicht klar gewesen, wie sein eigenes Leben weitergehen sollte. Dass er einen Weg finden musste, mit dem Verlust und der Trauer fertig zu werden. Gut, er hätte nie auch nur eine Stunde allein sein müssen; natürlich wäre immer jemand von seiner Gemeinde für ihn da gewesen, wenn es nötig gewesen wäre. War es jedoch für ihn nicht. Der Mitarbeiter eines großen Kasseler Möbelhauses hatte sich zurückgezogen und nur noch die allernötigsten Termine wahrgenommen. Dazu gehörten die Treffen im Rahmen der Gemeindearbeit, die Anwesenheit während der Gottesdienste, sowie im Rahmen seines ehrenamtlichen Engagements zwei oder drei Besuche bei alten und kranken Menschen, die sich über seine Anwesenheit und die Unterhaltung freuten. Sonst allerdings hatte er das soziale Leben völlig eingestellt und die Abende zu Hause, in der viel zu groß gewordenen Dreizimmerwohnung, verbracht. Oftmals war die Bibel sein Begleiter gewesen, und mehr als einmal hatte er sich dabei ertappt, wie er gezweifelt hatte. Wie er sich und Gott gefragt hatte, warum denn nur seine Frau und seine Tochter hatten ihr Leben lassen müssen. Und an manchen Abenden war es ihm nicht einmal gelungen, Gott aus der Verantwortung für den Tod seiner geliebten Menschen zu entlassen. Ja, er hatte sogar diesen Gott verflucht, der das alles zugelassen und ihn diesem Schmerz ausgesetzt hatte. Natürlich kamen im Anschluss an diese Emotionen in schöner Regelmäßigkeit Schuldgefühle bei ihm auf, und ebenso selbstverständlich schämte er sich dann für seine Gedanken.

Irgendwann im Spätwinter war er endgültig mit seiner Kraft am Ende gewesen. Es war ein lausig kalter Morgen, an dem er einfach im Bett liegengeblieben war, mit der Decke über dem Kopf und in der Hoffnung, dass er einfach sterben würde, was natürlich nicht geschehen war. Drei Tage später war er weinend aufgestanden, unrasiert und ungeduscht in die Straßenbahn gestiegen und in die Innenstadt gefahren. Von der Haltestelle aus hatte ihn sein Weg direkt zu jenem Warenhaus geführt, in dem er zusammen mit Gerlinde die ersten Kleidungsstücke für die kleine Sarah gekauft hatte, um mit dem Fahrstuhl sofort zur obersten Verkaufsebene zu fahren. Von dort führte eine Treppe eine weitere Etage höher, zum obersten Parkdeck, auf dem er schließlich im Schneetreiben gestanden und über die Kante auf die belebte Königsstraße, die Einkaufsmeile der Stadt, hinabgesehen hatte.

Ich springe jetzt hinunter!, hatte Bernd Ahrens sich mehr als 100 Mal gesagt, und wieder und wieder hatte er gezögert. Immer wieder hatte er seinen Oberkörper nach vorn gebeugt, in der Hoffnung, dass sein Mut in genau jener Millisekunde ausreichen würde, um endlich wieder zu Sarah und Gerlinde zu gelangen, und immer wieder war er zurückgezuckt, bis ihm irgendwann klar geworden war, dass er es nicht tun konnte. Er würde es nicht tun, weil er Angst hatte; Angst vor dem Sterben und Angst vor dem Tod.

Auf dem langen Fußweg nach Hause, frierend, weinend und voller Selbstzweifel über das, was er gerade erlebt hatte, war eine Entscheidung in ihm gereift. Eine Entscheidung, die er schon am nächsten Morgen in die Tat umsetzte, indem er sich weiterhin im Möbelhaus krankmeldete, zur psychiatrischen Ambulanz im Stadtteil Wilhelmshöhe fuhr und einer netten, hilfsbereiten Psychologin in einem mehr als zweistündigen Gespräch seine zutiefst besorgniserregende Situation schilderte. Bernd Ahrens kam für 14 Tage auf eine psychiatrische Akutstation, wo er mit Medikamenten und Gesprächen so weit wieder hergestellt wurde, dass eine weitere Suizidgefahr mit an Sicherheit grenzender Wahrscheinlichkeit auszuschließen war. Die Therapeuten hatten sich in täglichen Sitzungen mit ihm beschäftigt und gemeinsam mit dem Witwer an die Oberfläche gebracht, dass er sich der dringend notwendigen Trauerarbeit in den Monaten zuvor einfach verweigert hatte. Das würde er nun in Angriff nehmen. Und zu einer weiteren Erkenntnis war er gelangt. Nämlich der, dass er seinen Glauben und die Verflechtung zu seiner Gemeinde überprüfen musste. Dutzende Male hatte er über die angsteinflößende Situation auf dem Parkdeck nachgedacht, die ihn leicht das Leben hätte kosten können; sein Leben, an dem er scheinbar sehr viel mehr hing, als er es sich je hatte eingestehen wollen. Sein Leben, das er, seit er denken konnte, in die Hände Gottes gelegt hatte, dem Schöpfer und Bewahrer. Mit dem Verlassen der Klinik und der Heimkehr in die ehemals gemeinsame Wohnung hatte er mehr und mehr zu zweifeln begonnen, wurde deswegen jedoch immer wieder von Schuldgefühlen geplagt. Mal war er sich sicher, dass es Gott, wenn es ihn denn gäbe, niemals zugelassen hätte, dass er sich in die Gefahr auf dem Parkdeck begeben hätte. Dann wieder sagte er sich, dass es vermutlich Gottes Werk gewesen sein musste, dass er nicht gesprungen war. Manchmal wachte er morgens in der sicheren Gewissheit auf, nun die Antwort auf alle Fragen gefunden zu haben, was jedoch oft nur bis zum Duschen anhielt. So vagabundierte er hin- und hergerissen durch seine Gedankenwelt und hatte oft das Gefühl, tatsächlich verrückt zu werden. Natürlich besuchte er weiterhin regelmäßig die Veranstaltungen der Gemeinde und ließ sich dabei auch nicht anmerken, was in ihm vorging. Auch den Aufenthalt in der Klinik ließ er unerwähnt und begründete seine zeitweise Absenz mit einer Grippeinfektion, die ihn ans Bett gefesselt hatte.

Dann kam der Tag der Gerichtsverhandlung gegen Maik Wesseling, der für Bernd Ahrens mit großen Hoffnungen verbunden war. Und die riesige Enttäuschung, als der Unfallverursacher freigesprochen wurde. Wieder nagten Zweifel an ihm, und wieder wusste er nicht, wie er mit ihnen umgehen sollte. Und leise schlich sich abermals der Gedanke bei ihm ein, dass er es sicher besser hätte, wenn er nicht mehr am Leben wäre. Beim nächsten Mal, davon war er überzeugt, würde er nicht mehr zögern, sondern sich auf die Kante setzen, nach unten sehen und sich abstoßen.

Was soll ich nur machen, Gerlinde? Ich kann nicht leben und ich kann nicht sterben. Ich kann nicht an Gott glauben und ich kann ohne den Glauben an ihn doch nicht sein.

Etwa zwei Wochen zuvor hatte er seine Medikamente abgesetzt, eigenmächtig. Zwei Termine bei seinem Therapeuten hatte er seitdem verstreichen lassen, ohne sich zu melden, wofür er sich schämte. Aber anrufen wollte er ihn auch nicht.

Pah, dachte er. *Dieses Medikament braucht garantiert kein Mensch. Ein Antidepressivum mit einem Beipackzettel, bei dessen bloßem Lesen man schon krank wird.*

Bei ihm selbst waren die Nebenwirkungen gut auszuhalten gewesen. Ein bisschen viel Appetit, ein bisschen wenig Lust auf alles. Das war es schon gewesen. Richtig schlecht ging es ihm erst, als er das Präparat vom einen auf den anderen Tag abgesetzt hatte. Das Singen in seinem Kopf, das sich einstellte, war kaum auszuhalten gewesen. Mindestens zehn Tage war das so gegangen, bis es endlich nach und nach aufgehört hatte. So etwas Schreckliches wollte Bernd Ahrens nie mehr in seinem Leben aushalten müssen.

Er schloss die Tür zu seiner Wohnung auf, betrat den Flur und hängte seine leichte Jacke an die Garderobe. Mit einem Glas Wasser in der Hand ging der schlanke, groß gewachsene Mann in das Zimmer, das ursprünglich für die kleine Sarah gedacht war, schaltete das Licht ein und stellte sich in die Mitte des Raumes. Nach einem kurzen Nippen am Wasserglas trat er an das kleine Bett, sah hinein und begann zu schluchzen. Mit nassen Augen blickte er zur Seite, wo an einem Holzausleger ein kleiner, freundlich grinsender Mond mit einer Kordel am unteren Ende befestigt war. Er griff danach, zog langsam an dem dünnen Seil und ließ es wieder los. Sofort erklang eine leise Melodie.

Ich vermisse euch so sehr. Ich vermisse euch und ich wäre so gern bei euch, liebe Gerlinde und liebe Sarah.

Während er das dachte, strömten dicke Tränen aus seinen Augen, rollten über seine Wangen und fielen schließlich mit lautem Ploppen auf das blütenweiß bezogene Kinderbett.

Es war nicht alles richtig, was ich in den letzten Tagen

gemacht habe, liebe Gerlinde, dachte er weiter. *Aber es ist so schwer, immer das Richtige zu tun. Es ist so verdammt schwer.*

Schon im gleichen Moment, in dem es passiert war, durchzuckte ihn die Erkenntnis, in seinen Gedanken geflucht zu haben.

Aber ich kann doch nichts dafür! Ich kann nichts dafür, dass ich so schwach und so labil bin. Ich bin so, weil Du, Gott, mich so geschaffen hast, und ich bin so, weil Du mich so haben willst. Ich bin genau in dem Maße fehlbar, wie Du es vorgesehen hast. Genau so, wie Du es brauchst. Du wirst mir die Zweifel vergeben, die ich nicht abschütteln kann, und Du wirst mir die Sünden vergeben, die ich begangen habe und begehen werde.

14

Lenz betrachtete fasziniert den burgunderrot gefärbten Himmel. Die Natur bot ihm an diesem Abend ein sensationelles Schauspiel, und obwohl er gedanklich völlig abwesend war, konnte er sich den optischen Reizen der Farben und Formen nur schwer entziehen. Sein Blick fiel erneut auf die Uhr im Armaturenbrett. Thilo Hain war vor mehr als zehn Minuten in dem von außen extrem schäbig wirkenden Etablissement mit dem merkwürdigen Namen ›Babaluga‹ verschwunden. Schon zwei Mal hatte der Hauptkommissar ernsthaft erwogen, die Kurzwahltaste mit der Nummer seines Kollegen zu drücken, hatte sich jedoch gerade noch beherrschen können.

Verdammter Mist!, dachte er angespannt.

Kurz nachdem Hain die Tür hinter sich geschlossen hatte, waren vier mächtig aufgetakelte Damen aus der Kneipe gekommen, in einen Kombi gestiegen und davongefahren. Ihr gesamter optischer Eindruck legte auf unmissverständliche Weise nah, dass die Frauen ihr Geld im vermutlich ältesten Gewerbe der Welt verdienten. Wieder sah der Polizist nervös auf die Uhr.

Jetzt wurde die Tür des Babaluga langsam geöffnet und das zerfurchte Gesicht eines alten Mannes tauchte in der schmalen Öffnung auf. Er schob die schwere Holztür weiter auf, trat mit bedächtigen Schritten auf den Hof und sah sich blinzelnd um. Lenz konnte im Dämmerlicht erkennen, dass an seinem Gürtel ein Geschirrtuch baumelte. Nach einem weiteren Rundblick setzte er sich in Bewegung und kam auf Hains Kombi zu.

»'n Abend«, murmelte er, nachdem der Hauptkommissar die Seitenscheibe heruntergelassen hatte.

»Sie sollen bitte mal reinkommen.«

»Wer sagt das?«

»Der Kommissar Thilo. Er würde sich sehr darüber freuen.«

Lenz sah dem alten Mann besorgt ins Gesicht, während er die Beifahrertür öffnete und seine Krücken sortierte.

»Ist ihm was passiert?«

»Sozusagen, ja. Ist aber nicht so schlimm, wie es auf den ersten Blick aussieht.«

Der Polizist beugte den Oberkörper nach vorn, streckte die Beine nach draußen und wollte sich gerade abstoßen, als er den skeptischen Blick des Alten wahrnahm.

»Was ist?«

»Sie sollten besser den Zündschlüssel mitnehmen, Chef. Ist 'ne wilde Gegend hier, und ein so schöner Wagen mit steckendem Zündschlüssel hat hier garantiert keine allzu große Standzeit zu erwarten.«

»Danke«, erwiderte Lenz, beugte sich nach links, zog den Schlüssel ab, kämpfte sich aus dem Auto und folgte dem sich für sein Alter erstaunlich geschmeidig bewegenden Alten.

»Ich bin übrigens Kurt«, erklärte der etwa auf der Mitte des Weges.

»Das habe ich mir gedacht.«

Thilo Hain saß auf einem Barhocker vor der Theke. Oder präziser ausgedrückt, hing er auf dem Kneipensitzmöbel. Sein Gesicht war voller Blut, sein Haar wirr und ebenso mit dem roten Saft verklebt, und auf dem Kopf konnte man schon mit bloßem Auge eine Riesenbeule erkennen. Um seinen Hals hing ein nasser Lappen, mit dessen einem Ende er sich die Lippen abtupfte.

»Sag nichts, Kumpel«, begrüßte der junge Polizist seinen Boss. »Ich hab's verkackt und das weiß ich auch.«

Lenz, dem es ziemlich mulmig zumute wurde, als er seinen übel zugerichteten Kollegen sah, schluckte.

»Wie viele waren es denn?«

»Nur zwei«, antwortete Kurt mitfühlend, der neben Hain stehengeblieben war und mit der rechten Hand vorsichtig über die Beule auf dessen Kopf fuhr. »Aber die haben gereicht.«

»Und Sie haben daneben gestanden und nichts getan?«, blaffte Lenz den alten Mann empört an.

Dessen Antwort bestand aus einem einfachen Kopfnicken.

»Lass ihn in Ruhe, Paul. Es war mein Fehler, Kurt konnte absolut nichts tun.«

»Aber er hätte doch wenigstens eine Streife rufen können«, zeigte der Hauptkommissar sich uneinsichtig.

»Nein, das sollte er nicht. Er wusste, dass du draußen im Auto sitzt, und das hat gereicht.«

»Woher wusste er das denn?«

»Ich hatte es ihm gesagt. Und ich hatte ihn auch gebeten, sich auf keinen Fall einzumischen, egal, was passieren würde.«

»Na, zumindest das hat er ja hingekriegt. Wo sind denn die beiden, die das angezettelt haben?«

Hain mühte sich ein verkniffenes Lächeln ab.

»Angezettelt hab ich es, und die beiden sind vermutlich zum Hinterausgang raus.«

Kurt nickte wieder.

»Hat uns deine polierte Visage wenigstens ein Stück in unserem Fall weitergebracht, oder hatte das eine am Ende gar nichts mit dem anderen zu tun?«

»Doch, doch, das waren schon die richtigen Leute. Olli Heppner und dieser Wesseling saßen da hinten am Tisch, zusammen mit ein paar Mädels. Die müsstest du eigentlich gesehen haben, als sie kurz nach meinem Erscheinen hier abgehauen sind.«

Lenz stimmte mit einer kurzen Geste zu.

»Ich hatte mich nach einem kurzen Plausch mit Kurt hier an der Theke zu ihnen gesetzt, woraufhin Olli die Frauen weggeschickt hat. Als wir zu dritt waren, hab ich es wohl etwas übertrieben.«

»Womit hast du es übertrieben?«

»Mit den Provokationen.«

»Das könnte wohl sein, wenn man sich dein verbeultes Gesicht anschaut.«

Hain warf Lenz einen missbilligenden Blick zu.

»Wenn ich im weiteren Verlauf des Abends Bock auf Ironie haben sollte, lass ich es dich wissen. Bis dahin könntest du freundlicherweise darauf verzichten.«

»Versprochen. Aber was ist eigentlich mit diesem Ehrenreich? Von dem hast du noch überhaupt nicht gesprochen.«

»Der ist nach Aussage von Wesseling in Thailand und macht Urlaub.«

»Was übrigens stimmt«, bestätigte Kurt leise. »Er ist von hier aus zum Flughafen nach Frankfurt gefahren. Vorige Woche Mittwoch war das.«

»Und er ist noch nicht wieder zurück?«

»Nein. Soweit ich weiß, bleibt er drei Wochen.«

In diesem Augenblick wurde die Tür des ›Babaluga‹ geöffnet, und ein paar schrill gekleidete junge Frauen betraten das Lokal. Sie winkten Kurt liebevoll zu, während sie im Vorübergehen ein paar Getränke bestellten, und verzogen sich in den hinteren Teil des Schankraums. Den beiden Polizisten hatten sie nicht die geringste Beachtung geschenkt.

»Wird Zeit, dass wir abhauen«, meinte Hain zerknirscht. »In einer halben Stunde ist hier die Hölle los, und ich habe keine Lust, für den Rest der Nacht zum Gespött der Leute zu werden.«

Damit stand er, unterstützt von Kurt, auf und holte tief Luft.

»Meine Fresse. So mies habe ich mich schon seit Jahren nicht mehr gefühlt.«

Im Hintergrund erklang laute Musik, nachdem eine der Frauen die Musikbox mit ein paar Münzen gefüttert hatte.

Der Oberkommissar setzte steif seinen rechten Fuß nach vorn, wobei er leise aufstöhnte.

»Komm«, meinte er schließlich.

Fünf Minuten später saßen die beiden im Auto.

»Das hätte böse ins Auge gehen können«, brummte Hain, während er versuchte, den Schlüssel ins Schloss zu fummeln.

»Das glaube ich auch«, erwiderte Lenz. »Und bevor du losfährst, will ich wissen, was genau sich da drin abgespielt hat.«

»Da drin hat sich abgespielt«, erwiderte sein junger Kollege, während er seine Bemühungen mit dem Schlüssel vorübergehend einstellte, »dass ich furchtbar was aufs Maul gekriegt hab. Nicht unverdient, wie ich freimütig einräumen muss, aber immerhin hatte ich auch eine ganze Menge Pech bei der Sache.«

»Erzähl!«

»Na ja, ich habe Olli und seinen Kumpel auf Pit Ehrenreich und Stefanie Kratzer angesprochen, worauf die beiden unisono erklärten, zumindest die Dame nicht zu kennen.

Auf meinen Vorhalt, dass sie immerhin in Ehrenreichs Wohnung anschaffen gegangen war und das vermutlich auf seinen Deckel, hatten sie absolut keine befriedigende Antwort, ebenso wenig auf die folgende Frage nach seinem derzeitigen Aufenthaltsort. Genauso zugeknöpft gaben sie sich bei der Frage nach ihren eigenen Alibis. Immerhin haben sie mir gesteckt, dass Ehrenreich sich in Thailand aufhält. So ergab ein Wort das andere, was dazu führte, dass dieser Wesseling über den Tisch gelangt und mir eine geschoben hat. Die hat zwar nicht richtig gesessen, aber als ich wieder hochkommen wollte, waren die beiden schon über mir. Einer hat festgehalten, der andere zugeschlagen.«

Er sah in den Rückspiegel und deutete auf sein verbeultes Gesicht.

»Und das ist das Ergebnis.«

»Wie ging es weiter?«

»Als sie mit mir fertig waren, sind sie zum Hinterausgang raus. Dann kam Kurt und hat sich wie eine Mama um mich gekümmert.«

»Und vorher war ihm das nicht möglich?«

»Nein, war es nicht«, gab Hain genervt zurück, »und das wusste ich auch.«

Wieder ein Blick in den Spiegel.

»Kurt steht seit mehr als 50 Jahren in dieser Ballerbude hinter dem Tresen. In all diesen Jahren hat er sich aus allem Knatsch und allen Reibereien rausgehalten, sonst wäre das niemals diese lange Zeit gut gegangen. Er ist fair, aber er mischt sich nicht ein. Damit würde er nämlich die Basis seiner Arbeit zerstören.«

»Und die wäre?«

»Nichts sehen, nichts hören, nichts wissen. Es gibt ein paar Regeln im Babaluga, die hat er aufgestellt, und an die hält sich nach meinem Wissen auch jeder. Alles andere interessiert ihn nicht.«

»Und was sind das für Regeln?«

»Zum Beispiel werden da drin keine Frauen geschlagen. Jeder weiß, dass die meisten Luden ihre Mädchen hauen, aber es passiert nicht in Kurts Gegenwart. Niemals.«

»Feine Gesellschaft«, stöhnte der Hauptkommissar auf. »Und was machen wir jetzt? Glaubst du, dieser Wesseling und dieser Heppner haben etwas mit dem Tod von Stefanie Kratzer zu tun? Wie es aussieht, scheint zumindest dieser Ehrenreich ja aus der Sache raus zu sein.«

Hain fummelte den Zündschlüssel ins Schloss, was ihm zu seinem Erstaunen beim ersten Anlauf glückte.

»Zu Frage eins: Wir fahren zu dir, wo ich mich gründlich säubere, damit meine Holde zu Hause keine Panikattacke bekommt, wenn ich auftauche. Zu Frage zwei: Ich würde die beiden zur Fahndung ausschreiben, ja. Nicht, weil ich glaube, dass sie etwas mit dem Tod der Frau zu tun haben, sondern einfach, um ihnen etwas Feuer unter dem Hintern zu machen. Wenn wir sie im Präsidium sitzen haben, werden sie garantiert ein, zwei Schuhnummern kleiner werden, zumindest Olli Heppner. Bei diesem Wesseling bin ich mir da nicht so sicher, das ist eher einer von der ganz coolen Sorte.«

»Also wegen Körperverletzung?«

Wieder betrachtete Hain sein Gesicht im Rückspiegel.

»Damit sollten wir vermutlich durchkommen, ja. Also los, ich fahre, du telefonierst wegen der Fahndung.«

Lenz rührte keinen Finger.

»Willst du nicht wenigstens im Präsidium Bescheid geben? Bei Bartholdy, meine ich? Immerhin hast du den Auftrag, Details über die Wohnung zu liefern.«

»Das ist schon richtig, aber vor morgen früh kann ich da leider gar nichts unternehmen. Das Katasteramt hat nun mal keinen Nachtdienst.«

»Aber du weißt doch längst, wem die Wohnung gehört.«

Hain winkte ab.

»Ich vermute, es zu wissen. Sicher kann ich nun mal erst sein, wenn ich den Katasterauszug in der Hand halte.«

»Gut, dann lass uns jetzt zu mir fahren und dich renovieren«, beschied Lenz und griff zu seinem Telefon. »Hoffentlich bekommt Maria nicht den Schock ihres Lebens, wenn sie dich so sieht.«

Maria bekam zwar keinen Schock, erfreut war sie jedoch auch nicht über den Zustand, in dem sich Thilo Hain präsentierte.

»Ich frage besser mal nicht, wie knapp es bei dir war, so ähnlich auszusehen«, eröffnete sie ihrem Ehemann, während der Oberkommissar sich im Bad um seine Verletzungen kümmerte.

»Ganz und gar nicht knapp war es, weil ich mich aus der Sache komplett rausgehalten habe. Natürlich tut es mir leid, was Thilo da passiert ist, aber so schlimm, wie es ausschaut, ist es nun auch wieder nicht.«

»Trotzdem«, zeigte Maria sich resistent gegen seine Argumente. »Der Junge gehört in ein Krankenhaus und sollte anständig untersucht und verarztet werden, wenn du mich fragst, aber das macht ihr sowieso nicht.«

»Danke für dein Verständnis.«

Während Lenz sie mit schief gelegtem Kopf und Dackelblick ansah, hörte man aus dem Bad den Klingelton von Hains Mobiltelefon, danach dessen gedämpfte Stimme.

»Vermutlich Carla, die sich schon die allergrößten Sorgen um ihn macht«, orakelte Maria, wurde jedoch kurz darauf eines Besseren belehrt, als der junge Polizist mit dem Telefon in der Hand aus dem Badezimmer kam.

»Das war RW«, ließ er seinen Boss wissen. »Und er hatte ein paar nette Informationen für mich.«

»Lass hören.«

»Seit ein paar Minuten ist bekannt, dass der Generalbundesanwalt den Fall an sich gezogen hat und er auch schon auf dem Weg nach Kassel ist. Das BKA hat eine Sonderkommission eingerichtet und etwa zwölf Mann gleich mitgebracht. Der Rest wird von unseren Kasseler Kollegen gestellt.«

Er legte sein Telefon auf der Anrichte ab.

»Aber das Schönste ist, dass man auf Seiten des BKA ganz eindeutig von einem politisch motivierten Anschlag ausgeht, in dessen Mittelpunkt Erich Zeislinger stand und dessen Ziel er war. Stefanie Kratzer wird als Kollateralschaden betrachtet.«

»Hmm«, machte Lenz. »Irgendwie habe ich mir schon gedacht, dass so was kommen würde. Überrascht bin ich jedenfalls nicht darüber.«

»Aber das ist doch Quatsch, sich zu solch einem frühen Zeitpunkt schon auf eine bestimmte Tätergruppe festzulegen. Jeder Ermittler, der halbwegs bei Trost ist, hält sich alle Optionen offen, so lange er kann.«

»Das werden die Jungs vom BKA vielleicht auch so machen, aber deren Marschrichtung zumindest ist jetzt klar. Für die war das ein politisch motiviertes Ding, und es würde mich ganz und gar nicht verblüffen, wenn die Untersuchungen in Richtung Neonazianschlag forciert würden.«

»Was sollten denn die verdammten Neonazis an Schoppen-Erich so interessant finden, dass sie ihn zum Ziel eines Anschlags machen?«, wollte Hain fassungslos wissen, was ihm einen strengen Seitenblick von Maria einbrachte.

»Keine Ahnung. Aber wenn ich mich richtig erinnere, geisterten vor ein paar Monaten irgendwelche Listen von dem braunen Gesocks durch die Medien. Dort standen die Namen von mehreren Politikern drauf, die sie angeblich killen wollten.«

Der Hauptkommissar zuckte mit den Schultern.

»Wer weiß, ob es eine neue Auflage davon gibt, und vielleicht haben die Jungs vom BKA am Ende sogar recht, obwohl ich mir das wirklich nicht vorstellen kann.«

»Das klingt auch für mich ziemlich an den Haaren herbeigezogen, Paul«, mischte Maria sich in das Gespräch der Polizisten ein. »Außerdem gäbe es Dutzende einfachere Möglichkeiten, Erich umzubringen. Wenn er allein ist, meine ich. Dann hätten der oder die Täter nicht auch noch die Frau töten müssen.«

»Meine Rede«, stimmte Lenz ihr zu, »das Gleiche habe ich vorhin zu Heini Kostkamp gesagt. Und außerdem hätten der oder die Täter ihn schon ziemlich genau ausspionieren müssen, um zu wissen, dass sie ihn in exakt dieser Wohnung erwischen können.«

»Allerdings«, gab Hain zu bedenken, »hat RW mir noch gesteckt, dass es sowohl an der Tür als auch am Schloss keinerlei Einbruchsspuren gibt. Nichts, nada. Also entweder stand die Tür offen, sodass die Täter einfach in die Wohnung spazieren konnten, oder sie hatten einen Schlüssel.«

»Bliebe eine weitere Möglichkeit, die wir bis jetzt komplett unberücksichtigt gelassen haben«, ergänzte Lenz.

Hain sah ihn erwartungsvoll an.

»Und zwar die Möglichkeit, dass Stefanie Kratzer in irgendeiner Form beteiligt war, ohne zu ahnen, dass sie mit über den Jordan gehen würde.«

»Auch eine Option. Aber warum sollten der oder die Täter die Frau umbringen, nachdem sie ihnen den Weg geebnet hatte?«

»Eine Zeugin weniger.«

»Keine schlechte Idee, das.«

Lenz wandte sich an Maria.

»Ich weiß, dass du seit ziemlich langer Zeit nichts mehr mit ihm zu tun hattest, aber gibt es irgendjemanden, dem du so etwas zutrauen würdest? Hat Erich Feinde, von denen du weißt?«

Nun lachte Maria Lenz laut auf.

»Ob Erich Feinde hat? Das meinst du jetzt nicht wirklich ernst! Wenn ich für jeden seiner Feinde einen Euro kriegen würde, bräuchten wir einen Güterzug, um die Kohle wegzuschaffen.«

»Ich meine jetzt nicht politische Feinde. Eher so was wie Alltagsfeinde.«

»Schöne Wortschöpfung«, nickte Hain anerkennend.

»Hmm, Alltagsfeinde«, überlegte Maria. »Wenn du die politischen Feinde wegstreichst, bleiben immer noch LKW-Ladungen übrig. Der Mann ist seit mehr als 30 Jahren in der Politik, was meinst du, wie vielen du in solch einer langen Zeit begegnest, die dir die Pest an den Hals wünschen. Die City-Kaufleute, irgendwelche Rathausmitarbeiter, Mitarbeiter der Documenta-Gesellschaft, seine Intimfeinde aus dem Regierungspräsidium nicht zu vergessen, und die aus dem Straßenbauamt ebenso wenig wie die aus den Wirtschaftsbetrieben der Stadt. Und diese Liste erhebt keinesfalls den Anspruch auf Vollständigkeit.«

»Wow!«, machte Hain. »Das klingt, als hätten die Jungs vom BKA so was wie das große Los gezogen mit dem Fall. Und wir froh sein können, dass die ihn an der Backe haben und nicht wir.«

Lenz nickte und sah dabei seine Frau etwas verlegen an.

»Versteh mich jetzt bitte nicht falsch, Maria, aber hat Erich, als ihr noch zusammen wart, mal erwähnt, dass er sich manchmal mit Prostituierten die Zeit vertreibt?«

Ihr Blick wanderte von Lenz zu Hain und zurück, während sie offenbar überlegte.

»Wenn ich darüber in Thilos Anwesenheit rede, muss dir klar sein, dass ich auch etwas über uns ausplaudern muss, Paul.«

»Ist schon in Ordnung«, machte Hain ihr Mut. »Ich suche schon seit Längerem nach etwas, mit dem ich ihn erpressen kann.«

»Das musst du dir leider aus dem Kopf schlagen. Es geht einfach darum, dass ich in den letzten acht Jahren unserer abgelaufenen Ehe nicht mehr mit ihm ins Bett gegangen bin. Seit ich Paul kennengelernt hatte, lief zwischen uns nichts mehr.«

Hain hatte, während sie sprach, die Augen immer weiter aufgerissen.

»Acht Jahre? Das würde ich vermutlich auch nicht ohne ein paar Spezialtermine bei einer anderen Frau aushalten, egal, ob gegen Kohle oder gratis.«

»Hat er auch nicht. Ich weiß, dass er immer wieder mal mit irgendwelchen Schnittchen aus dem Rathaus etwas hatte, auch zu unserer ›aktiven‹ Zeit. Und ich weiß, dass viele Besuche in Wiesbaden, Bonn oder später Berlin im Puff ausgeklungen sind.«

»Davon hat er dir freimütig erzählt?«

»Klar. Und immer war er in diesen Erzählungen derjenige, der nur an der Bar gesessen und was getrunken hat. Niemals, so hat er immer lauthals hinausposaunt, habe er Geld für Sex ausgegeben oder würde es jemals tun.«

»Genau wie Berlusconi.«

»Genau«, stimmte Maria ihrem Mann zu. »Dem hab ich das übrigens auch nie abgekauft. Alle damals beteiligten Kerle sind allerdings immer blöd genug gewesen zu glauben, dass sich ihre Frauen nicht auch mal treffen und ihre Erfahrungen austauschen. Dabei hat sich nämlich herausgestellt, dass jeder zu Hause die gleiche Geschichte erzählt hat, nämlich die, dass er allein an der Bar auf die anderen gewartet haben will. So rum betrachtet, hätten sie auch einen großen Bogen um die Puffs machen können.«

»Also war alles erstunken und erlogen.«

»Ja.«

Lenz sah Maria tief in die Augen.

»Ich schwöre dir, dass ich in meinem ganzen Leben noch nie privat in einem Puff gewesen bin.«

»Ich auch nicht«, teilte Hain den beiden ungefragt mit.

»Das macht euch ja richtig sympathisch.«

15

Maik Wesseling schob dem Minicarfahrer den Fahrpreis sowie ein ordentliches Trinkgeld zwischen den Vordersitzen hindurch und sprang aus dem alten Mercedes-Kombi. Oliver Heppner verließ den Mietwagen auf der anderen Seite, sah sich vorsichtig um und ging dann mit schnellen Schritten hinter seinem Boss her. Nachdem sie etwa 150 Meter hinter sich gebracht hatten, bogen sie in einen dunklen Hauseingang ein.

»Wir hätten unsere Autos mitnehmen sollen«, brummte Heppner.

»Damit sie uns gleich auf dem Parkplatz hopsgenommen hätten? Du hast echt nicht alle Latten am Zaun.«

»Ich bin mir total sicher, dass der blöde Kommissar allein ins Babaluga gekommen ist.«

»Besser, dass wir es nicht darauf angelegt haben«, gab Wesseling genervt zurück. »Sonst würden wir vermutlich jetzt bei den Bullen rumsitzen.«

Die Männer sprangen mit schnellen Schritten in die dritte Etage des Altbaus, wo Wesseling einen dicken Schlüsselbund aus der Tasche zog, einen der Sicherheitsschlüssel ins Schloss steckte und mit einem kräftigen Ruck die Tür öffnete.

»Was für ein verdammtes Glück, dass du diese Wohnung hergerichtet hast«, meinte Wesseling, während er in den nach frischer Farbe riechenden Flur trat und die Tür hinter ihnen zufallen ließ. »Auch wenn sie jetzt keine Kohle abwirft, für uns ist sie in dieser verschissenen Situation echt Gold wert.«

»Und im Kühlschrank stehen sogar ein paar Pullen Bier, wenn ich mich richtig erinnere.«

»Das kommt später. Jetzt müssen wir zuerst mal abchecken, wie der Bulle auf unseren körperlichen Verweis reagiert.«

»Na, was glaubst du wohl? Der wird nach uns suchen lassen, und zwar mit allem, was laufen kann und eine Uniform am Arsch hat.«

Wesseling ging auf die zweite Tür auf der linken Seite zu, betrat die Küche und setzte sich an den Tisch.

»Mach mir doch mal ein Bier auf!«, wies er seinen Mitarbeiter an, während er sein Smartphone aus der Tasche zog und sofort begann, auf dem Display herumzudrücken.

»Was machst du?«, wollte Heppner, mit einer Bierflasche in der Hand, wissen.

»Nachrichten. Ich will mir die Nachrichten ansehen.«

Heppner, der in seinem Leben noch nie eine SMS verschickt hatte, geschweige denn eine E-Mail, und für den ein Mobiltelefon ausschließlich zum Sprechen und Hören da war, stellte die Flasche vor Wesseling ab und betrachtete neugierig das Gerät.

»Was für Nachrichten meinst du?«

»Im Moment bin ich gerade auf der Seite unserer Lokalpostille, weil ich wissen will, was die zum Stand der Ermittlungen wissen.«

Er deutete auf den kleinen Monitor.

»Hier, es ist natürlich die Topmeldung.«

Der kräftige Mann in der Jeansjacke setzte mit ein paar Bewegungen des Daumens die Zeilen in Bewegung.

Bestialisches Verbrechen in Kassel!

Oberbürgermeister Zeislinger ringt um sein Leben.

War die Tote vom Wolfsanger die neue Frau an der Seite des OB?

Kassel:

Ein mit unglaublicher Brutalität ausgeführter Anschlag auf das Leben des Kasseler Oberbürgermeisters Erich Zeislinger schockiert die Menschen in der Region und weit darüber hinaus. Der beliebte Politiker wird zur Stunde im Klinikum Kassel behandelt, wo nach Aussage eines Sprechers die Ärzte um sein Leben kämpfen.

In der Wohnung am Wolfsanger, in der das Verbrechen vermutlich in der vergangenen Nacht stattgefunden hat, wurde außerdem die Leiche einer jungen Frau gefunden, die vor ihrem Tod offenbar gefoltert wurde. Die Bundesanwaltschaft hat den Fall an sich gezogen, das Bundeskriminalamt die Ermittlungen übernommen und sofort eine Sonderkommission eingesetzt, die mit Hochdruck nach den Tätern fahndet. Nach ersten Erkenntnissen gehen die Behörden von einem extremistisch motivierten Anschlag aus. SOKO-Sprecher Holger Meister vom Bundeskriminalamt teilte unserer Zeitung mit, dass es bisher keine Hinweise auf die Täter gibt, die Ausführung des Attentats jedoch sowohl rechtsradikale wie auch islamistische Gruppen infrage kommen lässt.

Wesseling schloss die Augen, schluckte und zog die Nase hoch.

»Was steht da?«, wollte Heppner wissen.

»Da steht«, erwiderte Wesseling leise, »dass Steffi vor ihrem Tod gefoltert worden ist.«

»Wie, gefoltert?«

Wieder ein Schlucken.

»Ich weiß es nicht, Olli.«

Über die Wange des groß gewachsenen Mannes lief eine Träne.

»Ich weiß es nicht, aber ich werde es rausfinden, darauf kannst du Gift nehmen. Außerdem steht da, dass die Bullen von einem Terroranschlag ausgehen oder so. Irgendwelche Islamärsche oder Glatzen sollen es gewesen sein.«

Heppner hob irritiert den Kopf.

»Und warum macht uns der Bullenidiot dann vorhin die Hölle heiß wegen Alibi und so, wenn die sowieso schon wissen, dass es von uns keiner gewesen ist? Wäre es dann nicht besser, wenn wir zum Präsidium gehen würden und uns stellen?«

»Nein. Das, was die an die Öffentlichkeit geben, kann nämlich auch eine Verlade sein, damit wir genau das machen. Wir bleiben erst mal hier und warten, wie die Sache sich entwickelt. Und nebenbei versuchen wir herauszufinden, welche Drecksau es gewesen ist.«

Wesseling nahm einen Schluck Bier, stellte die Flasche zurück auf den Tisch und atmete schwer ein und aus.

»Außerdem behaupten die, dass Steffi und dieser Zeislinger was miteinander gehabt hätten, was ja wohl das Blödeste ist, was man sich vorstellen kann.«

Seine flache rechte Hand knallte wütend auf die Tischplatte.

»Sie war eine Nutte, und er war nichts weiter als ein Kunde wie jeder andere. Und wer behauptet, dass da mehr war, ist ein verfluchter Lügner. Ein verfluchter Lügner.«

»Also, zu erzählen, dass die Steffi und der Zeislinger was miteinander gehabt hätten, ist wirklich saublöd. Wie kommen sie denn auf so einen Quatsch?«

»Keine Ahnung.«

Wesselings Mobiltelefon klingelte.

»Ja, was gibt's?«, meldete er sich.

Dann lauschte er, nickte ein paar Mal mit dem Kopf, wobei er jeweils zustimmende Laute von sich gab.

»Und das weißt du ganz genau?«, fragte er schließlich.

Kurz nach der für ihn offenbar befriedigenden Antwort und einem gemurmelten Abschiedsgruß drückte er die rote Taste und legte das Gerät auf dem Tisch ab.

»Wer war das?«, wollte Heppner wissen.

»Die Mona. Sie will gehört haben, dass die Bullen uns zur Fahndung ausgeschrieben haben.«

»Woher will die Zicke das denn wissen?«

»Sie sagt, dass einer ihrer Stammfreier, ein Streifenbulle, es ihr erzählt hat, als er einen Termin machen wollte.«

»Hat er auch gesagt, warum sie uns suchen?«

»Nein, hat er nicht. Oder sie hat ihn nicht danach gefragt, was weiß ich. Ist ja eigentlich auch egal«, resümierte Wesseling gleichgültig. »Lassen wir uns einfach in der nächsten Zeit nicht erwischen.«

Damit fuhr sein rechter Zeigefinger wieder über das Display des Telefons, das er noch immer in der Hand hielt.

»Ich bin's, Maik«, begrüßte er seinen Gesprächspartner, nachdem die Verbindung hergestellt war. »Ich brauche eine Karre, Lars. Irgendwas Sauberes, Unauffälliges. Vielleicht einen Golf oder so was.«

Der Mann am anderen Ende der Leitung sprach kurz.

»Geil. Das ist genau das, was ich suche«, gab Wesseling zurück.

Dann nannte er den Namen einer Straße in der Nähe.

»Stell ihn einfach dort ab, irgendwo vor einem Haus, ich finde ihn schon. Den Schlüssel schiebst du unter die Sonnenblende.«

Der Zuhälter überlegte einen Augenblick.

»Und wenn du eine Freundin für mich hast, am besten in Größe 38 oder 45, dann legst du sie ins Handschuhfach.«

Sein Blick traf sich mit dem von Oliver Heppner, der ihm mit wedelnden Händen etwas signalisierte.

»Oder warte, am besten wären gleich zwei.«

An seinem Gesicht war abzulesen, dass ihm die Antwort, die er bekam, gefiel.

»Gut. Die Kohle für den Kram bekommst du spätestens in einer Woche. Bis dann.«

Er wollte das Gespräch beenden, doch sein Kontakt hatte offenbar noch ein Anliegen.

»Ja, das stimmt«, bestätigte Wesseling ein paar Sekunden später. »Das ist die Steffi.«

Wieder hörte er zu.

»Schön, dass du das sagst, aber ich muss erst mal herausfinden, wie das alles zusammenhängt. Wenn ich mehr weiß und Hilfe brauche, melde ich mich bei dir. Aber danke auf jeden Fall für das Angebot.«

Damit war das Gespräch endgültig beendet.

»Hat er alles, was wir brauchen?«, wollte Heppner wissen, während sein Boss das Telefon in eine Tasche seiner Jeansjacke zurückgleiten ließ.

»Ja, alles da und steht in einer Stunde für uns parat.«

»Also ist für mich auch eine Knarre dabei?«

»Ja, Mann, sag ich doch!«, knurrte Wesseling.

Heppner nickte dankbar, ging zum Kühlschrank, nahm sich ein Bier heraus und setzte sich anschließend an den Tisch.

»Kann ich dich was fragen?«, wollte er vorsichtig wissen.

»Klar, was gibt es denn?«

»Ich …, aber versteh mich bitte nicht gleich wieder falsch, wenn ich dich das frage …, ich …, äh …, mich interessiert einfach, ob mich mein Eindruck täuscht.«

Wesseling hob seine Bierflasche, prostete Heppner zu, trank einen Schluck und legte die Stirn in Falten.

»Was für einen Eindruck meinst du denn, Olli?«
Oliver Heppner schluckte.
»Na ja, die Steffi war immerhin deine Freundin. Und ich hatte immer das Gefühl, dass diese Sache mit euch was Ernsteres ist.«
Er griff nervös zu seiner Bierflasche, setzte sie an und nahm einen großen Schluck.
»Und?«
»Und da hätte ich einfach gedacht, dass es dir irgendwie etwas mehr ausmachen würde, wenn sie umgebracht wird.«
Er atmete erleichtert aus.
»So, nun ist es raus. Und wenn du jetzt sauer auf mich bist, kann ich es auch nicht ändern.«
Wesseling sah seinem Mitarbeiter lange ins Gesicht, was dessen Nervosität noch mehr steigerte.
»Ich bin nicht sauer auf dich, Olli. Ich habe schon damit gerechnet, dass du mich danach fragen würdest.«
»Puh, da bin ich aber froh.«
»Ja, und die Antwort auf deine Frage ist eigentlich auch ganz einfach. Steffi und ich hatten eine echt geile Zeit, echt geil war die, aber die letzten Monate war da verdammt viel Krampf dabei. Du hast ja selbst mitbekommen, wie selten sie bei mir aufgekreuzt ist, und ich kann dir sagen, dass ich auch nicht mehr so viel Lust auf sie hatte.«
Er lehnte sich zurück und verschränkte seine muskulösen Arme hinter dem Kopf.
»Natürlich ist es kacke, dass sie tot ist, und ich würde mir auch wünschen, dass mich das mehr anmacht, aber ich kann es nicht ändern, dass es nicht so ist. Ehrlich gesagt, nervt mich am meisten, dass ihr echt geiler Umsatz jetzt wegfällt. Und, dass wir ein neues Mädchen finden müssen, das in der Wohnung Geschäfte macht.«

»Und ich dachte immer, du würdest sie lieben.«

»Lieben?«, lachte Wesseling laut auf. »Nun komm mal wieder runter, Alter. Sie war eine Nutte.«

»Und Nutten kann man nicht lieben?«

»Ich weiß ja nicht, wie du das siehst, ich kann es jedenfalls nicht. Man kann mit ihnen eine geile Zeit haben, klar, aber Liebe? Das ist schon ein verdammt großes Wort dafür.«

»Hmm«, machte Heppner.

»Was soll jetzt dieses *hmm*?«

»Ach, nichts. Ich hab es halt einfach anders gesehen. Hab mich wohl getäuscht.«

»Das kann sein«, erwiderte Wesseling. »Allerdings musst du nicht glauben, dass ich nicht gemerkt habe, dass du in sie verschossen warst; und das schon eine ziemlich lange Zeit.«

Heppner lief puterrot an.

»Ach, du lieber Gott, wie kommst du denn darauf? Jetzt fängst du aber das Spinnen an, Maik.«

Der Mann mit der Jeansjacke winkte großmütig ab.

»Musst es nicht zugeben, ich weiß es trotzdem. Und es macht mir, offen gestanden, nicht die Bohne aus. Ich weiß es, du weißt es, und dabei können wir es belassen.«

Er nahm einen weiteren Schluck aus der Bierflasche.

»Aber ich kann dir sagen, dass die Steffi nie auf dich stand, sorry. Sie hat mir mal erzählt, dass sie so einen wie dich früher gerne zum Bruder gehabt hätte, aber das war auch schon alles.«

Wenn die Worte seinem Mitarbeiter etwas ausmachten, so ließ der es sich zumindest nicht anmerken.

»Tja«, erwiderte er stattdessen, »Bruder ist doch immerhin schon mal was, oder?«

»Ja, das stimmt. Und oft ist das Dasein als Bruder viel nervenschonender als diese ganzen Beziehungskisten.«

»Wenn du es sagst.«

Damit warf Heppner einen verstohlenen Blick auf seine Armbanduhr, der Wesseling jedoch nicht verborgen blieb.

»Hast du noch was vor?«

»Ja, ich würde gerne noch mal nach den Mädchen sehen.«

»Aber die arbeiten heute doch nicht; das hast du selbst mit ihnen ausbaldowert.«

»Ich weiß, aber irgendwie bin ich ziemlich unruhig. Lass mich einfach mal nach dem Rechten sehen.«

»Du erinnerst dich schon daran, dass da draußen jeder dämliche Bulle nach dir sucht?«

»Klar, aber es liegt doch alles hier im Viertel. Einmal einen Blick in die Wohnung geworfen und fertig. Den Bullen gehe ich dabei einfach aus dem Weg. Außerdem wird es bald stockdunkel sein da draußen.«

»Wie du willst. Wenn sie dich kriegen, und du zwitscherst ihnen, wo sie mich finden, sind wir allerdings die längste Zeit Freunde gewesen. Klar?«

»He, du spinnst wohl!«, empörte sich Heppner. »Das würde ich doch nie machen. Und außerdem erwischt mich niemand.«

Damit stand er auf, trank sein Bier aus und stellte die Flasche neben den Kühlschrank, wo schon ein paar andere leere Pullen standen.

»Bis später dann.«

»Ja, bis später. Und wenn du auf dem Rückweg bist, wirfst du einen Blick um die Ecke und siehst nach, ob Lars die Karre schon abgestellt hat. Wenn ja, nimmst du die Kanonen aus dem Handschuhfach und schließt ab.«

»Alles klar, mach ich.«

Nach einem letzten prüfenden Blick verließ Oliver Heppner die Küche, trat auf den Flur und hatte Sekunden danach das Haus verlassen. Anders jedoch, als er es Maik Wesseling angekündigt hatte, führte ihn sein Weg nicht zu der in unmittelbarer Nähe gelegenen Prostituiertenwohnung, sondern direkt zu einem von außen seriös und ansprechend wirkenden, hell verputzten Gebäude etwa einen halben Kilometer entfernt. Unter dem gläsernen Vordach sah er sich kurz um, konnte jedoch weder etwas Ungewöhnliches in der Nachbarschaft entdecken noch jemanden, der ihm gefolgt wäre. Dann legte er den rechten Zeigefinger auf einen der zahlreichen Klingelknöpfe, schaute sich erneut kurz um und wartete einen kurzen Moment.

»Ja, bitte«, ertönte leise eine nasale Stimme aus der Gegensprechanlage.

»Ich bin's, Olli.«

»Mit dir habe ich gar nicht mehr gerechnet«, erklärte die Stimme schnippisch. »Weißt du, wie spät es ist?«

»Klar weiß ich das, aber es ging nicht früher. Also, lässt du mich nun rein oder nicht?«

»Aber nur ausnahmsweise, merk dir das. Ich will nicht, dass diese Kapriolen einreißen.«

»Klar, ich merke es mir. Und jetzt mach endlich auf.«

Synchron mit dem ersten Ton des Türöffners schob Heppner die schwere Glastür nach innen, zwängte sich durch den schmalen Spalt und verschwand im Hausflur, ohne den Lichtschalter zu betätigen. Den Aufzug ließ er links liegen und hetzte stattdessen, immer zwei Stufen auf einmal nehmend, die Treppe hinauf in den dritten Stock, wo ihn in einer offenstehenden Tür ein junger, gutaussehender Mann mit schulterlangem, modisch gestyltem Haar erwartete.

»Du und deine Unzuverlässigkeit gehen mir langsam

ziemlich auf die Nerven«, empfing er seinen Besucher. »Das ist das dritte Mal in Folge, dass ich auf dich warten muss.«

»Ich weiß, und es tut mir auch echt leid. Ich verspreche, dass es nicht wieder vorkommen wird.«

»Ja, ja«, hauchte der androgyn wirkende Mann leise. »Wer dir das glaubt, der wird auch selig. Und jetzt komm rein, sonst kriegen wir gar nichts mehr gebacken. In einer halben Stunde habe ich den nächsten Termin.«

»Das passt schon, bei mir drängt nämlich auch ziemlich die Zeit«, erwiderte Heppner, drückte sich an ihm vorbei, steuerte zielbewusst auf die zweite Tür auf der rechten Seite zu und drückte die Klinke herunter. »Ich mach mich nur schnell frisch.«

»Darum möchte ich doch bitten«, stieß der Hausherr mit gekünstelter Entrüstung hervor, »sonst fasse ich dich nicht mal mit der Feuerzange an!«

16

Lenz betrachtete den klaren Sternenhimmel über ihren Köpfen.

»Was denkst du?«, wollte Maria leise wissen, die, in eine Decke gehüllt, in seinem Schoß lag.

»Dass du das Beste bist, was mir je im Leben passiert ist.«

»Ehrlich?«

Der Polizist fing an zu grinsen.

»Nein, gelogen.«

»Mistkerl!«

»Ich weiß. Aber ganz im Ernst, genau das habe ich wirklich gerade gedacht.«

»Und wie bist du darauf gekommen?«

Er überlegte ein paar Sekunden.

»Weil ich dir vertrauen kann. Und weil du mir das Gefühl gibst, etwas Besonderes zu sein.«

»Du bist etwas Besonderes.«

»Schön, dass du das sagst. Wobei das bestimmt nicht jeder unterschreiben würde.«

»Wer zum Beispiel nicht?«

»Mein neuer Boss garantiert nicht. Und der Polizeipräsident schon gar nicht.«

Sie reckte sich hoch und küsste ihn sanft auf den Mund.

»Wen interessiert schon deren Meinung?«

»Auch wieder richtig.«

Er beugte den Oberkörper nach vorn, um sein rechtes Bein etwas zu entlasten.

»Geht es?«, fragte Maria besorgt. »Oder willst du dich anders hinsetzen?«

»Nein, nein, es geht schon. Allerdings juckt es schon ziemlich heftig unter dem Gips. Aber das haben mir die Schwestern und der Gipspfleger bereits vor ein paar Tagen prophezeit, garniert mit dem Hinweis, dass es im weiteren Verlauf immer schlimmer werden würde.«

»Kann man dagegen etwas machen?«

»Nach deren Aussage nicht. Und sie haben mich explizit davor gewarnt, den Kampf dagegen mit Stricknadeln oder ähnlichem Gerät aufzunehmen. Das, sagten sie, würde mir zwar für ein paar Augenblicke Linderung verschaffen, dann jedoch würde das Jucken umso heftiger werden.«

Er betrachtete erneut die unendlich vielen weißen Punkte über ihren Köpfen.

»Aber ich will mich nicht groß beschweren. Im Vergleich zu deinem Exmann geht es mir mit meinem lädierten Knöchel vermutlich phänomenal gut.«

»Das Gleiche habe ich vor ein paar Sekunden auch gedacht.«

Maria griff in sein Genick, zog ihn zu sich herunter und küsste ihn sanft auf den Mund.

»Und es muss dich jetzt absolut nicht beunruhigen, dass mir so was durch den Kopf geht. Du bist mein Mann, und Erich ist mein Exmann.«

»Es macht mir nichts aus, dass du an ihn denkst und dass es dich beschäftigt, wie die Geschichte für ihn ausgeht. Ganz im Gegenteil, ich finde es gut.«

»Warum?«

»Ihr wart eben lange verheiratet. Was immer auch in den letzten Jahren passiert sein mag, muss in solch einem Moment zweitrangig sein, und dass du das auch so siehst, macht mich ziemlich zufrieden. Es zeigt mir, dass du die Dinge ruhen lassen kannst.«

»Erich ist«, erwiderte sie nach einer Weile des Nachdenkens mit gerunzelter Stirn, »ein ziemlicher Idiot, und an dieser Denkweise über ihn wird sich für den Rest meines Lebens auch nichts mehr ändern, aber hier geht es gar nicht um Erich Zeislinger an sich, hier geht es darum, dass ein Mensch verdammt übel zugerichtet wurde und vielleicht sterben wird. Wobei ich diesen Menschen natürlich gut kenne und weiß, dass er sich sein ganzes Leben lang wie blöd vor dem Sterben gefürchtet hat. Und alles, was damit nur im Entferntesten zu tun hatte, war schon immer ein absolutes Tabuthema für ihn.«

»Geht das nicht allen Menschen so?«

»Keine Ahnung. Mich belastet das Thema nicht mehr, seit ich damals dem Tod mit letzter Kraft von der Schippe gesprungen bin. Oder vielleicht sollte ich besser sagen, dass er mich, meinetwegen auch aus Versehen, fallen gelassen hat, weil ich aktiv an diesem Prozess nach meiner Erinnerung gar nicht beteiligt war.«

Maria sprach von einem schweren Unfall ein paar Jahre zuvor. Der Fahrer eines Kleintransporters hatte im Schneetreiben die Kontrolle über sein Fahrzeug verloren und ihren Wagen von der Straße gedrängt, wobei sie schwerste Verletzungen davontrug und sogar reanimiert werden musste.

»Ich kann ja nun nicht sagen, dass ich mich auf den Tod freuen würde«, stellte Lenz nüchtern fest, »allerdings macht er mir auch nicht besonders viel Angst. Das war früher, als ich noch jünger war, übrigens eindeutig anders.«

»Vielleicht hängt es damit zusammen, dass du damals noch mehr zu verlieren hattest. Mehr Zeit, meine ich.«

»Das kann wohl sein«, gab er resolut zurück, »aber damit soll es für heute auch reichen mit Tod und Teufel, was meinst du?«

»Von mir aus gern.«

Der Kommissar hielt seinen rechten Arm hoch und sah auf die Uhr.

»Dann würde ich vorschlagen, du erzählst mir noch ein bisschen darüber, wie deine Präsentation gelaufen ist.«

Dieser Bitte kam Maria mehr als bereitwillig nach, wobei ›ein bisschen‹ der Sache definitiv nicht gerecht wurde, denn ihre überaus blumigen Schilderungen zogen sich über mehr als eine Stunde hin. Dann gähnte Lenz so demonstrativ, dass sie sich nach einem kurzen Intermezzo im Badezimmer ins Bett zurückzogen und beide sofort einschliefen.

Das enervierende Klingeln des Telefons bahnte sich außerordentlich langsam seinen Weg in die Hirnwindungen des Polizisten, doch in dem Sekundenbruchteil, in dem es dort angekommen war, schreckte Lenz schlagartig hoch und wollte direkt aus dem Bett springen. Erst als sein rechtes Bein schon über der Bettkante hing, wurde ihm bewusst, dass die Beibehaltung dieses gewohnten Bewegungsablaufs sowohl in dieser Nacht als auch in den nächsten Wochen keine gute Idee darstellen würde. Also stützte er sich auf den Händen ab, kam auf dem linken Bein hoch und griff im Dämmerlicht des offenen Fensters nach seinen Krücken.

Das kann ja heiter werden in der nächsten Zeit, dachte er auf dem Weg in den Flur, wo er das Mobilteil aus der Ladeschale nahm und ans Ohr hielt.

»Ja, Lenz.«

»Ich bin's, Thilo. Kannst du auch nicht schlafen?«

»Geiler Witz. Kommt noch so ein Brüller, oder kann ich mich wieder ins Bett legen?«

»Nein, besser nicht.«

Es entstand eine Pause.

»Bist du noch dran, Thilo?«

»Ja, klar. Ich überlege nur gerade, wie ich dich in die Sache integrieren kann, ohne meinen Job und meine Pensionsansprüche aufs Spiel zu setzen, Paul; von dem Ärger, der dir blüht, wenn das schiefgeht, gar nicht zu reden. Aber ich hätte es auch nicht übers Herz gebracht, dich nicht zu informieren.«

»Wenn du mir erzählst, von welcher Sache genau du sprichst, kann ich dir vielleicht mit meiner unfassbaren Weisheit und Lebenserfahrung weiterhelfen.«

Wieder eine kurze Pause.

»Wir haben zwei Tote. Und für mich sieht die Sache höllisch nach einer Neuauflage des Anschlags auf Zeislinger und seine Gespielin aus.«

»Ach du große Scheiße! Wieder eine Prostituierte und ihr Freier?«

»Nein, diesmal sind es zwei Kerle. Und einer davon ist Olli Heppner.«

Lenz hatte keine Sekunde überlegen müssen, ob er zu dem von Hain beschriebenen Tatort fahren sollte oder nicht. Nun stand er neben dem Taxi, das ihn gebracht hatte, und sah auf die andere Straßenseite, wo vier Streifenwagen, zwei Einsatzwagen der Kripo, zwei Notarztwagen, deren Besatzungen am Einladen waren, und zwei Leichenwagen parkten. Rechts und links neben der Haustür standen innerhalb einer mit rot-weißem Trassierband abgetrennten Fläche zwei Uniformierte, die von den unvermeidlichen Gaffern außerhalb der Schutzzone eingerahmt wurden. Er wartete, bis das Taxi abgefahren war, nahm die Krücken fester in die Hände und schwang sich vorwärts.

»Guten Morgen, Kollegen«, begrüßte er die Schutzpolizisten, die das Flatterband anhoben und seinen Gruß höflich erwiderten.

»Kann ich …?«, wollte er eine Frage stellen, brach jedoch ab, als gleichzeitig eine blau gekleidete Frau im Flur sichtbar wurde, die direkt auf ihn zukam.

»Morgen, Frau Ritter!«, rief er ihr schon durch die geschlossene Tür zu.

»Hallo, Herr Hauptkommissar«, erwiderte sie ebenso freudig, nachdem sie den gläsernen Türflügel geöffnet hatte. »Ihr Kollege Hain hat mich gebeten, Sie hier abzuholen.«

»Danke, das ist nett.«

»Aber wir müssen sofort los«, raunte die junge Polizistin ihm leise zu, »weil es sein kann, dass schon sehr bald ein paar der BKA-Eliteermittler hier eintreffen.«

»Dann lassen Sie uns am besten keine Zeit verlieren«, erwiderte Lenz und hickelte auf die Fahrstuhltüren zu.

»Den können wir leider nicht benutzen«, stellte sie bedauernd fest, »weil die Spurensicherung damit beschäftigt ist.«

Trotz dieses Handicaps hatten die beiden keine zwei Minuten später den dritten Stock erreicht, wo Thilo Hain, dessen dicke Beule am Kopf nicht zu übersehen war, und Rolf-Werner Gecks vor einer offenen Wohnungstür auf sie warteten.

»Wir haben höchstens zehn Minuten, Paul«, verzichtete der Oberkommissar auf jegliche Begrüßung oder Einführung.

»Die beiden wurden vor knapp zwei Stunden vom Lebensgefährten des Wohnungsinhabers aufgefunden, der ein Stockwerk drunter wohnt. Zu diesem Zeitpunkt waren beide jedoch längst tot.«

»Ist der Doc schon da?«, wollte Lenz wissen.

»Ist drin«, erwiderte Rolf-Werner Gecks, »hat sich aber noch nicht geäußert.«

»Können wir rein?«

»Keine Ahnung«, antwortete Hain mit einem Schulterzucken und bewegte sich Richtung Wohnungseingangstür. »Eben wollte er noch seine Ruhe haben. Aber warte, ich sehe mal nach.«

Damit verschwand er aus dem Sichtfeld seiner Kollegen.

»Das hätte ich mir denken können, dass du hier auftauchen würdest«, ertönte eine Stimme aus dem Hintergrund, die allen Anwesenden gut vertraut war.

»Stimmt, Heini«, gab Lenz zurück, während er sich etwas unbeholfen um die eigene Achse drehte. »Ich habe im Gegensatz dazu überhaupt nicht damit gerechnet, dich hier anzutreffen.«

»Was sollten die Jungs denn ohne mich machen? Irgendwer muss ihnen doch den Marsch blasen, wenn sie mal wieder dabei sind, sämtliche Spuren mit Füßen zu treten.«

»Du bist im Fahrstuhl beschäftigt?«

Kostkamp nickte.

»Das scheint heute mein Karma zu sein, mich mit Fahrstühlen zu beschäftigen.«

»Schon was gefunden?«

»Jede Menge, wie nicht anders zu erwarten war. Nur leider gibt es hier keine Blutspuren an den Türen wie bei der anderen Sache.«

»Der Doc sagt, wir können uns kurz in der Wohnung umsehen«, verkündete Hain, der wieder in den Hausflur getreten war. »Also lasst uns reingehen.«

Mit schnellen, geschickten Bewegungen zog er einen himmelblauen Füßling über den linken Schuh seines Chefs und umwickelte die Gummifüße der Krücken mit zwei weiteren davon.

»Dass mir das aber nicht zur Routine wird«, gab er Lenz mit, der schon auf dem Weg ins Innere der Wohnung war. »Und sorg gefälligst dafür, dass dein anderer Latschen sich vom Boden fernhält. Klar?«

Ohne ihm eine Antwort zu geben, brachte der Hauptkommissar den etwa sechs Meter langen Flur hinter sich, betrat das hell erleuchtete Wohnzimmer und musste beim Anblick der beiden Toten unwillkürlich schlucken.

»Wer kommt denn auf eine so barbarische Idee?«, murmelte er fassungslos.

»Das haben wir uns auch schon gefragt«, bekannte Gecks hinter ihm, »aber die Welt ist nun mal voller Irrer.«

»Und einer von denen ist heute Nacht hier gewesen«, ergänzte Lenz.

»Von *heute Nacht* zu sprechen, ist durchaus mutig, Herr Hauptkommissar«, mischte Dr. Peter Franz, der Rechtsmediziner, der gerade dabei war, etwas in seinem riesigen Koffer zu verstauen, sich mit einem angedeuteten Kopfnicken zur Begrüßung ein.

»Auch einen guten Morgen, Doc. Also liegen die beiden schon länger hier rum?«

»Nicht viel, aber *heute Nacht* würde es definitiv nicht treffen.«

Der Rechtsmediziner sah auf seine Armbanduhr und rechnete kurz.

»Ich würde vielmehr den gestrigen Abend ins Spiel bringen. Gestern Abend zwischen 22:00 und 23:00 Uhr, um meine Aussage zu präzisieren, sind diese beiden Männer aller Wahrscheinlichkeit nach gestorben.«

»Immer vorbehaltlich der Obduktionsergebnisse, schon

klar«, nahm Lenz die unausweichlich folgende Einschränkung des Arztes vorweg.

»Natürlich.«

»Und woran sind sie gestorben? Wissen Sie das auch schon?«

»Sicher bin ich noch nicht, habe jedoch eine starke Vermutung.«

Dr. Franz trat auf die beiden Leichen zu und deutete nacheinander auf deren Genitalbereich.

»Wie Sie sicher schon erkannt haben, sind die Herren vor ihrem Tod kastriert worden.«

Er wandte sich um und warf den beiden Polizisten einen gequälten Blick zu.

»Das allerdings trifft die Sache nicht zu 100 Prozent. Denn ihnen fehlen auch die Penisse, was bedeutet, dass neben der Kastration eine Penektomie vorgenommen wurde.«

Der Arzt deutete auf ein aufgeklapptes Rasiermesser neben dem über und über mit Blut beschmierten weißen Ledersofa.

»Das dürfte die Tatwaffe sein.«

»Und wo sind die … Reste?«, wollte Hain wissen, der gegen eine starke Übelkeit ankämpfen musste.

»Da fragen Sie mich zu viel, Herr Oberkommissar. Vielleicht sind sie noch irgendwo hier in der Wohnung aufzufinden, aber das ist nicht mein Job.«

Damit streifte Franz sich die Einmalhandschuhe von den Fingern und versenkte sie in einem Klarsichtbeutel im Seitenfach seiner Tasche.

»Die Lage der beiden ist übrigens beachtenswert, wie ich finde«, setzte er im Anschluss hinzu. »Die liegen da, als solle die Szenerie etwas Sakrales ausdrücken; gerade so, als sollten die beiden wie gekreuzigt wirken.«

»Gut erkannt«, lobte Hain, »und das Ganze wird umso interessanter durch die Tatsache, dass wir diesen Akt der Aufbahrung gestern Abend schon einmal gesehen haben.«

»Bei dem Fall des Kasseler OB?«, fragte Franz nach, der nicht am Tatort des ähnlich gelagerten Falles um Erich Zeislinger gewesen war.

»Genau bei dem.«

»Wo ist der Mann, der sie gefunden hat?«, wollte Lenz wissen.

»Im Klinikum«, beantwortete Rolf-Werner Gecks die Frage. »Der war so was von durch den Wind, aber wer wollte es ihm verdenken. Kommt hier rein und findet seinen Partner in diesem Zustand.«

»Und warum …?«, wollte Lenz eine Frage nachschieben, wurde jedoch von der hereinstürmenden Pia Ritter unterbrochen.

»Es wird Zeit für Sie, Herr Lenz«, keuchte die junge Streifenpolizistin. »Kommen Sie mit, schnell!«

17

Maik Wesseling hatte zunächst alle Frauen, die für ihn arbeiteten, abtelefoniert.

»Olli? Nein, der war nicht hier.«

Danach hatte er systematisch mit Freunden, Bekannten und Kollegen gesprochen.

Nichts. Nada.

Niemand in der ganzen Stadt hatte etwas von Olli Heppner gehört oder gesehen, und etwa eine Stunde nach Mitternacht stand für den Zuhälter zweifelsfrei fest, dass sein Mitarbeiter der Polizei in die Arme gelaufen sein musste. Einen anderen logisch zu erklärenden Grund für dessen Verschwinden gab es nicht mehr für ihn.

Du verdammter Idiot, dachte er. *War das wirklich notwendig, noch einmal da rauszugehen?*

Was ihn allerdings wunderte, waren die zeitlichen Zusammenhänge. Heppner hatte die Wohnungen der Frauen abklappern wollen, das zumindest hatte er ihm vor seinem Verschwinden erklärt. Dort war er jedoch nie angekommen. Also blieb als Erklärung nur, dass ihn die Bullen schon direkt an der Haustür oder zumindest kurz danach erwischt haben mussten. Was wiederum bedeuten konnte, dass im Hausflur schon ein Mobiles Einsatzkommando der Polizei operierte und jede Sekunde der Zugriff erfolgen würde. Wesseling verließ vorsichtig die Küche, trat auf leisen Sohlen an die Wohnungstür und sah durch den Spion, konnte jedoch in der Dunkelheit des Treppenhauses nichts erkennen.

Verdammt. Wenn diese Cowboys im Anmarsch sind, machen sie sicher kein Licht an. Die benutzen Nachtsichtgeräte und ballern garantiert, ohne zu fragen, drauflos.

Der Zuhälter legte sein Ohr an das kalte Holz der Tür, doch auch die Tatsache, dass keine Geräusche zu vernehmen waren, machte seine Befürchtungen nicht kleiner.

Die machen auch keinen Krach, die Jungs. Es macht einfach peng, und sie stehen mitten in der Bude.

Er bemerkte, wie seine Beine anfingen zu zittern. Langsam krabbelte die Angst vor seiner vermutlich direkt bevorstehenden Festnahme von dort in die Brust und weiter in den Kopf.

Nun beherrsch dich mal, du Scheißer! Es ist noch längst nicht ausgemacht, dass sie schon im Haus sind. Vielleicht hat Olli auch wirklich dichtgehalten und sie müssen sich mühsam durch das ganze Viertel kämpfen.

Wesseling trat zurück, nahm seine Jeansjacke vom Haken an der Wand, schlüpfte leise hinein und ging zurück in die Küche. Dort zündete er sich eine Zigarette an, begann laut zu pfeifen, stapfte wie ein Elefant auf die Wohnungstür zu und schlug so laut auf die Klinke, dass er für einen Augenblick befürchtete, sie würde abbrechen. Dann zog er, noch immer zitternd, das Türblatt langsam nach innen, wobei er ständig darauf gefasst war, von ein paar dunkel gekleideten Typen mit schnellen, souveränen Handgriffen und unter martialischem Gebrüll zu Boden geworfen zu werden, was jedoch nicht geschah. Es geschah nämlich gar nichts. Irgendwo im Haus dudelte leise Musik, und wenn er seinem Riechorgan trauen konnte, wurde in einer der Wohnungen orientalisch gekocht.

Schöne Nachbarschaft, dachte er, noch immer maximal angespannt.

Mit ein paar tastenden Gesten suchte er nach dem Lichtschalter, fand ihn, drückte deutlich zu fest darauf herum und erschrak trotzdem, als er im gleichen Augenblick im gleißenden Licht stand. Sein Kopf flog nach rechts, wo er die Treppe nach oben auf verdächtige Bewegungen hin absuchte, dann scannte er die nach unten führenden Stufen.

Nichts. Keine Bewegung.

Wieder fing er laut an zu pfeifen, trat auf die nach unten führende Treppe zu und hatte kurz darauf die erste Stufe erreicht. Die zweite. Als er auf dem Treppenabsatz zwischen den Stockwerken angekommen war, fühlte er sich schon deutlich besser und nahm von da an immer zwei Stufen auf einmal.

Zweiter Stock. Erster Stock. Erdgeschoss, keine besonderen Vorkommnisse. Kein Bullenkommando, kein Gebrüll, keine Festnahme.

Fast schon ein wenig vergnügt zog er die Haustür nach innen, sah nach links und nach rechts, atmete die frische Nachtluft ein, nahm einen tiefen Zug aus der Zigarette, die sich noch immer zwischen seinen Fingern befand, und setzte sich schließlich mit schnellen Schritten in Bewegung. Keine zwei Minuten später hatte er den bestellten Golf gefunden.

Was, wenn Olli den Bullen von der Karre erzählt hat und die mir noch einen wegen unerlaubten Waffenbesitzes einschenken wollen?

Sein Herzschlag beschleunigte sich augenblicklich wieder, und erneut scannten seine Augen die nähere und fernere Umgebung, ohne jedoch etwas Besorgniserregendes zu bemerken. Zur Sicherheit ging er zunächst an dem Golf vorbei, ohne ihm die geringste Aufmerksamkeit zu schenken, stoppte nach etwa 30 Metern, lehnte sich mit dem Rücken an eine Hauswand und musterte so unauffällig wie möglich das Gelände.

Nichts. Entweder, die sind nicht da, oder sie sind wirklich gut. Aber ich brauche verdammt nochmal die Knarren.

Mit gemessenen Schritten machte er sich auf den Rückweg, setzte dabei bedächtig einen Fuß vor den anderen und hatte dabei, zumindest nach seiner Meinung, jeden Mauervorsprung und jeden Hauseingang im Fokus. Etwa sieben Meter vor dem Wolfsburger Erfolgsmodell blieb er direkt im Lichtkegel einer Laterne stehen, hob beide Arme, hielt die leeren Hände wie ein Messias in die Höhe, drehte sie in alle Richtungen und setzte sich danach wieder in Bewegung.

Wenn die Scheißbullen mich jetzt abknallen, weiß jeder, dass ich unbewaffnet gewesen bin. Bis jetzt zumindest gewesen bin.

Seine rechte Hand berührte vorsichtig den Türgriff auf der Beifahrerseite und löste kurz darauf den Öffnungsmechanismus aus.

Ruhig, Mann. Ganz ruhig.

Die Tür schwang mit einem lauten, quietschenden Geräusch auf. Wesseling zuckte zusammen, sah sich erschrocken in jede Richtung um, ließ sich auf den Sitz fallen, zog die Tür kraftvoll ins Schloss und schob den Verschlussknopf nach unten.

Wenn sie mich schon kriegen, dann sollen sie wenigstens etwas dafür tun müssen. Freiwillig geht da jetzt gar nichts mehr.

Mit der linken Hand öffnete er den Deckel des Handschuhfachs, dessen Glühbirne flackernd zu leuchten begann. Sie beleuchtete zwei übereinandergestapelte, matt schimmernde Pistolen und eine danebengequetschte Pappschachtel. Wesseling warf den Deckel sofort wieder zu, schloss die Augen, holte tief Luft und begann zu grinsen.

So einfach werde ich es euch nicht machen. Ihr werdet kämpfen müssen, wenn ihr mich haben wollt; und ab jetzt wird mit gleicher Münze zurückbezahlt.

Der bullige Mann beugte sich nach links und zog die Sonnenblende auf der Fahrerseite nach unten. Sofort löste sich ein Schlüssel, knallte aufs Lenkrad und blieb schließlich auf der abgelatschten Fußmatte liegen, von wo ihn Wesseling aufhob.

Olli, du verdammter Versager! Am Ende hast du dich gar nicht erwischen lassen, sondern bist einfach nur stiften gegangen. Mein lieber Mann, wenn du wirklich eine so feige Sau gewesen sein solltest, dann lass dich besser nie mehr bei mir blicken, sonst reiße ich dir persönlich die Eier ab.

Kurz darauf bewegte der Golf sich langsam aus der Parklücke, fuhr an der nächsten Kreuzung nach links auf die Wolfhager Straße und schlug den Weg in Richtung Harleshausen ein. Maik Wesseling lenkte den unscheinbaren Kompaktwagen stadtauswärts, hinaus aus dem grellen Licht der nordhessischen Metropole und möglichst weit weg von den nach ihm fahndenden Bullen.

18

Maria, die Lenz' leises Davonstehlen aus dem Schlafzimmer knapp zwei Stunden zuvor nicht wahrgenommen hatte, drehte sich um, ließ den rechten Arm herabsinken und registrierte verwundert, dass sie allein im Bett lag. Zwinkernd öffnete die Exfrau des Kasseler Oberbürgermeisters ein Auge, blinzelte in die Morgendämmerung und hob schließlich den Kopf, um ein paar mehr Einzelheiten erkennen zu können.

»Paul?«, rief sie gähnend in Richtung der anderen Zimmer, nachdem sie festgestellt hatte, dass seine Bettseite verwaist war.

Dann raffte sie sich von der Matratze hoch, trat auf den Flur, sah kurz ins Badezimmer, um schließlich in der Küche zu landen, wo ein bekritzeltes DIN-A4- Blatt auf dem Tisch lag.

›Ich musste kurz los, wollte dich aber nicht wecken, weil du so süß vor dich hin gepennt hast. Brauchst dir keine Sorgen zu machen, bin bei Thilo und vor dem Frühstück zurück.

1000 Küsse, Paul

Brötchen bringe ich übrigens mit.‹

»Was soll ich nur mit diesem Kerl machen?«, brummte sie, drehte sich auf der Ferse um und war schon wieder auf dem Weg zurück ins Bett, als das Telefon klingelte.

»Wenn du glaubst, dass ich wegen deines heimlichen Aufbruchs nicht sauer bin, hast du dich ziemlich geschnitten«, begann sie das Gespräch ohne jegliche einleitende Höflichkeitsfloskel, bekam jedoch zunächst keine Antwort.

»Paul?«, setzte sie nach einer kurzen Wartezeit hinzu. »Das bist doch du, oder?«

»Äh …, nein …, hier spricht Beate Kruse, Station C12, Klinikum Kassel.«

Maria schluckte erschrocken.

»Ist etwas mit meinem Mann? Ist ihm was passiert?«

Wieder eine Pause.

»Ich bin nicht ganz sicher«, kam es dann zögernd von der anderen Seite, »ob ich richtig verbunden bin. Ich würde gern mit Frau Zeislinger sprechen. Maria Zeislinger.«

»Das bin ich, ja. Allerdings heiße ich seit ein paar Wochen nicht mehr Zeislinger, aber das tut jetzt nichts zur Sache. Sagen Sie mir lieber, was passiert ist.«

Beate Kruse kramte hörbar in ein paar Papieren.

»Das ist mir jetzt wirklich peinlich, Frau Zeislinger …, oder wie Sie jetzt auch heißen, … aber ich wurde beauftragt, Sie anzurufen.«

»Das habe ich verstanden«, erwiderte Maria ungeduldig, »aber warum denn?«

»Es geht um Herrn Zeislinger. Den Oberbürgermeister. Erich Zeislinger.«

»Das ist mein Exmann, ja. Aber wir sind, wie gesagt, nicht mehr verheiratet.«

»Ja, das mag wohl sein, also zumindest wusste ich es nicht, aber er hat uns beauftragt, Sie zu bitten, zu ihm zu kommen.«

Wieder das Geraschel von Papier.

»Er liegt hier bei uns auf der Intensiv, und es geht ihm wirklich schlecht. Vor etwa einer Stunde ist er aufgewacht und hat darum gebeten, Sie darüber zu informieren, dass er Sie sehen möchte.«

»Mich?«, gab Maria völlig konsterniert zurück. »Er will wirklich mich sehen?«

»Ja, das ist sein Wunsch.«

»Und wann soll das sein?«

Erneut eine Pause.

»Ich glaube, es ist schon dringend. Herr Zeislinger weiß wohl, dass es nicht gut um ihn steht, und vermutlich will er Sie deshalb gerne sehen.«

Nun fehlten Maria Lenz die Worte, weshalb es eine weitere Pause in diesem sehr bemerkenswerten Telefonat gab.

»Ist gut, ich komme«, ließ sie ihre Gesprächspartnerin ein paar Sekunden später wissen. »Ich brauche ein paar Minuten, um mich vorzeigbar zu machen, dann fahre ich los.«

»Vielen Dank, ich werde es weitergeben«, erwiderte Beate Kruse erleichtert. »Wissen Sie, wo Sie hin müssen?«

»Ja, ich kenne mich aus. Bis gleich dann.«

»Ja, bis gleich.«

Maria ließ das Mobilteil in die Ladeschale gleiten, schloss die Augen und atmete ein paarmal tief ein und aus.

»Was für ein Albtraum«, flüsterte sie. »Was für ein bizarrer Albtraum.«

Dann schlurfte sie ins Schlafzimmer zurück, streifte sich das Schlafanzugoberteil von den Schultern und zog eine leichte Seidenbluse aus dem Schrank. Während sie auf dem Weg ins Bad war, hörte sie, dass die Wohnungstür leise geöffnet wurde, bog nach links ab und sah einen Moment später ihrem Mann ins schweißnasse Gesicht, der vor Schreck die Brötchentüte fallen ließ.

»Maria, …«

»Morgen, du Rumtreiber. Was gab's denn so Wichtiges, dass du mich allein lassen und deinen kranken Fuß in seinem wohlverdienten Heilungsprozess stören musstest?«

»Warum bist du denn schon wach?«, tat er so, als hätte er ihre Frage nicht gehört.

Sie trat auf ihn zu, hob die auf dem Boden verstreut liegenden Brötchen auf, schob sie zurück in die Tüte und nahm ihn zärtlich in den Arm.

»Ich will zuallererst und auf der Stelle eine Vereinbarung mit dir treffen, Paul.«

»Ja, klar, worum geht es denn?«

»Ich will, dass du mich ab jetzt, wann immer du das Haus nachts verlässt, davon in Kenntnis setzt. Ich will, dass du mich kurz weckst und mir sagst, dass du weg musst.«

»Aber warum denn? Du weißt doch am besten, wie schwer es ist, dich aus dem Schlaf zu kriegen.«

»Das ist mir egal. Ich will nicht mehr wach werden und nach dir suchen müssen.«

Lenz sah ihr tief in die Augen.

»Klar, Maria, wenn du das willst, machen wir es so.«

»Und das bitte ohne Ausnahme.«

»Ohne Ausnahme. Versprochen.«

»Gut«, fasste sie gähnend zusammen, küsste ihn auf den Mund und nahm sich ein Croissant aus der Tüte. »Dann setze ich jetzt meine um diese Uhrzeit vermutlich kaum hinzukriegende Menschwerdung fort und fahre danach ins Klinikum, wo Erich dringend um mein Erscheinen nachgesucht hat.«

Lenz sah sie verwundert an.

»Erich will dich sehen? Um diese Uhrzeit?«

Sie nickte kraftlos.

»Eine Mitarbeiterin des Krankenhauses hat gerade angerufen und es mir ausgerichtet. Wenn ich sie richtig verstanden habe, ist ihm wohl klar, wie ernst sein Zustand ist.«

»Er hat Angst zu sterben und will deshalb mit *dir* sprechen?«

»So scheint es, ja.«

Der Kommissar kratzte sich am unrasierten Kinn.

»Soll ich mitkommen?«

»Ich glaube nicht, dass er das so klasse finden würde.«

»Nein, ich will doch nicht mit ins Zimmer. Ich will dich nur ins Krankenhaus begleiten.«

»Das würdest du wirklich machen?«

»Klar.«

Maria beugte sich nach vorn und drückte ihm einen zärtlichen Kuss auf den Mund.

»Es mag ausgesprochen egoistisch erscheinen, dich dazu zu missbrauchen, aber es würde mich ehrlich ganz arg freuen, wenn ich da nicht allein hinfahren müsste.«

»Dann sind wir uns ja einig.«

Etwa 20 Minuten später stellte Maria ihr Cabriolet im Parkhaus des Klinikums ab. Gemeinsam gingen die beiden zum Haupteingang und fuhren mit dem Lift nach oben, wo sie kurz darauf die Station C12 betraten.

»Guten Morgen«, wurden sie von einer komplett in Weiß gekleideten jungen Frau begrüßt, die gerade eines der Krankenzimmer betreten wollte. »Mein Name ist Beate Kruse. Sind Sie Frau …? Also, ich meine, die Frau, mit der ich vorhin telefoniert habe?«

»Ja, das bin ich«, erwiderte Maria freundlich. »Mein Name ist übrigens Lenz, Maria Lenz. Das«, setzte sie mit einem tiefen Blick in die Augen des Polizisten hinzu, »ist Paul Lenz, mein Mann.«

»Sie hießen aber mal Zeislinger, wenn ich Sie richtig verstanden habe, oder?«

Maria nickte.

»Bis vor ein paar Monaten war das so, ja.«

»Also ist der Oberbürgermeister Ihr Exmann?«

Wieder ein kurzes Nicken.

»Na, dann kommen Sie mal mit. Wir müssen Sie noch in einen speziellen Anzug stecken, damit Sie den Raum möglichst keimfrei betreten.«

Damit setzte die Krankenschwester ihren schlanken Körper in Bewegung, trat auf die große, verglaste Tür am Ende des Ganges zu, auf der in übergroßen Buchstaben BETRETEN VERBOTEN zu lesen war, und verschwand kurz darauf, mit Maria im Schlepptau, dahinter. Offenbar war es für sie von Anfang an völlig klar gewesen, dass Lenz nichts im näheren Umkreis des OB zu suchen hatte.

Maria betrat, nachdem die Schwester, die sie begleitete, ihr in einen weiten, grünen Anzug geholfen hatte, das Zimmer, in dem Erich Zeislinger lag. Der Uniformierte, der vor der Tür Wache saß, hatte nur einen kurzen Blick auf sie geworfen und danach zustimmend genickt.

Von Erich Zeislingers Körper gingen jede Menge Schläuche und Drähte weg, die alle in neben dem Bett stehenden Diagnosegeräten endeten. Unter einer dünnen Decke hoben sich Brustkorb und Bauch in ruhigen Atemzügen, seine Augen waren geschlossen. Beim Anblick des Gesichts ihres Exmannes zuckte Maria erschrocken zusammen. Sie hatte sich zwar auf ein hässliches Bild vorbereitet, doch das, was sie nun sah, übertraf ihre schlimmsten Erwartungen um Längen.

Zeislingers Kopf war nahezu komplett in einen Verband gewickelt. Vom Gesicht war nicht viel zu erkennen, was jedoch primär daran lag, dass es stark angeschwollen war. Der OB hatte zwar auch im normalen Leben ein prägnantes, fleischiges Gesicht, doch in dieser Form hatte Maria es noch nie gesehen. Darüber hinaus war die gesamte Haut dunkel marmoriert und an einigen Stellen aufgeplatzt.

»Erich?«, flüsterte sie vorsichtig. »Kannst du mich hören?«

Keine Reaktion.

»Sprechen Sie etwas lauter, bitte«, kam es von hinten. »Ihr Mann …, äh, Verzeihung, … Ihr Exmann bekommt starke Schmerzmittel, die ihn sedieren. Er wird Sie jedoch wahrnehmen, wenn Sie ein wenig lauter sprechen.«

»Erich?«, versuchte Maria es mit etwas mehr Nachdruck in der Stimme, doch auch diesmal kam keine Reaktion.

»Erich, ich bin's, Maria.«

Nun hob der OB langsam das linke Augenlid, konnte jedoch offenbar nichts erkennen.

»Maria, bist du das?«, röchelte er, und es war leicht zu erkennen, dass ihm das Sprechen Schmerzen bereitete.

»Ja, ich sitze hier am Bett.«

Sein Kopf bewegte sich kaum erkennbar nach oben und unten, so, als wolle er bestätigen, dass er sie verstanden hatte.

»Das ist gut. Ich … wollte, dass du kommst.«

Maria, die sich zutiefst unwohl fühlte, nickte ebenfalls.

»Das ist doch selbstverständlich«, log sie.

Zeislinger hob wie in Zeitlupe die ebenfalls verbundene

rechte Hand ein paar Millimeter an und bedeutete seiner Exfrau, näher zu kommen.

»Sind wir allein?«, wollte er kaum hörbar wissen.

Maria drehte sich zu Beate Kruse, der Krankenschwester, um, die noch immer am gleichen Fleck stand wie ein paar Sekunden zuvor und auch nichts von der Konversation der beiden mitbekommen hatte.

»Nein, es ist noch eine Schwester im Zimmer.«

»Schick sie weg.«

»Wie …?«

»Schick sie weg, bitte«, wiederholte der OB seinen Wunsch leise und kraftlos.

Maria drehte sich erneut um und machte ein unglückliches Gesicht, als sie der Klinikmitarbeiterin den Wunsch ihres Exmannes mitteilte.

»Oh, das ist kein Problem«, gab Beate Kruse zurück. »Nur achten Sie bitte darauf, dass Sie keinesfalls länger als fünf Minuten hierbleiben. Mehr ist nämlich unter keinen Umständen erlaubt.«

»Das mache ich, versprochen.«

»Und, bitte, keine Aufregungen. Die wären nämlich ganz und gar nicht gut für ihn.«

»Auch darauf werde ich achten.«

»Gut, dann lasse ich Sie jetzt allein. Sie melden sich bitte bei mir, wenn Sie das Zimmer verlassen haben, ja?«

Maria nickte, und Beate Kruse zog sich leise zurück.

»Jetzt sind wir unter uns.«

Wieder kam keine Reaktion von Zeislinger.

»Erich, wir sind jetzt allein«, probierte Maria es wieder etwas lauter, und erneut hob der OB das linke Augenlid.

»Das ist gut«, flüsterte er.

»Hast du Schmerzen?«, wollte Maria wissen, die noch immer keinen Schimmer hatte, was der Mann im Krankenbett von ihr wollen könnte. Und die daran auch überhaupt nicht interessiert war.

»Es tut mir leid, was ich getan habe, Maria.«

»Was hast du denn getan?«

Bevor er antworten konnte, wurde sein Körper von einem wilden Husten geschüttelt, was seine Schmerzen sichtbar verstärkte. Nachdem sich die Situation wieder beruhigt hatte, fragte Maria erneut, was er meinte.

»Ich habe dich schlecht behandelt, dafür will ich mich entschuldigen.«

Man kann sich nicht entschuldigen, hätte Maria am liebsten losgebrüllt, *man kann höchstens um Entschuldigung bitten. Ob sie dann gewährt wird, muss man dem anderen überlassen. Aber das werden die Menschen auch in 100 Jahren noch nicht verstanden haben.*

»Was genau meinst du, für das du mich um Entschuldigung bitten willst?«

Es dauerte eine Weile, bevor er antwortete.

»Ich war nicht immer gut zu dir«, begann er schließlich.

»Das stimmt«, erwiderte Maria sarkastisch und hoffte gleichzeitig, dass ihm ihr Unterton nicht auffallen würde.

»Du ... hast recht, wenn du immer noch ... sauer auf mich bist.«

Zeislinger schnappte so plötzlich und so gierig nach Luft, dass Maria sich für einen Augenblick sorgte, er würde vor ihren Augen sterben.

»Ich war die meiste Zeit kein guter Ehemann«, führte er seinen Gedanken fort, »und das wissen wir beide auch ganz genau. Dass du dich in unserer Ehe auch nicht gerade mit Ruhm bekleckert hast, lassen wir heute mal außen vor.«

Maria atmete tief durch, während sein Satz noch ein paar Runden in ihrem Gehirn drehte, die ihn allerdings nicht besser werden ließen.

»Was wird das, Erich? Hast du mich hierherbestellt, um schmutzige Wäsche zu waschen?«

Nun öffnete der OB beide Augen, drehte den Kopf nach links und versuchte etwas zu erkennen.

»Ich kann … dich nicht richtig sehen. Alles … doppelt und dreifach.«

»Das tut mir leid. Aber ich drücke dir die Daumen, dass du ganz schnell wieder gesund wirst.«

Wieder sein Versuch, den Kopf zu schütteln.

»Das wird nichts mehr mit mir, Maria. Ich werde … sterben, das weiß ich, aber ich wollte auf jeden Fall vorher mit dir gesprochen haben. Ich will diese … Schande, diese Schuld nicht … mit ins Grab nehmen.«

Maria überlegte in diesem Moment ernsthaft, ob Erich ihr eine Show vorspielte oder ob vielleicht die Medikamente sein Hirn dermaßen vernebelt haben könnten, dass er solch eine gequirlte Kacke von sich gab.

»Von welcher Schuld genau sprichst du? Immerhin gab es da schon eine nicht zu unterschätzende Anzahl an Patzern.«

Erneut öffnete er die Augen, und diesmal hatte Maria den Eindruck, er würde sie genau sehen können.

»*Diese* Patzer meine ich jetzt nicht, Maria. Die Frauen, die du jetzt ansprichst, haben mir doch alle nichts bedeutet. Ich rede von einer Schuld, die viel tiefer, viel schwerwiegender ist.«

Nun wurde die ehemalige First Lady der Stadt Kassel doch hellhörig.

»Also gut, dann lass mal hören!«, forderte sie ihn unterkühlt auf.

Es entstand wieder eine Pause, in der nur das rasselnde Luftholen des OB zu hören war.

»Es tut mir wirklich leid, Maria, nicht, dass es so weit gekommen ist, aber … ich … ich wusste mir damals nicht anders zu helfen. Es war die pure Verzweiflung, die mich getrieben hat. Die Verzweiflung, dass du mich so viele Jahre mit diesem Polizisten hintergangen hast.«

Komm auf den Punkt, Erich!, durchzuckte es die Frau auf dem Besucherstuhl, und endlich hatte ihr Exmann ein Einsehen mit ihr.

»Ich habe damals über Dritte einen Mann damit beauftragt, dir Angst zu machen«, hauchte Zeislinger. »Damit du zur Besinnung und vielleicht auch zu mir zurückkommst. Du musst mir aber glauben, dass ich nicht wusste, dass er handgreiflich werden würde. Das wollte ich wirklich nicht.«

In Marias Augen bildete sich schlagartig ein feuchter Film, der sich so schnell verdichtete, dass schon im nächsten Augenblick eine Träne über ihre rechte Wange rann. Noch während Erich gesprochen hatte, waren die Bilder der Ereignisse aus jener Sommernacht des Vorjahres zurückgekommen, die sie am liebsten ganz tief in ihrem Unterbewusstsein vergraben hätte, und die doch von Zeit zu Zeit an ihr nagten und sie ängstigten. Ein Mann hatte ihr damals vor der Haustür aufgelauert, sie bedroht und anschließend brutal niedergeschlagen. Ein Mann, der augenscheinlich von Erich Zeislinger geschickt worden war.

»Das ist jetzt nicht dein Ernst, Erich!«, schrie sie hysterisch. »Das kann doch nicht wahr sein!«

19

Maik Wesseling hatte eine schlaflose Nacht hinter sich, von etwa eineinhalb Stunden unruhigen Dösens auf einem Rasthof abgesehen. Nachdem er Kassel hinter sich gelassen hatte und zunächst ziellos in der Gegend herumgefahren war, hatte er sich bei Warburg entschlossen, auf die A44 abzubiegen, Richtung Westen. Wohin er genau wollte und was sein Reiseziel werden könnte, davon hatte er keine Ahnung. Eigentlich wäre Hamburg die naheliegendste Entscheidung gewesen, weil er dort ein paar gute Freunde hatte. Allerdings gab es dort auch ein paar Kerle, denen er besser nicht begegnen wollte, also fiel die Metropole an der Elbe leider aus. Auch in Leipzig, seiner Heimatstadt, gab es ein paar Adressen, bei denen er einige Tage Unterschlupf finden würde, doch es war ihm klar, dass diese Option auch für die Bullen ganz oben auf der Liste stand. Über Dortmund und Duisburg, wo er in einer Dönerbude etwas gegessen hatte, war er nach Venlo gekommen, der ersten größeren Stadt hinter der holländischen Grenze.

Amsterdam!, war es ihm durch den Kopf geschossen. Wenn es irgendwo in Europa möglich war, für eine Weile unterzutauchen, dann doch wohl in Amsterdam. Schon die gesamte Fahrt über hatte der Zuhälter hin und her gerechnet, hatte seine diversen Bargelddepots überschlagen und war zu dem traurigen Schluss gekommen, dass er es finanziell nicht länger als höchstens ein halbes Jahr auf der Flucht aushalten könnte. Wenn überhaupt. Genaugenommen würde auch das nur funktionieren, wenn er an seine in Kassel liegende Reserve käme, denn bei seiner überstürzten Abreise hatte er an vieles gedacht, nicht aber an Geld.

Und weil er gerade dabei gewesen war, hatte er sich zum ersten Mal in seinem Leben gefragt, wo die viele Kohle eigentlich gelandet sein könnte, die er, oder vielmehr die Frauen, die für ihn anschaffen gingen, verdient hatten. Die Antwort war ebenso simpel wie unbefriedigend für ihn ausgefallen, denn er hatte das Geld für Autos, Stereoanlagenbauteile, Uhren und sonstigen Luxuskram aus dem Fenster geworfen. Richtig deprimierend aber war die Erkenntnis, dass von den Werten, die er damit eigentlich hätte schaffen können, so gut wie nichts mehr da war.

Autos? Kaputt gefahren oder viel zu billig verhökert, nachdem er sich an ihnen sattgesehen hatte.

Stereoanlage? In einem Wutanfall mit dem Fleischklopfer zertrümmert.

Und die Uhren? Die hatten während diverser Pokerpartien in den Hinterzimmern heruntergekommener Kaschemmen den Besitzer gewechselt.

Nun also nach Amsterdam.

Zunächst jedoch würde er ein paar Stunden schlafen müssen, weil er kaum noch die Augen offen halten konnte.

Irgendein Bett wird sich in diesem Kaff doch hoffentlich finden lassen.

Sein Blick fiel auf die grünlich schimmernde Digitaluhr im Armaturenbrett des Golfs. Viertel nach vier. In der Richtung, aus der er gekommen war, färbte sich der Himmel langsam dunkelblau. Wesseling fuhr langsam durch die schlafende Stadt, bis er ein Hinweisschild mit einer stilisierten Eisenbahn und dem Aufdruck ›Station‹ darauf sah. Keine Minute später drehte er eine Runde in einem großen, im Zentrum begrünten Kreisverkehr und stoppte den Kompaktwagen kurz darauf direkt vor dem Bahnhofsgebäude. Sein Mund schmeckte seifig, seine Hände fühlten sich schmierig an und die Blase drückte gewaltig. Also verließ er den Wagen, schloss die Tür hinter sich ab, betrat die Halle und sah sich nach einer Toilette um. Als alles zu seiner Zufriedenheit erledigt war und er sich sogar ein wenig das Gesicht hatte waschen können, fühlte die Welt sich gleich ein paar Umdrehungen besser an. Mit langsamen Schritten sah er sich in der menschenleeren Bahnhofshalle um, warf einen Blick auf die Gleise und schlenderte dann langsam auf eine Anzeigetafel zu, die Informationen über Hotels versprach.

Puur hieß eines, das ihm sofort wegen des komischen Namens ins Auge stach und das angeblich nur ein paar Schritte vom Bahnhof entfernt lag.

Klasse! Schlafen, duschen, weitersehen.

Betont entspannt ging er auf den Ausgang zu, doch als er an der großen Glasfront angekommen war und der Golf in sein Blickfeld rückte, setzte sein Herzschlag ein paar Schläge aus. Vor dem Wolfsburger Verkaufsschlager stand ein Polizist, und auch dahinter erkannte Wesseling einen der blau gekleideten Ordnungshüter.

Scheiße, was soll denn die Nummer jetzt? Die können doch unmöglich wissen, dass ich mit dieser Karre unterwegs bin. Oder sollte Olli wirklich einen Deal mit den Bullen gemacht haben? Ich rette meinen Arsch und hänge dafür den von Maik in die Auslage? Den Arsch von Maik, meinem Boss.

Die Polizisten trafen sich nun auf der Fahrerseite und stierten neugierig ins Innere des Autos.

Verdammt! Was mache ich nur?

Wesseling gehörte sicher nicht zu den cleversten Menschen auf der Nordhalbkugel, aber er wusste, dass ihm schleunigst etwas einfallen musste. Zumal der eine der beiden Bullen nun zu seinem Funkgerät auf der linken Schulter griff und hineinsprach. Im gleichen Augenblick rannte der Mann aus Kassel los.

»Sorry, die Herren Wachtmeister«, rief er freundlich, »aber ich musste nur mal gerade auf die Toilette. Gibt es ein Problem?«

Die Köpfe der beiden Uniformierten waren herumgeflogen, als er angefangen hatte zu sprechen, und ein unbeteiligter Beobachter hätte vermutlich den Eindruck gewonnen, dass auch eine gewisse Überraschung in den Gesichtern der Beamten zu erkennen war.

»Gehört das Wagen Ihnen?«, wollte der größere der beiden auf Deutsch, jedoch mit deutlichem Akzent, wissen.

»Ja, klar, das ist mein Wagen. Ist irgendetwas nicht in Ordnung damit?«

Der Polizist nickte streng.

»Sie können hier nicht stehen. Das ist verboten.«

Der Zuhälter tat, als sehe er das Halteverbotsschild direkt über den Köpfen der Polizisten in diesem Augenblick zum ersten Mal.

»Oh Gott, Sie haben natürlich recht, das Schild habe ich total übersehen. Ist das jetzt ein großes Vergehen? Muss ich eine Strafe bezahlen?«

In den Gesichtern der Polizisten war keine Regung auszumachen, und eine Antwort gaben sie auch nicht, was Wesseling noch mehr verunsicherte.

»Was machen Sie in Venlo? Und wo kommen Sie her?«

»Ich habe Freunde in Duisburg besucht und wollte mir die Stadt ansehen. Alle sagen ja immer, dass Venlo so schön sei.«

Die beiden Beamten tauschten einen vielsagenden Blick aus.

»Um diese Zeit?«, zeigte der kleinere sich nun durchaus verwundert. »Finden Sie nicht, dass Ihre Erklärung ein bisschen merkwürdig ist?«

»Nein, ganz und gar nicht. Wenn erst die Touristen eingefallen sind, ist es mir viel zu voll.«

»Meine Sie wirklich die normale Touristen oder meine Sie vielleicht eher die Leute, die sich hier bei uns mit Dope und Gras eindecken und es dann nach Duitsland schmuggeln wollen? Haben Sie Drogen gekauft?«

Der Mann aus Kassel hob demütig die Hände.

»Nein, um Gottes willen, ich doch nicht. Ich bin wirklich nur hier, um mir die Stadt anzuschauen.«

»Wenn das so ist, könne wir doch bestimmt mal eine Blick in Ihren Wagen werfen?«

Wesseling schluckte.

»Klar, nichts dagegen. Ich schließe Ihnen auf.«

Damit ging er langsam auf die Polizisten zu, die ihm den Weg zur Fahrertür frei machten. In seinem Kopf arbeitete es fieberhaft, und vor seinem geistigen Auge sah er sich schon in einem holländischen Knast seine Strafe wegen unerlaubten Waffenbesitzes verbüßen.

»Es wäre schön, wenn Sie sich beeilen könnten, meine Herren.«

Er zwinkerte dem einen der beiden zu, während er das Schloss entriegelte.

»Ich habe nämlich eine Verabredung zum Frühstück in Duisburg, wenn Sie verstehen, was ich meine.«

»Das interessiert uns nicht, wo Sie verabredet sind«, erwiderte der große nun sehr förmlich. »Wir werden ein paar Kollegen rufen, die einen Hund mitbringen.«

Sein angewiderter Blick taxierte das Innere des Golfs.

»Wir haben nämlich keine Lust, uns die Hände an Ihrem Wagen schmutzig zu machen. Dafür haben wir unsere Drogenhunde.«

Damit zog er die Fahrertür auf, beugte sich nach vorn, ließ sich mit dem Knie auf dem Fahrersitz nieder und zog den Verriegelungsknopf auf der Beifahrerseite nach oben. Sein Kollege sprach in der Zwischenzeit ein paar Worte in sein Funkgerät, die Wesseling jedoch nicht verstehen konnte.

»Haben Sie was in die Handschuhfach?«

Der Zuhälter zog möglichst gleichgültig die Schultern hoch.

»Nur einen Straßenatlas und ein paar Kleinigkeiten, sonst nichts.«

Der Uniformierte richtete sich auf, trat freundlich grinsend an Wesseling vorbei und machte sich auf den Weg auf die Beifahrerseite.

»Und wo sind die Papiere? Führerschein und Fahrzeuglizenz?«

»Oh jemine, da fragen Sie mich was. Ich glaube, die habe ich in meinem Aktenkoffer, der in Duisburg bei meinen Freunden steht.«

Der strafende Blick des Polizisten, der ihn nun traf, hatte etwas zutiefst Verachtendes.

»In Duisburch? Bei Ihre Freunde?«

Er schüttelte den Kopf.

»Ich glaube, das wird eine längere Sache mit Ihnen, Herr …?«

Wesseling bemerkte, dass sich auf seiner Stirn Schweißperlen bildeten.

»Aber wenn ich Ihnen doch sage, dass alles ganz harmlos

ist. Ich habe keine Drogen gekauft und ich habe auch keine dabei. Ich bin nur hier, um mir die Stadt anzusehen.«

Der Polizist hatte, während der Lude gesprochen hatte, die Beifahrertür erreicht und öffnete sie nun, gefolgt von einem neugierigen Blick Richtung Handschuhfach. Seine rechte Hand bewegte sich langsam nach vorn, während er sich mit der linken vorsichtig auf dem Sitz abstützte. Unterdessen taxierte Wesseling seine Chancen auf eine Flucht zu Fuß. Ohne Jacke und ohne Geld und ohne Ortskenntnis.

Scheiße!

Die Hand des Polizisten war noch etwa fünf Zentimeter vom Riegel des Handschuhfachs entfernt, und in spätestens 15 Sekunden würde er ihn, wenn nicht augenblicklich ein Wunder geschah, in Handschellen abführen.

Nun hatte die Hand die Kunststoffklappe erreicht. Zeigefinger und Daumen bewegten sich weiter nach vorn, während sich der Arm um etwa 30 Grad drehte. Das leise Klicken, das den Öffnungsvorgang bestätigte, dröhnte wie ein Schuss in Wesselings Ohren. Und noch etwas dröhnte in seinen Ohren, nämlich ein lauter Knall, dessen Ursprung er jedoch nicht orten konnte. Der Polizist sprang erschrocken hoch und starrte seinen Kollegen mit weit aufgerissenen Augen an, der, starr vor Schreck, in die Richtung gaffte, aus der das Geräusch gekommen war. Gleichzeitig fiel die Klappe des Handschuhfachs nach unten, wurde vom Anschlag rüde gebremst, federte ein paarmal auf und ab und kam schließlich in geöffneter Position zum Stillstand. Der Zuhälter, der noch immer in der geöffneten Fahrertür verharrte, hatte freien Blick auf die beiden Pistolen, und irgendwie erinnerte ihn die Szenerie an das weit aufgerissene Maul eines Raubtieres. Eines bösen, heimtückischen Raubtieres. Die Polizisten schluckten synchron, sahen sich an, doch ein paar Sekundenbruchteile später hatten sie sich wohl so weit wieder unter Kontrolle, dass sie zu ihrem Dienstwagen sprinteten, hineinsprangen, und mit quietschenden Reifen davonrasten.

Maik Wesseling hatte während dieser zutiefst verwirrenden Aktion regungslos dagestanden. Erst nachdem der Polizeiwagen längst aus seinem Blickfeld verschwunden und seine Verstörung sich halbwegs gelegt hatte, wankte er langsam um die Vorderseite des Golfs herum und klappte den Deckel des Handschuhfachs zu. Dann drehte er seinen Oberkörper vom Auto weg, beugte sich nach vorn und übergab sich.

*

Der Zuhälter sah auf die Uhr im Armaturenbrett.

Kurz vor acht.

Noch immer konnte er nicht fassen, was ihm drei Stunden zuvor passiert war.

Eigentlich hab ich schon im Knast gesessen. Aber irgendwer hat es heute gut mit mir gemeint.

Er kannte diesen Irgendwer nicht und er würde ihn mit an Sicherheit grenzender Wahrscheinlichkeit auch nie in seinem Leben persönlich kennenlernen, doch er hatte zumindest sein Gesicht für einen kurzen Moment sehen können. Oder das, was davon übrig geblieben war, nachdem er mit ziemlichem Geschwindigkeitsüberschuss eine Hauswand torpediert hatte.

Wesseling war, nachdem er sich den Mund und die Stiefel abgewischt hatte, auf dem gleichen Weg aus Venlo hinausgefahren, den er auf dem Hinweg benutzt hatte.

Dabei sah er, keine 100 Meter vom Bahnhof entfernt,

eine alte japanische Limousine, natürlich ohne Airbag, die bis zur A-Säule in einem Backsteinhaus steckte. Mitten im Bild die beiden Bullen, die ihm gerade noch den Blutdruck in schwindelerregende Höhen getrieben hatten und die sich nun einen Dreck um ihn scherten. Und über allem die Geräusche von Sirenen. Vielen Sirenen.

Langsam, ohne jegliche Hast, rollte er wieder auf die Autobahn, und es bestand für ihn nicht der geringste Zweifel daran, dass ihn die Fahrt Richtung Osten führen würde. Richtung Deutschland. Richtung Kassel.

Der Adrenalinschub, den er sich in Venlo eingefangen hatte, reichte bis kurz hinter Dortmund, dann fielen ihm zwei Mal die Augen zu. Er lenkte den Golf auf den Rastplatz ›Am Haarstrang‹, stoppte auf einem Parkplatz zwischen den LKWs, drehte den Zündschlüssel nach links und war keine fünf Sekunden später eingeschlafen.

Etwa auf der Höhe der Ausfahrt Warburg, die er gerade passierte, schaltete das Radio auf einen Sender des Hessischen Rundfunks um. Es gab ein paar Werbeclips, dann begannen die Nachrichten. Wesseling hatte schon den Arm ausgefahren, um wieder auf CD umzuschalten, weil er das Gequatsche der Nachrichtensprecher auf den Tod nicht leiden konnte, zuckte jedoch zurück, nachdem die ersten Worte in seinem übermüdeten Gehirn angekommen waren.

Kassel: Das brutale Morden in der Nordhessischen Metropole geht weiter. Wie die Behörden mitteilten, wurden in der vergangenen Nacht in einer Wohnung in der Innenstadt die Leichen zweier Männer gefunden. Im Allgemeinen gut informierte Kreise berichten, dass es sich dabei um ein Verbrechen im Rotlichtmilieu handelt, was jedoch offiziell noch nicht bestätigt wurde. Aus Kassel Michael Przibylla:

Die getöteten Männer, 29 und 34 Jahre alt, sind vor ihrem

Tod offenbar gefoltert und verstümmelt worden. Der jüngere der beiden soll als Callboy gearbeitet haben, über den anderen ist bisher nur bekannt, dass er ebenfalls Kontakte zum Rotlichtmilieu gehabt haben soll. Bei der Tat handelt es sich um das zweite schwere Verbrechen innerhalb kürzester Zeit in der Fuldastadt, wurde doch vor nicht einmal 48 Stunden ein Anschlag auf den Oberbürgermeister verübt, bei dem dessen Lebensgefährtin getötet und er schwer verletzt wurde. Wie jedoch aus Kreisen der Polizei zu erfahren war, stehen die Taten in keinem direkten Zusammenhang. Allerdings werfen die Verbrechen ein schlechtes Licht auf jene Stadt, in der vor nicht einmal einer Woche die 13. Ausgabe der Documenta eröffnet wurde und die in diesem Jahr mehrere 100.000 kunstbegeisterte Besucher erwartet. Aus Kassel Michael Przibylla.

Wesseling schluckte, schaltete das Radio aus und schnaufte durch.

Zwei Tote. Einer 29 Jahre alt und ein Stricher, der andere 34 und mit Kontakten zum Milieu. Olli ist vor drei Wochen 34 geworden.

Nein, das war unmöglich. Er kannte seinen Mann fürs Grobe seit mehr als vier Jahren, und über eine so lange Zeit konnte kein Mensch vor ihm verheimlichen, dass er schwul war.

Vielleicht ein dummer Zufall, und Olli war einfach nur zur falschen Zeit am falschen Ort gewesen.

Je mehr Wesseling über die Sache nachdachte, desto sicherer wurde er, dass es sich bei dem zweiten Toten um Oliver Heppner handelte. Und mit der sich steigernden Sicherheit kam die Wut. Dass Olli vermutlich tot war, machte dem Zuhälter nicht wirklich etwas aus. Dass er, wenn es tatsächlich so war, wie er dachte, über Jahre von ihm belogen und betrogen worden war, regte ihn hingegen über alle Maßen auf.

Du verdammte schwule Sau. Und mit einem wie dir habe ich mir die Nächte um die Ohren gehauen.

Je größer seine Erregung wurde, und das ging bei Maik Wesseling immer schnell, desto mehr trat er aufs Gaspedal. Wenn er noch bis vor ein paar Minuten nicht einmal gewusst hatte, wo in Kassel er unterkommen würde, so war ihm das nun vollends gleichgültig. Es war ihm egal, weil die gesamte Szene vermutlich schon wusste, mit welcher Art Laus im Pelz er da gelebt und gearbeitet hatte.

»Scheiße!«, brüllte er und schlug dabei so fest auf das Lenkrad ein, dass ihn sofort die Hand schmerzte.

Nur einen Augenblick lang schoss es ihm durch den Kopf, dass er sich täuschen konnte, doch diesen Gedanken wischte er sofort weg.

Nein, ich täusche mich nicht. Jetzt nicht mehr.

Mit mehr als 195 Stundenkilometer, also allem, was aus dem betagten Motor herauszuholen war, raste er über die A44 auf Kassel zu. Rechts tauchten das große Volkswagenwerk und dahinter Baunatal auf, und etwa zwei Kilometer weiter der Hinweis auf die Ausfahrt Kassel-Wilhelmshöhe.

Wesseling, der in den Jahren zuvor ausschließlich große, sportliche Autos gefahren war und dessen Rage sich auf den etwa 35 Kilometern seit Warburg bis kurz über den Siedepunkt gesteigert hatte, wählte den letzten für ihn denkbaren Bremspunkt, wechselte ohne zu blinken auf die Abbiegespur und wusste schon im gleichen Augenblick, dass es knapp werden würde. Dieser Golf, den er unter dem Hintern hatte, diese ausgelutschte Karre mit der internen Typenbezeichnung 19E war einfach nicht mehr in der Lage, jene langgezogene Rechtskurve, in die der Zuhälter ihn nun mit hektischen Lenkbewegungen zwang, mit deutlich mehr als 150 km/h zu durcheilen. Zumindest nicht auf den eigenen Rädern. Und so wurden die von Wesseling ausgelösten Ausschläge des Lenkrades immer größer, und mit jedem Hin und Her wurde die Lage von Auto und Fahrer dramatischer. Der erste Einschlag traf den bedauernswerten Kompaktwagen vorn rechts, was ihn in eine schnelle Kreiselbewegung versetzte. Zu diesem Zeitpunkt wurde auch Wesseling so langsam klar, dass sein persönliches Glücksportfolio für diesen Morgen aufgebraucht war, weshalb er die Hände vom Lenkrad wegriss und die Arme vor der Brust verschränkte, genau so, wie er es einmal während eines Sportfahrerlehrgangs erklärt bekommen hatte. Das wird den Aufprall erträglich machen, hatte der Instruktor ihm damals erklärt. Allerdings liegen Theorie und Praxis im wirklichen Leben sehr oft weit auseinander, was in diesem Fall dazu führte, dass Wesseling wie eine Marionette hin und her geschleudert wurde und mit ihm auch seine Arme und sein Kopf. Der Golf vollführte derweil zwischen den Leitplanken einen derart formvollendeten Tanz, dass der Sachverständige, der später den Unfall aufnahm, jede einzelne Bewegung und jede Rotation haargenau nachvollziehen konnte.

Irgendwann in diesen Sekunden begann Wesseling, einen panischen Schrei auszustoßen, so etwas wie ein sehr langgezogenes AAAHHH. Untermalt von dieser akustischen Begleitung, hakte der Wolfsburger sich gegen Ende seiner finalen Reise an einer Leitplankenbefestigung ein, stieg über die Querachse auf, schlug in einem direkt hinter der Leitplanke stehenden massiven Laubbaum ein und blieb als qualmender Totalschaden zwischen den Ästen hängen. Sein

Fahrer hatte vom allerletzten Rest der Exkursion nichts mehr mitbekommen, weil das Dach mit Wucht auf seinen Schädel gekracht war und ihm einen schmerzfreien, jedoch totalen Stromausfall im Hirn beschert hatte.

20

Maria war immer noch völlig aufgebracht, und so sehr der Kommissar sich innerhalb der letzten Stunde auch bemüht hatte, es war ihm nicht gelungen, seine Frau zu beruhigen.

»Dieses verdammte Arschloch!«, polterte sie erneut los. »Hetzt mir diesen Schläger auf den Hals. Das fasse ich nicht.«

Sie riss so vehement am Schalthebel ihres Wagens, dass es ein hässliches Geräusch von irgendwo aus dem Motorraum gab.

»Ich verstehe, dass du total sauer bist, Maria«, meinte Lenz beruhigend, »aber irgendwann muss es doch auch mal gut sein mit der Aufregung. Wenn er wieder auf die Beine kommen sollte, kannst du ihn wegen der Sache anzeigen, wobei ich aber glaube, dass er, sollte es wirklich so weit kommen, seine Aussage von heute Morgen wieder vergessen haben dürfte. Und es gibt nun mal, wie es sich jetzt darstellt, keine Zeugen für diese Sauerei.«

»Aber …«, wollte Maria widersprechen, doch der Polizist unterbrach sie, indem er zärtlich nach ihrer Hand griff.

»Lass es gut sein, zumindest für jetzt. Wenn er überleben sollte, können wir vielleicht noch einmal darüber reden, aber bis dahin solltest du nicht unnötig Kraft in die Sache investieren.«

»Du hast vermutlich recht«, stimmte sie nach einer kurzen Bedenkzeit zu. »Aber dass es mich auf- und erregt, es zu erfahren, verstehst du bestimmt.«

»Klar, ohne Frage.«

Wieder dachte sie eine Weile nach.

»Wir hatten ihn immer im Verdacht, dass er etwas mit der Sache zu tun haben könnte, was auch gestimmt hat, wie wir jetzt wissen. Aber die endgültige Gewissheit, dass er dahinter steckt, ist halt noch was anderes.«

Über ihr Gesicht huschte der Anflug eines gequälten Lächelns.

»Vielleicht hilft es mir am Ende, die Geschichte wirklich aus dem Kopf zu kriegen, was meinst du?«

»Gut möglich.«

»Und bis es so weit ist, versuche ich einfach, nicht mehr dran zu denken.«

Sie rollte langsam vor einer roten Ampel aus.

»Was hältst du davon, bei Enzo einen Kaffee zu trinken?«

»Ich bin dabei.«

»Und wenn ich wieder anfangen sollte rumzunörgeln, haust du mir, bildlich gesprochen natürlich nur, auf die Finger, ja?«

»In jedem Fall. Nur …«

Weiter kam Lenz nicht, weil er vom Klingelton seines Telefons unterbrochen wurde.

Er nahm das Gespräch an, meldete sich und lauschte.

»Ich bin's, Thilo. Wo steckst du denn? Immer, wenn ich dich mal wirklich brauche, bist du so gut wie unauffindbar für mich.«

In der Stimme seines Kollegen schwang jede Menge Vorwurf mit.

»Ich komme gerade aus dem Klinikum und bin auf dem Weg zur Markthalle, wo ich mit meiner Frau einen Kaffee trinken will. Warum fragst du?«

»Gut, dann komme ich dahin. Bis gleich.«

Es gab ein Knacksen in der Leitung, danach eine kurze Phase der Stille, die wiederum von einem regelmäßigen, enervierenden Piepton abgelöst wurde.

»Wer war das?«, wollte Maria wissen.

»Das war Thilo«, erwiderte der Kommissar, während er langsam das kleine Gerät vom Ohr nahm und auf den roten Knopf drückte.

»Er will auch in die Markthalle kommen. Ist das für dich in Ordnung?«

»Ist irgendwas passiert? Du wirkst ziemlich verstört auf mich.«

Lenz ließ das Telefon in der Innentasche seines Sakkos verschwinden, bevor er antwortete.

»Das weiß ich nicht, aber er klang schon ziemlich merkwürdig.«

»Hoffentlich nichts mit den Kindern oder Carla«, sprach Maria einen Gedanken aus, der auch Lenz schon durch den Kopf gegangen war.

Kurz darauf hatten sie das alte, jedoch schön restaurierte Gebäude erreicht, fanden sogar in unmittelbarer Nähe einen Parkplatz und gingen direkt zum Marktstand der Busuitos, wo sie von Enzo, dem jungen Capo, geradezu überschwänglich empfangen wurden.

»Ciao, Signora Seisselinger, ciao, Commissario!«, rief er erfreut aus und umarmte beide innig.

»Was ist denn mit Ihnen passiert?«, wollte er mit Blick auf die Gipsschiene des ›Commissario‹ wissen.

»Ein blöder Unfall«, informierte Lenz den Barista. »Ist aber schon gerichtet worden. Jetzt noch ein paar Wochen Gips, dann geht es wieder.«

»Ist das Bein gebrochen?«

»Nein, es war das Sprunggelenk.«

»Oh, das hatte ein Freund von mir auch mal, das ist *merda*.«

»Ja, aber das Schlimmste ist nicht das Sprunggelenk, Enzo«, setzte Maria augenzwinkernd hinzu. »Viel schlimmer als die eigentliche Verletzung ist seine Wehleidigkeit. Du solltest dabei sein, wenn er das Jammern anfängt.«

Das Gesicht des Italieners hellte sich noch einmal auf.

»Aber, Signora, das gehört sich doch so. Wir Männer können gar nicht anders; das muss ein Gendefekt sein oder so etwas.«

»Ja, ja, haltet nur recht zusammen, ihr zwei«, winkte sie lachend ab.

»Und wie geht es bei euch zu Hause?«, wollte Lenz in Anspielung darauf wissen, dass Enzo ein paar Monate zuvor zum zweiten Mal Vater geworden war.

»Die Nächte sind kurz, dafür sind die Tage anstrengend«, antwortete er grinsend. »Aber ich würde die Bambini um keinen Preis der Welt missen wollen.«

»Schön, das zu hören.«

»Kann ich Ihnen etwas zu essen oder zu trinken machen?«, wollte der Italiener mit Blick auf die deutlich länger gewordene Schlange an der Theke wissen.

»Mach uns zwei Kaffee, wenn du Zeit hast, bitte.«

»Gern.«

Damit entfernten sich die beiden von der Theke, suchten sich einen freien Tisch abseits des Trubels und hatten noch nicht einmal die Jacken ausgezogen, als Thilo Hain durch die Tür gestürmt kam.

»Hallo«, brummte er und ließ sich auf einen der freien Stühle fallen.

»Hallo«, erwiderten Lenz und Maria im Gleichklang und setzten sich ebenfalls.

»Was ist denn los, Thilo? Nach deinem Anruf haben wir uns richtig Sorgen gemacht.«

»Das ist nett, aber unnötig, weil eigentlich gar nicht viel passiert ist. Vielleicht mit der kleinen Ausnahme, dass ich vor nicht einmal einer halben Stunde vermutlich meinen Job und damit meine Karriere als Kriminalpolizist in die Tonne getreten hab.«

Lenz sah ihn erschrocken an.

»Was hast du?«

»Ich habe vermutlich meinen Job und damit natürlich meine Karriere verkackt.«

»Erzähl!«

»Es hat irgendwann heute Morgen angefangen. Ich war tierisch erbost darüber, dass diese Arschgeigen vom BKA sich standhaft geweigert haben, auch nur die geringste Parallele zwischen den beiden Mordfällen zu sehen.«

»Zwischen dem mit dem OB und dem von letzter Nacht?«, fragte Lenz dazwischen.

»Ja, klar geht es um diese beiden Fälle. Natürlich war ich schon genervt davon, dass diese arroganten BKA-Macker hier anreisen und alles in einer Art an sich ziehen, dass einem wirklich schlecht werden kann. Und dass sie uns, also die Kripoleute hier vor Ort, nur wie Trottel behandeln, die gerade mal gut genug dafür sind, ihnen die Drecksarbeit zu machen, hat auch nicht gerade meine Grundstimmung gehoben. Aber als ich die Pressemitteilung in die Finger gekriegt habe, die besagt, dass Zeislinger in der Wohnung seiner neuen Lebensgefährtin das Opfer eines Anschlags geworden ist, bei dem die Frau tragischerweise ihr Leben verloren hat, ist mir echt die Galle hochgekommen. Und mein Einwand, dass es sich bei dieser Stefanie Kratzer um eine Prostituierte gehandelt haben dürfte, wurde mit einem

Fingerschnipsen abgebügelt. Davon sei nichts bekannt, wurde mir mitgeteilt, und es würde selbstverständlich auch nicht in diese Richtung ermittelt. Es sei davon auszugehen, dass es sich bei der Tat um einen extremistischen Anschlag handelt, und basta.«

»Und was sagt der Generalbundesanwalt dazu?«

Hain lachte hysterisch auf.

»Von dem geht die ganze Scheiße doch vermutlich aus«, zischte er.

»Wie kommst du denn darauf?«, fragte Maria entgeistert.

»Weil ich versucht habe, ihm meine Sichtweise der Dinge zu schildern, aber, und das mit seiner ausdrücklichen Billigung, nicht mal in seine Nähe gelassen wurde.«

»Und wie kam es dazu, dass du, wie du meinst, deinen Job verkackt hast?«, hakte Lenz nach.

»Ach, wie so was halt immer geht«, druckste der Oberkommissar ein wenig herum. »Ein Gespräch, aus dem ein Streitgespräch wird, in dem ein Wort das andere ergibt, und schon ist es so weit.«

»Mit wem hattest du dieses Gespräch, das in ein Streitgespräch gemündet ist?«

»Mit unserem Boss, dem glorreichen Kriminalrat Hieronymus Weck.«

»Und was genau hat den Ausschlag gegeben für deine doch sehr pessimistische Denkweise?«

Hain musste mit seiner Antwort warten, weil Enzo an den Tisch trat und die beiden Espressi servierte.

»Ciao, Commissario Thilo. Möchten Sie auch einen Kaffee?«

»Ja, gern.«

»Subito.«

Damit drehte sich der Italiener um und marschierte zurück zur Theke.

»Also, was hast du Weck an den Kopf geworfen?«, präzisierte Lenz seine Frage.

»Mensch, Paul, du weißt doch auch, dass ich das Maul nicht halten kann. Ist es von Bedeutung, was genau ich ihm gesagt habe?«

»Ja«, erwiderte der Hauptkommissar knapp.

»Ich gehe mal vor die Tür und hole eine Zeitung«, mischte Maria sich in das Gespräch der Polizisten, griff nach ihrer Tasche, drückte ihrem Mann einen Kuss auf den Mund und verließ die Runde.

»Los, spuck's aus, was du ihm gesagt hast.«

»Ich hab ihm gesagt, dass er ein gottverdammter Arschkriecher ist, der sich lieber mit dem BKA ins Bett legt, als sich vor seine Leute zu stellen.«

»Wow, das ist heftig. Waren Zeugen dabei?«

»Nein, wir waren allein, aber das ist nicht von Bedeutung, wenn du mich fragst.«

»Wie ging es weiter?«

»Er hat mich völlig entgeistert angeschaut, geschluckt und dann angefangen zu brüllen. Der Typ hat sich kaum wieder einkriegen können, so hat er sich aufgespult.«

»Wundert dich das?«

Hain dachte ein paar Sekunden nach.

»Nein, nicht wirklich. Aber ich fühle mich eindeutig im Recht.«

Nun sinnierte Lenz eine Weile.

»Das kann gut sein, aber er ist nun mal dein Vorgesetzter. Und die Tatsache, dass er gerade erst ein paar Monate in Amt und Würden ist und während dieser Zeit zu keinem von uns so etwas wie eine persönliche Beziehung aufgebaut hat, spricht erstens eine deutliche Sprache und lässt zweitens nichts Gutes erwarten. Mit mir kannst du so ein Törtchen drehen, weil du weißt, dass ich dir verzeihe, wenn der Pulverdampf sich gelegt hat, und du außerdem mein Freund bist. Das alles steht bei Weck nun wirklich nicht zu erwarten.«

»Richtig.«

»Hat er dich suspendiert?«

»Nein, noch nicht. Aber er hat mir klipp und klar gesagt, dass ich um eine Suspendierung nicht herumkommen werde.«

»Du hast also Knarre und Marke noch?«

Hain nickte.

»Dann wird es nicht so schlimm kommen, dass du gleich deinen Job verlierst, wenn du mich fragst. Wenn er sich ganz sicher wäre, damit durchzukommen, hättest du den Kram garantiert gleich dalassen müssen. Allerdings steht dir Ärger ins Haus, so viel ist klar. Wie ist dein aktueller Status?«

»Urlaub. Ich habe offiziell Urlaub eingereicht und sofort bewilligt bekommen.«

Maria kam kopfschüttelnd auf den Tisch zu, die Lokalpostille in der Hand.

»Die schreiben tatsächlich genau das, was Thilo gerade erzählt hat. Dass die Tote die neue Frau an Erichs Seite gewesen sei. Da lach ich mich doch gleich tot.«

Sie blätterte die Seiten durch.

»Und von der anderen Sache steht hier nichts. Kein Wort.«

»Das kam zu spät für sie«, erklärte Hain ihr. »Die Ausgabe war schon im Druck, als die Leichen gefunden wurden. Aber du kannst sicher sein, dass auch da die Linie beibehalten wird, nämlich dass die eine und die andere Geschichte nichts miteinander zu tun haben.«

»Ich kann nicht glauben«, sinnierte Lenz laut, »dass die BKA-Ermittler diese überdeutliche Verbindung nicht sehen wollen. Oliver Heppner ist, zumindest nach Aussage der Nachbarin, der dickste Kumpel des Eigentümers der Wohnung, in der die Frau getötet und Erich Zeislinger schwer verletzt wurde. Und genau jener Oliver Heppner liegt ein paar Stunden später verstümmelt und ermordet in einer Stricherwohnung herum. Da muss jedem Ermittler doch das Herz aufgehen.«

»Denen anscheinend nicht«, widersprach Hain. »Aber vielleicht wissen die mehr als wir.«

»Das glaube ich nicht, Thilo«, mischte Maria sich ein. »Hier geht es, neben den Verbrechen, um handfeste Politik, und wo die im Spiel ist, wird nun einmal gelogen, dass es nur so kracht. Wenn herauskommen würde, dass die ganze Sache sich in der Wohnung einer Prostituierten abgespielt hat, bei der Erich Kunde war, könnte das einen handfesten Skandal auslösen, und daran hat, zumindest in Erichs Parteikreisen, niemand ein Interesse.«

Sie trank den Rest ihres mittlerweile kalten Kaffees.

»Vielleicht können sie ihre Version der großen Liebe nicht dauerhaft aufrechterhalten, aber für den Augenblick zumindest scheint es zu klappen.«

»Mir wird schlecht, wenn ich daran denke, dass du vermutlich recht hast«, stellte Hain ernüchtert fest, nachdem Enzo ihm seinen Kaffee serviert und sich wieder verzogen hatte.

»Ob es tatsächlich so kommt, werden …«, wollte Lenz die beiden etwas einbremsen, wurde jedoch von seinem Telefon unterbrochen.

»Ja, Lenz.«

Am anderen Ende meldete sich Uwe Wagner, der Pressesprecher des Polizeipräsidiums Nordhessen und enger Freund des Hauptkommissars.

»Was ist denn bei euch los, Paul?«, hielt er sich nicht mit einer großen Vorrede auf. »Stimmt es, dass der Kleine suspendiert ist?«

»Nein, das ist, zumindest zum momentanen Zeitpunkt, nicht richtig.«

»Aber es stimmt, dass er Weck so richtig vor den Koffer geschissen hat?«

»Woher hast du das?«

»Mensch, Paul, das tut doch gar nichts zur Sache. Der Weck war eben hier, und ich war ernsthaft froh, als er wieder aus meinem Büro raus war. Ich glaube, ich habe noch nie einen so wütenden Menschen erlebt.«

»Und er war deswegen bei dir?«

»Nein, natürlich nicht. Das war nur ein Nebenkriegsschauplatz.«

»Und was war der Hauptkriegsschauplatz?«

»Das war mal wieder das Verhältnis von Kripo Kassel zu unseren Cousins vom BKA. Ich habe einen Maulkorb verpasst bekommen, der so eng ist, dass ich ziemlich schlecht Luft kriege.«

Wagner machte eine kurze Pause.

»Ach was, ich kriege eigentlich gar keine Luft durch das Ding.«

»Das heißt, dass du raus bist aus der Sache mit Zeislinger?«

»Komplett, ja. Das liegt jetzt alles beim BKA.«

»Und was ist mit dem Doppelmord von letzter Nacht?«

»Was soll damit sein? Das ist doch eine ganz andere Baustelle.«

Lenz dachte kurz nach.

»Ja, vermutlich.«

»Wie – vermutlich? Weißt du etwas, was ich auch wissen sollte?«

»Lass mir noch ein bisschen Zeit, Uwe. Wenn es was Wissenswertes dazu gibt, bist du der Erste, der es erfahren wird.«

»Aber du bist doch überhaupt nicht an den Sachen dran«, wunderte Wagner sich. »Du bist doch Rekonvaleszent.«

»Wie gesagt, lass mir ein wenig Zeit. Ich melde mich bei dir, versprochen.«

»Ich verlass mich auf ...«

Stille in der Leitung.

»Uwe?«

»Ja ..., ich habe gerade ... eine Nachricht bekommen. Verkehrsunfall in Wilhelmshöhe, die Autobahnausfahrt ist dicht.«

»Was ist daran so interessant?«

»Ach, nichts weiter. Der Fahrer des Unfallwagens steht auf der Fahndungsliste, und ich dachte, ich hätte seinen Namen in der letzten Zeit schon einmal gehört.«

»Na, vielleicht kommt die Erinnerung ja bald wieder«, munterte Lenz seinen Freund auf. »Ich melde mich auf jeden Fall bei dir, wenn es etwas zu berichten gibt.«

»Ja, mach das. Bis dann.«

»Bis dann, Uwe.«

Lenz wollte das Gespräch schon wegdrücken, als ihn ein lauter Aufschrei von Wagner stutzig machte.

»War noch was?«

»Und ob noch was war«, erwiderte der Pressemann hastig. »Dieser Typ, um den es hier geht, ist ein Kunde von Thilo. Zumindest hat er ihn zur Fahndung ausgeschrieben.«

»Ich werde es ihm sagen, wenn ich ihn sehe. Wie heißt der Kerl denn?«

»Wesseling. Maik Wesseling.«

21

Volker Weidler griff nach seiner Reisetasche, ließ die Lobby des kleinen Hotels, in dem er übernachtet hatte, hinter sich, trat auf die Straße und atmete tief ein. Die Luft in Kassel schmeckte an diesem Morgen ein wenig nach Ozon, vermutlich, weil schon seit mehreren Tagen Temperaturen von weit über 30 Grad herrschten. Der ehemalige Biologielehrer überquerte die Straße und schlenderte an einem Fast-Food-Laden amerikanischer Machart vorbei, vor dem jede Menge Menschen auf billigen Alustühlen saßen und irgendwelche Monster-Mega-Menüs in sich hineinschoben.

Einige der jungen Mädchen trugen bauchfrei, garniert durch Piercings im Nabel, die Jungs lässige, weit geschnittene Shirts und kurze Hosen.

Lieber Gott, wie sind die Sitten verkommen. Sie sitzen hier, halb nackt, flirten und lachen miteinander, als ob es nichts Wichtigeres gäbe.

Dabei gab es so viele wichtige Dinge auf der Welt. Dinge, für die es sich wirklich lohnte zu kämpfen. Dinge, die schon im Buch der Bücher niedergeschrieben waren.

Moral, Sitte, Anstand, Disziplin. Das waren die Werte, die für Weidler zählten. Doch in den letzten Jahren, natürlich gefördert durch die rasante Ausbreitung des Internets, waren diese Tugenden zu seinem Leidwesen immer weiter in den Hintergrund gedrängt worden. Und nun befand sich die Menschheit an einem Wendepunkt, von dem es keine andere Rettung mehr gab als den Herrn und den Glauben an ihn.

Wo soll es auch enden, wenn sich die Menschen herausnehmen, über ihr Schicksal selbst entscheiden zu wollen?

Wenn sie die Regentschaft Gottes ablehnen und seine Existenz leugnen. Wenn sie spotten über die guten Taten, die er jeden Tag tut, die guten Gedanken, die er den Menschen, die ihm vertrauen, gibt. Nein, es braucht diese Katharsis, vor der wir alle stehen. Wir alle brauchen diesen Neubeginn.

Er setzte sich wieder in Bewegung und hatte kurz darauf die lasterhafte Stätte hinter sich gelassen. Mit schnellen, kräftigen Schritten bewegte er sich die Treppenstraße hinab, ging nach rechts und sah auf der über seinem Kopf thronenden Anzeigetafel, dass seine Straßenbahn in zwei Minuten abfahren würde. Auf der andern Seite der breiten Fußgängerzone, durch die sich schon um diese frühe Stunde Tausende Menschen drängten, erkannte Weidler einen Pulk von jungen Männern und Frauen, deren bloßes Erscheinungsbild ihn aggressiv machte. Die meisten von ihnen trugen rot oder grün gefärbte Haare, viele Ohrringe, Springerstiefel und ausgeblichene Jeans mit Löchern. Mancher hielt eine selbstgedrehte Zigarette in der Hand, und um sie herum tollte eine Horde Hunde.

Sie säen nicht, sie ernten nicht, sie sammeln nicht in die Scheunen, und unser himmlischer Vater nährt sie doch.

Der ehemalige Pädagoge stellte sich auf die Zehenspitzen, um über die Köpfe der Passanten hinweg mehr von der bunten Truppe erkennen zu können.

Wenn ich eines Tages dem Schöpfer gegenübersitzen sollte, wird es eine meiner drängendsten Fragen an ihn sein, warum er es diesen Leuten ermöglicht, ihr Leben in dieser Art zu verschleudern.

Volker Weidler hob den Kopf ein weiteres Stück an und fokussierte seinen Blick auf eine etwa 22-jährige Frau mit grünen Haaren, die wild gestikulierend einer anderen aus der Gruppe offenbar etwas klarzumachen versuchte. In ihrem Gesicht lag etwas Verschmitztes, Gefälliges.

Sie ist nicht hässlich oder so etwas. Warum treibt sich eine solche Frau mit diesem Gesindel herum?

Bevor er über eine Antwort auf seine selbst gestellte Frage nachdenken konnte, wurde seine Sicht auf die Szene durch die einfahrende Straßenbahn unterbrochen. Für einen kurzen Moment überlegte er, auf die nächste Bahn zu warten, entschied sich jedoch dagegen und stieg ein. Nach einer Fahrt von etwa 15 Minuten verließ er die Bahn, sah sich etwas unsicher um und schlenderte dann in Richtung einer kleinen Kreuzung. Als er das Haus, zu dem er wollte, erreicht hatte, stieg er die sechs Stufen hinauf, die zur Eingangstür führten, drückte auf einen Klingelknopf und wartete.

»Ja, bitte«, ertönte es nach einer Weile müde aus dem Lautsprecher.

»Ich bin es, Volker.«

»Volker?«, fragte die Stimme irritiert.

»Ja, Volker Weidler.«

»Ach, Volker, du bist es. Äh …, ja, dann komm doch rauf. Zweiter Stock links.«

Das Summen des Türöffners ertönte, und der Besucher schob sich ins leicht muffig riechende Treppenhaus. Im zweiten Stock wurde er an der Tür von Bernd Ahrens erwartet, der einen dunkelblauen Jogginganzug trug, und dem anzusehen war, dass sein Start in den Tag noch nicht lang her sein konnte.

»Habe ich dich geweckt?«

»Nein, das nicht«, erwiderte der Hausherr, reckte seine rechte Hand zur Begrüßung nach vorn und trat anschließend einladend zur Seite.

»Komm rein. Aber bitte, denk nichts Falsches von mir, ich habe nämlich nicht mit Besuch gerechnet. Deshalb sieht es in der Wohnung ein wenig unordentlich aus.«

»Wenn ich störe, kann ich auch ein anderes Mal wiederkommen«, entgegnete Weidler, wobei seiner Stimme anzuhören war, dass er es keinesfalls so meinte, wie er es ausdrückte.

»Ach, nein, du störst mich nicht. Ich kriege nur nicht so häufig Besuch, und wenn, dann kündigt der sich immer vorher an.«

»Das mache ich normalerweise ja auch, aber ich hatte keine Telefonnummer von dir.«

»Ja, die hätte ich dir vielleicht geben sollen«, gab Ahrens zurück, wobei in seiner Stimme kein Bedauern über den nicht geschehenen Austausch der Rufnummern zu hören war.

»Aber jetzt bin ich ja hier«, überging Weidler den Einwand freundlich. »Bekomme ich vielleicht auch einen Kaffee bei dir?«

Bernd Ahrens schüttelte den Kopf.

»Nein, das tut mir leid, ich trinke keinen Kaffee. Einen Tee könnte ich dir anbieten. Oder ein Mineralwasser.«

»Ein Wasser würde ich nehmen.«

Der Mann im Jogginganzug trat in die Küche, bat seinen Gast an den Tisch, holte eine Wasserflasche aus dem Kühlschrank, stellte zwei Gläser daneben und setzte sich ebenfalls.

»Bitte, bedien dich.«

Es entstand eine etwas längere, auf Ahrens peinlich wirkende Gesprächspause.

»Ich wusste gar nicht, dass du noch in Kassel bist«, nahm er die Unterhaltung schließlich wieder auf. »Bei wem hast du übernachtet?«

»In einem Hotel in der Innenstadt. Klein, aber in Ordnung.«

»Warum nicht bei einem Mitglied der Gemeinde? Hat man dir keine Schlafgelegenheit angeboten?«

»Doch, natürlich. Aber ich bin, was das angeht, ein wenig komisch. Ich brauche einfach meinen Freiraum, wenn ich ins Bett gehe. Außerdem möchte ich um jeden Preis vermeiden, jemandem zur Last zu fallen.«

»Mensch, Volker«, zeigte Ahrens sich wirklich überrascht, »wie kommst du denn auf so was? Du wärst garantiert niemandem zur Last gefallen und das Geld für das Hotelzimmer hättest du obendrein gespart.«

»Nun lass mal, ich komme schon klar, wie es ist. Und, wie gesagt, bin ich etwas komisch, was diese Dinge angeht. Vielleicht könnte man es prüde nennen, aber es gefällt mir einfach nicht, wenn ich mich anderen zeigen muss.«

Ahrens dachte kurz daran, eine weitere Frage zu Weidlers Ausführungen zu stellen, ließ es dann jedoch bleiben und wechselte das Thema.

»Und, was führt dich zu mir an diesem schönen Morgen?«

»Kannst du dir das nicht denken?«, antwortete der Referent aus Gießen mit einer Gegenfrage.

»Nein, überhaupt nicht.«

»Ich bin hier, weil ich mir ernsthaft Sorgen um dich mache, Bernd. Ich mache mir Sorgen, dass du vom rechten Weg abkommst, und das möchte ich um jeden Preis der Welt verhindern.«

Ahrens schluckte.

»Wie kommst du darauf? Und überhaupt, wie meinst du das eigentlich?«

Weidler trank einen großen Schluck Wasser, stellte das

Glas bedächtig auf dem Tisch ab und fixierte sein Gegenüber mit einem durchdringenden Blick.

»Ich komme darauf, weil ich mich an unser Gespräch von gestern Abend erinnere und weil ich dich beobachtet habe. Und ich meine, dass du ernsthaft Gefahr läufst, vom Glauben abzufallen. Dass du, lieber Bernd, in einer großen Krise steckst, die dich am Ende in eine Sackgasse führen könnte.«

»Nun hör aber auf. Ich und vom Glauben abfallen! Dass ich nicht lache. Ich stehe fest zu meinem Glauben, und daran wird sich auch nichts ändern.«

»Aber deine Aussagen von gestern Abend haben leider etwas ganz anderes impliziert.«

»Ich war emotional angespannt, da redet man schon mal dummes Zeug. Ich stehe zu unserem Herrn, das kannst du mir glauben.«

Weidler nickte, doch in seinem Blick waren deutliche Zweifel erkennbar.

»Dir ist schweres Leid widerfahren in den letzten Monaten, Bernd, das ist nicht von der Hand zu weisen. Und ich weiß, dass du mehr als einmal gezweifelt hast. Dutzende Male hast du gezweifelt, auch das weiß ich, und du hast darüber nachgedacht, dich abzuwenden vom Glauben. Aber …«

»Woher willst du das denn so genau wissen?«, wurde Weidler schroff und mit deutlich empörter Miene von Ahrens unterbrochen. »Du magst zwar ein kluger Kopf und ein guter Redner sein, aber in mein Gehirn kannst du nicht hineinsehen.«

»Das behaupte ich doch auch gar nicht«, erwiderte der ehemalige Biologielehrer besänftigend. »Ich kann dir natürlich nicht in den Kopf schauen, aber ich kann mich gut in dich und deine Situation hineinversetzen. Auch ich habe nämlich meine Frau verloren, aber ich habe akzeptiert, dass es Gottes Wille war.«

»Soweit ich gehört habe, ist deine Frau nicht gestorben, sie hat dich einfach verlassen. Und das ist doch etwas ganz anderes, als wenn Frau und Kind sterben müssen, weil sie von einem Betrunkenen über den Haufen gefahren werden.«

»Ja, meine Frau hat mich tatsächlich verlassen«, erwiderte Weidler nachdenklich. »Einfach so hat sie mich verlassen. Aber auch das war der Wille des Herrn; ich vermute, er wollte einfach, dass ich mehr Zeit habe, sein Wort in die Welt zu tragen.«

»Ja, vielleicht«, murmelte Ahrens, wenig überzeugt.

»Wie auch immer, das liegt jetzt eine ganze Weile hinter mir. Ich sehe nach vorn und was ich da in Bezug auf dich sehe, macht mich sehr traurig.«

»Das ist wirklich nicht …«, wollte der Hausherr abwiegeln, wurde jedoch vom erneuten Klingeln an der Wohnungstür unterbrochen.

»Ach, erwartest du doch noch Besuch?«

»Quatsch, ich habe heute überhaupt niemanden erwartet. Vielleicht ist es die Post?«

Damit erhob er sich, trottete langsam Richtung Flur und griff zum Hörer der Gegensprechanlage.

»Ja, bitte«, hörte sein Besucher ihn leise sagen, gefolgt von einem wenig begeisterten »ach, du. Ja, komm hoch.«

Eine halbe Minute später betrat ein völlig überraschter Konrad Zimmermann die Küche, nachdem er Bernd Ahrens im Hausflur begrüßt hatte.

»Herr Weidler. Was machen Sie denn hier?«

»Wollen wir nicht du zueinander sagen?«, kam zunächst

eine Gegenfrage. »Mit Bernd habe ich diese Übereinkunft auch getroffen. Und es macht vieles im Gespräch nun einmal einfacher, wie ich finde.«

»Klar, gern«, gab Zimmermann freundlich zurück und streckte seine Rechte nach vorn. »Ich bin der Konrad.«

»Und ich der Volker.«

»Aber ich bin immer noch überrascht, dich hier zu treffen, Volker. Ich wusste gar nicht, dass du noch in der Stadt bist.«

»Doch, bin ich. Und nachdem ich heute Morgen aufgestanden war, hatte ich das dringende Bedürfnis, Bernd einen Besuch abzustatten.«

»Das finde ich aber nett.«

»Um der Wahrheit die gebührende Ehre zu geben«, mischte Ahrens sich ein, »ist Volker hier, weil er befürchtet, dass ich den Glauben an unseren Herrn verlieren könnte.«

»Du?«, zeigte Zimmermann sich schockiert. »Du sollst den Glauben an Gott verlieren?«

Sein Blick wandte sich wieder Weidler zu.

»Dein Engagement ist wirklich zu bewundern, aber die Sorge, dass Bernd schwach werden könnte, ist nach meinem Dafürhalten absolut unberechtigt. Ich kenne ihn nun seit so vielen Jahren und ich weiß, wie stark er im Glauben ist.«

»Nun, er macht eine schwere Prüfung durch. Es wäre nicht das erste Mal, dass jemand, der so etwas erlebt, zu zweifeln beginnt.«

»Das mag wohl sein, trifft aber auf Bernd nicht zu. Ich bin zwar auch gekommen, um ihn zu unterstützen, speziell nach dem, was er gestern Abend während des Gesprächs in der Weinstube gesagt hat, doch das bedeutet keinesfalls, dass ich an seiner Glaubensfestigkeit zweifle.«

»Hallo, ihr beiden«, fuhr Bernd Ahrens genervt dazwischen. »Man redet über Anwesende nicht in der dritten Person. Das ist unhöflich.«

Weidler und Zimmermann sahen zunächst sich und im Anschluss den Wohnungsinhaber irritiert an.

»Aber Bernd«, ergriff Zimmermann schließlich wieder das Wort, »so kenne ich dich ja gar nicht. Warum bist du so aggressiv uns gegenüber?«

»Weil ich es satt habe, von euch wie ein kleines Kind behandelt zu werden. Ich mag dich wirklich gern, Konrad, und ich schätze deinen Rat, aber ich muss auch mein Leben leben; oder besser das, was davon übrig geblieben ist. Und du, Volker, dich habe ich gestern Abend kennengelernt. Du weißt, dass ich im Augenblick eine schwere Zeit durchmache, aber du weißt nicht wirklich, wie es in mir drinnen aussieht.«

Ahrens sah die beiden kopfschüttelnd an.

»Ihr glaubt, mir helfen zu müssen. Das ist schön, aber fragt sich einer von euch vielleicht auch mal, wie ich das sehe? Ob ich das will?«

»Die ganze Gemeinde …«, wollte Zimmermann einen Einwand vorbringen, wurde jedoch erneut barsch von seinem Freund unterbrochen.

»Ja, Konrad, auch die gesamte Gemeinde steht hinter mir, das weiß ich. Und trotzdem sind und bleiben das alles nur Worte, die mir über meinen Schmerz hinweghelfen sollen. Es erscheint mir, als würde man versuchen, mit einem Fahrrad und einer Lanze gegen eine Armee von Panzern zu kämpfen. Es ist großartig von euch, mir in meinem Schmerz zur Seite stehen zu wollen, aber das alles hat Grenzen.«

»Bernd«, ergriff Weidler wieder das Wort, »die Liebe des Herrn ist grenzenlos. Das weißt du und das darfst du nie vergessen.«

Ahrens schluckte.

»Ja, das weiß ich. Allerdings ist die Art, wie er mir momentan seine Liebe offenbart, sehr verwirrend. Überaus verwirrend, um genau zu sein«, fügte er mit feuchten Augen hinzu.

»Aber es ist, gerade in dieser schwierigen Situation, wichtig für dich, auf Freunde bauen zu können. Dich Freunden anvertrauen zu können.«

»Ja, auch dagegen will ich nichts sagen«, gestand Ahrens ein. »Jedoch muss ich bereit sein, diese Hilfe annehmen zu können; und ich weiß wirklich nicht, ob ich schon so weit bin.«

Damit sprach er ein Thema an, das er in den Therapiesitzungen mit seinem Psychologen herausgearbeitet hatte.

»Ich muss mir Zeit nehmen für die Trauer um Gerlinde und Sarah und ich muss es zunächst einmal für mich selbst bewältigen. Wenn ich Hilfe benötige, weiß ich, wo ich sie finden kann, aber ich möchte nicht das Gefühl haben, mit diesem Hilfsangebot von euch unter Druck gesetzt zu werden.«

Seine Erklärung wurde mit eisigem Schweigen am Tisch aufgenommen.

»Und deshalb bitte ich euch, mich zu verstehen und mir den nötigen Freiraum zu lassen, selber mit der Situation klarzukommen.«

»Und was genau heißt das jetzt?«, wollte Zimmermann wissen.

»Das heißt, dass ich jetzt gern meine Ruhe hätte.«

»Du wirfst uns hinaus?«

»Wenn du es so sehen willst, kann ich es nicht verhindern. Aber du musst es nicht so sehen.«

Die beiden Besucher am Tisch sahen sich noch einmal konsterniert an, dann erhob Zimmermann sich.

»Ich kenne dich wirklich nicht mehr wieder, Bernd. Was ist nur los mit dir?«

»Ich will«, erwiderte Ahrens mit nun deutlich erhobener Stimme, »einfach mein Leben zurück. Oder vielleicht will ich auch nur die Hoheit über mein Leben zurückgewinnen, das kann ich noch nicht sagen. Und wenn du das jetzt persönlich nimmst, kann ich es auch nicht ändern. Und jetzt möchte ich einfach allein sein, bitte.«

»Das Alleinsein ist in deiner Situation garantiert nicht richtig«, machte Weidler einen letzten Versuch, der jedoch schon im Ansatz zum Scheitern verurteilt war.

»Bitte, geht jetzt«, war die kurze Reaktion von Bernd Ahrens.

Nachdem er seine vier Wände wieder für sich allein hatte, weinte er ein paar Minuten dicke Tränen. Dann griff er zum Telefon und wählte eine Nummer.

22

Maik Wesselings Gehirn hatte eine Weile gebraucht, bis es wieder in halbwegs geregelten Bahnen arbeitete. Obwohl er brutale Kopfschmerzen hatte und befürchtete, jede Sekunde loskotzen zu müssen, konnte er sich daran erinnern, auf einer Reise gewesen zu sein. Irgendwo in Holland. Auch einen Teil der Rückfahrt hatte er noch auf dem Schirm, die Erinnerung brach jedoch kurz hinter Warburg ab. Nichts. Leere. Ein Arzt hatte ihm erklärt, dass er nach einem Autounfall an der Ausfahrt Kassel-Wilhelmshöhe in die Klinik eingeliefert worden sei und dass er neben einem doppelten Bruch des linken Oberschenkels und eines Rippenserienbruchs auch noch eine deftige Gehirnerschütterung davongetragen habe. Man werde ein paar Tage warten müssen mit der Operation am Bein, weil die Schwellung an der betroffenen Stelle noch zu arg sei, der Rest würde konservativ behandelt werden, also ohne chirurgischen Eingriff. Gegen die Schmerzen, die vor allem von den Rippen kamen, gab er ihm ein Analgetikum, dann lag er allein in dem großen Zimmer.

Was für eine Scheiße. Mein Leben ist fast völlig im Arsch, und ich habe keine Ahnung, was eigentlich los ist. Meine Freundin wird abgemurkst, und kurz darauf mein bester Kumpel. Oder, Moment, vielleicht war er ja gar nicht so ein guter Kumpel, wie ich immer gedacht habe. Vielleicht war er ja nur eine von diesen schwulen Säuen. Olli, du verdammte schwule Sau.

Dann war er wieder für eine Weile weggedöst. In seinem Traum wurde er von einer Rockerbande übel zugerichtet.

»Herr Wesseling?«

Die Stimme passte nicht ins Rockermilieu.

»Hallo, Herr Wesseling?«

Aber gehört habe ich die Stimme schon mal. Ist auch noch gar nicht so lange her.

Er öffnete mühsam ein Auge und sah in das verbeulte Gesicht von Thilo Hain, an das er sich ohne große Mühe erinnern konnte.

»Was wollen Sie denn hier?«

»Dafür sorgen, dass der Tag für dich kein böses Ende nimmt.«

»Hä? Reden Sie Klartext mit mir oder verpissen Sie sich.«

Damit wandte er sich ab und betrachtete die gegenüberliegende Zimmerwand.

»Stefanie Kratzer ist tot.«

»Ich weiß.«

»Olli Heppner weilt ebenfalls nicht mehr unter den Lebenden. Hat sich das schon bis zu dir rumgesprochen?«

»Ja.«

»Und wer, glaubst du, könnte, einer gewissen Logik folgend, der Nächste auf dieser überaus unangenehmen Liste sein? Fällt dir dazu irgendwas ein?«

»Nö.«

»Dann will ich dir geistig ein wenig unter die Arme greifen, wenn du gestattest.«

»Abgelehnt.«

»Du warst der Zuhälter von Stefanie Kratzer. Ob das gut oder schlecht ist, muss und will ich nicht beurteilen, das überlasse ich anderen. Was ich aber bei der Beurteilung der Situation nicht außer Acht lassen kann, ist die Tatsache, dass du dich, als es um den Mord an ihr ging, der Festnahme widersetzt hast. Und das ist auf jeden Fall kein Bonuspunkt für dich. Das wird, ganz im Gegenteil, der Haftrichter, dem du demnächst gegenübersitzen wirst, ganz und gar nicht goutieren. Mal ganz abgesehen von der Armada an Fingerabdrücken von dir, die wir in der Mordwohnung gefunden haben.«

Nun kam so etwas wie Unruhe in die Mimik des Zuhälters.

»Ich würde nie bestreiten, dass ich die Wohnung kenne und auch dort gewesen bin. Aber eben nicht zur Tatzeit.«

»Was du garantiert auch belegen kannst. Mit einem Alibi von Oliver Heppner, wie ich vermute.«

Wesseling schluckte.

»Ja … nein. Olli ist doch tot.«

»Genau darum geht es, mein Freund. Olli ist tot, und du bist vielleicht die arme Sau, die im Knast landet, wenn du nicht schleunigst anfängst, mit uns zusammenzuarbeiten.«

»Sie können mir gar nichts.«

»So, meinst du? Dann schau mir doch einfach mal ins Gesicht. Erkennst du da was?«

Der Zuhälter zuckte mit den Schultern.

»Ja, das war doof, und es tut mir auch leid. Aber einem was auf die Fresse geben und ein Mord, das sind schon noch unterschiedliche Kragenweiten.«

Hain fing an zu lachen.

»Das kann schon sein. Aber ich hab nun mal die vermöbelte Visage, und meine Freundin ist darüber genauso wenig begeistert wie ich. Und bei deinem Vorstrafenregister fährst du allein dafür mindestens zwei Jahre ein. Wenn wir einen Totschlagversuch daraus machen, könnte das eine oder andere Jährchen dazukommen. Dazu kommen die beiden Knarren, die in deinem Wagen sichergestellt wurden und die bei der Strafbemessung eine gewichtige Rolle spielen werden.«

Wesselings Kopf flog herum, was er im gleichen Augenblick schon bedauerte, weil sich dadurch die Schmerzen schlagartig zurückmeldeten.

»He, he, nun mal langsam. Von Totschlag redet hier niemand. Und dass Olli und ich wirklich hingelangt haben, das müssen Sie uns erst mal beweisen. Da steht immer noch Aussage gegen Aussage.«

»Schön wär's«, bluffte Hain. »Allerdings vergisst du bei deinen Überlegungen, dass wir nicht allein in der Kneipe waren.«

Jetzt hellte sich das Gesicht des Mannes im Bett ein wenig auf.

»Der Kurt ist neutral. Der hat garantiert nichts gesehen, und genau das wird er auch vor Gericht aussagen.«

Der Polizist machte eine kurze Kunstpause, bevor er das Gespräch fortsetzte.

»Das schlägst du dir am besten gleich aus dem Kopf. Er wird eine Zeugenaussage machen und er wird sie vor Gericht wiederholen. Immerhin ginge es hier um Mord, sagt er, und die Stefanie Kratzer hätte er ziemlich gut leiden können.«

»Dieser Wichser hat sie doch kaum gekannt.«

»Haben Sie in der letzten Zeit irgendwem mal zu doll auf die Füße getreten?«, mischte sich Lenz aus dem Hintergrund in das Gespräch ein. »Vielleicht so fest, dass er deswegen richtig gallig auf Sie geworden ist?«

Wesseling zuckte erschreckt zusammen und wollte sich aufrichten, was wegen seiner gebrochenen Rippen jedoch keine gute Idee war, und ließ sich stöhnend auf das Bett zurückfallen. Offenbar hatte er den zweiten Mann in seinem Krankenzimmer bis zu diesem Moment noch nicht wahrgenommen.

»Wer ist denn der Knabe?«, wollte er von Hain wissen.

»Du weißt doch, dass wir Bullen immer mindestens im Doppelpack auftreten. Das lernen wir schon in der Schule so, also lass dich davon bitte nicht verunsichern.«

»Wie kommen Sie darauf, dass ich jemandem auf die Füße getreten haben könnte?«, fragte der Zuhälter zurück.

»Weil«, konkretisierte Lenz, der sich langsam und auf seine Krücken gestützt von der Fensterseite, wo er gestanden hatte, auf das Krankenbett zubewegte, »wir der Meinung sind, dass eindeutig Sie im Mittelpunkt dieser Geschichte stehen. Und ich zum Beispiel im Augenblick keine länger laufenden Wetten auf Ihre körperliche Unversehrtheit annehmen würde.«

»Was soll denn das nun wieder heißen?«

»Er meint, dass der oder diejenigen, die für den Tod von Stefanie Kratzer und Olli Heppner verantwortlich sind, garantiert schon das nächste Opfer im Visier haben. Und da bist du ein ganz, ganz heißer Kandidat.«

Wesseling zeigte den Polizisten einen Vogel.

»Ihr seid doch nicht ganz dicht. Im Radio haben sie gesagt, dass es bei dem Mord an Steffi eigentlich um diesen Zeislinger gegangen ist und dass irgendwelche braunen oder islamistischen Deppen diese ganze Scheiße angezettelt hätten.«

Lenz zog sich den am Fußende des Bettes stehenden Stuhl heran und ließ sich darauf nieder.

»Das ist der eine Ermittlungsstrang. Wir verfolgen den anderen, in dessen Zentrum allein Sie stehen.«

Der Zuhälter schluckte, schloss kurz die Augen und holte tief Luft.

»Stimmt es, dass Olli bei einem Stricher war, als er umgebracht wurde?«

»Wie es sich im Augenblick darstellt, ja.«

»Als Freier?«, folgte vorsichtig die Zusatzfrage.

»Die Situation, in der die beiden gefunden wurden, war, was das angeht, eindeutig.«

»Das haut mir echt den Vogel raus«, fasste Wesseling seine Erschütterung zusammen. »So lang, wie ich ihn gekannt habe, hätte ich meine Hand für ihn ins Feuer gelegt. Dass er ein Schwuli gewesen ist, wäre mir nie in den Sinn gekommen.«

»Das zertrümmert schon das eine oder andere deiner Weltbilder, was?«, wollte Hain wissen.

»Quatsch. Ich hab nichts gegen Hinterlader. Von mir aus kann jeder leben, wie er will. Nur bei meinen Kumpels … finde ich es nicht so toll.«

»Wie auch immer«, kam Lenz zu seiner Frage zurück. »Wem sind Sie auf die Füße getreten? Irgendwelchen Zuhälterkollegen vielleicht?«

Nun schien es so, als ob Wesseling wirklich ein paar Sekunden nachdenken würde.

»Nein. Mit denen gibt es nichts. Ein paar Jungs aus Hamburg sind nicht gut auf mich zu sprechen, aber die murksen nicht gleich jemanden ab.«

»Woher rührt dieser Optimismus?«

»Weil ich sie kenne. Es geht nur um ein paar Scheine, und deshalb fährt man nicht gleich die Artillerie auf.«

»Was haben Sie angestellt?«, wollte Lenz es etwas genauer wissen.

»Angestellt, angestellt. Gar nichts habe ich angestellt.

Es gab eine Pokerpartie in Hamburg, bei der ich nicht gut ausgesehen habe. Allerdings glaube ich, dass die anderen mich beschissen haben, also gibt es auch keine Kohle. So einfach ist das.«

»Gut«, resümierte Hain. »Wenn die Hamburger Connection nach deiner Meinung mit der Sache nichts zu tun hat, wer könnte es dann auf dich abgesehen haben? Irgendwelche Altlasten vielleicht, die jetzt fällig gestellt werden? In deiner Branche haben die meisten Leute ein Elefantengedächtnis, vergiss das nicht.«

Wieder dachte Wesseling eine Weile nach.

»Nein, beim besten Willen nicht. Es gibt immer ein paar Leute, mit denen man nicht so gut kann, aber da geht es meistens nur um Peanuts. Deshalb bringt man doch niemanden um.«

»Aber dass es sich um einen dummen Zufall handelt, glaubst du irgendwie auch nicht, was?«

Der Zuhälter schluckte deutlich sichtbar.

»Na ja, ich würde es schon gern, aber es funktioniert nicht. Und Lust darauf, der Nächste zu sein, habe ich natürlich auch keine.«

»Wer wollte Ihnen das verdenken«, zeigte Lenz sich einsichtig. »Gerade wenn man bedenkt, dass die beiden nicht gerade unter angenehmen Umständen zu Tode gekommen sind.«

»Wie hat es sich bei Olli abgespielt?«, fragte Wesseling leise.

Der Hauptkommissar schüttelte den Kopf.

»Das wollen Sie besser nicht hören. Und jetzt strengen Sie Ihren Grips verdammt noch mal an, ob es noch irgendwo auf der Welt jemanden geben könnte, der mit Ihnen noch eine Rechnung offen hat.«

Wieder wollte der Mann im Bett nur genervt abwinken, als sich so etwas wie ein Zweifel in sein Gesicht schlich.

»Es gab letztes Jahr da so eine dumme Sache, mit der ich aber wirklich nicht die Bohne zu tun hatte. Gerichtlich bestätigt und so.«

»Aha«, machte Hain. »Und worum ging es bei dieser *dummen Sache* genau?«

»Irgendwer hatte sich meine Karre unter den Nagel gerissen und damit einen Unfall verursacht, bei dem eine Frau und ein Kind ums Leben gekommen sind. Das ist natürlich alles eine ziemliche Scheiße gewesen, aber was kann ich dafür, wenn mir einer meinen Wagen klaut?«

»Das war deine Karre?«, entfuhr es Hain, der sich vage an die Berichterstattung in den Medien erinnern konnte. »Der Mann bzw. der Vater der Todesopfer hatte überlebt, wenn ich es richtig in Erinnerung habe, oder?«

»Ja, klar, und damit hat die Scheiße für mich erst so richtig angefangen. Irgendwie hatte der es sich in den Kopf gesetzt, mich am Unfallort gesehen zu haben, obwohl das natürlich nicht wahr gewesen ist. Ich war zur besagten Zeit mit ein paar Freunden am Kartenspielen.«

»Und das haben deine Kumpel vor Gericht selbstverständlich völlig übereinstimmend bestätigt«, setzte der junge Oberkommissar mit nicht zu überhörender Häme hinzu.

»Ja, klar haben sie das«, kam es sofort aus dem Bett zurück, »weil es halt auch so war.«

»So, so, weil es halt auch so war«, äffte Hain ihn nach. »Und wenn ich ganz wild drauflos spekulieren müsste, würde ich vermuten, dass dir der Autoschlüssel gleich mit abhandengekommen ist, was?«

»Genau. Der Dieb hat mir zuerst den Schlüsselbund und dann die Karre geklaut.«

»Und was dann?«, wurde Hain nun laut. »Hat er dir auch noch den Pimmel aus der Hose mitgehen lassen?«

Er trat bis auf ein paar Zentimeter an Wesseling heran.

»Deine Geschichte stinkt so zum Himmel, dass mir die Kotze hochkommt.«

»He, nun hören Sie aber auf!«, spielte Wesseling sofort die beleidigte Leberwurst. »Ich bin in allen Punkten freigesprochen worden, und zwar erster Klasse.«

»Das mag sein«, mischte Lenz sich ein, »aber das interessiert uns im Augenblick überhaupt nicht. Wer ist der Mann, der seine Frau und sein Kind verloren hat? Name?«

»Wie der Clown heißt, habe ich längst vergessen; oder verdrängt, das können Sie sich aussuchen. Aber dass der etwas mit dem Tod von Steffi und Olli zu tun hat, können Sie genauso voll vergessen. Der Typ ist ein Hutzelmännchen, das nicht mal einer Fliege was antun könnte. So einer wie der kriegt schon vom scharfen Angucken blaue Flecken.«

»Und was macht Sie da so sicher?«

»Ich habe ihn bei der Gerichtsverhandlung erlebt, das hat mir gereicht. Sein Anwalt hat nach dem Urteil noch groß getönt, dass er in die nächste Instanz ziehen würde, aber daraus ist nichts geworden, weil dieses Weichei es psychisch nicht auf die Reihe gekriegt hat. So hat es zumindest mein Anwalt von seinem Anwalt unter der Hand gesteckt bekommen.«

»Aber seinen Namen weißt du wirklich nicht mehr?«, hakte Hain nach.

»Wenn ich es doch sage. Falls ich ihn wirklich jemals

gewusst haben sollte, ist er längst aus meinem Hirn verschwunden.«

»Hast du den Mann nach der Gerichtsverhandlung noch einmal gesehen?«

»Ach was, ich war froh, als dieser Alptraum hinter mir lag. Wenn Sie mich fragen, hat der sie zwar nicht alle, aber einen Menschen umbringen, das könnte er nicht. Niemals.«

»Wir werden uns mit ihm unterhalten und uns eine eigene Meinung bilden. Und so lang wir den oder die Täter nicht gefasst haben, sitzen zwei Mann vor deiner Tür Wache. Offiziell, weil du ein böser Bube bist, und inoffiziell, damit dir keiner das Licht ausbläst. Alles klar?«

»So weit schon.«

»Wo kamen Sie eigentlich her, Herr Wesseling, als Sie an der Autobahnausfahrt verunglückt sind?«

Der Zuhälter tat, als würde er angestrengt nachdenken, zog jedoch ein paar Sekunden später die Schultern hoch.

»Ich kann mich wirklich an nichts erinnern. Alles weg. Das Letzte, was noch in der Birne vorhanden ist, ist die Auseinandersetzung mit Ihrem Kollegen hier. Danach herrscht völlige Leere in meinem Kopf.«

Lenz versuchte, sich die Tatsache, dass er sich verarscht vorkam, nicht anmerken zu lassen.

»Na, vielleicht kommt es ja zurück. Wäre auf jeden Fall gut für Sie.«

»Wieso? Wie meinen Sie das jetzt schon wieder?«

Der Hauptkommissar stützte sich auf seine Krücken, drehte sich um und hielt auf den Ausgang zu. Kurz bevor er die grün foliierte Tür erreicht hatte, drehte er sich noch einmal um.

»Keine Erinnerung, kein Alibi, was den zweiten Fall betrifft. Kein Olli Heppner, kein Alibi, heißt es dagegen in Bezug auf den ersten Fall. Irgendwie würde ich sagen, dass Sie bis zum Hals in der Scheiße stecken. Oder, noch besser, sie schwappt eigentlich schon über Ihre Kinnlade.«

Damit deutete er mit einer Kopfbewegung einen Abschiedsgruß an, öffnete umständlich die Tür und trat auf den Flur.

»Und nicht vergessen«, hörte er Hain drinnen sagen, »dass du noch nicht über den Berg bist. Besser, du siehst dir jeden Arzt und jeden Pfleger, der eine Spritze für dich aufzieht, ganz genau an.«

»Machen Sie es wie Ihr Kollege und verschwinden Sie!«, bekam der Polizist als Antwort, doch Wesselings Replik klang keinesfalls so souverän, wie es der Zuhälter vermutlich beabsichtigt hatte.

»Dass er nicht der Verursacher des Unfalls gewesen ist, kann er seiner Großmutter erzählen«, war das Erste, das Hain einfiel, nachdem er die Tür zum Krankenzimmer hinter sich zugezogen und seinem Kollegen auf den Flur gefolgt war.

»Der Richter«, bestätigte Lenz indirekt den Gedanken seines Freundes, »konnte vermutlich nicht anders, als ihn laufen zu lassen. Mit seinen Kumpels als Zeugen hatte Wesseling eindeutig die besseren Argumente.«

»Was für eine Katastrophe. Ich glaube sogar, mich daran erinnern zu können, dass die Sache sich letztes Jahr an Heiligabend abgespielt hat.«

»Heiligabend oder nicht, das macht in so einem Fall für mich keinen großen Unterschied.«

»Wenn ich mir vorstelle, dass Carla oder den Gören so etwas passieren würde … Schon der Gedanke daran reißt mir das Herz aus dem Leib.«

»Das ist nur zu verständlich«, erwiderte Lenz und setzte sich langsam in Bewegung. »Aber jetzt müssen wir hier raus, damit wir in Ruhe telefonieren können.«

Eine Viertelstunde später saßen die beiden offiziell inaktiven Polizisten schwitzend in einem Café gegenüber dem Krankenhaus, jeder mit einem großen Glas Mineralwasser vor sich auf dem Tisch. Lenz wählte, nachdem er das Wasser in einem Zug hinuntergeschüttet hatte, die mobile Nummer von Rolf-Werner Gecks, der von der Bitte seines Chefs, vor der Tür von Maik Wesselings Krankenzimmer zwei Beamte zu postieren, nicht sonderlich begeistert war, weil er ernsthafte dienstliche Konsequenzen befürchtete und außerdem mitten in dem Fall der beiden getöteten Männer steckte.

»Was soll denn das, Paul? Willst du, dass ich mir Bartholdy auch noch zum Feind mache?«

»Nein, RW, das will ich natürlich nicht. Dieser Wesseling hat Thilo vermöbelt, und weil Fluchtgefahr besteht, sollte er einfach bewacht werden.«

»Ach was, der Kleine hat was aufs Maul gekriegt? Das ist ja mal eine Neuigkeit. Hat er sich nicht gewehrt?«

»Doch, aber die anderen waren in der Überzahl. Und jetzt sorg bitte dafür, dass da zwei Uniformierte hingesetzt werden, RW.«

»Gut. Wenn das so ist, mache ich es. Aber wenn mir Bartholdy deswegen den Kopf runterreißen will, schicke ich ihn postwendend zu dir, ist das klar?«

»Völlig, RW. Und danke.«

»Da nicht für.«

Der sofort folgende zweite Anruf galt Uwe Wagner.

»Sei froh, dass du diese Scheiße hier nicht mitkriegst«, beschied der Pressemann seinen Freund frustriert, »und es wird von Minute zu Minute schlimmer. Seit wir vorhin telefoniert haben, hatte ich schon wieder dreimal Besuch von den hohen Herren aus Wiesbaden; und diese Jungs vom BKA sind solche Wichser, dass ich eben ernsthaft mit dem Gedanken gespielt habe, mich krankzumelden. Wobei das niemanden interessieren würde, weil eh kein Mensch mehr zu mir vordringt. Und wenn doch, dann habe ich strikte Order, ihn direkt an den Sprecher des Wiesbadener Teams zu verweisen.«

Lenz glaubte, Wagners Empörung durch die Telefonleitung spüren zu können.

»Aber mehr als alles nervt, dass diese Leute so unglaublich arrogant und überheblich rüberkommen.«

»Du tust mir wirklich leid«, zeigte Lenz echtes Mitgefühl, »aber ich muss dich auch mit etwas Dienstlichem nerven.«

»Coole Aussage für einen, der offiziell gar nicht im Dienst ist.«

»Ja, das stimmt«, musste der Leiter der Mordkommission schmunzeln.

»Also, was willst du, Paul?«

»Es geht um einen Verkehrsunfall, der sich vermutlich am Heiligen Abend des letzten Jahres zugetragen hat. Eine ziemlich tragische Geschichte.«

»Klar, an den kann ich mich nur zu gut erinnern. Eine Frau und ihr kleines Kind sind dabei ums Leben gekommen.«

»Das ist richtig. Mir geht es jetzt darum, an den Namen und die Adresse ihres Mannes zu kommen, der auch im Auto saß und überlebt hat.«

»Hmm«, machte Wagner und begann, auf seiner Computertastatur herumzuklappern.

»Warum willst du das denn wissen?«, fragte er dabei möglichst beiläufig.

»Thilo und ich kommen gerade von diesem Wesseling, und es sieht so aus, als gäbe es da eine Verbindung.«

Lenz erzählte seinem Freund mit knappen Worten, was der Zuhälter Hain und ihm gegenüber ausgesagt hatte.

»Wie?«, wollte der offenbar zutiefst irritierte Pressemann wissen. »Ihr beiden seid an der Sache dran, obwohl du krank bist und Thilo so was Ähnliches wie suspendiert ist? Sag mal, habt ihr sie nicht mehr alle?«

»Das kann ich dir jetzt auf die Schnelle nicht so genau erklären, Uwe. Aber ich bitte dich, mir zu vertrauen und dir keine Sorgen zu machen. Wir brauchen einfach den Namen des Mannes.«

Es entstand eine Pause.

»Den habe ich, aber ich weiß nicht, ob es wirklich klug ist, ihn dir zu geben. Du wandelst nämlich auf furchtbar dünnem Eis, Paul.«

»Noch mal, Uwe. Vertrau mir einfach.«

Erneute Stille in der Leitung.

»Und der Unfallverursacher saß wirklich in Wesselings Wagen?«

»Ja.«

»Und Wesseling selbst wurde freigesprochen?«

»Korrekt.«

»Verdammt, warum habe ich davon nichts mitgekriegt«, sinnierte Wagner mehr für sich selbst. »Vielleicht lief der Prozess, während ich im Skiurlaub war, das könnte eine Erklärung sein. Und hinterher ist er mir einfach durchgerutscht.«

»Das könnte wirklich sein, ja«, stimmte Lenz leise zu.
»Und, bekomme ich jetzt den Namen oder muss ich irgendeine andere Quelle anzapfen?«

»Du bist und bleibst ein kleiner Mistkerl, mein Freund.«

»Ich weiß.«

»Er heißt Bernd Ahrens.«

Im Anschluss suchte Wagner die Adresse heraus und gab sie an seinen Freund weiter.

»Danke, Uwe.«

»Gern geschehen. Aber ich weiß gar nicht, warum ihr euch diese verdammte Mühe macht, eine neue Ermittlungslinie aufzumachen. Die Männer vom BKA sind sich mittlerweile absolut sicher, dass es sich um einen Anschlag auf das Leben von Zeislinger gehandelt hat, allem Anschein nach mit rechtsradikalem Hintergrund. Sein Name war nämlich auf einer der Listen, die in den Überresten dieser Zwickauer Terrorzelle gefunden wurden.«

»Aber da stand doch vermutlich so gut wie jeder Bürgermeister einer deutschen Großstadt drauf«, gab Lenz zu bedenken.

»Na, ganz so ist es auch nicht. Aber es ist schon eine illustre Auflistung, da muss ich dir recht geben.«

»Und was ist mit dem Fall von letzter Nacht? RW hat mir erklärt, dass sich die Jungs aus Wiesbaden nicht die Bohne dafür interessieren.«

»Womit er völlig richtig liegt. Für Wiesbaden ist klar, dass es sich bei den Getöteten um einen Stricher und seinen Freier handelt, also vermutlich um eine Beziehungstat oder eine Tat im Milieu.«

»Und dass die Opfer so zugerichtet waren, hat sie nicht neugierig gemacht?«

»Nein, keineswegs. Die sind total auf Zeislinger und seine tote Freundin fixiert.«

Lenz hätte am liebsten losgeprustet, wollte jedoch seinen Freund nicht unnötig verunsichern.

»Dann danke ich dir, Uwe. Sobald ich was Konkretes habe, lasse ich es dich wissen.«

»Gut, Paul, bis dann.«

23

Bernd Ahrens kauerte in der gleichen Position am Küchentisch wie zwei Stunden zuvor. Sein Kopf ruhte in den Händen, während die Ellbogen sich auf der Tischplatte abstützten. So hatte er sich nach dem Telefongespräch niedergelassen und am liebsten wäre er einfach in dieser Position für immer sitzen geblieben.

Hier ist die psychologische Praxis von Werner Dammerow. In der Zeit vom 10. Juni bis 23. Juni befinde ich mich im Urlaub. In dringenden Fällen wenden Sie sich bitte an einen der Kasseler Kollegen oder die Psychologische Tagesklinik in Wilhelmshöhe. Vielen Dank und auf Wiederhören.

Ahrens wischte die Reste einer Träne ab, deren flüssige Bestandteile längst auf seiner Wange eingetrocknet waren, hob langsam den Kopf und schlug dann unvermittelt und mit voller Wucht auf den Tisch.

Wenn man diese Leute schon mal braucht, sind sie nicht da. Immer, wenn ich jemanden brauche, ist keiner für mich da.

Sein Blick fiel auf das abgegriffene Bild, das unter seiner rechten Hand ruhte, und auf dem er, seine Frau und die kleine Sarah zu sehen waren. Aufgenommen hatte er es mit seinem Mobiltelefon und ausgestrecktem rechtem Arm an dem Tag, als sie zum ersten Mal zu dritt nach Hause gekommen waren. Im Hintergrund konnte man den Haupteingang des Klinikums Kassel erkennen.

Was soll ich nur tun, Gerlinde? W a s s o l l i c h n u r t u n? Wofür straft Gott mich so grausam?

Erneut quoll eine Träne aus seinem rechten Auge, die

er mit dem Ärmel des linken Arms wegwischte. Dann sprang er, als ob sein Körper von einer bahnbrechenden, alles befreienden Idee durchzuckt worden sei, vom Stuhl hoch, schnäuzte sich in ein auf dem Tisch liegendes benutztes Papiertaschentuch und ging mit schnellen Schritten ins Badezimmer, wo er sich das Gesicht wusch und ein Deodorant benutzte. Anschließend betrat er das Schlafzimmer, zog sich eine bessere Stoffhose und ein kurzärmeliges Hemd an, betrachtete sich zufrieden im Spiegel und verließ kurz darauf die Wohnung.

Im Hausflur begegnete ihm sein Vermieter, ein älterer Mann mit weißen Haaren und freundlichem Auftreten, der, in einem blauen Arbeitskittel steckend, vor den Briefkästen stand und etwas reparierte.

»Guten Tag, Herr Ahrens. Wie geht es Ihnen?«

Der Angesprochene hob den Kopf, schob seine Rechte in Richtung der ihm entgegengestreckten Hand und versuchte, dabei ein zuvorkommendes Gesicht zu machen.

»Ach, wie es immer so geht, Herr Roland. Sie wissen doch, dass ich den Kopf nicht hängen lasse.«

»Ja, das weiß ich wohl.«

Ahrens drängte sich an dem Mann vorbei und strebte zielsicher auf den Ausgang zu.

»Auf Wiedersehen, Herr Roland«, ließ er dabei wissen, drückte die Klinke herunter und war auch schon draußen.

Direkt vor der Tür wäre er beinahe mit einem Mann kollidiert, der auf dem Weg ins Haus war. Ein weiterer stand am unteren Ende der Treppe; er trug eine Gipsschiene am Bein und war auf Krücken unterwegs.

»'tschuldigung«, murmelte Ahrens hastig und wollte an dem Mann vorbeigehen.

»Wir wollen zu Herrn Ahrens«, eröffnete der Besucher ihm mit einem freundlichen Lächeln. »Sind Sie das zufällig?«

»Nein«, schüttelte Bernd Ahrens den Kopf, »das bin ich nicht.«

»Aber er wohnt schon hier, oder?«

»Ja, der wohnt hier, im zweiten Stock. Ich vermute, dass er nicht zu Hause ist, genau kann ich es Ihnen aber nicht sagen.«

»Hmm«, machte der junge Mann und nickte. »Vielen Dank für die Auskunft.«

»Gern geschehen«, erwiderte Ahrens mit einem kurzen Blick auf seine Uhr. »Jetzt muss ich aber los. Schönen Tag noch.«

Ohne eine Antwort abzuwarten, sprang Ahrens, zwei Stufen auf einmal nehmend, die Treppe hinunter, wäre fast auf den Bürgersteig und damit direkt vor die Füße von Lenz gestürzt, wandte sich nach rechts und verschwand aus dem Blickfeld der beiden Polizisten.

»Ich will trotzdem bei ihm klingeln«, erklärte Thilo Hain seinem Kollegen. »Möchtest du hier warten oder kommst du mit hoch?«

»Nein, nein, ich komme schon mit«, gab der Hauptkommissar zurück.

»Dann warte doch wenigstens dort unten, bis wir wissen, ob er wirklich zu Hause ist. Du siehst nämlich aus, als wäre heute jede einzelne Treppenstufe eine echte Herausforderung für dich.«

»Nun mach mal einen …«, wollte Lenz sich gerade ereifern, als ein weiterer Mann aus dem Haus trat. Er trug einen blauen Arbeitskittel, hielt einen Schraubendreher in der Hand und blickte die beiden Männer fragend an.

»Kann ich Ihnen helfen?«, wollte er wissen.

»Ja, vielleicht«, antwortete Hain. »Wir möchten zu Herrn Ahrens. Bernd Ahrens.«

Die Verwunderung des Mannes nahm, rein optisch betrachtet, eine neue Dimension an.

»Herr Ahrens?«, fragte er überflüssigerweise zurück. »Dem müssen Sie doch gerade begegnet sein.«

Über sein Gesicht huschte so etwas wie ein angedeutetes Lächeln.

»Der Herr, der eben das Haus verlassen hat, war genau jener Herr Ahrens.«

»Das darf doch nicht wahr sein«, murmelte Hain, drehte sich um, stürmte die Treppe hinunter und sprintete in jene Richtung los, in die Ahrens verschwunden war.

Die Augen des Mannes im blauen Kittel folgten jeder seiner Bewegungen aufmerksam.

»Darf ich fragen, was hier vor sich geht?«, schob er, zu Lenz gewandt, schmallippig nach.

»Darf ich zunächst fragen, wer Sie sind?«, blaffte der Polizist zurück, während er nach seinem Dienstausweis angelte und ihn hochhielt.

»Mein Name ist Horst Roland. Ich bin der Eigentümer dieses Hauses.«

»Und ich bin Paul Lenz, leitender Hauptkommissar der Mordkommission Kassel.«

Aus dem Gesicht des Hausbesitzers wich schlagartig jegliche Farbe.

»Mordkommission?«, stammelte er. »Was will denn die Mordkommission von Herrn Ahrens? Glauben Sie, er hat etwas verbrochen?«

Lenz zog die Schultern hoch.

»Ich glaube im Augenblick gar nichts. Wenn mein Kollege mit Herrn Ahrens im Schlepptau zurückkommen sollte, sehen wir weiter.«

»Aber das kann doch unmöglich Ihr Ernst sein, Herr Kommissar. Herrn Ahrens mit einem Verbrechen in Verbindung zu bringen, ist absurd. Das kann nur jemand sagen, der ihn nicht kennt.«

»Das mag sein, Herr Roland. Aber, wie gerade erwähnt, kann und will ich im Augenblick dazu nichts sagen.«

Roland war das Entsetzen über das Auftauchen der Polizisten und den in ihren Worten mitschwingenden Vorwurf deutlich anzusehen.

»Darf ich …?«, wollte er eine Frage nachschieben, wurde jedoch von Hains Erscheinen gebremst.

»Weg!«, keuchte der Oberkommissar. »Keine Spur von dem Kerl.«

»Hast du an der Straßenbahnhaltestelle nachgesehen?«

Der junge Polizist, dessen Hände auf den Oberschenkeln ruhten und der schwitzend nach Luft japste, warf seinem Boss einen vielsagenden Blick zu, schluckte jedoch wegen der Anwesenheit des Hausbesitzers jeglichen ätzenden Kommentar hinunter.

»Lass mich erst mal zu Sauerstoff kommen.«

Horst Roland sah betreten von einem zum anderen, bevor er den Kopf ein wenig anhob und einen Vorschlag machte.

»Darf ich Sie kurz hereinbitten, zu mir in die Wohnung, meine Herren? Vielleicht handelt es sich ja nur um ein bedauernswertes Missverständnis, dem Herr Ahrens ausgesetzt ist.«

Lenz nickte, beugte sich nach vorn und nahm die Treppe unter die Krücken. Hain folgte, noch immer keuchend, mit Respektabstand. Der Hausbesitzer führte die beiden Polizisten zu einer Tür im Erdgeschoss, öffnete diese und bat sie ins Innere.

»Bitte, nehmen Sie doch Platz.«

»Danke«, erwiderte Lenz und setzte sich auf einen der angebotenen Küchenstühle.

»Ich stehe lieber noch ein wenig«, lehnte Hain das Angebot dankend ab.

»Sie müssen wissen«, begann Roland, nachdem er beiden ein Glas mit Wasser befüllt hatte, »dass Herr Ahrens in den letzten Monaten sehr viel durchgemacht hat. Im Winter, also genauer gesagt, am Heiligen Abend des letzten Jahres, wurden seine Frau und seine kleine Tochter Opfer eines tragischen Verkehrsunfalls. Herr Ahrens, der ebenfalls im Auto war, hat als Einziger überlebt.«

»Wissen Sie mehr über den Hergang des Unfalls?«, wollte Lenz wissen.

»Nun ja, was man so aus der Zeitung erfahren konnte. Mit Herrn Ahrens direkt habe ich damals nur wenig über die Vorkommnisse gesprochen.«

»Und, was hat er bei dieser Gelegenheit zu Ihnen gesagt?«

»Dass er eine sehr schwere Zeit durchmacht. Und, dass er es nicht verstehen kann, dass so etwas passieren konnte.«

»Wissen Sie, wie es zu dem Unfall kam?«

»Ja, natürlich.«

In den folgenden Minuten schilderte Horst Roland den Beamten den Hergang des Unglücks überaus detailgenau.

»Und dann kam es zu dieser Gerichtsverhandlung, bei der ich selbst anwesend war, weil ich mir den Mann ansehen wollte, der die zwei Menschenleben auf dem Gewissen hat. Aber, ob Sie es glauben oder nicht, er wurde freigesprochen. Man musste ihn freisprechen, weil ein paar von seinen Freunden für ihn ausgesagt haben. Aber wenn Sie mich fragen, war das ein abgekartetes Spiel. Die haben sich abgesprochen, damit ihrem Kumpel die Strafe erspart bleibt.«

»Und Herr Ahrens? Wie hat er auf das Urteil reagiert?«

»Nach außen hin ist er ganz ruhig geblieben. Natürlich, so glaube ich zumindest, war er enttäuscht, aber anmerken lassen hat er es sich nicht.«

»Kennen Sie ihn schon länger?«

Roland sah kurz an die Decke.

»Seit mehr als 15 Jahren. So lang wohnt er schon hier im Haus. Irgendwann ist seine Frau dazugekommen, und letztes Jahr eben das Baby.«

»Wie würden Sie ihn beschreiben? Was ist er für ein Mensch, der Herr Ahrens?«

»Ein herzensguter Mensch ist er. Einer, bei dem man morgens um vier klingeln kann, wenn man ein Problem hat, und der immer für einen da ist. Und das ist in der heutigen Zeit nicht selbstverständlich, das kann ich Ihnen aus meiner Erfahrung heraus sagen.«

Er zögerte einen Moment.

»Aber das hängt bestimmt auch mit seiner Religion zusammen. Herr Ahrens ist nämlich ein sehr gläubiger Mensch. Ein sehr, sehr gläubiger Mensch.«

Die beiden Polizisten sahen sich fragend an.

»Wie darf ich das verstehen«, wollte Hain wissen, »wenn Sie sagen, er sei *ein sehr, sehr gläubiger Mensch*?«

»Nun, er ist Mitglied einer freikirchlichen Religionsgemeinschaft. Genaueres kann ich Ihnen dazu leider nicht sagen, weil ich selbst es nicht so mit den Göttern und den

Religionen habe, aber ihm bedeutet es nach meiner Wahrnehmung schon einiges.«

Wieder ein Augenblick des Nachdenkens.

»Seine Frau übrigens war ebenfalls Mitglied der Gemeinschaft; ich glaube, die beiden haben sich auch dort kennengelernt.«

»Haben Sie mal mit ihm über seinen Glauben gesprochen?«

»Nein, mit Herrn Ahrens nie. Mit seiner Frau hingegen schon. Die hat ein paarmal davon erzählt, wie schön es sei, sich mit den anderen aus der Gruppe zu treffen, Gottesdienste zu feiern und zusammen zu sein.«

Er sprang so urplötzlich auf, dass die beiden Beamten unwillkürlich zusammenzuckten.

»Warten Sie, ich bin gleich wieder da. Frau Ahrens hat mir mal eine Broschüre in die Hand gedrückt, für den Fall, dass ich Lust verspüren sollte, Gottes Nähe zu suchen. Dazu kam es, aus den eben genannten Gründen, jedoch nie.«

Damit stürmte der ältere Mann aus der Küche, machte sich ein paar Augenblicke lang an einem Schrank im Flur zu schaffen und kam schließlich mit einer Hochglanzbroschüre in der Hand zurück. Sein Gesichtsausdruck hatte etwas Triumphierendes.

»Bitte«, strahlte er. »Können Sie mitnehmen.«

Plötzlich jedoch zog er das Papier zurück und sah die Polizisten mit ernster Miene an.

»Und jetzt sagen Sie mir bitte, was dem Herrn Ahrens überhaupt vorgeworfen wird. Was, meinen Sie, hätte er verbrochen und was genau sollte das mit der Mordkommission zu tun haben?«

»Dazu kommen wir gleich, Herr Roland«, dämpfte Lenz den Wissensdurst des Hausbesitzers. »Zunächst würde mich noch interessieren, ob Herr Ahrens einmal erwähnt hat, dass er Kontakt zu dem Unfallverursacher aufgenommen hat. Oder dass er irgendwelche Rachepläne geschmiedet habe?«

»Ach so, daher weht der Wind«, zeigte Horst Roland sich empört. »Sie meinen, er könnte etwas gegen diesen schmierigen Schlägertypen unternommen haben, der seine Frau und sein Kind auf dem Gewissen hat.«

Er schnaufte laut durch.

»Aber das können Sie sich gleich aus dem Kopf schlagen, Herr Kommissar. Jeder andere, aber nicht Ahrens. Der gute Mann ist zu so etwas gar nicht in der Lage, ganz davon abgesehen, dass er gegen diesen Typen überhaupt nicht ankommen würde. Rein körperlich, meine ich.«

»Darum geht es jetzt nicht, und es geht auch nicht darum, dass dem vermeintlichen, jedoch freigesprochenen Unfallverursacher etwas zugestoßen sein könnte. Es geht einzig darum, ob Herr Ahrens einmal etwas in der Richtung angedeutet hat.«

»Nein«, erwiderte Roland überaus entschieden, »das hat er gewiss nicht.«

»Immerhin«, gab Hain zu bedenken, »hat er vorhin uns gegenüber seine Identität verleugnet. Das gibt Kripobeamten im Allgemeinen schon zu denken.«

»Dazu kann und will ich mich nicht äußern. Vielleicht hatte er gute Gründe für diesen Schritt, wer weiß.«

»Ja, wer weiß das schon«, sinnierte der junge Oberkommissar. »Aber, davon abgesehen, können Sie uns sagen, wo Herr Ahrens arbeitet?«

»Er ist in einem Möbelhaus beschäftigt. In Waldau.«

Der Hauseigentümer überlegte einen Moment, bevor er weitersprach.

»Ja, jetzt fällt mir auch der Name wieder ein. Es ist

das Einrichtungsparadies Baumbach. Dort arbeitet Herr Ahrens, und das schon seit vielen, vielen Jahren.«

»Einrichtungshaus Baumbach«, wiederholte Hain, während er das Gehörte auf seinem Notizblock festhielt.

»Gut«, resümierte Lenz und wuchtete sich vom Stuhl hoch. »Dann danken wir Ihnen für Ihr Entgegenkommen und Ihre Informationen. Wenn noch Fragen auftauchen sollten, werden wir uns wieder melden.«

Er kramte eine Visitenkarte aus der Jacke und reichte sie Roland.

»Und falls Herr Ahrens auftauchen sollte, geben Sie ihm bitte meine Karte, damit er sich bei mir melden kann. Aber er soll mich bitte nur mobil anrufen, weil ich im Augenblick sehr selten im Büro zu erreichen bin.«

Wenn Roland über den plötzlichen Aufbruch der Polizisten und die ausgefallenen Erklärungen enttäuscht war, so ließ er sich zumindest nichts anmerken.

»Ja«, erwiderte er stattdessen, »das werde ich gern machen. Aber glauben Sie mir, worum immer es gehen mag, Sie sind hinter dem Falschen her.«

»Wir werden sehen«, beschied Hain den Mann, trat auf den Flur und hielt seinem Kollegen die Tür auf.

»Auf Wiedersehen, Herr Roland.«

»Auf Wiedersehen, meine Herren.«

*

»Ich weiß, RW, dass ich nicht im Dienst bin«, flötete Lenz devot in sein Telefon. »Und ich will wirklich nicht, dass du Ärger bekommst, ehrlich. Aber der Typ ist nun mal vor uns abgehauen, und das ist doch wirklich alles andere als vertrauenerweckend, oder?«

»Da gebe ich dir ausnahmsweise recht«, stimmte der altgediente Kripomann am anderen Ende der Leitung zu, »aber ich kann nicht für euch nach ihm fahnden lassen. Was sollte ich deiner Meinung nach als Grund für diese ominöse Fahndung angeben? Vielleicht so: Ist vor zwei nicht im Dienst befindlichen Bullen abgehauen, als die ihn nach einer Sache befragen wollten, mit der er garantiert nicht das Geringste zu tun hatte? Und was, glaubst du, sollen wir mit ihm machen, wenn er uns ins Netz geht? Ihn im Keller sitzen lassen, bis Thilo oder du wieder im Dienst seid? Nein, Paul«, beantwortete Gecks seine vielen Fragen gleich selbst, »das geht über jede Hilfe unter Kollegen weit hinaus. Das würde meine in nicht allzu ferner Zukunft anstehende Pension und die damit verbundenen Ansprüche massiv gefährden. Also vergiss die Nummer am besten ganz schnell.«

»Wo du recht hast, hast du recht«, pflichtete Lenz den Ausführungen kleinlaut bei.

»Und obendrein«, fuhr Gecks fort, »muss ich dir sagen, dass ich wirklich nicht daran glaube, dass dein Mann da in irgendeiner Verbindung zum Fall Zeislinger steht. Dazu ist die Spur zu den Rechten viel zu offensichtlich. Hast du gewusst, dass der Name von unserem Schoppen-Erich auf einer Liste steht, die bei diesen Irren in Zwickau gefunden wurde?«

»Ich hab davon gehört, ja.«

»Und trotzdem kommst du mit dieser Räuberpistole ums Eck?«

Rolf-Werner Gecks atmete schwer durch.

»Du weißt, dass ich immer hinter dir stehe, Paul, auch wenn deine Gedanken und Anweisungen manchmal schwer zu durchschauen sind. Aber das, was Thilo und du da gerade veranstaltet, ist absolut nicht professionell.«

»Ich werde über deine Worte nachdenken, RW. Ehrlich.«

»Und kommst dabei hoffentlich zu dem Schluss, dass es diesmal wirklich besser für dich wäre, nach Hause zu gehen und deine Knochen auszukurieren.«

»Vermutlich werde ich gleich damit anfangen, ja.«

»Das würde mich freuen. Mach's gut.«

»Ja, mach's gut, mein Alter.«

Lenz beendete das Gespräch, steckte das Telefon zurück in die Innentasche seines Sakkos, griff nach seinen Krücken und stakste auf das Auto seines Kollegen zu, der hinter dem Steuer saß und las.

»RW ist ein Komplettausfall, aber ich würde es an seiner Stelle nicht anders machen.«

»Überhaupt keine Hilfe von ihm zu erwarten?«

»Nada. Und ich brauche jetzt erst mal was zu essen, sonst kriege ich wirklich noch schlechte Laune.«

»Essen ist eine prima Idee. Wie wäre es mit indisch?«

»Indisch?«, brummte der Hauptkommissar erstaunt, während er sich auf den Beifahrersitz fallen ließ. »Von mir aus, wenn es satt macht.«

»Davon können wir ausgehen«, gab Hain zurück, schob das Papier, in dem er gelesen hatte, in die Mittelkonsole und startete den Motor. Keine fünf Minuten später hatten die beiden Polizisten ihr Ziel erreicht.

»Oh, Mann, ich dreh gleich durch, so juckt das unter dem Gips.«

»Und ich dreh durch, wenn mir nicht gleich einer steckt, dass dieser verfluchte Bockmist hier ein einziger schlechter Scherz ist, den niemals irgendjemand auch nur im Ansatz ernst gemeint hat.«

Die beiden Polizisten standen an der Theke einer Frittenbude, aßen Currywurst und schwitzten dabei. Hain las noch immer sehr interessiert in der Broschüre, die Horst Roland ihnen mitgegeben hatte, Lenz fummelte genervt an seiner Gipsschiene herum.

»Was steht denn so Verdammungswürdiges drin?«, wollte der Hauptkommissar wissen, ohne sein Geschubber zu unterbrechen.

Hain winkte ab.

»Warte, ich will gerade mal im Internet nachsehen, was sonst noch über diese Leute herauszukriegen ist.«

Damit kramte er sein Mobiltelefon aus der Tasche, fuhr ein paarmal über den kleinen Bildschirm und zog eine Weile später die Augenbrauen hoch.

»Mein lieber Mann, das ist wirklich starker Tobak, was hier über diese Truppe steht.«

»Hat diese *Truppe* auch einen Namen?«

Der Oberkommissar nickte.

»Es geht um die ›Bibeltreue Glaubensgemeinschaft Kassel‹. Das sind Evangelikale.«

Lenz steckte den letzten Bissen seiner ›indischen‹ Wurst in den Mund, kaute und schluckte ihn hinunter.

»Was in Gottes Namen sind *Evangelikale*?«

»Hast du noch nie von denen gehört? Das sind die Gläubigsten der Gläubigen. Man könnte sie auch ›Die bibeltreuen Fundamentalisten‹ nennen.«

Er strich ein weiteres Mal mit dem Finger über den Bildschirm seines Telefons, hob dann den Kopf und sah seinen Boss ungeduldig an.

»Kannst du dich wirklich nicht erinnern, davon mal gehört zu haben? Dieser Typ in Amerika, der Präsident werden wollte, ... oh, verdammt, wie hieß der noch ...?«

»Nein, sorry, daran kann ich mich echt nicht erinn ...

Oder warte mal, war das der, der gesagt hat, dass es ihm lieber wäre, einen Vater im Knast zu haben als einen Vater, der schwul ist?«

»Genau«, sprudelte es aus Hain heraus, »genau das ist er. Santorus hieß er, glaube ich.«

»Nein, nicht Santorus. Sein Name ist Santorum. Rick Santorum.«

»Richtig, ja, du hast recht. Santorum. Das ist der Kerl.«

»Aber das ist doch Amerika, Thilo. Das Land von Deppen wie Bush und Rumsfeld. Ich kann mir beim besten Willen nicht vorstellen, dass es solche Leute auch in Deutschland gibt.«

»Oh doch, und wie es die gibt.«

Der Oberkommissar wies mit dem rechten Zeigefinger auf das Gerät in seiner Hand.

»Hier steht, dass es bei uns in Deutschland ungefähr eineinhalb Millionen Evangelikale gibt. Andere Schätzungen sprechen gar von mehr als drei Millionen.«

Wieder bewegte sich sein Finger.

»Also, weiter im Text. Evangelikale tun sich, um es mal vorsichtig auszudrücken, mit Dingen wie Abtreibung, Homosexualität, Verhütung und Emanzipation außerordentlich schwer. Außerdem sind Pornografie, Prostitution, die Evolutionslehre und auch der Islam für sie extrem pfuipfui. Und keinesfalls vergessen sollten wir Sex vor der Ehe und den Oralverkehr, also alles, was dem modernen Menschen so richtig Spaß macht. Sie stehen dafür auf die wörtliche Auslegung des alten Testaments, was nichts anderes heißt, als dass Ehebrecher, Gotteslästerer, Lügner und ähnliches Gesocks am besten mit Stumpf und Stiel auszurotten sind.«

»Und so einer ist dieser Bernd Ahrens?«

»Wenn es stimmt, was sein Vermieter sagt, und daran zweifle ich nicht, dann ist er so einer, ja.«

»Was in der Folge bedeuten könnte, dass er es mit Menschen wie Stefanie Kratzer, die ihr Geld mit Prostitution verdient hat, und Oliver Heppner, der auf Kerle stand, nicht so hatte.«

»Das kann schon richtig sein, was du da sagst. Aber dafür müsste er von deren Vorlieben gewusst haben, und es erscheint mir ziemlich wagemutig, das als gegeben anzusehen. Woher sollte er dieses Wissen haben?«

»Stopp, Thilo«, ging Lenz dazwischen. »Wir dürfen keinesfalls vergessen, wie wir überhaupt auf ihn gekommen sind. Der Bezug zu den Opfern muss bei der Annahme, dass er etwas mit den Morden zu tun hat, zwangsläufig über Maik Wesseling hergestellt worden sein.«

»Was die Sache irgendwie schon kugelrund erscheinen lässt, wenn du mich fragst.«

Lenz dachte ein paar Sekunden nach.

»Zu rund, würde ich darauf antworten. Zu rund, zu abgeschliffen, zu eindeutig.«

»Und warum ist er dann abgehauen, als wir bei ihm aufgetaucht sind?«

»Das ist eine Frage, die mich auch beschäftigt. Er wusste ja nicht, dass wir Bullen sind.«

»Wie Zuhältertypen sehen wir aber auch nicht gerade aus, für den Fall, dass er sich vor denen gefürchtet haben sollte.«

»Nein, das nun hoffentlich nicht.«

Der Hauptkommissar betrachtete eine einsame, scheinbar unbeweglich am Himmel stehende Wolke.

»Entweder, der Typ ist ein völlig anderer als der, der er vorgibt zu sein, was ich beim besten Willen nicht glauben kann, oder er ist da in eine Sache hineingeraten, die deutlich ein paar Nummern zu groß für ihn ist. Ich habe ihn vorhin zwar nur ein paar Augenblicke lang gesehen, aber wie ein abgebrühter Killer kam er mir nun wirklich nicht vor.«

»Hör mir bloß mit so einem Kram auf«, echauffierte Hain sich prompt. »Du bist derjenige, der mir immer wieder erklärt hat, dass Äußerlichkeiten nichts, aber auch rein gar nichts über einen Täter aussagen müssen. Also kann es sehr wohl sein, dass der Typ uns wie die allerletzten Anfänger abgekocht hat. Was er eigentlich ohnehin gemacht hat.«

»Ja, stolz sollten wir nicht sein auf die Geschichte.«

»Aber wir können immerhin daran arbeiten, dass dieser Fauxpas in unserer Vita nicht zur bestimmenden Größe wird.«

Lenz warf seinem Kollegen einen verstörten Blick zu.

»Sag mal, hast du wieder mit dem Kiffen angefangen? So redet doch kein normaler Mensch.«

»Ich schon.«

»Na, wenn du meinst. Und wie würde dein weiteres Vorgehen aussehen, mal ganz unabhängig von deiner konfusen Wortwahl?«

Wieder hob der Oberkommissar den Arm, was wohl bedeuten sollte, dass es noch ein wenig Recherche an seinem Telefon brauchen würde, bevor mit einer Antwort zu rechnen war. Dann wählte er eine Nummer, trat ein paar Schritte zur Seite und führte ein kurzes Gespräch.

»Wir fahren zu Herrn Wiesinger«, erklärte er schließlich, während er das Gerät in die Tasche gleiten ließ. »Werner Wiesinger.«

»Und wer ist dieser Herr Wiesinger?«

»Der Mann ist der Gründer und Leiter der ›Sektenberatung Nordhessen e.V.‹, und wie es aussieht, kann der uns etwas über diese ›Bibeltreue Glaubensgemeinschaft Kassel‹ erzählen.«

»Das ist doch mal ein Wort. Ich dachte zwar, dass wir zuerst zu Ahrens' Arbeitsplatz fahren, aber so soll es mir auch recht sein.«

24

Bernd Ahrens war noch nie in seinem Leben so gerannt. Direkt nachdem er um die nächste Hausecke gegangen war, hatte er beschleunigt, und seine Beine waren mit einem für die Verhältnisse des unsportlichen Mannes so irrsinnigen Stakkato über das Pflaster geflogen, dass ihm sofort der Schweiß aus allen Poren getreten war und er befürchtete, seine brennende Lunge würde explodieren. Über die Straßenbahnhaltestelle an der Hauptstraße hatte ihn sein Weg geführt, dann auf die andere Straßenseite, wo er schließlich keuchend in einen türkischen Lebensmittelmarkt gestürmt war.

»Kann ich Ihnen helfen?«, wollte die junge Frau mit dem Kopftuch an der Kasse besorgt wissen. »Geht es Ihnen nicht gut?«

»Doch, doch, alles in Ordnung. Ich brauche eine Flasche Wasser.«

»Mit oder ohne Kohlensäure?«

»Ohne«, antwortete Ahrens, ohne den Blick von der Schaufensterscheibe zu nehmen, die den Blick auf die Haltestelle und die Straße freigab.

»Kalt oder nicht so kalt?«

»Was?«

»Möchten Sie eisgekühltes Wasser, oder ist es Ihnen lieber, wenn es nicht ganz so kalt ist?«

»Egal«, schüttelte er den Kopf, wobei er erschreckt zusammenzuckte, weil in diesem Augenblick das Gesicht des jüngeren der beiden Männer an der Straßenecke auftauchte, die er selbst wenige Sekunden zuvor passiert hatte.

»Hier, bitte«, kam es von hinten. »Ich gebe Ihnen das nicht so kalte Wasser, weil das viel gesünder ist. Es erfrischt vielleicht im ersten Moment nicht so toll, ist aber viel besser für den Körper.«

Ahrens hörte zwar die Stimme der Frau in seinem Rücken, der Inhalt ihrer Worte drang jedoch nicht bis zu ihm durch. Der einzige Gedanke, den er fassen konnte, beschäftigte sich mit Flucht. Flüchten und untertauchen.

»Darf es noch etwas sein oder war es das?«

»Nein, das ist alles«, erwiderte der Mann an der Scheibe hastig. »Oder nein, warten Sie bitte. Ich brauche noch eine Tafel Schokolade.«

»Welche Sorte?«

In diesem Augenblick betrat eine kugelrunde Frau mit bodenlangem Kleid und eng geschlungenem, knallbuntem Kopftuch, auf dem Ahrens einen breiten Schweißrand hätte erkennen können, wenn er denn hingesehen hätte, den Laden. Doch der Witwer hatte ausschließlich Augen für das Geschehen an der Haltestelle gegenüber, wo sein Verfolger, nachdem er akribisch in die Gesichter aller Wartenden gesehen hatte, abdrehte.

Hinter seinem Rücken fingen die Frauen ein Gespräch in einer Sprache an, die er nicht verstehen konnte und für die er sich auch nicht interessierte.

»Danke«, murmelte er Richtung Kasse, »ich habe es mir anders überlegt. Nichts für ungut, auf Wiedersehen.«

Damit verließ er das Geschäft, wobei er im Gehen das ebenso aufgeregte wie ärgerliche Palaver der Kassiererin wahrnahm. Mit schnellen Schritten trabte Ahrens nach links, wo er fast über eine auf dem Boden liegende leere Obstkiste gestolpert wäre, fing sich gerade noch ab und setzte seinen Weg stadtauswärts fort. Meter um Meter brachte er zwischen den Stadtteil, in dem er wohnte, und sich und mit jedem Meter musste er stärker gegen die Tränen ankämpfen, die aus seinen Augen rinnen wollten. Die Hitze machte ihm enorm zu schaffen, und der Gedanke, dass vor seiner Tür zwei Männer auf ihn warten könnten, schnürte ihm die Kehle zu. Dann hatte Bernd Ahrens die Randbezirke der Stadt erreicht. Mit kleiner werdenden Schritten, weil seine Kraft nahezu aufgebraucht war, folgte er einem Weg, dessen eine Hälfte den Radfahrern vorbehalten war, aber es gab an diesem Tag keinen, der auf seinem Wegerecht bestanden hätte. Immer weiter stieß er ins Grüne vor, hörte dabei nicht das fröhliche Gezwitscher der Vögel aus den Bäumen über seinem Kopf, hörte nicht das leise Rauschen des kleinen Bachlaufs links neben sich.

Was ihn allerdings schlagartig aus seiner Apathie riss, war der enervierende Krach eines Eisenbahnzuges, der in nicht mehr als 15 Metern Entfernung an ihm vorbeiratterte. Ahrens hob den Kopf, sah nach rechts und erkannte das charakteristische Rot der Deutschen Bahn. Seine Haare flatterten, sein Hemd bewegte sich leicht, und schlagartig wurde ihm klar, warum er auf diesen Weg geraten war, den er noch nie zuvor in seinem Leben gesehen oder betreten hatte. Zielstrebig ging er weiter, und wenn ihm auch ein wenig mulmig zumute war bei dem Gedanken an das, was nun vor ihm lag, so zögerte er doch keinen Augenblick.

Etwa 150 Meter weiter kam er an eine Fußgängerbrücke, die auf die andere Seite der eingleisigen Bahnstrecke führte.

Hinter zwei rot und weiß gestrichenen Geländern, die den Weg verengten und vermutlich bewirken sollten, dass

Radfahrer absteigen mussten und Fußgänger noch achtsamer die Gleise überquerten, gab es ein leuchtend gelbes Warnschild, auf dem ein Zug abgebildet war. Offenbar wurde es seiner mahnenden Funktion nicht immer zur Gänze gerecht, denn rechts und links der Barrieren konnte Bernd Ahrens deutlich die Reifenabdrücke von Fahrrädern sowie die Spuren von Schuhsohlen erkennen. Das Schlucken fiel ihm nun erschreckend schwer, und die Schweißflecken unter seinen Achseln breiteten sich immer weiter aus.

Gott hat mir diesen Weg gewiesen. Wenn er nicht wollen würde, dass ich es tue, hätte er mich sicher in eine andere Richtung gelenkt.

Er lehnte sich mit dem Gesäß an die angenehm kühle Querstange der rechten Barriere, schloss die Augen und dachte an seine Frau.

Ich weiß, dass es Sünde ist, Gerlinde, aber was soll ich denn sonst machen? Der Herr hat mich dazu berufen, es muss sein Wille sein. Also werde ich diesen Weg heute gehen. Ich werde diesen Weg gehen und ich werde bald bei dir sein. Ich werde mich nicht fürchten vor den Schmerzen, die ich vermutlich gleich erleiden muss, sondern nur daran denken, dich zu treffen. Dich und die kleine Sarah, die bestimmt schon laufen kann. Ja, ganz bestimmt kann sie das schon.

Der Mann am Gatter hätte viel dafür gegeben, jetzt die Wasserflasche zu haben, die er eine knappe Stunde zuvor in dem türkischen Lebensmittelmarkt verschmäht hatte. Sein trockener Mund fühlte sich taub und seifig an, seine Füße schmerzten vom Laufen und seine Blase war zum Bersten gefüllt.

Ich habe keine Angst vor dem Tod. Die Schmerzen beim Aufprall sind sicher sehr unangenehm, aber ich hoffe, danach geht alles ganz schnell.

Vor Schmerzen hatte der Möbelverkäufer schon immer große Angst gehabt, seit ihm als kleines Kind ein Zahnarzt einen Backenzahn ohne Betäubung gezogen hatte.

»Es tut gar nicht weh, du wirst sehen«, hatte der Mann in dem weißen Kittel gesagt, ihm etwas in den Mund geträufelt, eine Zange eingeführt und den Zahn herausgerissen. Ahrens hatte laut aufgeschrien und zu allem Unglück noch seine Zunge zwischen Zange und Kiefer eingeklemmt. Fast eine Woche hatte es gedauert, bis er wieder feste Nahrung zu sich nehmen konnte, die traumatische Erfahrung des Schmerzes war er bis zu diesem herrlichen Sommertag im Jahr 2012, an dem er an der Bahnlinie zwischen Kassel und Hofgeismar stand, nicht mehr losgeworden.

Er faltete die Hände und begann zu beten.

Lieber Gott, bitte, gib mir die Kraft, es dieses Mal wirklich zu tun. Bitte, gib mir den Mut, dieses Leben hinter mir zu lassen und mich endlich, endlich wieder mit Gerlinde und Sarah zu vereinen. Ich weiß, dass der Weg ins Paradies nicht leicht ist, aber ich möchte ihn gehen. Ich möchte ihn heute, in dieser Stunde gehen.

Seine Gedanken schweiften für einen Moment ab. Er nahm die Hände auseinander, weil er nicht wollte, dass sein Gebet dadurch gestört wurde.

Diese Männer. Er hatte schon einmal Besuch gehabt von zwei Männern, das war vor etwa drei Wochen gewesen. Sein Arbeitgeber hatte sie ihm auf den Hals gehetzt, weil er schon so lang krank geschrieben war. Sie hatten bei ihm geklingelt und wollten sich einfach mal nach seinem Gesund-

heitszustand erkundigen; zumindest war das die offizielle Version gewesen. Natürlich wusste Ahrens genau, was die beiden wirklich von ihm wollten. Sie sollten ihn überwachen und ihm irgendein wie auch immer geartetes Fehlverhalten nachweisen, damit das Möbelhaus, bei dem er angestellt war, ihn endlich entlassen konnte. *Mein lieber Mann, was die sich einbildeten!*

Nein, einen Betriebsrat konnte man nicht so einfach loswerden, und Bernd Ahrens war seit mehr als drei Jahren Betriebsrat.

Und wenn ich noch ein ganzes Jahr krankgeschrieben bleibe, so einfach kündigen können die mich nicht.

Wieder schweiften seine Gedanken zu den beiden Männern ab, die sich vorhin nach ihm erkundigt hatten.

Das waren garantiert wieder welche, die das Möbelhaus ihm geschickt hatte. Bestimmt irgendwelche Detektive, die auf solche Sachen spezialisiert waren. Immer wieder konnte man doch lesen, dass Arbeitgeber sich so was rausnahmen. Und das Gipsbein des einen war auf jeden Fall eine Attrappe gewesen. Daran bestand überhaupt kein Zweifel.

Er holte tief Luft, schloss die Augen und umfasste mit den Händen das Metallgeländer hinter ihm, was ihm einen Schauer über den Rücken laufen ließ.

Wie lange es wohl noch dauert, bis der nächste Zug kommt?

Wieder atmete er tief ein und ließ anschließend die verbrauchte Luft langsam und bewusst aus seinen Lungen strömen.

Es wäre vielleicht besser, wenn ich selbst bestimmen könnte, wann es losgeht. Vielleicht aber auch nicht, damit habe ich schließlich keine guten Erfahrungen gemacht.

Er dachte an die Situation auf dem Dach des Kaufhauses und die Tränen, die er dabei und auf dem Weg nach Hause vergossen hatte.

Das wird mir heute erspart bleiben. Es wird mir erspart bleiben, und ich werde Gerlinde und meine kleine Sarah treffen.

In der Ferne wurde ein dumpfes Grollen hörbar, das schnell näher kam und das den Adamsapfel von Bernd Ahrens in hektische Bewegung versetzte.

Bei diesem Zug werde ich schauen, ob es besser ist, bis zum Moment X hier stehen zu bleiben und dann nach vorn zu treten, oder ob es sinnvoller ist, wenn ich mich auf die Schienen lege. Es ist sozusagen die Generalprobe, damit bei der Premiere, die gleich folgen wird, alles gut geht.

Der Triebkopf des Zuges kam so rasend schnell näher, dass es dem Witwer den Atem verschlug und er, ohne es steuern zu können, seinen Körper an das Geländer in seinem Rücken presste und die Hände verkrampfte. Der Krach betäubte seine Ohren, der Druck des Windes schüttelte seinen Körper und das Rattern der Räder auf dem Stahl der Gleise versetzte ihn in Panik.

Oh Gott.

Schneller, als er in diesem Augenblick zu denken imstande war, hatte der Zug ihn passiert und seinen Weg Richtung Bahnhof Vellmar fortgesetzt. Und erst jetzt wurde ihm bewusst, dass der Lokführer etwa 200 Meter, bevor er an ihm vorbeigerast war, ein Signalhorn betätigt hatte. Ein Signalhorn, dessen Ton an ihm vorbeigeflogen war, das aber nun in seinen Ohren nachhallte.

Es ist kein Problem, wenn ich mich auf die Schienen lege und warte. Der Zugführer kann mich erst sehen, wenn er schon fast über mir ist, weil der Übergang in einer leichten Rechtskurve liegt.

Wie ein Blitzlicht tauchte der Gedanke an den Mann oder die Frau im Führerstand auf, doch Ahrens wischte ihn ebenso schnell wieder weg.

Gott wird sich um ihn oder sie kümmern, da bin ich mir sicher. Er wird dafür sorgen, dass aus meinem Leid kein neues Leid entsteht. Das würde er niemals zulassen, weil er doch die Menschen liebt.

Sein Puls raste noch immer, als er sich langsam von der Barriere löste und Schritt für Schritt nach vorn bewegte. Der Übergang war mit Holz unterlegt, sodass er nicht einmal einen Fuß heben musste, um zwischen die Gleise zu treten.

Nein, das geht nicht. Ich werde ihm ein Stück entgegengehen. Nur ein paar Meter, aber ich will nicht, dass der Übergang mit meinem Blut beschmiert wird. Und bluten wird es bestimmt viel.

Er setzte den rechten Fuß auf den Schotter zwischen den Schienen, was ein lautes Knirschen unter seinen Schuhen auslöste. Sofort zog er den Fuß zurück. Rechts von ihm erklang in diesem Moment das laute Lachen eines Kindes, gefolgt von einer weiblichen Stimme. Ahrens sprang zur Seite, wollte sich im Gebüsch verstecken, doch es wurde ihm klar, dass er damit eher den Argwohn der vorbeikommenden Menschen auf sich ziehen würde. Also ging er mit gemessenen Schritten auf die Barriere zu, umkurvte sie langsam und schob sich dann zurück auf den Weg. Eine Frau auf einem Fahrrad, an dem ein Kinderanhänger befestigt war, kam auf ihn zu. Die beiden Passagiere des kleinen Zuges waren aufgeregt miteinander am Schnattern und hatten demzufolge überhaupt keine Augen für ihn. Erst im letzten Moment nahm die Frau ihn wahr, machte einen kurzen Schlenker nach links, grüßte freundlich eine Entschuldigung und trat auch schon wieder mit voller Kraft in die Pedale.

Mein Gott, eine Frau mit einem Kind. Wenn es tatsächlich eines finalen Zeichens bedurft hätte, bitte, hier ist es gewesen. Ich freue mich auf euch, Gerlinde und Sarah.

Ahrens warf den Kopf herum, weil in seinem Rücken erneut das charakteristische Grollen erklang. Leise, mehr ein Stampfen, aber mit jeder Sekunde lauter werdend. Mit hektischen Bewegungen drängte er sich durch die Barriere, bewegte sich geduckt nach rechts, sprang auf den Schotter der Gleise und hob den Kopf. Zwischen dem leuchtenden Grün der Bäume konnte er ganz deutlich das nun bedrohlich wirkende Rot des Zuges ausmachen, der auf ihn zu donnerte. Wie paralysiert nahm er wahr, dass bei dieser Zuggarnitur die große, schwere, furchteinflößende Lokomotive in Fahrtrichtung angekoppelt war, also in seine Richtung. Er wollte sich auf die Knie fallen lassen, doch genau in jenem Sekundenbruchteil, in dem er seinen Muskeln den Befehl geben wollte, sich zu entspannen, ertönte dieser helle, markerschütternde, alles hinwegfegende Signalton, der ihn zusammenzucken ließ, der ihn verkrampfen ließ, und im gleichen Augenblick wurde ihm klar, dass sein Leben zu Ende gehen würde und dass es Gottes Wille war, dass es zu Ende ging. Irritiert registrierte er dann jedoch ein Gefühl, das er zunächst nur schwer einordnen konnte, weil sein starrer Blick auf die sich mit aberwitziger Geschwindigkeit nähernde Lok gerichtet war und seine Gedanken wild in seinem Kopf hin und her flirrten. Er bemerkte ein Gefühl der Wärme, das sich von seinem Unterleib Richtung Beine ausbreitete und das ihm die Tränen in die Augen trieb. Dann wuchtete er seinen merkwürdig leichten Körper mit einer entschlossenen Bewegung nach vorn.

25

Werner Wiesinger empfing die beiden Polizisten in einem völlig mit Akten, Zeitschriften und sonstigen Utensilien vollgestopften Büro. Nachdem er sich freundlich erkundigt hatte, warum denn das Bein des Hauptkommissars in Gips stecke, wollte er mehr darüber erfahren, was seine Besucher zu ihm geführt hatte.

»Wie mein Kollege am Telefon schon erwähnt hat, geht es um die ›Bibeltreue Glaubensgemeinschaft Kassel‹. Wir erhoffen uns von Ihnen ein wenig Aufklärung über das Wirken und die Mitglieder dieser … Gemeinschaft.«

Der Mann hinter dem Schreibtisch legte schon bei der Erwähnung des Namens die Stirn in Falten.

»Nun, da haben Sie sich gleich eine ganz harte Nuss ausgesucht, meine Herren. Die ›Bibeltreue Glaubensgemeinschaft Kassel‹ ist, was ihre Ziele und Bestrebungen angeht, eine der fundamentalistischsten Organisationen, die wir in Hessen kennen; und vermutlich gilt das ebenso für ganz Deutschland.«

»Interessant. Wenn ich Sie richtig verstehe, würden Sie diese Leute als gefährlich einschätzen?«

»Da müssten wir zunächst den Begriff ›gefährlich‹ definieren, Herr Kommissar. Wenn Sie ihn im allgemein-polizeilich gebrauchten Zusammenhang sehen, muss ich das verneinen. Von ihnen geht keine akute Gefahr für Leib und Leben anderer Menschen aus. Wenn wir den Begriff auf ihr mittel- und langfristiges Wirken herunterbrechen, dann würde ich mit voller Überzeugung bestätigen, dass sie gefährlich sind.«

»Wie meinen Sie das?«

Wiesinger richtete sich in seinem abgewetzten Bürostuhl auf, legte die Arme auf den Tisch und hob den Kopf.

»Diese Organisation, die integraler Bestandteil des Netzwerks ›Evangelische Union‹ ist, missioniert auf sehr subtile und für Außenstehende oft harmlos wirkende Weise. Allerdings werden Menschen, die sich ihr erst einmal angenähert haben, mit zum Teil psychisch destabilisierenden Methoden an die Sekte gebunden. Und ›Sekte‹ sage ich hier ganz bewusst und ausdrücklich. Zwar gibt es viele dieser Sekten, die sich vom Namen her unterscheiden, die Hintergründe ihres Wirkens sind jedoch immer die gleichen. Die Menschen, die bei ihnen Mitglieder sind, werden zu einem Leben angehalten, das sich an der wörtlichen Auslegung des Alten Testaments orientiert.«

»Wie ist das zu verstehen?«

Wiesinger fing müde an zu lächeln.

»Oh, wenn es nicht so gefährlich wäre, könnte man sich eigentlich über die Gedanken dieser Gruppen herzhaft amüsieren. Aber das geht leider nicht mehr, weil sie auf ihrem Weg durch die Instanzen schon ziemlich weit gekommen sind.«

Er wurde wieder ernst.

»Die evangelikale Bewegung nimmt für sich in Anspruch, nach eben jenen Werten und Vorgaben zu leben und zu denken, die im Alten Testament niedergeschrieben worden sein sollen. Das bedeutet zum Beispiel, dass sie davon ausgeht, dass unsere Erde, also die Welt, auf der wir leben, nicht älter ist als ungefähr 6000 Jahre. Jeder Mensch, der sich nur halbwegs für Wissenschaft interessiert, weiß, dass dies ein hanebüchener Unsinn ist, doch es ist diesen Leuten einfach nicht klarzumachen, dass sie in dieser Hinsicht kolossal auf dem Holzweg sind. Es steht so in der Bibel, also muss es stimmen. Natürlich wird mächtig Propaganda gemacht für diese These, frei nach dem Motto: ›Wenn ich es nur oft genug wiederhole, wird es schon wahr werden.‹

»Wie viele dieser Menschen«, unterbrach Hain seinen Vortrag, »gibt es nach Ihrer Meinung in Deutschland?«

»Die evangelikale Bewegung in Deutschland und Europa ist zwar auf dem Vormarsch, jedoch gibt es bei uns noch lange nicht so viele Personen, die sich als überzeugte Evangelikale bezeichnen, wie beispielsweise in den Vereinigten Staaten. Dort geht man davon aus, dass gut ein Viertel der Bevölkerung diesem religiösen Zweig zugerechnet werden kann, also ungefähr 80 Millionen; bei uns dürfte die Zahl zwischen zwei und drei Millionen liegen, was etwa zwei bis vier Prozent der Gesamtbevölkerung ausmacht. Aber, und das sollten wir nicht unterschätzen, es werden immer mehr.«

Lenz sah den kleinen, rundlichen Mann hinter dem Schreibtisch ungläubig an.

»Nur, dass ich Sie richtig verstehe, Herr Wiesinger. Sie wollen mir tatsächlich weismachen, dass ein Viertel aller Amerikaner glaubt, die Welt sei nicht älter als 6000 Jahre?«

Wiesinger nickte.

»Ich würde Ihnen gern etwas anderes sagen, klar, aber es ist tatsächlich so. Und das ist lange noch nicht alles. Diese religiöse Strömung verfügt über große finanzielle Mittel, die sie natürlich dafür einsetzt, den Menschen ihre Leitbilder als die einzig Richtigen darzustellen. Zum Beispiel gibt es in Amerika mehrere Themenparks und Museen, die sozusagen die Genesis, also die Schöpfungsgeschichte, in einer Art Disneyland des Kreationismus darstellen.«

»Moment!«, ging Hain dazwischen. »Was bedeutet das – Kreationismus?«

»Das ist der Ausdruck, dessen sich die Evangelikalen bedienen, wenn Sie die Entstehung der Erde beschreiben, was nichts anderes heißt, als dass wir bei Adam und Eva beginnen und uns dann bis zur Sintflut durchhangeln. Natürlich alles in ein paar Jahrhunderten. Und genau darauf will ich hinaus, wenn ich von diesen Themenparks und Museen spreche, die in den letzten Jahren und Jahrzehnten in den Vereinigten Staaten entstanden sind. Dort existieren, nach Darstellung der Kreationisten, Mensch und zum Beispiel Dinosaurier fröhlich vereint nebeneinander; zur gleichen Erdzeit, wohlgemerkt.«

»Und diesen Unsinn glauben die Besucher?«

»Diesen Unsinn glauben die allermeisten der geschätzten zwölf Millionen Besucher jährlich, ja. Und weiterhin glauben sie fest daran, dass die Evolutionslehre und alles, was damit zusammenhängt, Teufelszeug sei.«

Nun schüttelte Lenz den Kopf.

»Ich glaube Ihnen ja, was Sie da sagen, Herr Wiesinger, aber so richtig verstehen kann und will ich es nicht. Die Welt hat so viele wissenschaftliche Erfahrungen und Entdeckungen gemacht in den letzten Jahrzehnten, dass es schon einer gehörigen Portion Ignoranz bedarf, um das alles in Abrede zu stellen.«

»Oder einfach einer Portion Glauben«, spann Wiesinger den Gedanken des Polizisten weiter. »Der Glaube versetzt in diesem Fall leider wirklich Berge.«

»Wohl wahr.«

»Und das ist nur der Teil der Sache, mit dem man noch am ehesten umgehen kann. Leider beinhaltet der Kreationismus auch Auswüchse, die weit über das hinausgehen, was wir gerade besprochen haben.«

»Und die wären?«

»Am schlimmsten ist meiner Meinung nach die gelebte Intoleranz«, antwortete Wiesinger mit bekümmertem Gesicht.

»Viele Anhänger von Religionen, so auch die Evangelikalen, nehmen für sich in Anspruch, die, und hier verzeihen Sie mir bitte meine offenen Worte, Weisheit mit Löffeln gefressen zu haben. Also quasi über ihren Glauben ein Monopol auf die göttliche Unfehlbarkeit gepachtet zu haben, was natürlich den Umgang mit Andersdenkenden und Andersgläubigen extrem schwer macht. Und wenn man sich dann noch auf ein Denkmuster beruft, dessen Herkunft mehr als zwei Jahrtausende alt ist, wird die ganze Sache schon ziemlich unübersichtlich. Und auch unappetitlich.«

»Sie meinen zum Beispiel den Umgang mit Homosexuellen?«

»Zum Beispiel, ja. Oder auch ihre Haltung zu Fragen wie Abtreibung, der Gleichstellung der Frau, dem Islam und dem Judentum.«

»Die mögen die anderen Religionen nicht so gern?«

»Nicht so gern?«, lachte Wiesinger laut auf. »Das ist die netteste Umschreibung dafür, die ich je gehört habe. Vergessen Sie bitte nicht, dass alle Religionen im großen Wettstreit um Mitglieder und damit um Macht, Einfluss und Geld stehen. Bei den Evangelikalen gehört die Herabsetzung und Herabwürdigung anderer Religionen also sozusagen zum guten Ton.«

»Wo treffen sich diese Gruppen?«

»In ihren Kirchen. Sie selbst zumindest nennen ihre Versammlungsorte so.«

»Gibt es in Nordhessen noch weitere evangelikale Gruppen?«

»Aber ja, natürlich. Soweit ich weiß, gibt es solche in Melsungen, in Hofgeismar, in Ahnatal, in Baunatal, in Guxhagen, in Korbach und so weiter.«

»Man hört doch immer wieder, dass es schwer ist, aus Sekten auszusteigen. Gilt das auch für die Evangelikalen?«

»Und ob. Mit Renegaten, so nennen sie Menschen, die ›vom Glauben abgefallen sind‹, wird keineswegs zimperlich umgegangen. Bei den Zeugen Jehovas nicht, bei den Scientologen nicht und bei den Evangelikalen erst recht nicht. Das wird nach außen hin oftmals gar nicht so deutlich, aber ich könnte Ihnen von Fällen erzählen, da würden Ihnen die Tränen kommen, und das meine ich wirklich wörtlich. Die Vorgehensweisen als Stasimethoden zu bezeichnen, wäre nicht übertrieben.«

»Zum Beispiel?«, wollte Hain wissen.

»In der Regel ist es so, dass ganze Familien sich zu den Evangelikalen bekennen. Was bedeutet, dass eine Scheidung auf gar keinen Fall infrage kommt, denn was der Herr zusammengegeben hat, das soll der Mensch bekanntlich nicht trennen. Nur ist die Natur des Menschen nicht so einfach zu reglementieren, wie sich die Männer das vorgestellt haben, von denen das Alte Testament verfasst wurde. Also, nehmen wir mal an, dass sich eine Frau, von mir aus ein Mitglied der Bibeltreuen Glaubensgemeinschaft Kassel, in einen anderen Mann verliebt. Der erste Schritt, der in der heutigen Zeit gegangen wird, übrigens auch von evangelikalen Männern und Frauen, ist der Ehebruch. Immer verbunden mit dem Makel der schweren, schweren Sünde. Aber gut, manchmal geht es auch nur um das Sexuelle, und man verliert nach einer Weile die Lust auf den anderen. Dann kann die Frau hoffen, dass alles unter der Decke bleibt;

wenn nicht, wird es kompliziert. Deutlich komplizierter allerdings wird es, wenn es sich nicht ausschließlich um eine sexuelle Beziehung handelt, sondern um echte Liebe. Dann sprechen wir zwangsläufig von Trennung, Scheidung und dem Aufteilen von zwei Leben, die irgendwann einmal zusammengeschustert wurden.«

Lenz hätte Werner Wiesinger in diesem Augenblick zu gern gefragt, ob er verheiratet ist, verkniff es sich aber, den Redeschwall des Mannes zu unterbrechen.

»Richtig schlimm wird es natürlich, wenn Kinder im Spiel sind. In unserem hypothetischen Fall würde die Frau sofort aus der Gemeinschaft verstoßen, der Mann und die Kinder würden stärker denn je unter die Fittiche der Gruppe genommen. Den Kindern würde in eindringlichen Gesprächen klargemacht, dass sie sich physisch und psychisch von der Mutter lösen müssten, da diese eine von Gott verdammte Sünderin sei. Und glauben Sie mir, diese Methoden haben bis jetzt noch in den allermeisten Fällen gewirkt. Die Kinder wenden sich ab, die Mutter ist isoliert.«

»Das klingt wirklich, als hätten Sie jeden Tag mit solchen Dingen zu tun, Herr Wiesinger.«

»Das habe ich auch. Und ich mache diese Dinge gern, auch deshalb, weil ich immer mal wieder ein paar Erfolge erzielen kann. Zum Beispiel heute, indem ich Ihnen mit meinen Informationen dienen konnte.«

Wieder wurde sein Gesicht von einem schelmischen Lachen überzogen.

»Und wenn Sie mir dann noch sagen würden, wozu das alles notwendig war, wäre ich der glücklichste Mann der Welt.«

Hain und Lenz tauschten einen kurzen Blick aus.

»Es geht«, setzte der Oberkommissar an, »um ein Mitglied der ›Bibeltreuen Gemeinschaft Kassel‹. Sein Name tut nichts zur Sache, aber um das, was er vielleicht angestellt hat, besser verstehen zu können, war es wichtig, ein paar grundsätzliche Informationen über die Gruppe zu bekommen.«

»Ein Evangelikaler, der Ärger mit der Polizei hat? Das kommt nicht jeden Tag vor.«

»Mich«, überging Lenz seine Bemerkung, »würde noch brennend interessieren, warum Sie diesen Verein, die Sektenberatung Nordhessen, betreiben. Sie machen das doch nicht hauptberuflich, oder?«

»Nein, mein Geld verdiene ich mit Automaten. Kondomautomaten in der Hauptsache, die in Kneipen und Discos hängen.«

Der untersetzte Mann legte noch einmal die Stirn in Falten.

»Ich bin sozusagen ein gebranntes Kind, Herr Kommissar. Ich war einer der Zeugen Jehovas, bis ich anfing, darüber zu sprechen, dass ich mehr auf Männer als auf Frauen stehe. Und Schwulsein und Jehovas Zeuge, das geht nun mal so was von überhaupt nicht, das glauben Sie kaum. Also wurde ich, so heißt das bei denen, mit ›Gemeinschaftsentzug‹ bestraft, was nichts anderes hieß, als dass mir mein komplettes soziales Umfeld entzogen wurde. Hätte ich meine schwere Sünde bereut, mich geläutert gezeigt und eine nette, gute, gläubige Zeugin geheiratet, wäre mir das alles erspart geblieben, aber die Natur war glücklicherweise stärker, was ich bis heute nicht eine einzige Sekunden bereut habe.«

Wieder huschte ein Lächeln über sein Gesicht.

»Was ich allerdings sehr stark bereue, ist, dass ich so viel Zeit meines Lebens in der Unterjochung durch die Sekte und den Glauben an einen Götzen verschenkt habe. Aber, so ist das Leben nun einmal, und so wird es hoffentlich auch bleiben, man kann eben nicht alles und dann auch noch zur richtigen Zeit haben.«

»Beeindruckend«, meinte Lenz.

»Danke. Aber wenn der Leidensdruck groß genug ist, stimmt auch die Reaktion.«

Die beiden Polizisten tauschten einen weiteren kurzen Blick.

»Ja, dann danken wir Ihnen ganz herzlich für die Auskünfte, Herr Wiesinger«, erklärte Hain dem Mann hinter dem Schreibtisch und erhob sich langsam.

»Vergessen Sie bitte nicht, dass es jetzt nur um die elementarsten Dinge in Bezug auf die evangelikale Gruppe ging. Ich könnte Ihnen noch sehr viel tiefergreifende Informationen liefern, allerdings nicht zwischen Tür und Angel wie jetzt, dafür müssten wir einen weiteren, ausführlicheren Termin vereinbaren.«

»Wir kommen gern darauf zurück, wenn sich noch Fragen ergeben sollten«, ließ Lenz den Mann wissen, während er nach seinen Krücken griff und aufstand.

»Rufen Sie mich einfach an, die Telefonnummer haben Sie.«

»Das machen wir. Vielen Dank.«

*

»Was waren das für schöne Zeiten, als du dein Cabrio noch hattest«, sinnierte Lenz, während er auf dem Beifahrersitz des im Innenraum etwa 65 Grad heißen Kombis seines Kollegen darauf wartete, dass die Klimaanlage ihren Dienst aufnahm.

»Ja, das waren noch Zeiten, als wir im offenen Wagen

vorfahren konnten. Aber da hatte ich noch keine Familie zu transportieren, war frei und ungebunden.«

»Sollte das jetzt so klingen, als ob du unglücklich seist mit deiner Situation?«

»Pah«, winkte der Oberkommissar ab, »das kannst du vergessen. Ich war noch nie so glücklich und zufrieden mit meinem Leben wie jetzt.«

Er wischte sich den Schweiß von der Stirn.

»Obwohl ich ganz akut auch den Fahrtwind in den Haaren genießen könnte. Diese Hitze ist schon brutal.«

Er drehte die Lüftung eine Stufe höher und schaltete das Radio ein.

»Vielleicht kündigt der Wetterbericht uns ja Erleichterung an.«

»Das kannst du vergessen. Die nächsten Tage gibt es keine Veränderung. Drückende Hitze und tropische Nächte, sonst nichts.«

»Nun denn«, machte Hain auf Fatalismus, »ändern können wir es ohnehin nicht.«

»Wo wir gerade bei Familie und Kindern sind, Thilo«, wechselte Lenz abrupt das Thema, »bei diesen Evangelikalen hätten weder du noch ich jemals Chancen, auch nur in die Nähe des Himmels zu kommen.«

»Genau das habe ich auch gedacht, als Wiesinger von deren komischen Riten und Regeln erzählt hat. Einer wie du, der mehr als acht Jahre die Frau eines anderen begehrt und was weiß ich noch alles hat, und ein unehelicher Vater wie ich, wir würden bei denen vermutlich gleich an die Abteilung Höllenfeuer weitergereicht werden.«

Lenz lachte laut auf.

»Höllenfeuer klingt gut. In der Hölle kann es allerdings auch nicht heißer sein als in deiner verdammten Karre.«

Er griff an die Lüftungslamellen im Armaturenbrett.

»Wow, endlich wird die Luft etwas kühler.«

Hain bog an einer Ampel nach links ab, beschleunigte kurz und musste gleich darauf wieder stark in die Eisen gehen, weil er sonst einem Lieferwagen ins Heck gekracht wäre, der aus einer Einfahrt auf die Hauptstraße gefahren war, ohne auf den fließenden Verkehr zu achten.

»Idiot!«, murmelte Hain.

»Wie ist das eigentlich bei dir, Thilo«, wollte sein Boss wissen. »Glaubst du an irgendetwas oder bist du ein ganz und gar gottloser Typ? Ich meine, wir haben eigentlich noch nie ernsthaft über dieses Thema gesprochen.«

»Was damit zusammenhängen könnte, dass man meiner Meinung nach über das Thema Religion einfach nicht ernsthaft sprechen kann, wenn man bei der Mordkommission arbeitet. Oder kennst du einen Kollegen bei uns, der von irgendeiner religiösen Lehre überzeugt ist?«

Lenz dachte eine Weile nach.

»Gute Frage. Leider will mir keiner einfallen.«

»Was auch nicht verwunderlich ist, oder? Wir mühen uns mit den richtig bösen Buben ab, versuchen, die zur Strecke zu bringen, die wirklich und ernsthaft anderen was antun. Wie sollte ich an einen Gott glauben, wenn ich gerade von einem Tatort komme, an dem eine ganze Familie ausgelöscht wurde?«

»Das war dann das Werk des Teufels, würden vermutlich die Evangelikalen dazu sagen.«

»Aber wenn der Teufel so viel Macht hat, wozu braucht es dann einen Gott?«

»Wieder eine gute Frage, auf die ich keine Antwort habe.«

Hain ließ den japanischen Kombi vor einer Ampel ausrollen, drehte den Kopf nach rechts und sah seinen Kollegen an.

»Weißt du, was mir an allen Religionen am meisten auf den Sack geht?«

»Nein, aber du wirst es mir sicher gleich erzählen.«

»Am meisten geht mir auf den Sack, dass der Allmächtige immer für das Gute steht. Dass er für die guten Taten zuständig ist, und zwar ohne Ausnahme; und dass alles Schlechte von irgendeiner bösen, undefinierbaren Macht herrührt, vor der wir uns nur schützen können, wenn wir zu 100 Prozent an das Gute, also an Gott, glauben. Das ist mal richtig übel.«

»Wieso?«

Der Oberkommissar stöhnte laut auf.

»Mensch, Paul, so schwer kann das doch nicht zu verstehen sein. Mal angenommen, einer ist wirklich strenggläubig, so mit allem Drum und Dran. Trotzdem kann es passieren, dass ihm, wenn er nachts durch den Park geht, einer richtig und mit voller Wucht was auf die Mütze haut. Vielleicht überlebt er es, vielleicht stirbt er daran, aber geholfen hat es ihm rein gar nichts, dass er an einen Gott geglaubt hat. Es ist schlichtweg ein dummer Zufall, dass ausgerechnet er zu dieser falschen Zeit am absolut falschen Ort war.«

»Die Wege des Herrn sind unergründlich, vergiss das nicht.«

Nun stöhnte der junge Polizist noch um einiges lauter auf.

»Das hat der Pfaffe, der mich konfirmiert hat, auch immer gesagt, wenn ihm die Argumente ausgegangen sind. ›Die Wege des Herrn sind unergründlich.‹ Was definitiv nichts anderes ist als ein grottiges Totschlagargument. Mein Gegenargument: Warum und wie soll ich mich auf einen Gott verlassen, der irgendwie recht unzuverlässig und sprunghaft wirkt?«

»Die dritte gute Frage an diesem Nachmittag. Lass das nicht zur Gewohnheit werden.«

»Wie ist es eigentlich bei dir, Paul? Glaubst du an irgendetwas?«

Lenz hob den Kopf und sah aus dem Fenster, wo gerade zwei Autofahrer einen Hupwettstreit austrugen.

»Ich glaube, dass ich sterben muss, und bis dahin will ich gelebt haben. Was ich nicht glaube, ist, dass ich mir von irgendwem vorschreiben lassen will, wie ich das zu gestalten habe. Ich war immer der Meinung, dass Religion etwas Privates sein sollte, aber spätestens seit einer halben Stunde bin ich davon überzeugt, dass es ganz schön viele Menschen auf der Welt gibt, die das anders sehen. Die wollen, dass man ihre Gedanken und Ansichten teilt, und die sind bereit, für ihren Glauben ziemlich viel Unfug anzustellen. Und damit meine ich nicht nur die radikalen Islamisten, damit meine ich alle Fundamentalisten dieser Welt.«

Er atmete schwer aus.

»Von mir aus soll jeder nach seiner Fasson glücklich werden, mit seiner Religion, mit seiner politischen Überzeugung, mit was auch immer. Aber er sollte mich auch mit meinen Grundsätzen und Überzeugungen glücklich sein lassen, und da sehe ich zunehmend ein Ungleichgewicht.«

Hain nickte zustimmend, lenkte den Wagen von der Hauptstraße auf einen gigantisch großen, jedoch nahezu leeren Parkplatz, den er komplett kreuzte, und parkte direkt vor dem Eingang des Möbelhauses.

›Einrichtungsparadies Baumbach‹, prangte in großen Lettern über ihren Köpfen.

Gerade als der Oberkommissar den Schlüssel aus dem Schloss ziehen wollte, begannen die 17:00- Uhr-Nachrichten, und die erste Meldung ließ die Bewegung des Polizisten stocken.

›Kassel. Nach dem feigen Mordanschlag auf den Oberbürgermeister der Nordhessischen Stadt und dem gewaltsamen Tod seiner Lebensgefährtin tappen die ermittelnden Behörden weiterhin im Dunkeln. Wie aus Polizeikreisen jedoch zu erfahren war, steht nahezu zweifelsfrei fest, dass es sich bei der Tat um einen Anschlag aus dem rechtsextremen Umfeld handelt. Offenbar stand der Name des OB auf einer Liste möglicher Opfer, die bei der Zwickauer Terrorzelle gefunden wurde.

Aus Kassel unsere Reporterin Ingrid Bovensiepen.

Es dauerte einen Moment, weil offenbar zunächst der O-Ton der Kollegin nicht gestartet werden konnte. Dann erklang die aufgeregte Stimme einer jungen Frau.

Noch immer steht die gesamte Stadt an der Fulda wegen des überaus grausamen Mordversuchs an Erich Zeislinger und dem gewaltsamen Tod seiner Lebensgefährtin unter Schock. Wie uns ein Sprecher des Klinikums Kassel vor nicht einmal einer Stunde mitteilte, schwebt der OB noch immer in akuter Lebensgefahr, und die Einwohner Kassels bangen um das Leben ihres Stadtoberhaupts. Und nicht nur die Kasseler Bürger sind betroffen, halten sich doch wegen der Kunstmesse Documenta zurzeit viele Tausend Besucher aus dem In- und Ausland hier auf.

Mittlerweile wurden die ersten Stimmen laut, die offen über einen Abbruch oder zumindest eine zeitweilige Unterbrechung der Ausstellung nachdenken. So hat beispielsweise der Chef der Linken-Fraktion im Kasseler Stadtparlament, Piet Villiger, einen sofortigen Stopp gefordert. Es könne nicht sein, stellte er gegenüber unserem Sender fest, dass auf der einen Seite der OB der Stadt und Aufsichtsratsvorsitzende der Ausstellung mit dem Tod ringt, und auf der anderen Seite das Geschehen seinen ganz normalen Gang nehme. Das sei pietät- und würdelos.

Aber auch aus einem ganz anderen Grund sind Teile der Bevölkerung und der Besucher verunsichert. Wie aus dem Polizeipräsidium Nordhessen bekannt wurde, gab es im Verlauf der Nacht, noch während die Beamten mit der Spurensicherung im Mordfall des Strichers und seines Freiers beschäftigt waren, einen Überfall auf eine Prostituierte, bei der die Frau körperlich schwer misshandelt und anschließend ausgeraubt wurde. Und obwohl diese beiden Taten nach Überzeugung der Behörde in keinerlei direktem Zusammenhang stehen, ist die Szene überaus aufgeschreckt. Mehrere Prostituierte, die mit großen Erwartungen wegen des Documenta-Geschäfts den Sommer in der Stadt verbringen wollten, sind angeblich aus Angst schon wieder abgereist.

Aus Kassel Ingrid Bovensiepen.

26

»Ich geh da nicht raus«, erklärte Simone, die schlanke, ebenholzfarbene Schönheit aus dem Niger, »und ich lasse auch niemanden auf mein Zimmer. Bis diese Sachen nicht wirklich alle aufgeklärt sind, arbeite ich nicht mehr. Olli und Steffi sind tot, Maik ist verschwunden, und außerdem höre ich überall nur, dass Steffi und dieser komische Zeislinger ein Paar gewesen sein sollen. Mon Dieu, das ist doch alles grande Merde.«

Drei der vier Frauen, die für Maik Wesseling gearbeitet hatten, als sein Leben noch nicht in Trümmern lag, saßen in der Küche der Wohnung, in der sie normalerweise ihr Geld verdienten. Mona, die Österreicherin, konnte Simone nur zustimmen.

»Ich mach es genauso«, erklärte sie in breitestem Wienerisch. »Was nützt denn das beste Geschäft, wenn du am Morgen tot auf der Matratze liegst? Ich mochte die Steffi nie recht leiden, aber dass ihr einer so etwas antut, das hatte sie wirklich nicht verdient.«

»Es ist doch ganz egal, ob du sie leiden konntest oder nicht«, fauchte Simone. »Sie war nicht die Freundin des Bürgermeisters, und basta. Am liebsten würde ich zur Zeitung gehen und dort erzählen, was sie wirklich mit dem feinen Herrn gemacht hat.«

»Das lässt du schön bleiben, du eifersüchtige Kuh!«, befahl Jacky, die stämmige Brünette, herrisch. »Jede von uns weiß, dass du den Maik gern für dich gehabt hättest und deshalb die Steffi gehasst hast.«

»Was für einen Blödsinn du immer redest. Ich wollte nie etwas von Maik. Nie!«

»Lassen wir das besser«, winkte Jacky ab. »Da konnte man mit dir noch nie drüber reden. Aber recht hast du schon damit, dass man im Augenblick besser nichts mit den Freiern zu tun hat, weil es dein Letzter sein könnte, wenn du den Falschen erwischst.«

»Was hindert uns also daran«, fragte Simone in die Runde, »für ein paar Tage in Urlaub zu fahren? Mir würde der Gardasee schon reichen, um mich zu erholen. Wenn Maik sich nicht bei uns meldet, kann er auch nicht erwarten, dass wir für ihn die Rübe hinhalten und die Muschi kreisen lassen.«

Mona rutschte unsicher auf ihrem Stuhl nach vorn und sah abwechselnd von einer Kollegin zur anderen.

»Meint ihr, dass er im Knast gelandet ist?«

»Das kann ich mir nicht vorstellen«, erklärte Simone im Brustton der Überzeugung. »Ich denke eher, dass er abgehauen ist. Oder er ist schon ganz, ganz nah bei Olli.«

»Du meinst, er könnte auch tot sein?«

»Könnte doch im Bereich des Möglichen liegen, was weiß ich denn.«

»Hat eine von euch was davon gewusst«, wollte Mona nun mit gesenkter Stimme wissen, »dass Olli auf Kerle stand?«

Die beiden anderen Frauen schüttelten betreten den Kopf.

»Ich hab mich schon öfter darüber gewundert, dass er nicht mal über eine von uns drüber wollte oder wenigstens mal einen schnellen Blowjob oder so was. Aber dass er schwul ist, wäre mir nie in den Sinn gekommen.«

Die Frau aus dem Wiener Umland machte eine kurze Pause, bevor sie weitersprach.

»Obwohl, ein bisschen tuntig war er schon, oder?«

»Nein, das finde ich gar nicht«, widersprach Jacky. »Tuntig war er für mich nicht. Eher kameradschaftlich.«

»Dafür konnte er aber ganz gut hinlangen, wenn du mich fragst. Hast du schon vergessen, wie er mir vorletztes Jahr das Nasenbein gebrochen hat? Das fand ich ganz und gar nicht kameradschaftlich.«

»Ach komm, du hast ihn bescheißen wollen. Sollte er dich dafür auch noch loben?«

»Das sicher nicht. Aber zwischen loben und Nasenbein brechen liegen schon noch ein paar Nuancen.«

»Wie auch immer«, fuhr Simone dazwischen. »Was haltet ihr von Urlaub?«

»Ich will nicht in Urlaub gehen«, nölte Mona. »Wenn ich ein paar Tage frei machen könnte, würde ich meine Eltern besuchen. Die habe ich schon seit drei Jahren nicht mehr gesehen.«

»Dann mach das doch. Und was ist mir dir, Jacky?«

»Ich weiß nicht. Wenn Maik wieder auftauchen sollte und wir einfach abgehauen sind? Das gibt doch nur Theater.«

»Du immer mit deiner Muffe«, verdrehte Simone genervt die Augen. »Er ist nun mal nicht hier. Und selbst wenn er jetzt käme, würde keine von uns mit einem Freier aufs Zimmer gehen. Es ist uns einfach zu gefährlich.«

»Das stimmt schon. Aber …«

Wie auf Bestellung ertönte die Klingel. Kurz, kurz, dann drei Mal lang.

»Das ist Viola«, atmete Mona erleichtert durch. »Ich gehe und mache ihr auf.«

Die vierte Kollegin, Viola, die neben ihrem Job als Prostituierte noch ein Fernstudium in BWL absolvierte, betrat ein paar Augenblicke später gut gelaunt die Küche.

»Was ist denn hier los? Krisensitzung?«

»Wir haben uns gerade darüber unterhalten, ob wir vielleicht ein paar Tage in Urlaub gehen sollten«, erklärte Mona ihr. »Arbeiten will, so lang das mit den Morden nicht aufgeklärt ist, von uns keine.«

»Klasse Idee, aber leider ohne mich. Ich habe in drei Tagen Zwischenprüfung und muss noch einen Haufen lernen.«

»Da waren es noch zwei, die an den Gardasee wollten«, resümierte Simone enttäuscht.

»Was hast du nur mit deinem Gardasee?«, blaffte Jacky. »Ich will nicht an den Gardasee. Wenn ich schon mal in Urlaub fahren kann, dann will ich in ein Flugzeug steigen und richtig weit weg. Mindestens Mallorca, oder noch besser Ibiza.«

»Von mir aus, dann eben Mallorca.«

»Das macht mal, Mädels«, unterstützte Viola die beiden. »Ich bin nur hier, weil ich mein Telefon vergessen habe. Das hole ich jetzt und dann bin ich auch schon wieder weg. Viel Spaß, ihr zwei, und schreibt mal 'ne Ansichtskarte.«

Damit drehte die schlanke Frau in den verwaschenen Jeans sich um, verschwand in ihrem Zimmer, steckte das Telefon in die Hosentasche, war keine halbe Minute später schon wieder durch die Tür und sprang die Treppen hinunter. Vor dem Haus angekommen, bog sie nach links, zündete sich eine Zigarette an und marschierte mit raumgreifenden Schritten Richtung Stadtmitte.

Niemand, der ihr zufällig über den Weg gelaufen wäre, hätte Viola Bremer für eine Prostituierte gehalten. Die sportliche, knapp 30-jährige Frau konnte ebenso über Musik wie über Kunst referieren, war an Philosophie genauso interessiert wie an Politik oder Sport. Ende 2013 würde sie, wenn alles normal lief, ihren Master in BWL in der Tasche haben und dann nach Freiburg ziehen. Freiburg, die Stadt, die sie schon als Kind lieben gelernt hatte, nachdem ihr Vater samt seiner Sekretärin, gegen die er ihre Mutter ausgetauscht hatte, dorthin gezogen war. Zweimal im Jahr hatte Viola ihn dort immer besuchen dürfen, wenn sie Ferien hatte, und immer war es für sie wie das Eintauchen in eine neue, aufregende Welt gewesen. Die Studenten, das Klima, das herrliche Umland mit der Nähe zu Frankreich, all das begeisterte die Heranwachsende. Sie hatte ihren ersten Kuss in Freiburg bekommen, das erste Mal dort, völlig aufgeregt, Petting erlebt und natürlich auch den ersten richtigen Sex. Da war sie 14 gewesen, neugierig und gierig auf das Leben. Drei Jahre später waren im gleichen Jahr beide Elternteile gestorben. Die Mutter hatte ein Gehirntumor dahingerafft, den Vater seine Gier, wegen der er das Spekulieren an der Börse angefangen hatte. Nach dem Zusammenbruch des Neuen Marktes im Jahr 2000, auf den er voll gesetzt hatte, stand er plötzlich mit zwei Millionen Mark Schulden da. Hätte er nur mit seinem eigenen Geld spekuliert, so stand es in seinem Abschiedsbrief, wäre der Verlust zu verkraften gewesen, aber weil er mit Krediten auf Aktienbasis gearbeitet hatte, waren alle Dämme gebrochen und er mit einem Seil um den Hals aufgefunden worden. Bis zu diesem Zeitpunkt hatte die junge Viola immer geglaubt, nach dem Tod der Eltern über ein erkleckliches Erbe verfügen zu können, doch plötzlich stand sie völlig mittellos da. Mit Jobs in Kneipen und Boutiquen hatte sie sich die ersten Jahre über Wasser gehalten, aber das hatte sich als hartes Brot erwiesen. Und irgendwann, nachdem sie sich wieder einmal von einem Mann getrennt hatte, der sich nicht die Bohne für ihre sexuellen Bedürfnisse interessieren wollte, war sie aus ganz freien Stücken und eigenem Antrieb zur Hure geworden. Hure, das war der Begriff, den sie am liebsten für Frauen wie sie verwendete, weil er den Job am ehrlichsten beschrieb.

In der Anfangszeit arbeitete sie von ihrer kleinen Wohnung aus, was allerdings nicht lang gut ging, weil den Nachbarn ihre neue Profession ganz und gar nicht gefiel und ihr demzufolge relativ schnell gekündigt wurde. Danach hatte sie es auf der Straße probiert, was ihr aber auf Dauer zu gefährlich war. Und irgendwann in diesen Tagen war ihr Maik Wesseling über den Weg gelaufen. Obwohl die beiden nie etwas miteinander angefangen hatten, war immer so etwas wie gegenseitiger Respekt im Umgang zu spüren gewesen. Nach den Regeln guter Geschäftsleute hatten sie eine Vereinbarung getroffen, wobei Viola sich mit ihren Forderungen weitgehend durchgesetzt hatte. Wesseling duldete es, wofür sie sich dadurch revanchierte, dass sie nie die wahren Hintergründe ihres Deals mit den anderen Mädchen besprach. Jedenfalls nicht ehrlich. Und so war es gekommen, dass Viola Bremer den größten Teil ihrer Einnahmen behalten durfte, aber unter dem Schutz von Wesseling und dessen Adlatus Olli Heppner anschaffen gehen konnte. Mit den Monaten und Jahren hatte sie sich einen sechsstelligen Betrag erarbeitet, für den sie sich im Jahr zuvor eine kleine Wohnung in Freiburg kaufen konnte.

Im gleichen Augenblick, in dem sie in die Untere Königsstraße, also die Fußgängerzone, trat, meldete sich ihr auf Vibrationsalarm eingestelltes Telefon. Sie zog das moderne Gerät aus der Hosentasche und sah auf das Display. ›Anonymer Anrufer‹, las sie.

Leck mich, dachte sie und hatte das Telefon schon fast

wieder in die Tasche zurückgeschoben. Dann jedoch überlegte sie es sich anders und nahm den Anruf entgegen.

»Hallo.«

Bis auf die Stille an ihrem rechten Ohr hörte sie nichts.

»Niemand dran?«

»Spreche ich mit Viola Bremer?«

Nun war die junge Frau für einen kurzen Moment sprachlos.

»Wer will das wissen?«

»Jemand, der Ihnen eine Nachricht von Maik Wesseling übermitteln soll.«

Ihre Überraschung hätte nicht größer sein können, denn bis auf vielleicht zehn oder zwölf Menschen kannte niemand diese Telefonnummer. Und Maik Wesseling gehörte natürlich dazu.

»Hat er Sie damit beauftragt?«

»Würde ich Sie sonst anrufen?«

»Nein.«

»Wir müssen uns treffen.«

»Müssen müssen wir gar nichts, damit das gleich klar ist. Wo ist Maik?«

»Das darf ich Ihnen erst sagen, wenn wir auf dem Weg zu ihm sind.«

»Und mit wem genau habe ich das Vergnügen?«

»Mein Name tut nichts zur Sache.«

»Und wenn ich Nein sage?«

»Dann werde ich das so weiterleiten. Ich kann mir aber nicht vorstellen, dass Maik das in seiner Situation gut finden würde.«

»Was ist mit ihm?«

»Es geht ihm nicht gut, aber sein Leben ist nicht in Gefahr.«

»Und woher weiß ich, dass ich Ihnen trauen kann?«
»Ich habe Ihre Telefonnummer. Reicht das nicht?«
Sie überlegte ein paar Sekunden.
»Warum ruft er mich nicht selbst an?«
»Das sollten Sie ihn fragen. Ich könnte es Ihnen sagen, aber ich weiß nicht, ob ihm das recht wäre.«
Wieder brauchte sie eine Weile.
»Wo treffen wir uns?«
»Ich hole Sie ab.«
»Wo?«
»Dort, wo Sie arbeiten.«
»Sie wissen, wo wir, ich meine, ich …?«
»Ja, das weiß ich.«
Pause.
Viola suchte fieberhaft nach einem belebten Ort, an dem sie sich mit dem Anrufer treffen konnte.
»Nein, ich will nicht, dass Sie dort hinkommen. Wir treffen uns in der Friedrich-Ebert-Straße. Kennen Sie das Eiscafé ›Il Gelato‹?«
»Das ist gegenüber der Haltestelle Annastraße.«
»Ja, genau. Dort treffen wir uns.«
»In einer Stunde?«
Sie sah auf ihre Armbanduhr.
»Nein, das wird zu knapp. Sagen wir lieber, in zwei Stunden.«
»Ich bin da.«
»Wie erkenne ich Sie?«
»Das brauchen Sie nicht, Viola. Ich erkenne Sie.«
Ihr Herz setzte für einen Schlag aus.
»Gut«, erwiderte sie trotz ihrer zugeschnürten Kehle. »Bis später dann.«
»Ja, bis dahin.«

Die Frau steckte das Telefon zurück, atmete tief durch und versuchte, ihre zitternden Hände unter Kontrolle zu bringen.

Verdammt, was mache ich nur für einen Scheiß? Ich hätte diesem Typen einfach sagen sollen, dass er sich sein Treffen in den Hintern schieben soll.

Mit schnellen Schritten ging sie über den Königsplatz, sah sich kurz um und ließ sich auf eine freie Bank fallen.

Verdammt, verdammt!

Während sie dasaß, rasten die wirrsten Gedanken durch ihren Kopf, und nur sehr langsam gelang es ihr, sich zu beruhigen und die Gedanken zu strukturieren.

›Okay, gehen wir mal davon aus, dass der Typ die Wahrheit gesagt hat.

Maik hat ihm meine Telefonnummer gegeben, sonst hätte er mich nicht anrufen können; das muss ich als gegeben ansehen. Was könnte passieren, wenn die Sache wirklich ein Fake ist und er mir ans Leder will?

Im Eiscafé nichts, dort kenne ich die Leute.

Was mache ich, wenn ich zu ihm in ein Auto steigen soll?

Dann muss ich in der Lage sein, mich zu verteidigen.

Wie kann ich mich am besten verteidigen?

Ich brauche eine Pulle Reizgas.

Vielleicht wäre es besser, einfach nicht ins Eiscafé zu gehen? Wenn es Maik wirklich scheiße geht und er Hilfe braucht und ich ihn hängen lasse, wäre das echt nicht in Ordnung.‹

Sie kramte nach einer Zigarette, zündete sie, noch immer zitternd, an, stand auf und schlenderte betont langsam Richtung Rathaus. Auf Höhe der Treppenstraße bog sie nach rechts ab und setzte ihren Weg fort, der sie an einem amerikanischen Spezialitätenrestaurant und mehreren Kneipen vorbeiführte, während ihr der Schweiß über den Rücken lief. Nachdem sie den Ständeplatz überquert hatte, betrat sie das dort ansässige große Waffengeschäft und kaufte eine kleine Dose mit Reizgasspray.

»Ich hoffe, Sie werden es nie brauchen«, gab ihr die Verkäuferin nach dem Bezahlen mit auf den Weg.

»Ja, das hoffe ich auch.«

Mit der Spraydose in der Hosentasche verließ sie das Geschäft, ging langsam am Bahnhof vorbei und hatte knapp 20 Minuten später das Eiscafé erreicht.

»Buon giorno, Viola«, wurde sie von Marco, dem Sohn des Besitzers, begrüßt.

»Ciao, Marco.«

»Du siehst ganz schön fertig aus«, stellte der junge Italiener ein wenig besorgt fest. »Geht's dir nicht gut?«

»Doch, doch, passt schon alles.«

»Wie du meinst.«

Sie setzte sich an den letzten freien Tisch im Außenbereich und legte ihre Zigarettenschachtel neben den Aschenbecher.

»Bringst du mir einen Espresso?«

»Si, subito.«

Damit verschwand er aus ihrem Blickfeld. Viola sah sich vorsichtig um, konnte jedoch kein Gesicht erkennen, das optisch in irgendeiner Form zu der Stimme des Mannes, der sie angerufen hatte, gepasst hätte. Die meisten der Besucher waren Stammgäste, so wie sie auch, weshalb ihr die Gesichter irgendwie vertraut vorkamen. Während sie nach den Zigaretten griff und sich eine anzündete, bemerkte sie zufrieden, dass sie ihre Hände und den Rest ihres Körpers wieder unter Kontrolle hatte. Ruhig und völlig ohne Zittern gehorchten ihr die Finger.

»Ciao, Signora Viola«, hörte sie neben sich, hob den Kopf und sah in das freundliche Gesicht von Salvatore Caccuri, dem Besitzer der Eisdiele.

»Hallo, Salvatore.«

»Un Espresso per lei.«

»Grazie«, erwiderte sie leise.

Damit machte sich der Gelataio auf den Weg zu einem anderen Tisch, wo die Besucher darauf warteten, bezahlen zu können. Viola Bremer lehnte sich zurück, schloss die Augen und überlegte erneut, einfach aufzustehen und wegzugehen.

Das kannst du nicht machen, Baby! Maik war immer fair zu dir. Denk nur dran, wie lieb er sich um dich gekümmert hat, als es dir nach der Fehlgeburt im letzten Jahr wirklich dreckig gegangen ist. Du kannst ihn jetzt nicht einfach hängen lassen.

Sie kippte den Kaffee hinunter, nahm einen letzten Zug an der Kippe und drückte sie aus. Im gleichen Moment, in dem sie sich einen weiteren Espresso bestellen wollte, meldete sich ihr Telefon.

»Ja.«

»Schön, dass Sie es geschafft haben. Das wird Maik sehr freuen.«

Viola sah auf die Uhr.

»Wir sind erst in einer dreiviertel Stunde verabredet.«

»Das macht nichts«, erwiderte der Fremde freundlich. »Sie sind da, ich bin da, und Maik wartet ohnehin auf uns.«

»Und wenn ich es mir anders überlegt habe?«

»Dann würde ich es zwar bedauern, könnte es aber nicht ändern. Und unser gemeinsamer Freund ebenfalls nicht.«

»Maik ist Ihr Freund?«

»Seit ganz langer Zeit, ja. Wir kennen uns aus Leipzig.«

»Sie klingen, offen gestanden, nicht gerade wie jemand aus Leipzig.«

»Das trifft auch auf Maik zu. Wir haben uns den Akzent zur gleichen Zeit abtrainiert.«

Nun war Viola wirklich baff. Aufgefallen war es ihr zwar nie so richtig, vermutlich auch deshalb, weil sie nicht darüber nachgedacht hatte, aber der Mann am Telefon hatte recht. Sowohl er als auch Maik sprachen reines Hochdeutsch.

»Wo sind Sie?«, wollte sie schließlich wissen.

»Ich parke in einer Seitenstraße. Wenn Sie möchten, hole ich Sie sofort ab.«

Ein letztes Überlegen.

»Gut. Ich bezahle meinen Kaffee, dann stehe ich an der Straße und warte auf Sie.«

»Ich werde da sein.«

Sie beendete das Gespräch, stand auf, steckte das Telefon und die Zigaretten weg und ging ins Innere des Eiscafés, wo sich fast ein Dutzend Menschen an der Theke drängelten, die darauf warteten, bedient zu werden. Trotzdem kam Marco sofort auf sie zu.

»Schon wieder los?«

»Ja, ich muss. Kann ich zahlen?«

»Klar.«

Er nahm ihren Geldschein entgegen, gab passendes Kleingeld zurück und verabschiedete sich von ihr.

»Mach's gut, Viola, bis zum nächsten Mal. Und schlaf dich vielleicht mal richtig aus.«

»Ja, Marco, das werde ich machen.«

Sie bedachte ihn mit einem freundlichen Blick, drehte sich um und stand einen Augenblick später an der Straße. Genau in diesem Moment hielt direkt vor ihr ein dunkelblauer BMW-Kombi mit auf der Beifahrerseite geöffnetem Fenster.

»Darf ich bitten?«, fragte der etwa 50-jährige Fahrer, nachdem Viola sich nach vorn gebeugt und einen Blick in den Wagen geworfen hatte.

Sie öffnete langsam die Tür, sah noch einmal über das Dach des Wagens hinweg auf die andere Straßenseite und ließ ihren schlanken Körper auf den Sitz fallen.

»Hallo, Viola.«

»Hallo, wer auch immer Sie sind.«

»Mein Name ist Franz. Franz Höflehner.«

Sie zog die Tür ins Schloss und blickte dem Mann ins Gesicht.

»Klingt nicht so richtig nach ehemaliger DDR, oder?«

»Mein Großvater stammte aus Österreich.«

Er legte den ersten Gang ein, gab langsam Gas und fädelte sich in den Verkehr ein.

»Wo fahren wir hin?«, wollte die Frau wissen.

»Raus aus der Stadt.«

»Das hilft mir nicht unbedingt weiter. Ich muss alle zehn Minuten eine Freundin anrufen, damit sie weiß, dass es mir gut geht. Wenn ich mich länger als elf Minuten nicht bei ihr gemeldet habe, ruft sie sofort die Polizei an. Sie hat im Eiscafé gesessen und sich die Nummer deines Wagens notiert.«

»Das klingt ja wie eine Szene aus einem Agentenfilm. Aber ich kann verstehen, dass du vorsichtig bist. Maik hat mich darauf vorbereitet.«

»Er hat gesagt, ich bin vorsichtig?«

»Das hat er gesagt, ja. Und er hat gesagt, dass du ziemlich clever bist.«

»Hoffentlich denke ich daran, mich bei ihm zu bedanken, wenn ich ihn sehe.«

»Ich werde dich daran erinnern.«

Während der Mann am Steuer den Kombi langsam und besonnen in Richtung Westen aus der Stadt rollen ließ, warf Viola ihm ein paar verstohlene Blicke zu. Falls die ganze Sache sich als Verarsche herausstellen sollte, wollte sie sich so viele Details wie möglich über ihn gemerkt haben.

Etwa 50 Jahre, vielleicht ein wenig jünger. Schwarze, glatte Haare mit ein bisschen Gel drin. Könnte allerdings auch Wachs oder Pomade sein, so wie es in der Karre riecht. Hakennase. Deutliche Hakennase. Glatt rasiert. Weißes Hemd, dunkle Hose. Schade, dass ich seine Schuhe nicht sehen kann. Schuhe verraten immer viel über die Männer.

Als sie angefangen hatte, als Hure zu arbeiten, waren ihr die Schuhe ihrer Freier ziemlich egal gewesen. Erst mit den Jahren war ihr bewusst geworden, dass Schuhe etwas über die Männer, die sie trugen, aussagten.

Da war einer ihrer Stammfreier, der immer das gleiche Paar billiger Kunstlederschuhe trug, dessen eine Plastiksohle auch noch in der Mitte durchgebrochen war. Irgendwie war auch er billig und vielleicht war er auch irgendwo zerbrochen. Ein anderer trug immer Sportschuhe, obwohl sein dicker Bauch und seine dürren Beine ein Lied davon sangen, dass er völlig unsportlich war. So benahm er sich übrigens auch im Bett. Statt schnell und dynamisch, musste sie sich jedes Mal mächtig abplagen mit ihm.

Am liebsten waren ihr die Kerle mit rahmengenähten Lederschuhen. Da musste sie nur einmal hinschauen und wusste, dass dieser Mann Stil hatte. Oder zumindest Geld. Meistens jedoch eine Kombination daraus. Was nicht hieß, dass diese Männer sie immer gut behandelten, das weiß Gott nicht. Manchmal waren es sogar richtige Arschlöcher, aber immerhin Arschlöcher mit Stil und Kohle.

Der Mann, der sich Franz Höflehner nannte, lenkte den BMW auf die Druseltalstraße stadtauswärts.

Harte Hände. Ich kann deutlich seine harten Hände sehen.

Damit kannte Viola sich bestens aus. Natürlich wollte jeder ihrer Freier sie berühren; bei den meisten wäre sie sogar so weit gegangen, es als betatschen zu bezeichnen.

»Ich will deine Titten in die Hand nehmen«, war noch eine der netteren Ansagen.

Die mit den guten Lederschuhen hatten in der Regel weiche, manchmal sogar manikürte Hände. Das machte die Sache zwar nicht besser, aber immerhin weniger schmerzhaft. Ganz schlimm waren die Handwerker. Schwielige, raue, rissige Hände, im schlechtesten Fall noch gesteuert von einem grobschlächtigen, gefühllosen, roboterähnlichen Rammler.

Neben seinen Schuhen hätte sie gern auch Höflehners Augen gesehen, doch seit sie eingestiegen war, hatte er stur geradeaus geschaut, immer auf den Verkehr konzentriert.

Ich würde mich deutlich besser fühlen, wenn er gütige Augen hätte. Aber vielleicht sind gütige Augen bei dem Freund eines Zuhälters zu viel verlangt.

Er setzte den Blinker und bog nach links auf die Konrad-Adenauer-Straße ein. In einer langgezogenen Rechtskurve, die sie ein paar Sekunden später durchfuhren, bewegte sich sein linker Arm langsam zur Seite. Viola dachte zunächst, er wolle das Fenster auf der Fahrerseite herunterlassen, doch sein Zeigefinger näherte sich einem anderen der vielen Knöpfe. Als er ihn gedrückt hatte, ertönte ein leises, beunruhigendes Klacken. Beunruhigend war es deshalb, weil im gleichen Augenblick das kleine Lämpchen in der Mittelkonsole anging, das darauf hinwies, dass die Türverriegelung aktiviert worden war.

»Was soll der Scheiß?«, fauchte Viola ihn an. »Mach sofort die Türen wieder auf!«

Während sie den linken Arm nach oben hob, gerade so, als ob sie einen Schlag erwarten würde, fuhr ihre rechte Hand nach unten und versuchte, in die Hosentasche zu gelangen. Der Mann am Steuer drehte seinen Kopf nach rechts, erkannte, was sie vorhatte, und trat kurz auf die Bremse, wobei Violas gesamter Körper kurz nach vorn und wieder zurückkatapultiert wurde. Und noch während sie sich dafür verfluchte, in sein Auto gestiegen zu sein, und gleichzeitig die Bemühungen wieder aufnahm, an das Gasspray in der Hosentasche zu kommen, sah er sie kurz an. Er sah ihr ins Gesicht, wobei er offenbar die exakte Entfernung zu ihrem Kopf taxierte. Der brutale Schlag, der sie ein paar Millisekunden später direkt an der Schläfe traf, ließ sie nicht einmal mehr aufschreien. Viola Bremers Oberkörper flog nach rechts, wobei ihr Kopf gegen die Seitenscheibe knallte. Als sie, vom Sicherheitsgurt unsanft gebremst, nach vorn kippte, war sie längst bewusstlos.

27

»Wir sind von der Kriminalpolizei und würden gern den Filialleiter oder den Inhaber sprechen«, erklärte Hain der jungen, stark geschminkten Frau hinter dem breiten Tresen im Eingangsbereich des Möbelhauses.

»Oh!«, zeigte sie sich erschreckt. »Ist etwas passiert?«

Der junge Polizist setzte sein gewinnendstes Lächeln auf, bevor er zu einer Antwort ansetzte.

»Das würden wir, wie gesagt, lieber mit dem Leiter des Marktes besprechen.«

»Ja, natürlich. Ich rufe Ihnen Frau Schotzki. Sie ist die Marktleiterin.«

Die Frau griff zum Telefonhörer, drehte sich dann aber zur Seite, sodass Hain nicht verstehen konnte, was sie sagte. Keine 15 Sekunden später jedoch öffnete sich eine Tür in der Nähe und eine etwa 40-jährige Frau näherte sich mit schnellen Schritten.

»Maren Schotzki, guten Tag. Was kann ich für Sie tun, meine Herren?«

Lenz, der sich bis zu diesem Moment, mit dem Rücken an der Theke lehnend, im Hintergrund gehalten hatte, schüttelte ihr die Hand, stellte sich kurz vor und zeigte ihr seinen Dienstausweis.

»Das ist mein Kollege Thilo Hain. Wir hätten ein paar Fragen zu einem Ihrer Mitarbeiter, Herrn Ahrens. Bernd Ahrens.«

Die in einem dunkelblauen, billig wirkenden Kostüm steckende Frau sah sich kurz um, als wolle sie prüfen, ob auch niemand ihre Unterhaltung belauschen konnte.

»Hat er etwas angestellt?«

»Wie kommen Sie darauf?«

»Ich … meine nur«, erwiderte sie schnell. »Weil Sie doch von der Kriminalpolizei sind.«

»Das muss nicht zwangsläufig heißen, dass wir uns nur nach Menschen erkundigen, die etwas angestellt haben.«

»Ja, da muss ich Ihnen recht geben.«

Nun sah Lenz an der Frau vorbei und blickte sich in der riesigen Halle um.

»Können wir vielleicht in Ihr Büro gehen, Frau Schotzki? Ich meine, hier in der Halle …«

»Nein, das geht leider nicht. Ich habe einen wichtigen Vertreter zu Besuch und deshalb eigentlich auch sehr wenig Zeit für Sie.«

»Na gut, dann eben hier. Was können Sie uns zu Herrn Ahrens sagen? Wie ist er als Mensch, wie ist er als Mitarbeiter?«

Maren Schotzki verzog nahezu unmerklich den Mund. Es war tatsächlich nur eine Nuance, doch Lenz hatte den Eindruck, aus ihrer Mimik so etwas wie Verachtung lesen zu können.

»Ich will Ihnen nichts vormachen, meine Herren. Wir hatten und haben selbstverständlich vollstes Mitgefühl mit Herrn Ahrens wegen des schweren Schicksalsschlags, den er erlitten hat. Sie wissen sicher darüber Bescheid?«

Lenz nickte.

»Auf der anderen Seite sind wir Teil eines profitorientierten Unternehmens, das unter anderem dafür Sorge tragen muss, dass am Ende des Monats genügend Rendite erwirtschaftet wird. Und Herr Ahrens hat, und das nicht erst seit dem tragischen Tod seiner Familie, sich dieser Maxime nicht immer in ausreichendem Maß verpflichtet gefühlt.«

»Wie meinen Sie das?«

Sie trippelte von einem Fuß auf den anderen und sah dabei auf den Boden.

»Herr Ahrens ist ein schwieriger Charakter, um es mal sehr vorsichtig auszudrücken. Er wurde vor knapp drei Jahren in den Betriebsrat gewählt, was sich nach meinen Erfahrungen mit ihm nicht gerade positiv auf seine Persönlichkeit ausgewirkt hat. Er sieht sich als so etwas wie den Rächer der Enterbten, einen Robin Hood der Unterdrückten, wobei es die in unserem Unternehmen überhaupt nicht gibt.«

»Das klingt in meinen Ohren«, fasste Hain von der Seite zusammen, »als würden Sie einen Querulanten beschreiben.«

»Querulant haben Sie gesagt, aber einen Widerspruch werden Sie von mir nicht zu hören bekommen. Reicht das als Antwort?«

Der Oberkommissar nickte.

»Das alles für sich genommen, wäre schon unerfreulich genug, aber leider gibt es eine weitere Komponente, die für die tägliche Zusammenarbeit mit Herrn Ahrens überaus negativ ist.«

»Ja?«, fragte Lenz nach, weil Frau Schotzki keine Anstalten machte, eine Erklärung folgen zu lassen.

»Bitte, verstehen Sie mich nicht falsch, meine Herren«, schickte sie voran, »und ich will auch sehr vorsichtig sein mit meiner Bewertung seines Handelns, sonst habe ich am Ende gleich morgen früh wieder eine Diskriminierungsklage auf dem Schreibtisch liegen.«

Sie sah zu ihrer Mitarbeiterin an der Theke, wo sich gerade ein Kunde laut über die nach seiner Meinung schlechte Qualität eines Regals beschwerte.

»Sie können sicher sein, dass alles, was wir hier besprechen, unter uns bleibt. Wir werden Ihre Worte nicht nach irgendwelchen Gleichstellungskriterien oder Antidiskriminierungsgesetzen beurteilen.«

»Gut, dann vertraue ich Ihnen mal. Herr Ahrens ist Mitglied einer Sekte. Ich drücke es einfach so aus, weil ich es nicht besser kann. Er ist ein sehr gläubiger Mensch, was mir vermutlich völlig egal wäre, wenn er es als Privatsache betreiben würde, was er aber nicht tut. An jedem Tag, an dem er dieses Haus betreten hat, hat er versucht, unsere Mitarbeiter, also seine Kollegen, zu missionieren. Und das darf einfach nicht sein.«

»Wie sind Sie damit umgegangen?«

»Zuerst mit Gesprächen. Gutem Zureden, dass so etwas am Arbeitsplatz nichts zu suchen hat. Das war noch mein Vorgänger, aber auch den hat das schon sehr genervt. Dann mussten wir die erste Abmahnung aussprechen, mit dem Ergebnis, dass er sich in den Betriebsrat hat wählen lassen, was ihn unter besonderen Kündigungsschutz stellt.«

Sie sah von einem zum anderen Polizisten.

»Glauben Sie mir, seit dem Unfall, also seit dem Tag, an dem er nicht mehr zur Arbeit erschienen ist, hat sich das Betriebsklima im Haus deutlich verbessert. Und das sage ich jetzt nicht nur so, das bestätigen mir die Kollegen ganz offen. Sogar die anderen Betriebsräte sind völlig genervt von ihm.«

»Aber warum haben die Mitarbeiter ihn dann zum Betriebsrat gewählt?«

»Und sogar wiedergewählt«, fügte sie kopfschüttelnd hinzu. »Er wurde sogar für eine weitere Periode zum Betriebsrat bestimmt. Ich kann mir das nur mit Mitleid erklären.«

»Sie sagen«, wollte Hain wissen, »dass er seit dem Unfall

nicht mehr zur Arbeit gekommen ist? Also ist er dauerhaft krankgeschrieben?«

»Das ist richtig, ja.«

»Wissen Sie, warum?«

»Nein, wir bekommen keine Informationen über die Diagnose. Vermutlich war er am Anfang wegen der direkten Auswirkungen des Unfalls, der ja sehr schwer gewesen ist, arbeitsunfähig, jedoch später dann …? Aber lassen wir das, ich will nicht spekulieren.«

»Wann haben Sie Herrn Ahrens zum letzten Mal gesehen?«

»Vor einer Woche. Er war hier, weil er eine Bescheinigung brauchte.«

»Wofür?«

»Das weiß ich nicht mehr. Wenn es für Sie von großer Bedeutung ist, kann ich im Personalbüro nachfragen.«

»Nein, so wichtig ist es nicht«, antwortete Lenz.

Maren Schotzki trat erneut nervös von einem Fuß auf den anderen.

»Es gibt sicher gute Gründe, warum Sie sich so intensiv für Herrn Ahrens interessieren, nicht?«

»Die gibt es, ja«, gab der Polizist zurück, ohne weiter auf ihre Frage einzugehen. »Ist Ihnen bei Herrn Ahrens jemals so etwas wie Gewaltbereitschaft aufgefallen? Oder hat er vielleicht zum Jähzorn geneigt?«

»Ahrens«, lachte sie nun auf, »zum Jähzorn geneigt? Oder zu Gewalttätigkeiten? Schon allein die Tatsache, dass Sie so etwas fragen, beweist mir, dass Sie ihn nicht kennen. Sie haben ihn noch nie zu Gesicht bekommen, oder?«

»Doch, aber nur kurz.«

»Wenn Sie mehr als fünf Minuten mit diesem Mann

in einem Raum gesessen hätten, wüssten Sie, dass er alles andere ist als ein gewalttätiger Mensch.«

Ihre Füße standen nun völlig ruhig und unbeweglich auf dem Boden.

»Ich kann, da verzeihen Sie mir jetzt bitte meine Offenheit, Bernd Ahrens als Menschen wirklich nicht leiden, aber einen Hang zur Gewalt hat er nach meiner Meinung garantiert nicht. Eher würde ich ihn zu den Lämmern zählen, wenn es nicht gerade um seine religiösen Überzeugungen geht.«

»Aber die vertritt er doch recht vehement, wenn ich Sie richtig verstanden habe«, meinte Hain.

»Das macht er, ja, aber nur mit Worten. Die nerven zwar, tun aber niemandem körperlich weh.«

»In der Regel nicht, nein.«

Die Marktleiterin sah auf ihre Armbanduhr.

»Ich muss mich jetzt leider von Ihnen verabschieden. Wenn Sie weitere Fragen haben, müssten wir einen Termin vereinbaren, ansonsten können Sie sich auch gern mit den Kollegen unterhalten. Ich bin sicher, die werden Ihnen nichts anderes als ich sagen.«

»Danke für das Angebot«, lehnte Lenz ab, »aber das dürfte nicht notwendig sein. Falls wir noch Fragen haben, melden wir uns einfach bei Ihnen.«

Er reichte ihr seine Visitenkarte.

»Und für den unwahrscheinlichen Fall, dass Herr Ahrens hier auftauchen sollte, reicht ein kurzer Anruf auf meinem Mobiltelefon.«

»Das werde ich machen. Auf Wiedersehen, meine Herren.«

»Auf Wiedersehen.«

»Ein Lamm, das in völliger Ruhe zwei Bullen abkocht, als die sich nach ihm erkundigen?«, zweifelte Hain die Worte der Frau an, als die Polizisten auf dem Weg zum Wagen waren. »Für mich ist der Typ alles andere als …«

»Hallo, Entschuldigung …«, wurde der Oberkommissar von einem Mann unterbrochen, der hinter ihnen aufgetaucht war.

»Ja, bitte?«, antwortete Hain. »Was gibt es denn?«

»Sie sind …, ich meine …, Frau Wegener vom Counter am Eingang hat mir Bescheid gesagt, dass Sie sich mit Frau Schotzki über Herrn Ahrens unterhalten haben. Und dass Sie von der Polizei sind.«

»Das stimmt, ja. Ist das für Sie ein Problem?«

»Nein, nein«, winkte er ab. »Ich habe mir nur gedacht, dass Bernd vielleicht in Schwierigkeiten stecken könnte. Er hat sich doch nicht am Ende etwas angetan?«

»Wie kommen Sie darauf?«, wollte Lenz wissen.

»Er hat mich letzte Nacht angerufen. Eigentlich war es schon heute Morgen.«

»Aha. Und was hat er gewollt?«

»Er wollte gern mit mir reden.«

»Das ist aber schon ungewöhnlich, dass Ihr Kollege Sie mitten in der Nacht anruft, richtig?«, fragte Hain. »Oder sind Sie beide so gut bekannt?«

»Ja, eigentlich schon … Besser gesagt, nein, das waren wir früher mal. Seit etwa zwei Jahren haben wir uns mehr und mehr aus den Augen verloren, zumindest privat.«

»Gab es dafür einen bestimmten Grund?«

»Gründe gibt es doch immer für so etwas. In diesem speziellen Fall hatte es etwas mit meiner Familie zu tun. Meine Frau und meine älteste Tochter wollten nicht mehr so viel Kontakt, weil sie der Meinung sind, dass Bernd zunehmend merkwürdig wird. Merkwürdig und verschroben.«

»Und was wollte er letzte Nacht von Ihnen? Gab es etwas Besonderes, oder wollte er einfach ein bisschen mit einem ehemaligen Freund plaudern?«

»Das weiß ich nicht genau. Wir hatten gerade eine halbe Minute zusammen gesprochen und ich war dabei, ein wenig wacher zu werden, da sagte er mir, dass sein Leben so nicht weitergehen könnte. Er hätte etwas sehr Böses getan und er hätte immer wieder sehr, sehr böse Gedanken. Und mit seinen Leuten, also denen von seiner Gemeinde, könne er darüber nicht reden.«

»Aber er hat dieses ›Böse‹ näher präzisiert?«

»Nein, dazu kam es nicht mehr, obwohl ich ihn natürlich gern danach gefragt hätte. Kurz nachdem er mir davon erzählt hatte, fing er furchtbar an zu weinen, und dann hat er einfach aufgelegt. Als ich versucht habe zurückzurufen, war ständig besetzt. Ich habe es auch heute Morgen noch einmal probiert, da hat es zwar durchgeklingelt, aber niemand ist drangegangen.«

»Also, Herr …?«, wollte Lenz den Namen des Mannes wissen.

»Pohlmann. Alwin Pohlmann.«

»Ja, Herr Pohlmann, das ist sehr gut, dass Sie uns über diesen Anruf informiert haben. Und ich kann Sie beruhigen, vor zwei Stunden ging es Herrn Ahrens noch gut, soweit man das auf ein paar Meter Entfernung beurteilen kann.«

»Also haben Sie ihn gesehen?«

»Das haben wir, ja.«

»Hat er etwas zu Ihnen gesagt?«

Lenz sah den Mann forschend an.

»Nein, das nicht direkt.«

»Warum erkundigen Sie sich eigentlich nach Bernd? Dürfen Sie mir das sagen?«

»Nein«, bedauerte Hain überzeugend, »das dürfen wir leider nicht. Aber Sie können uns und ihm vielleicht dadurch helfen, dass Sie uns erzählen, wo wir, außer bei seiner Gemeinde, noch nach ihm suchen könnten. Gibt es Freunde oder Verwandte, bei denen er manchmal ist?«

Alwin Pohlmann schüttelte, ohne nachzudenken, den Kopf.

»Das ist ja, glaube ich, sein Problem. Es gibt außer den Leuten seiner Gemeinde keinen Menschen mehr, mit dem er sich trifft. Und ob diese Leute immer der richtige Umgang für ihn sind, wage ich zu bezweifeln.«

»Kennen Sie welche von denen?«

Nun überlegte der Mitarbeiter des Möbelhauses einige Sekunden.

»Kennen wäre zu viel gesagt. Meine Frau und ich waren ein paarmal dort, also in dieser Kirche. Wir haben das aber eigentlich nur gemacht, um Bernd einen Gefallen zu tun, weil er uns immer und immer wieder darum gebeten hat. Richtiggehend genötigt hat er uns, um es genau zu sagen. Allerdings waren wir uns, speziell nach dem letzten Besuch, völlig einig darüber, dass diese Art des Glaubens nichts für uns ist. Wir fanden sogar, dass es sich bei denen mehr um eine Sekte als eine Religionsgemeinschaft handelt. Und als unsere Tochter dann noch ein paar Informationen aus dem Internet für uns ausgedruckt hat, in denen dringend vor der ›Bibeltreuen Gemeinschaft Kassel‹ gewarnt wird, stand unser Entschluss, dort nicht mehr hinzugehen, fest.«

»Wie hat Herr Ahrens reagiert?«

»Ganz und gar unchristlich, indem er uns nämlich schwere Vorwürfe gemacht hat. Wie er denn jetzt dastehe, hat er immer wieder gefragt, weil er es doch war, der uns in die Gruppe eingeführt habe. Irgendwann hat er aber kapiert, dass es eben nichts für uns gewesen ist. Die Freundschaft hatte unter der Sache allerdings arg gelitten.«

»Wie war Ihr Verhältnis nach dem Unfall?«

»Ich habe Bernd seitdem nur ein paarmal gesehen, auch, weil er ja dauernd krankgeschrieben ist. Natürlich waren meine Frau und ich auf der Beerdigung, sind an dem Tag aber leider überhaupt nicht bis zu ihm vorgedrungen, so gut wurde er von den Mitgliedern der Gemeinde abgeschottet. Außerdem sind wir für die ohnehin so was wie Parias, weil wir uns gegen die Mitgliedschaft bei ihnen entschieden haben. Und entweder ist man für sie oder man ist gegen sie. Toleranz fordern diese Menschen nur für sich selbst und ihre Glaubensrichtung ein, gegenüber anderen und Andersdenkenden hält sich dieser Charakterzug leider sehr in Grenzen.«

Er sah auf seine Uhr.

»Ich muss mich bei Ihnen entschuldigen, aber wenn ich jetzt nicht wieder reingehe, bekomme ich bestimmt Ärger mit der Geschäftsleitung. Man sieht es nicht gern, wenn Mitarbeiter während der Öffnungszeiten mit Kunden ratschen.«

»Na, wir ratschen doch nicht, Herr Pohlmann. Für uns sind Sie ein sehr wichtiger Zeuge.«

»Das erklären Sie mal der Frau Schotzki. Oder besser, Sie lassen es und ich gehe wieder rein. Auf Wiedersehen, die Herren.«

»Ja. Und vielen Dank nochmal«, rief Lenz dem Mann

hinterher, der sich schon mit schnellen Schritten auf den Eingang des Möbelhauses zubewegte.

28

Viola Bremers Vater kam auf sie zu, umarmte sie und gab ihr einen Kuss auf die Stirn, genauso, wie er es immer gemacht hatte, als sie noch klein gewesen war und wie sie es geliebt hatte. Hinter ihm stand ihre Mutter und zerrte ungeduldig an ihm herum.

»Lass doch das Kind aus, Hubert. Für so was ist sie doch mittlerweile viel zu groß.«

Ihr Vater kümmerte sich überhaupt nicht um die Worte seiner Frau, sondern hob seine Tochter hoch und wirbelte sie im Kreis herum.

»Weiter, Papa!«, gluckste das Mädchen vor Vergnügen. »Schneller, das ist noch nicht genug.«

Viola wurde vom Drehen leicht schwindelig, und in diesem Augenblick nahm sie wahr, dass etwas nicht stimmte. Ihr Vater war da und ihre Mutter war da, und das war überaus ungewöhnlich. Was sie allerdings noch mehr verunsicherte, war die Tatsache, dass sie kein kleines Kind mehr war. Sie war eine erwachsene Frau, die sich von ihrem Vater durch die Luft schleudern ließ und dabei lauthals giggelte.

Warte!, wollte sie rufen, doch aus ihrem Mund lösten sich keine Worte mehr. Auch das, was ihr Vater sagte, kam nun nicht mehr bei ihr an; nur das Keifen ihrer Mutter war noch zu vernehmen.

Dann bemerkte sie, dass der Kontakt zu den Händen ihres Vaters sich langsam löste. Mehr und mehr entglitt sie ihm, und mit jedem Zentimeter wuchs ihre Angst, sich weh zu tun. *Halt mich fest, Papa,* dachte sie verzweifelt, ›*und lass mich bitte, bitte nicht los!*, doch all ihr stummes Bitten verhallte ungehört, denn im gleichen Augenblick rutschte sie ihm aus den Händen und flog davon. Aber sie fiel nicht auf den Boden, sondern flog weiter und weiter, wobei sie immer mehr an Höhe gewann. Sie konnte von oben ihre Eltern sehen, die sich, statt ihr erschreckt nachzustarren, einfach abwandten und davongingen.

Geh nicht weg!, Papa, hätte sie gern gerufen, doch dazu kam sie nicht mehr, denn nun verlor sie im gleichen, verstörenden Maß an Höhe, wie sie sie vorher gewonnen hatte. Noch zwei Sekunden, dann würde sie auf dem Boden aufschlagen, noch eine Sekunde, und jetzt ...

Der Aufprall war so hart, dass sie glaubte, in der Mitte auseinandergebrochen zu sein. Ihr Gesicht schrammte über die saftig grüne Wiese, die sie kurz zuvor noch aus luftiger Höhe gesehen hatte, und der Schmerz, der von ihrer Nase ausging, trieb ihr schlagartig die Tränen in die Augen. Und trotzdem konnte sie den Geruch von frischer Erde wahrnehmen.

»Aua!«, schrie sie und war wieder irritiert, weil sie jetzt ihre eigene Stimme hören konnte. »Scheiße, tut das weh!«

In ihrem Mund schmeckte plötzlich alles nach Blut, und über ihren Augen, dort, wohin ihr Vater sie vorher geküsst hatte, fing es fürchterlich an zu brennen.

»Na, wie gefällt dir das, du beschissene Nutte?«, wollte eine Stimme wissen. Eine Männerstimme, die jedoch nicht zu ihrem Vater gehörte. Außerdem wusste ihr Vater nicht, womit sie ihr Geld verdiente.

Moment, Moment! Ich gehe anschaffen, weil mein Vater unsere gesamten Ersparnisse verspekuliert hat. Außerdem ist Papa schon lange tot.

Ihr Körper bewegte sich nun rasend schnell. Es war,

als hätte sie jemand bewegt. Dann bekam sie keine Luft mehr.

Nicht schon wieder dieser Traum, in dem ich ersticken muss, dachte sie panisch. *Alles, nur nicht diesen Traum.*

In den Jahren nach dem Tod ihrer Eltern war Viola manchmal nachts schweißgebadet und mit Atemnot hochgeschreckt, weinend und völlig kraftlos. Dann hatte sich wieder einmal der immer gleiche Traum in ihr Unterbewusstsein geschlichen, in dem sie einfach dasaß und keine Luft mehr bekam; in dem sie sich praktisch beim Ersticken zusehen konnte.

Ich dachte, diese Scheiße hätte ich längst hinter mir, fuhr es ihr durch den Kopf, aber diese ›Scheiße‹ fühlte sich nun gar nicht mehr an wie ihr Traum.

Plötzlich wurde ihr bewusst, dass sie nicht nur keine Luft bekam, sondern dass sie sich auch nicht bewegen konnte. Doch, die Beine konnte sie bewegen. Und die Augenlider, die sie im gleichen Moment aufriss.

Oh Gott, schoss es ihr durch den Kopf, als sie realisierte, dass sie sich nicht in ihrem Traum befand, sondern dass der Mann, der sich mit diesem komischen österreichischen Namen, der ihr längst entfallen war, vorgestellt hatte, auf ihrem Oberkörper saß, mit seinen Händen ihren Hals umklammerte und sie würgte.

Hör auf damit, du verdammtes Arschloch!, wollte sie wutentbrannt schreien, doch nun kam wirklich kein Ton aus ihrer Kehle, und schlagartig wurde ihr klar, dass er dabei war, sie zu töten.

Er bringt mich um!

Vor ihren Augen tanzten Sterne, und ihre Kehle brannte wie Feuer.

Kann die Luftröhre eines Menschen platzen oder brechen, wenn sie so brutal zusammengedrückt wird?

In diesem Augenblick löste sich sein Griff für einen winzigen Moment, und dieser Moment löste so etwas wie Hoffnung in Viola aus, weil sie einen Sekundenbruchteil lang frische Luft in ihre Lungen saugen konnte. Frische Luft, die vielleicht sogar gut geschmeckt hätte, wenn es ihr denn möglich gewesen wäre, etwas zu schmecken.

»Aaahhh!«, schrie sie ihm entgegen, was sie sofort als Fehler begriff, weil sie dabei viel von der lebenswichtigen Atemluft wieder hinausgepresst hatte.

Dann spürte sie neuerlich den Klammergriff an ihrem Hals, fester und noch brutaler als zuvor.

Der Typ hat nachgegriffen, fuhr es ihr durch den Kopf. *›Er hat nachgegriffen, weil er mich jetzt endgültig fertigmachen will. Weil er mir endgültig die Gurgel zudrehen will.*

Dieser Gedanke löste bei ihr gleich mehrere merkwürdige Emotionen aus. Zum einen dachte sie, dass es vermutlich viel schneller gehen würde, wenn sie aufhörte zu zappeln und sich zu wehren. Und, dass es für eine Frau eigentlich unmöglich war, sich gegen einen Kerl zu wehren, der sich mit seinem gesamten Gewicht auf ihrem Brustkorb niedergelassen hatte. Aber das eigentlich wichtige, fundamentale Gefühl, das Besitz von ihr ergriffen hatte, war Überlebenswille.

Erneut tauchten Sterne vor ihren Augen auf, denen sie jedoch keinerlei Bedeutung schenkte. Ihre rechte Hand, mit der sie zuvor versucht hatte, unter seinem Gesäß hindurchzugreifen, um damit seine Arme zu erreichen, wanderte tastend nach unten. *Scheiße, das Gasspray ist weg!*, stellte sie ebenso erschrocken wie hoffnungslos fest. *Er hat es mir bestimmt weggenommen, während ich bewusstlos war.*

Die Finger bewegten sich tastend nach links, in Richtung ihres Venushügels, und stießen gegen etwas Hartes.

Das ist es!

So gern sie auch gejubelt hätte, so schwierig gestaltete es sich nun, den Weg ins Innere der Hosentasche zu finden, weil sie durch seinen Hintern verdeckt wurde.

»Ich bring dich um, du Schlampe!«, keuchte der Mann über ihr schwitzend und stöhnend. »Ich bring dich mit meinen eigenen Händen um!«, fügte er völlig überflüssig hinzu, und sie zweifelte auch nicht ein Jota daran, dass er es bitterernst meinte. »Erst, wenn ihr alle tot seid, kann die Mutter mit dem Kind endgültig das Paradies betreten.«

Du musst verdammt noch mal jetzt Gas geben, sonst hat er dich abgemurkst, bevor du auch nur den Hauch einer Chance hattest, dich zu wehren.

Mit dem Daumen ertastete sie den Eingang zur Hosentasche, zog ihre Hand ein Stück zurück, um die Fingerspitzen in den schmalen Schlitz schieben zu können, und wollte gerade den Arm strecken, als er seine Position ein wenig nach unten verschob und sich damit direkt auf ihrer ausgestreckten Hand niederließ. Der daraus resultierende Schmerz kam zunächst nicht bei ihr an, vermutlich, weil er von dem am Hals deutlich überlagert wurde. Dann jedoch reckte ihr Peiniger sich wieder ein paar Zentimeter nach oben, woraufhin ihre Hand in der Tasche verschwand, die kleine Gaskartusche zu fassen bekam und sie mit einem Ruck herauszog.

»Na, ist das für dich auch so schön wie für mich?«, hechelte er und lockerte erneut seinen Griff. »›Auge um Auge und Zahn um Zahn‹ ist die Losung an diesem Tag. Deinem letzten Tag!«

Luft! Luft! Luft!

Die kurze Freude über die Füllung für ihre Lungen

wurde durch einen brutalen Schlag zunichte gemacht, den er ihr nun mit seiner rechten Faust verpasste.

Was für eine kranke Sau ist das denn?, dachte Viola, rasend vor Wut. *Und was habe ich ihm eigentlich getan? Was soll dieser Auge-um-Auge, Zahn-um-Zahn-Scheiß? Ist das ein durchgeknallter Pfaffe?*

Die Schmerzen, die sein Schlag verursacht hatte, kamen ebenfalls nicht mehr bei ihr an. Sie hatte panische Angst davor, das Bewusstsein zu verlieren, weil sie wusste, dass das ihren sicheren Tod bedeuten würde, die Schmerzen jedoch liefen irgendwo in ihrem Kopf in eine Sackgasse.

Unter Aufbietung aller Kraft hielt sie den kleinen Metallbehälter mit der Hand umschlossen und versuchte gleichzeitig, den rechten Arm unter seinem Körper hindurchzuziehen, was jedoch nahezu aussichtslos erschien.

Seine Hände, die wieder ihre Kehle umfasst hielten, ruckten auf und ab, und während ihr Kopf sich dabei bewegte, kam ihr eine Idee.

Runter, hoch, runter, hoch, runter hoch und spucken.

Sie hätte nicht geglaubt, dass sich überhaupt noch Speichel in ihrem Mund befand, und noch weniger, dass sie ihn in Bewegung würde versetzen können, doch beides funktionierte. Und wie es funktionierte! Der Rotz, den sie aus ihrem Mund katapultierte, traf haargenau sein linkes Auge, was ihn sofort erschreckt innehalten ließ. Auf diesen Moment hatte sie gewartet, und wie sie es sich vorgestellt hatte, entlastete er simultan mit seinem Erstaunen ihr Becken.

»Du gottlose Nutte!«, brüllte er, völlig aufgebracht. »Was fällt dir ein, mich anzuspucken?«

Was fällt dir ein, mir die Gurgel abzudrücken?, schoss es Viola durch den Kopf, doch sie war viel zu sehr darauf konzentriert, ihre rechte Hand in die richtige Position zu bringen, als dass sie sich auf eine Diskussion mit dem Typ über ihr einlassen wollte.

Es klappt! Mein Arm ist vor seinem Körper.

Franz Höflehner, oder wie er auch immer hieß, hatte davon überhaupt nichts mitbekommen. Ohne ihre Kehle loszulassen, hatte er mit dem Oberarm über das Auge gewischt und so die Spucke zum größten Teil entfernt. Nun allerdings drückte er umso brutaler zu.

Wo ist oben und wo unten? Und wo ist vorn und wo ist hinten? Ich will mir, zum Teufel, das Zeug nicht selbst ins Gesicht jagen.

Ihr rechter Arm bewegte sich jetzt völlig frei, doch sie fand nicht die richtige Position, um das Gas risikofrei für sich selbst einsetzen zu können.

Es wird Zeit, und du hast auch nur einen Schuss. Drück ab und leb vielleicht weiter, oder lass es und stirb todsicher.

Die Bewegung, die ihre Hand ausführte, kam ihr entsetzlich langsam vor, und die Furcht, das Gas möglicherweise wirkungslos in der Gegend zu verteilen, trieb sie fast in den Wahnsinn. Und doch zog sie den Arm zu sich heran, so weit, dass sie ihre Hand mit der Kartusche darin sehen konnte, und wollte gerade in Richtung seines Gesichts zielen, als ihr die kleine Dose aus den Fingern glitt.

VERDAMMTE SCHEISSE!

Der Druck auf ihrem Hals wurde nun unerträglich, die restliche Atemluft in ihren Lungen war längst verbraucht, und die Sterne vor ihren Augen hatten sich auch schon wieder eingefunden. Realistisch betrachtet, konnte man Viola Bremers verbleibende Lebenszeit in Sekunden messen.

Gib jetzt bloß nicht auf!

Ihr Arm fiel neben seinem linken Oberschenkel zu Boden, und sofort begann sie hektisch, mit der Handfläche das Terrain um sie herum abzutasten.

Nichts. Nichts. Nichts. Meine Güte, wo ist dieses Scheißding gelandet?

Sein Keuchen traf ihre Gehörgänge wie ein Sturmtosen.

»Dir werde ich helfen, nach mir zu spucken, du Miststück! Das ist garantiert das letzte Mal in deinem wertlosen Leben, dass du einen Mann angespuckt hast.«

Noch immer hatte ihre Suche zu nichts geführt.

Wo ist dieses Zeug nur gelandet? Doch, jetzt! Da, direkt unter meinem rechten Oberschenkel.

Mit zitternden Fingern griff sie zu, hatte einen Moment später die winzige Spraydose in der Hand liegen, riss den Arm hoch und zielte direkt in das Gesicht des völlig durchgeknallten Mannes über ihr. In dem Moment, in dem ihr rechter Zeigefinger auf die Oberseite der Kartusche traf, wurde ihr gesamter Körper von der völlig panischen Illusion durchzuckt, dass sie die falsche Seite erwischt haben könnte.

Fifty-Fifty, wie so oft im Leben. Kopf oder Zahl, gerade oder ungerade. Rot oder Schwarz, Hopp oder Topp.

Wutentbrannt presste sie den Finger mit voller Kraft nach unten, und noch bevor sie realisiert hatte, dass aus der kleinen Düse ein kräftiger, transparenter Strahl in seine Augen schoss, hatte er seine Hände hochgerissen und vor das Gesicht geschlagen. Obwohl die Flüssigkeit von diesem Augenblick an nur noch seine Finger traf, so hatte sie trotzdem eine verheerende Wirkung, denn er fing sofort an, sich, vor Schmerzen schreiend, die Augen zu reiben. Viola Bremer riss die Augen auf, realisierte, dass seine Hände nicht mehr um ihren Hals lagen, ließ die Dose neben sich fallen, holte aus und schlug ihm mit so voller Wucht auf die unter seine Händen herausschauende Nase, dass sein Oberkörper nach hinten geschleudert wurde. Die Frau konnte sehen, dass seine Beine für einen winzigen Augenblick in der Luft hingen und dass sich sein und ihr Körper voneinander gelöst hatten. Sie wollte sich drehen und so schnell wie möglich aufspringen, doch das wollte ihr nicht gelingen, weil ihr geschundener Leib ihr einfach den Befehl verweigerte. Mit seinen gellenden Schreien in den Ohren, schaffte sie es schließlich, den Oberkörper aufzurichten und keuchend einen kurzen Rundblick zu nehmen.

Wo, zum Geier, hat dieses Arschloch mich hin verschleppt?

»Ich bin blind!«, tönte es jammernd aus seiner Richtung. »Ich kann nichts mehr sehen.«

Bäume. Irgendwo im Wald.

»Du Ausgeburt der Hölle hast mir das Augenlicht geraubt!«, schrie der auf dem Boden kniende Mann. Jener selbstbewusste, eloquente Mann, der sie noch Sekunden zuvor in die ewigen Jagdgründe hatte schicken wollen.

»Sei froh, wenn ich dir nicht den Schädel einschlage!«, giftete sie ihn an.

Dann drehte sie sich nach rechts, stützte sich auf die Hände und kam schwankend auf die Beine. Und nun, ganz langsam, stellten sich die Schmerzen ein. Ihr Hals schien zu explodieren, ihr Kopf pochte, und über ihr Gesicht lief ein Schwall von Blut, der sich mit den Tränen mischte, die ihr nun aus den Augen schossen. Mit dem rechten Ärmel wischte sie die Flüssigkeiten zur Seite, und während sie noch dabei war, den Kopf zu heben, fiel ihr Blick auf den etwa drei Meter neben ihr knienden Mann. Obwohl, er kniete nicht mehr. Er saß nun auf seinem Hintern und hielt etwas in der Hand, das ungefähr in ihre Richtung wies.

Ach du Scheiße, der hat eine Pistole!

Der erste Schuss krachte im gleichen Moment, in dem sie diesen Gedanken hatte. Sie konnte den klatschenden Einschlag des Projektils in einen etwa zehn Meter seitlich hinter ihr stehenden Baum hören, bevor sie sich wieder auf den Boden fallen ließ und sich so platt wie irgend möglich machte.

Renn los, du blöde Kuh! Der Typ sieht nichts und schießt nur in die Richtung, aus der Geräusche kommen. Renn los, am besten im Zickzack, und versteck dich dabei hinter den Bäumen. Stehen ja genug davon hier rum.

Der nächste Schuss. Er zielte immer noch auf den Punkt, von dem aus sie ihn angesprochen hatte. Viel zu hoch für den Moment.

»Da staunst du, was? Jetzt bist du fällig!«

Sie griff nach einem neben sich liegenden Stock und warf ihn ein paar Meter neben sich. Sofort bewegte sich die Waffe ein paar Zentimeter in diese Richtung und der nächste Schuss löste sich. Und gleich noch einer.

Wie oft kann man mit so einem Ding schießen, fragte Viola sich. *Wie viele Menschen kann man damit eigentlich am Stück umbringen, ohne nachladen zu müssen?*

Die Antwort auf diese Frage interessierte sie zwar brennend, doch ihr Fluchttrieb tobte noch immer mit voller Wucht durch ihr Hirn.

Losrennen! Sofort!

Das nächste Krachen erschien ihr viel näher, doch als sie den Kopf ein wenig anhob, erkannte sie, dass sich an seiner Haltung nichts verändert hatte. Er saß noch immer im Gras, hielt mit der einen Hand die Waffe, während die andere die tränenden Augen rieb, und starrte auf einen imaginären Punkt im Wald, der etwa 30 Grad neben ihrer tatsächlichen Position lag. Nun allerdings ließ er die linke Hand von den Augen sinken und drehte seinen Körper ein wenig in ihre Richtung.

Shit, der fängt an, wieder etwas erkennen zu können. Das ist nicht gut, Viola, das ist gar nicht gut!

Viola Bremer ging seit vielen Jahren dreimal in der Woche ins Fitnessstudio. ›Bauch, Beine, Titten‹, nannte sie die Tortur gern. Weitere drei Mal joggte sie an der Fulda. Immer zehn Kilometer, immer die gleiche Strecke. Nur im Winter, wenn es draußen wirklich zu kalt war, zog sie sich aufs Laufband im Studio zurück.

Ich bin schneller als er, das weiß ich. Aber er hat die Knarre. Und wenn ich noch ein bisschen warte, sieht er mich und kann mich einfach abknallen. Einfach zielen und tot machen.

Sie zählte. Immer, wenn es etwas gab, vor dem sie sich fürchtete, zählte sie. Drei, zwei, eins und los.

Wenn ich es jetzt nicht mache, macht er es. Und es wäre doch, verdammt noch mal, wirklich bedauerlich, wenn ich an diesem schönen Abend sterben müsste.

Drei, zwei, eins und los.

Sie drehte ihren Körper, so schnell es ihr möglich war, und das war immerhin deutlich schneller, als sie es erwartet hätte, robbte die ersten etwa 80, 90 Zentimeter, grub danach ihre Schuhe in den weichen Wiesenboden, drückte sich ab und sprintete los. Der erwartete Schuss krachte, zischte an ihr vorbei und fand sein Ziel irgendwo im hinteren Teil des Waldes. Viola lief, duckte sich dabei immer wieder, schlug Haken und versuchte, möglichst klein zu bleiben.

Der nächste Schuss. Wieder daneben.

Ihr Hals brannte nun so sehr, dass sie fürchtete, sich übergeben zu müssen, und in ihren Lungen loderte ein Höllenfeuer.

Noch ein Schuss. Wieder danke … Nein, leider nicht, diesmal. Das Arschloch hat mich getroffen.

Sie wäre am liebsten stehen geblieben, hätte losgebrüllt und nach ihrer Schulter gegriffen, aus der warmes, dickflüssiges Blut quoll, aber dann würde er gewinnen. Dann würde er kommen und ihr den Rest geben. Also lief sie weiter, weinend, stumm, keuchend. Unter ihren Sohlen knackten die Äste, manche waren so hart, dass sie von ihnen zurückgefedert wurde. Es roch nach Moder und Pilzen.

Er ballert nicht mehr hinter mir her. Vielleicht hat er sein Pulver jetzt verschossen.

Sie misstraute ihrer Annahme, doch es fiel tatsächlich kein Schuss mehr. Wie viele Sekunden oder Minuten vergangen waren, seit sie angefangen hatte zu rennen, hätte sie beim besten Willen nicht sagen können, aber schließlich hatte sie den Mut, einfach stehen zu bleiben. Sie blieb stehen, stemmte die Hände auf die Oberschenkel und sah sich um.

Nichts! Niente! Keine Spur von Obermörderarschloch.

Zunächst hielt sie das Brummen in ihren Ohren für ein von ihr selbst verursachtes Geräusch, doch dann hob sie erstaunt den Kopf, weil sie bemerkte, dass es sich um eine ihr vertraute Klangkulisse handelte. Es brummte, schwoll an, wurde etwas leiser, verstummte jedoch nie. Mit schnellen Schritten lief sie weiter, direkt auf das Brummen und Singen zu, und hatte keine fünf Minuten später den Ursprung der Geräusche erreicht. Sie stand auf der Böschung einer sechsspurigen Straße.

Sechsspurige Straßen sind Autobahnen, Viola. Du kannst

nicht einfach auf eine Autobahn rennen und irgendein Auto anhalten.

Nein, dachte sie direkt im Anschluss, und es kam ihr vor, als müsse sie dabei lachen. *Ich kann nicht auf eine Autobahn rennen und irgendein Auto anhalten. Ich kann aber auf eine Autobahn rennen und a l l e Autos anhalten.*

29

»Ich kann nicht mehr, Thilo«, eröffnete der Hauptkommissar seinem Kollegen, als sie wieder im Wagen saßen. »Mein rechter Fuß tut elendig weh, das andere Bein spüre ich kaum noch, meine Arme fallen mir gleich ab, und wenn ich daran denke, dass ich noch vier Stockwerke hoch muss, bis ich endlich auf meiner Terrasse gelandet bin, wird mir ganz anders.«

»Dann lass uns Feierabend machen für heute«, schlug der junge Oberkommissar vor, wobei ihm sofort die Paradoxie seiner Worte bewusst wurde. »Ist schon ziemlich durchgeknallt, wenn zwei Bullen Feierabend machen wollen, die überhaupt nicht im Dienst sind.«

»Ob im Dienst oder nicht, ich will nicht mehr, und basta.«

»Dann bringe ich dich jetzt nach Hause und sorge dafür, dass die Treppen in den vierten Stock dich nicht umbringen. Und ganz ehrlich, ich freue mich auch auf zu Hause und meine Gören.«

»Dann los.«

Die Fahrt der beiden Polizisten durch die wegen des Feierabendverkehrs und der abreisenden Documentabesucher hoffnungslos verstopften Stadt zog sich so in die Länge, dass Lenz schon mehrmals eingedöst war, als Hain das Autoradio lauter drehte und seinen Kollegen sanft anstieß.

… erzielte offenbar die Sonderkommission der Polizei in Kassel. Wie soeben gemeldet wurde, gab es vor etwa einer Stunde ein Feuergefecht zwischen den Beamten einer Zivilstreife und dem Fahrer eines Kleinwagens, der die Aufforde-

rung zum Anhalten missachtet und davongerast war. Dabei gab er mehrere Schüsse auf den Wagen der ihn verfolgenden Polizisten ab, die das Feuer erwiderten. Der 29-Jährige aus Frankfurt an der Oder wurde während der Verfolgungsjagd an der Schulter getroffen und zog sich außerdem bei dem Aufprall, nachdem er die Kontrolle über sein Fahrzeug verloren hatte, weitere schwere Verletzungen zu. Sein Zustand wurde vom Notarzt als sehr kritisch bezeichnet. Offenbar fiel den Polizisten eine Ähnlichkeit mit dem Phantombild auf, das nach den Angaben einer in der vergangenen Nacht misshandelten und ausgeraubten Prostituierten angefertigt worden war. Ob der mehrfach vorbestrafte und der Neonaziszene zugerechnete Verdächtige auch für die weiteren Taten in der Fuldastadt der letzten Tage infrage kommt, wollte aus den Reihen der Polizei noch niemand kommentieren. Gewöhnlich gut unterrichtete Kreise bestätigten allerdings Gerüchte, wonach es deutliche Indizien dafür gibt, dass der Mann auch für das Attentat auf Oberbürgermeister Erich Zeislinger und die Ermordung seiner Lebensgefährtin die Verantwortung tragen könnte. Aus Kassel ...

»Das ist ja ein Ding«, fand Thilo Hain als Erster wieder zu Worten, nachdem er das Radio leiser gedreht hatte. »Und diesen Scheiß glauben die auch noch. Da wird einem doch schlechter als schlecht.«

»Aber die Öffentlichkeit ist beruhigt, zumindest für den Augenblick. Und wie du aus eigener Erfahrung weißt, ist ein schneller Fahndungserfolg immer geil.«

»Aber die lügen sich doch so was von die Taschen voll. Diese arme Sau hat vielleicht die Prostituierte vermöbelt und ihr die Kohle geklaut, aber mit dem Mord an Steffi Kratzer hat er doch garantiert nichts zu tun.«

»Das ist nach unseren Vermutungen richtig«, stimmte Lenz gähnend zu. »Aber vergiss bitte nicht, dass auch diese unsere Vermutungen einem gewissen Restrisiko des Irrtums unterliegen und dass es nicht zu 100 Prozent ausgeschlossen ist, dass die Kollegen aus Wiesbaden recht haben.«

Hain warf seinem Boss einen bitterbösen Blick zu.

»Das sagst du doch jetzt nur, weil du so fertig bist und in die Hängematte willst.«

»Ja«, erwiderte Lenz völlig ungerührt. »Und dort angekommen, nehme ich die längste Stricknadel, die sich in unserem Haushalt finden lässt, und fahre so lange unter dem Gips hoch und runter, bis ich eingeschlafen bin oder einen Orgasmus habe.«

»Ach du Scheiße«, brummte Hain ein paar Sekunden später. »Wie soll ich dieses Bild nur jemals wieder aus meinem Kopf herausbekommen?«

Der Rest der Fahrt verlief schweigend. Während Hain sich durch die Benutzung von Nebenstraßen bemühte, den ärgsten Staus aus dem Weg zu gehen, waren Lenz schon wieder die Augen zugefallen. Dieser für ihn zutiefst angenehme Zustand wurde allerdings kurz darauf durch das Klingeln seines Mobiltelefons beendet.

»Dieser Anschluss ist zur Zeit nicht erreichbar«, murmelte er, drehte den Kopf auf die andere Seite und wartete geduldig, bis das Surren aufhörte.

»Ich hätte nicht gedacht, dass du zu so einer Tat in der Lage bist«, bemerkte Hain anerkennend, während in der gleichen Sekunde sein Telefon sich über die Freisprechanlage meldete.

»Und ich wette, dass du das in 100 Jahren noch nicht hinbringst«, feixte Lenz mit geschlossenen Augen. »Das würde deine Neugier niemals zulassen.«

»100 Punkte für den Mann auf dem Beifahrersitz«, gab Hain lobend zurück, drückte einen Knopf am Radio und meldete sich.

»Hier ist RW. Wo treibst du dich denn rum?«

»Ich stecke im Feierabendverkehr fest.«

»Und ich hoffe, dass du wegen Windelnachschub für deine Jungs unterwegs bist.«

Hain warf einen Blick auf seinen Boss, dessen Haltung sich nicht verändert hatte.

»So ähnlich, ja. Warum willst du das wissen?«

»Ich könnte wetten, dass unser Boss neben dir sitzt und beim Aussuchen der richtigen Marke behilflich ist.«

»Hmm.«

»Ich deute das mal als Zustimmung.«

»Kein Kommentar. Und warum willst du das alles überhaupt wissen?«

»Weil ich eine Information habe, die zwei außer Dienst stehende, jedoch gegen alle Regeln privat ermittelnde Bullen vielleicht interessieren könnte.«

»Das klingt, zumal aus deinem Mund, nicht schlecht«, mischte sich Lenz in die Konversation seiner Kollegen ein. »Also, lass hören, RW.«

»Hab ich's doch gewusst«, triumphierte der altgediente Hauptkommissar am anderen Ende der Leitung, »dass du beim Kleinen auf dem Beifahrersitz hockst.«

»Ja, aber für diesen Riecher bekommst du ausnahmsweise keine Fleißpunkte, weil das nun nicht so schwer zu erraten war. Erzähl uns lieber, warum du angerufen hast.«

Während der nun folgenden kurzen Pause war im Hintergrund Papiergeraschel zu hören.

»Es geht um diesen Bernd Ahrens, wegen dem wir vorhin miteinander telefoniert hatten.«

»Ja, was ist mit ihm?«

»Was genau mit ihm ist, kann ich euch nicht sagen, was er heute Nachmittag so alles getrieben hat, schon.«

»RW, lass dir nicht jedes Wort aus der Nase ziehen. Was ist passiert?«

»Er hat offenbar versucht, sich das Leben zu nehmen. Zumindest behauptet das der Fahrer eines Nahverkehrszuges, der seinetwegen eine Notbremsung hinlegen musste. Es ist irgendwo in Harleshausen passiert, an einer Fußgängerüberführung. Nach Aussage des Lokführers stand Ahrens direkt auf den Schienen und hat dem Mann ins Gesicht gesehen; zumindest so lang, wie sein Mut gereicht hat. Als es damit vorbei war, wollte er zur Seite springen, hat aber leider etwas zu spät reagiert. Die Lok hat ihn zwar nicht richtig erwischt, aber die Luft, die sie vor sich hergeschoben hat, war übel genug für ihn. Er ist ein paar Meter in ein Wäldchen geflogen und an einem Baum hängengeblieben. Das war's dann.«

»Ist er tot?«

»Ach Quatsch, nein. Er hatte die Augen schon wieder auf, noch bevor der Notarzt bei ihm war. Sie haben ihn zwar ins Klinikum gebracht, aber nur, um ihn zu untersuchen. Vielleicht muss er die Nacht dort verbringen, aber seine Verletzungen sind keinesfalls so schlimm, dass er länger dort bleiben müsste. Vermutlich verlegen sie ihn gleich morgen ins Ludwig-Noll-Krankenhaus, also in die Psychiatrie, wie das bei Selbstmordgefährdeten die Regel ist.«

»Das heißt, dass er sich im Augenblick im Klinikum befindet? Weißt du, wo genau?«

»Das ist jetzt vielleicht ein bisschen viel verlangt, oder?«

»Stimmt, RW, sorry.«

»Ich dachte mir, dass euch die Geschichte interessieren dürfte, weil ihr vorhin nach ihm gefragt hattet. Komischer Zufall übrigens.«

»Vielleicht ist es ja auch gar kein Zufall.«

»Ja, vielleicht. Dann würde ich auf der Stelle bei euch um Entschuldigung nachsuchen.«

»Das hat Zeit.«

»Gut. Aber ihr fahrt jetzt ins Klinikum?«

Lenz und Hain sahen sich an. Beide nickten.

»Ja, das machen wir.«

»Dann viel Erfolg.«

»Danke. Und, RW, wo wir gerade dabei sind. Was ist an der Sache dran, dass es einen Verdächtigen im Fall Zeislinger gibt?«

»Du meinst die Geschichte mit der Schießerei?«

»Genau.«

»Da weiß ich vermutlich genauso viel wie du, nämlich das aus dem Radio. Die Wiesbadener Kollegen sind nicht sehr mitteilsam, um es mal vorsichtig auszudrücken. Mir haben sie aufs Auge gedrückt, alle auch nur im Ansatz vergleichbaren Fälle der letzten 20 Jahre zu recherchieren, was nichts anderes heißt, als: Halt dich aus unserer Arbeit raus. Das mache ich jetzt, eben Dienst nach Vorschrift.«

»Tut mir leid für dich, RW.«

»Ach, lass mal. Ich denk mir immer, dass es nur noch ein paar Monate sind, bis ich die ganze Soße hinter mir hab, und die sitze ich doch auf einer Arschbacke ab. Mit oder ohne Kollegen aus Wiesbaden.«

Im Hintergrund wurde Gemurmel hörbar.

»Ich muss Schluss machen. Viel Erfolg für euch.«

Noch bevor einer der Polizisten im Wagen etwas erwidern konnte, ertönte ein Knacken und das Gespräch war beendet.

»Sieht schlecht aus für unseren Feierabend«, meinte Hain lakonisch.

»Ja, der gleiche Gedanke kam mir auch gerade. Aber hinfahren sollten wir schon.«

»Auf jeden Fall. Zumindest können wir ihn dann fragen, was ihn geritten hat, uns heute Nachmittag zum Affen zu machen.«

*

Die Hitze lag noch immer unerbittlich über der Stadt, als die beiden zum zweiten Mal an diesem Tag das Klinikum Kassel betraten. Die Bewegungen des Hauptkommissars auf dem Weg zur Information als langsam zu bezeichnen, wäre völlig an der Realität vorbeigegangen. Sein Tempo war erschreckend langsam, und trotzdem quälte er sich bei jedem Aufsetzen der Krücken sichtbar.

»Guten Abend«, begrüßte Hain, seinen Ausweis in der Hand haltend, den weiß gekleideten Mann hinter der mit Edelstahl verkleideten Theke, der ihn freundlich anlächelte. »Hier wurde vor Kurzem ein Mann eingeliefert, Bernd Ahrens. Können Sie uns sagen, wo wir ihn finden?«

»Einen Herrn Ahrens kann ich Ihnen leider nicht bieten«, bekam er kurz darauf zur Antwort, nachdem der Mitarbeiter des Krankenhauses ein paar Tasten auf seiner Computertastatur gedrückt hatte. »Aber wenn Sie sagen, dass er unlängst hier eingeliefert wurde, ist es möglich, dass er sich noch in der Notaufnahme befindet. Unsere Patienten werden erst im System erfasst, wenn sie auf eine Station verlegt wurden.«

»Vielen Dank. Dann werden wir uns in der Notaufnahme umsehen.«

»Sie kennen sich aus?«

»Ja, danke.«

Als sie eine der Verbindungstüren zur Notaufnahme öffneten, wurden sie in eine Wolke von Desinfektionsmittelgeruch gehüllt. Neben dem Durchgang war eine blau gekleidete Putzfrau dabei, den Boden zu schrubben.

»Puh, wie das stinkt«, murmelte Hain leise, während er seinem Kollegen die nächste Tür aufhielt, über der in großen Buchstaben ›NOTAUFNAHME‹ zu lesen war. Direkt dahinter standen zwei Männer und vier Frauen, die alle die Köpfe hoben und die Beamten anstarrten. Wie es aussah, handelte es sich um eine auf dem Flur stattfindende Stationsbesprechung.

»Wir möchten gern zu Herrn Ahrens, wenn das möglich ist«, ließ der Oberkommissar die Ärzte und Schwestern so freundlich wie möglich wissen.

»Warum möchten Sie das?«, fragte der ältere der Männer zurück, wobei sein Tonfall verriet, dass er die Störung ganz und gar nicht leiden mochte.

»Lass nur, Fred, ich mach das schon«, beschied ihn sein Kollege schnell, trat aus der Gruppe heraus und schob den Polizisten seine rechte Hand entgegen.

»Hallo, meine Herren. Erinnern Sie sich nicht mehr an mich?«

»Doch, klar!«, entfuhr es Hain. »Sie sind Dr. Berger.«

Sie hatten den mit einer Japanerin verheirateten Mediziner ein paar Monate zuvor kennengelernt, als es darum ging, einen Straftäter aus dem Heimatland der Arztgattin dingfest zu machen.

Berger reichte auch Lenz die Hand, während er auf dessen Gipsbein deutete.

»Was ist denn mit Ihnen passiert, Herr Kommissar?«

»Sprunggelenkfraktur. Aber auf dem Weg der Besserung.«

»Schon operiert, wie ich annehme?«

»Ja, natürlich.«

Berger sah sich kurz zu seinen Kollegen um, die noch immer stumm starrend hinter ihnen standen, und wies auf die Tür.

»Kommen Sie, lassen Sie uns hinausgehen. Dort können wir uns in Ruhe über Herrn Ahrens unterhalten.«

Sie traten vor die Tür, gingen noch ein paar Schritte und blieben schließlich neben einer Sitzgruppe stehen, nachdem Lenz das Angebot, sich zu setzen, abgelehnt hatte.

»Es tut uns allen hier wirklich leid, dass wir die Sache mit Herrn Ahrens nicht verhindern konnten. Aber es ging vorhin hier auf der Station drunter und drüber.«

Die beiden Polizisten sahen sich verwundert an.

»Moment, Moment! Wovon sprechen Sie, Herr Dr. Berger?«, wollte Lenz wissen.

»Von Herrn Ahrens. Bernd Ahrens. Dem Mann, wegen dem Sie hier sind.«

»Es stimmt, dass wir wegen ihm hier sind. Allerdings haben wir keine Ahnung, was genau Sie nicht verhindern konnten.«

Nun sah Berger irritiert zwischen den Beamten hin und her.

»Herr Ahrens ist …, nun ja, wie soll ich sagen …, er ist … geflohen. Eine Schwester sollte ihn im Auge behalten, dann kam aber leider ein schwerverletzter Motorradfahrer dazwischen, bei dem wir ihre Hilfe brauchten. Und in dieser Zeit, also vielleicht in gerade einmal fünf Minuten, hat Herr Ahrens die Notaufnahme verlassen.«

Er senkte den Kopf.

»Wir haben natürlich nach ihm gesucht, ihn aber leider nicht finden können. Allerdings hätten wir auch keine Handhabe gehabt, ihn aufzuhalten, wenn er hätte gehen wollen. Er ist ein freier Mensch.«

»Der seinem Leben ein Ende setzen wollte«, fügte Hain hinzu.

»Das kann sein, ja. Aber Sie wissen vermutlich selbst, wie schwierig es ist, einen suizidalen Menschen daran zu hindern, sich das Leben zu nehmen. Und mit Repressalien kommt man in derartigen Fällen ohnehin nicht weiter.«

»Haben Sie ihn gesehen?«

»Ja, kurz. Er sah gefasst und ruhig aus, was aber nichts weiter heißen muss. Natürlich gibt uns die Tatsache, dass er das Klinikum verlassen hat, zu denken. Allerdings muss ich Sie darauf hinweisen, dass er die Sache mit der Eisenbahn als Unfall dargestellt hat.«

»Wie wäre es denn weitergegangen mit ihm?«

Dr. Berger dachte ein paar Sekunden nach.

»Seine Verletzungen, also die körperlichen, waren wohl eher oberflächlicher Natur. Normalerweise hätten wir ihn eine Nacht zur Beobachtung hierbehalten, um eventuelle Beeinträchtigungen im Schädel-Hirn-Bereich ausschließen zu können; dann wäre ihm angeboten worden, ihn ins Ludwig-Noll-Krankenhaus zu verlegen.«

»Also in die Psychiatrie?«

»Genau, in die Psychiatrie.«

»Und wenn er das abgelehnt hätte?«

»Dann wäre er entweder wegen akuter Selbstgefährdung zwangseingewiesen worden, was ich mir in seinem Fall nicht vorstellen kann, oder er wäre entlassen worden.«

»Wieso können Sie sich das nicht vorstellen?«

»Weil er ganz klar und sehr präzise kundgetan hat, dass es sich nicht um einen Selbstmordversuch gehandelt hat. Wie soll man mit einem Menschen umgehen, der steif und fest behauptet, einen Unfall erlitten zu haben? Ihn gegen seinen Willen in die Psychiatrie einweisen lassen?«

»Das ist eine schwierige Situation, da gebe ich Ihnen recht.«

Hain erläuterte dem Mediziner kurz, wie sich Ahrens' Leben seit dem Weihnachtsabend des letzten Jahres entwickelt hatte.

»Das lässt die Sache natürlich in einem etwas anderen Licht erscheinen. Allerdings bin ich kein Psychiater und maße mir deshalb auch kein Urteil über Herrn Ahrens an.«

In den nächsten Sekunden schweigen alle drei.

»Gut«, fasste Lenz schließlich zusammen, »er ist weg und wir wissen nicht, wo er hin sein könnte. Also gibt es hier für uns nichts mehr zu tun, und wir können uns von Ihnen verabschieden. Haben Sie bald Feierabend?«

»Das wäre schön, ist aber leider nicht so. Wenn ich Glück habe, komme ich im Verlauf der Nacht zu ein paar Minuten Schlaf, und morgen früh geht wieder der normale Dienst auf der Station los.«

»Das tut mir …«, wollte Lenz sich empathisch zeigen, wurde jedoch von einer Krankenschwester unterbrochen, die in der Tür zur Notaufnahme erschienen war.

»Ich muss dich leider stören«, sprach sie Dr. Berger direkt an, »aber wir kriegen gerade eine Frau mit einer Schussverletzung rein, um die du dich kümmern müsstest. Der Chef ist nämlich erst in einer Stunde wieder zurück.«

»Noch eine Schussverletzung? Die eine ist doch noch im OP.«

»Ja. Hat offenbar nichts mit der ersten zu tun. Kommst du?«

Der Mediziner nickte.

»Ja, ich komme.«

Damit reichte er Lenz die Hand, doch der Kommissar erwiderte seinen Gruß sehr zögernd.

»Eine Frau mit einer Schussverletzung? Kommt auch nicht jeden Tag vor.«

»Nein, zum Glück nicht.«

»Und Schussverletzungen lassen die Alarmglocken in unseren Polizistengehirnen immer ganz laut schrillen.«

»Ich nehme an, dass die Besatzung des Notarztwagens mehr darüber weiß. Sprechen Sie doch mit ihr.«

»Das ist eine gute Idee. Wo finden wir die?«

»Kommen Sie mit mir. In Anbetracht der Tatsache, dass wir heute bei der Polizei noch einiges gutzumachen haben, dürfen Sie mich einfach begleiten.«

Die Befragung der Notarztwagenbesatzung wäre vermutlich aufschlussreich gewesen für Lenz und Hain, dazu kam es allerdings nicht, weil sie auf zwei Uniformierte trafen, die sich gerade auf den Weg machen wollten. Die eine der beiden war eine alte Bekannte.

»Hallo, Frau Lieder«, rief Lenz der Frau hinterher, die sich erstaunt umdrehte.

»Guten Abend, Herr Lenz. Was ist Ihnen denn passiert?«

Sie kam auf die Kripobeamten zu, schüttelte beiden die Hand, stellte ihren Kollegen vor und wies mit der linken

Hand auf das Gipsbein des Hauptkommissars. »Hatten Sie einen Unfall? Das sieht ja richtig gefährlich aus.«

»Ja, es war tatsächlich ein Unfall. Der ist aber schon eine Weile her.«

»Und jetzt sind Sie zur Kontrolle hier? Um diese Uhrzeit?«

Lenz machte ein unglückliches Gesicht und zog dabei die Schultern hoch.

»Hmm. Ich könnte Sie jetzt anschwindeln, Frau Lieder, das bringe ich bei Ihnen jedoch nicht übers Herz. Ich bin eigentlich gar nicht im Dienst, bin allerdings trotzdem dienstlich hier.«

»Von mir aus«, gab sie gelassen zurück. »Ich würde mich mit solch einem Gipsfuß zwar nicht von der Couch hoch bewegen, aber wenn es Sie glücklich macht, nicht auf Ihre Arbeit verzichten zu können, soll es mir schon lang recht sein.«

Sie warf Hain einen strengen Blick zu.

»Eigentlich wäre es Ihre Aufgabe, Ihren Boss mit Hilfe der elektronischen Fußfessel ans heimische Wohnzimmer zu binden.«

»Sie kennen ihn doch auch schon ziemlich lang, Frau Lieder. Meinen Sie, der Versuch hätte wirklich einen Sinn?«

Die erfahrene Polizistin winkte grinsend ab.

»Vergessen Sie es!«

»Genau«, erwiderte der Oberkommissar. »Und wo wir gerade dabei sind. Haben Sie die Schussverletzung aufgenommen? Und können uns am besten gleich was dazu sagen?«

Nun war Ute Lieder wirklich überrascht.

»Das kann ich, klar. Was wollen Sie denn wissen?«

»Alles.«

Sie zog einen kleinen Block aus der Tasche, klappte ihn auf und begann vorzulesen.

»Die Verletzte hat ausgesagt, dass sie heute Nachmittag in der Innenstadt von einem Fremden gekidnappt wurde, der sie in einen Wald verschleppt hat und dort umbringen wollte. Zuerst soll er es mit Erwürgen versucht haben, danach mit Erschießen. Sie konnte sich aber befreien und hat auf ihrer Flucht den Verkehr auf der A44 komplett zum Erliegen gebracht.«

Die Polizistin klappte den Block zu.

»Das war die Kurzfassung.«

»Und die lange Version?«

Sie zuckte mit den Schultern.

»Wenn Sie mich fragen, klingt das alles ziemlich verworren. Die Frau hat zwar echt übel aussehende Würgemale am Hals und eine Schussverletzung, und ich glaube ihr auch, dass es einen Kampf gegeben hat, aber der Rest der Geschichte klingt für mich schwer nach Räuberpistole.«

»Wieso?«

»Na, die Sache mit dem Fremden, zu dem sie ins Auto steigt und der sie entführt. Außerdem kommt es mir vor, als sei sie auf Droge.«

»Interessant«, mischte Hain sich ein. »Wie heißt die Dame denn? Ist sie bei uns im System?«

»Das haben wir natürlich gecheckt, ist sie aber nicht.«

Sie klappte ihren kleinen Block wieder auf.

»Sie heißt Bremer. Viola Bremer.«

»Viola Bremer?«, wollte der Oberkommissar mit weit aufgerissenen Augen wissen. »Sie sprechen wirklich von Viola Bremer?«

30

An jedem normalen Tag wäre Dr. Berger der Wunsch der Kripobeamten, mit Viola Bremer sprechen zu dürfen, nicht einmal eine Ablehnung wert gewesen. Nicht jedoch an dem Tag, an dem das Krankenhauspersonal versagt und Bernd Ahrens deshalb das Weite hatte suchen können.

»Zwei Minuten und keine Sekunde länger. Die Frau muss intensiv untersucht werden, und zwar schnell.«

»Zwei Minuten, versprochen. Und vielen Dank.«

Viola Bremer sah zum Davonlaufen aus. Oberhalb des weißen Tuchs, das ihren Körper bis zum Hals verdeckte, schaute ein derart misshandelter Kopf heraus, dass den beiden Polizisten der Atem stockte. Das gesamte Gesicht war blau angelaufen, die blutverklebten Haare hingen strähnig in alle Richtungen, und das rechte Jochbein schien ein wenig verrutscht zu sein. Das Ohrläppchen auf der anderen Seite war nicht mehr zur Gänze mit dem Kopf verbunden.

»Hallo, Viola«, flüsterte Hain leise, bekam jedoch keine Reaktion.

»Hey, Mädchen, was machst du denn für Sachen?«

Nun öffnete sie das linke Auge und sah den Polizisten an.

»Kommissar Thilo!«, hauchte sie. »Da freu ich mich aber, dich zu sehen.«

»Und ich erst. Wer hat dich denn so zugerichtet?«

Sie versuchte als erste Reaktion, die Schultern hochzuziehen, was sich jedoch als äußerst schmerzhafte Übung herausstellte.

»Ich weiß es nicht«, schob sie deshalb leise nach. »Ein Typ um die 50, schwarze, gegelte Haare.«

»Hast du einen Namen?«

Sie machte die Andeutung eines Kopfschüttelns.

»Hab ich vergessen.«

»Sonst ist dir nichts an ihm aufgefallen?«

»Nee. Vielleicht weiß ich morgen wieder mehr, aber heute nicht. Die haben mir im Notarztwagen die restlichen Lichter ausgeblasen, Kommissar Thilo.«

»Stimmt es, dass er dich entführt hat?«

Wieder ihre Andeutung eines Nickens. Offenbar war auch das Sprechen für die Frau extrem schmerzhaft.

»Wie kam es dazu?«

Eine längere Pause.

»Er hat gesagt, er käme von Maik.«

»Maik Wesseling?«

»Hmm.«

Hain überlegte kurz, ob er ihr erzählen sollte, dass Maik Wesseling ein paar Etagen über ihr in einem Krankenbett lag, ließ es jedoch bleiben.

»Sieht aus, als hätte er gelogen, was?«

»Hmm. Ich kann mich zwar nicht mehr an alles erinnern, aber ich weiß noch genau, dass er geredet hat wie der Pfaffe aus meinem Konfirmationsunterricht.«

»Wie genau meinst du das?«

»Der hat wie irre auf mir rumgeprügelt und dabei so Sachen gesagt wie ›Auge um Auge, Zahn um Zahn‹. Völlig durchgeknallt und krank, das Ganze.«

»Aber du hast keine Idee, warum er dich so zugerichtet hat?«

»Er wollte mich killen, ehrlich. Er wollte mich wirklich umbringen.«

»Das glaube ich dir gern, wenn ich dich ansehe. Vermutlich hast du heute einen Haufen Glück gehabt.«

»Stimmt.«

»Was ist er für ein Auto gefahren?«

»BMW. Ein Kombi. Älteres Modell.«

»Farbe?«

»Dunkelblau.«

»Sonst noch was?«

Bevor die Frau antworten konnte, ging die Tür zu dem kleinen Raum auf und Dr. Berger trat ein.

»Sorry, meine Herren, aber die Zeit ist um. Sie müssen jetzt wirklich gehen.«

»Ja, ist in Ordnung«, erwiderte Hain, wandte sich zu Viola Bremer und griff vorsichtig nach ihrer Hand.

»Ich komm vorbei, sobald es dir besser geht und du Besuch empfangen kannst, versprochen.«

»Mach das, Kommissar Thilo. Ich freu mich.«

Damit drehte der Polizist sich um und wollte das Zimmer verlassen, stoppte jedoch, weil die Frau auf der Pritsche seine Hand nicht losließ. Stattdessen zog sie ihn erneut zu sich herunter.

»Du musst nach einem mit einer geschwollenen Nase suchen«, flüsterte sie. »Wenn du einen mit einer geschwollenen oder gebrochenen Nase gefunden hast, kannst du relativ sicher sein, dass es das Dreckschwein ist, das mich umbringen wollte.«

»Hast du ihm diese verbeulte Nase verpasst?«

»Ja«, erwiderte sie mit der Andeutung eines Grinsens.

»Damit fällt Bernd Ahrens ganz offensichtlich als Täter aus«, resümierte Lenz geknickt, nachdem Hain ihm den Inhalt seines Gesprächs mit Viola Bremer noch einmal genau wiedergegeben hatte.

»Dieser fiese Gedanke hat mich auch schon beschlichen«,

stimmte der Oberkommissar zu. »Was zwar nicht heißt, dass wir mit unserem Verdacht komplett auf dem Holzweg sind, aber auf der 100-prozentig richtigen Spur sind wir leider auch nicht.«

»Immerhin können wir jetzt endlich Feierabend machen.«

»Ja, das könnten wir. Aber wir könnten uns auch Gedanken darüber machen, warum Ahrens uns vor seinem Haus so zum Affen gemacht hat. Warum wollte er um jeden Preis vermeiden, mit uns reden zu müssen?«

»Weil er dabei war, sich das Leben zu nehmen, vielleicht. Ich kann mich schlecht in die Gedankenwelt eines Selbstmörders hineinversetzen, aber es könnte doch durchaus sein, dass sein Entschluss so weit feststand, dass er auf gar keinen Fall davon abgebracht werden wollte.«

»Wäre eine Möglichkeit, ja.«

Lenz signalisierte der Bedienung der Kneipe am Krankenhaus, in deren Biergarten sie saßen, dass er ein weiteres Mineralwasser haben wollte. Die junge Frau bedeutete ihm, dass sie seinen Wunsch verstanden hatte.

»Es könnte allerdings auch sein, dass der Kerl, der Viola umbringen wollte, und Bernd Ahrens gemeinsame Sache machen.«

»Das kann ich mir nicht vorstellen. Die Spuren, von denen wir wissen, deuten alle auf einen Einzeltäter hin; sowohl bei Zeislinger und Kratzer wie auch bei den beiden getöteten Männern.«

»Auch wieder wahr. Aber vergessen wir nicht, dass der Kerl, als er Viola vermöbelt und gewürgt hat, so Sachen wie ›Auge um Auge, Zahn um Zahn‹ gesagt hat. Und das ist für mich ein ziemlich deutlicher Hinweis darauf, aus welcher Ecke die ganze Sache kommt.«

»Du meinst damit, ein anderer, ein Dritter, nimmt Rache an Wesselings Umfeld für das, was Bernd Ahrens' Familie zugestoßen ist? Wer sollte das sein?«

»Vielleicht einer von seinen Kumpels aus diesem merkwürdigen Bibelkreis, was weiß ich.«

Lenz schüttelte angewidert den Kopf.

»Und ich war immer der Meinung, dass Christen so friedliebende Leute sind. Wenn es wirklich so wäre, dass die Bande damit was zu tun hat, wäre mein Austritt aus der Kirche noch nach 30 Jahren absolut gerechtfertigt.«

»Du bist schon vor 30 Jahren ausgetreten? Alle Achtung! In welcher Abteilung warst du denn organisiert?«

»Ach, das tut doch gar nichts zur Sache. Katholen, Protestanten, ist doch am Ende alles die gleiche Wichse.«

»Wahr gesprochen, großer Meister. Aber diese Erkenntnis hilft uns im Augenblick auch nicht so richtig weiter. Wollen wir nun unseren Arbeitstag beenden, oder sollen wir vorher noch der ›Bibeltreuen Gemeinschaft Kassel‹ unsere Aufwartung machen?«

Lenz sah seinen Kollegen völlig entgeistert an.

»Ich würde gern, Thilo, aber ich bezweifle ernsthaft, dass ich es noch schaffe, weil mir sonst das Bein abfällt. Lass uns das auf morgen verschieben, bitte.«

»Das können wir gern machen, aber ich habe gerade darüber nachgedacht, was passiert, wenn Ahrens im Verlauf der Nacht erneut probieren sollte, sich das Leben zu nehmen, und es am Ende auch schafft. Vielleicht erwischen wir ihn gerade jetzt bei seinen Bibelleuten und können ihn davon abhalten.«

»Du bist manchmal ein völlig beknackter Partner, Thilo«, knurrte Lenz, nachdem er eine Weile über Hains These nachgedacht hatte. »Ich weiß, dass du sowieso hinfährst, also kann ich gleich Ja sagen.«

»Gute Entscheidung. Klar würde ich noch hinfahren, auch ohne dich, aber mit dir an meiner Seite ist es mir entschieden lieber.«

»Soll mich das trösten?«

»Nimm es, wie du es brauchst.«

*

Das Haus, in dem laut Adresse die ›Bibeltreue Gemeinschaft Kassel‹ zu finden war, befand sich im Hinterhof einer Getränkegroßhandlung. Als Hain seinen Kombi auf den Hof lenkte, kreuzte ein Gabelstapler seinen Weg, dessen Fahrer eine Ladung Mineralwasser zu einem gegenüberstehenden LKW transportierte. Beide erschraken für einen Moment, dann grinsten sie sich an. Der Polizist ließ die Seitenscheibe nach unten gleiten.

»Gehören Sie zufällig zur ›Bibeltreuen Gemeinschaft Kassel‹?«

Der Fahrer des Gabelstaplers lachte laut los und ließ dabei den Motor seines Gefährts absterben.

»Sind Sie noch bei Trost? Ich rauche, trinke, liebe das Leben, und mit der Monogamie habe ich es auch nicht so. Was sollte ich also mit denen anfangen? Oder die mit mir?«

Die Polizisten erwiderten sein Lachen.

»Ich dachte nur«, antwortete Hain.

»Nee, wirklich nicht.«

Er deutete auf einen Klinkerbau im Hintergrund.

»Dort drüben werden Sie fündig.«

Sein Kopf senkte sich und beäugte die beiden Männer im Wagen.

»Ihr beide wollt doch wohl nicht bei denen mitmachen, oder?«, fragte er entgeistert.

»Doch, vielleicht. Am Ende liegt die Erleuchtung wirklich im Glauben?«

»Dann viel Spaß dabei.«

Er wollte seinen Stapler wieder starten, doch Hain gab ihm mit einem Zeichen zu verstehen, dass er warten solle.

»Gibt's noch was?«

»Ja. Wir sind auf der Suche nach einem Mann mit verletzter Nase; vielleicht ist sie auch geschwollen oder verbunden.«

Wieder senkte der Staplerfahrer seinen Kopf, um beide Insassen des Wagens sehen zu können.

»Was seid ihr denn für komische Vögel? Einen Mann mit verbundener Nase sucht ihr? Hab ich keinen gesehen.«

»Na, hätte ja sein können.«

»Nee.«

Damit ließ er den Motor wieder anlaufen und rollte an Hains Auto vorbei, wobei er ein paar eindeutige Gesten in dessen Richtung machte, die wohl besagen sollten, dass er die beiden Gestalten auf den Vordersitzen des Kombis für ziemlich merkwürdige Typen hielt. Der Oberkommissar fuhr langsam an ihm vorbei, kreuzte den kompletten Hof und parkte direkt vor dem dunkelroten Gebäude mit dem kleinen Messingschild an der Front, das darauf hinwies, wer sich in dem Haus traf, und unter dem ein älteres Herrenfahrrad an der Wand lehnte.

»Sieht aus der Nähe genauso wenig feudal aus wie aus der Entfernung«, stellte Lenz fest, löste seinen Sicherheitsgurt, griff nach den Krücken und quälte sich ins Freie.

»Da drin ist jemand am Putzen«, stellte Hain fest, der

ebenfalls ausgestiegen war und über das Autodach in ein Fenster des Hauses sah.

»Hoffentlich ist es nicht die Perle vom Reinigungsdienst.«

»Nö«, schüttelte sein Kollege den Kopf. »Sieht eher aus wie ein pubertierender Jüngling.«

Damit hatte der Oberkommissar den Nagel auf den Kopf getroffen. Auf sein Klingeln hin öffnete nämlich ein höchstens 16-jähriger, blonder, gut aussehender Junge die schwere Holztür.

»Guten Tag«, begrüßte er die Polizisten höflich. »Wenn Sie jemanden von der Gemeinde sprechen wollen, kann ich Ihnen leider überhaupt nicht helfen«, fügte er entschuldigend hinzu.

»Es ist nämlich außer mir niemand hier.«

»Das ist aber schade«, gab Hain zurück. »Wo sind die denn alle?«

Der Junge sah ihn an, als hätte er nach dem Weg zum Mond gefragt.

»Wie, wo die alle sind? Zu Hause, nehme ich an. Heute ist kein Gottesdienst, also ist auch niemand hier.«

Sein Blick wanderte zwischen den Männern hin und her.

»Darf ich fragen, warum Sie das interessiert? Sind Sie von der Presse?«

»Nein«, winkte Hain ab und hielt ihm seinen Dienstausweis unter die Nase. »Wir sind von der Polizei.«

Der Junge schluckte.

»Polizei? Warum …?«

»Das ist eine lange Geschichte, die wir gern mit jemandem besprechen würden, der sich gut in und mit der Gemeinde auskennt. Gehörst du auch dazu?«

»Ja«, antwortete der Angesprochene kurz. Offenbar war ihm der Auftritt der Beamten nicht ganz geheuer.

»Gibt es so etwas wie einen Vorstand, an den man sich in dringenden Fällen wenden könnte?«

»In dringenden Fällen …, ja, natürlich. Das ist mein Vater. Er ist der Pastor der Gemeinde.«

»Und wie heißt dein Vater?«

»Konrad Zimmermann.«

»Und mit ihm können wir sprechen, wenn wir eine Frage haben …?«

»Mein Name ist Gabriel.«

»Gut, Gabriel. Meinst du, wir könnten deinen Vater mit ein paar Fragen belästigen?«

»Ich weiß ja nicht, ob er der Polizei helfen kann, aber anrufen können Sie ihn schon. Soll ich Ihnen unsere Nummer geben?«

»Ja, das wäre nett.«

Der junge Mann ratterte eine Kasseler Telefonnummer herunter, die Hain in sein Notizbuch übernahm.

»Kennst du den Bernd Ahrens?«, wollte Lenz nun wissen.

»Ja, klar. Warum?«

»Wann hast du ihn zuletzt gesehen?«

Ein kurzes Nachdenken.

»Pah, keine Ahnung. Das muss Wochen her sein. Er kommt in der letzten Zeit eher unregelmäßig, weil er … Es geht ihm nicht so gut.«

»Wegen des Unfalls?«

»Ja, klar. Woher wissen Sie davon?«

»Wir sind von der Polizei«, bedachte Hain ihn mit einem konspirativen Blick der Marke ›Du weißt schon Bescheid‹. »Es gehört zu unseren Aufgaben, gut informiert zu sein.«

»Ja, vermutlich.«

Der Blick des Jungen tanzte wieder von einem Polizisten zum anderen.

»Wenn dann nichts mehr wäre, würde ich gern drin weitermachen. Ich bin schon sehr spät dran.«

Lenz reckte sich hoch und sah in den großen Raum hinter der Tür.

»Und du besserst mit ein bisschen Hausmeistern dein Taschengeld auf?«

»Schön wär's«, verzog der Junge das Gesicht. »Ist eher so was wie ein Frondienst.«

»Das ist aber ein großes Wort für das, was du machst, findest du nicht?«

»Nein, überhaupt nicht. Aber Sie können es auch Buße nennen, wenn Ihnen das besser gefällt. Im Endeffekt bleibt es das Gleiche, nämlich, dass ich, mit einem Lappen und einem Eimer bewaffnet, Reue zeigen soll.«

»Reue?«, wiederholte Hain. »Hast du Scheiß gebaut?«

»Wie man es nimmt. Ich würde es nicht so sehen, mein Vater dafür schon.«

»Also ist dein Service hier eine Strafarbeit?«

»Jepp.«

»Und? Hast du was Schlimmes angestellt?«

»Nein, wie ich schon gesagt habe. Es kommt halt immer auf den Blickwinkel an.«

Er zog die Schultern hoch.

»Wenn es was Schlimmes sein soll, mit seiner Freundin zu knutschen, dann verstehe ich die Welt nicht mehr.«

»Du hast mit deiner Freundin geknutscht und musst deswegen hier den Schrubber schwingen?«

»Genau.«

»Hartes Brot.«

»Das erklären Sie mal meinem Daddy. Der sieht das nämlich ganz anders.«

»Und wie sieht der das?«

»Na ja. Knutschen läuft schon, aber erst, wenn man verlobt ist. Und mehr sowieso erst, wenn man Ja gesagt hat.«

»Und deine Freundin? Wie sieht die das?«

»Na, wie schon? Wenn sie es anders sehen würde als ich, hätte uns mein Vater bestimmt nicht dabei erwischt, oder?«

»Das ist logisch, ja«, stimmte Hain ihm zu.

»Ist sie auch in der Gemeinde? Deine Freundin, meine ich?«

»Nein, wie kommen Sie denn darauf? Wenn sie auch bei uns in der Gemeinde wäre, hätten wir erst in zehn Jahren oder so was miteinander anfangen können. Die Mädchen aus der Gemeinde sehen das mit den Jungs und so ziemlich eng, wenn Sie verstehen, was ich meine.«

»Ich glaube schon, ja.«

Der Junge nickte ihnen zu und wollte sich umdrehen, doch Lenz hatte noch eine Frage.

»Macht dein Vater den Job als Pastor hauptberuflich?«

»Wie meinen Sie das?«

»Nun, ob er noch einen anderen Beruf hat außer dem als Pastor?«

»Ach so. Nein, er ist nur für die Gemeindearbeit zuständig. Früher hat er etwas anderes gearbeitet, aber seit ein paar Jahren ist er fest bei der Gemeinde angestellt.«

»Darf ich fragen, was er gemacht hat früher?«

»Klar. Er ist gelernter Schuster.«

»Klasse Job«, nickte Hain anerkennend. »Hat man vermutlich immer vernünftige Schuhe zu Hause stehen.«

»Ja, das stimmt schon«, erwiderte der Junge mit reichlich Wehmut in der Stimme und einem Blick auf seine Füße. »Aber der Nachteil ist, dass es immer nur ganz bestimmte, handwerklich gut gemachte Schuhe sind. Und Nike Air oder ein paar coole Sneaker fallen leider nun mal nicht in diese Kategorie.«

»Das tut mir leid für dich«, zeigte Lenz Mitgefühl. »Meinst du, wir können deinen Vater vielleicht auch mal kurz besuchen?«

»Hmm«, machte Gabriel Zimmermann. »Ich weiß nicht, ob er zu Hause ist, aber zu uns kommen öfter Leute, die was von ihm wollen. Warum sollte er bei Ihnen eine Ausnahme machen?«

»Wo finden wir ihn denn?«

»Wir wohnen in der Koboldstraße 8. Wissen Sie, wo das ist?«

»Richtung Ihringshausen ist das doch«, erinnerte Hain sich dunkel. »Die Koboldstraße geht von der Ihringshäuser weg, nicht wahr?«

»Ja, genau. Direkt an der Straßenbahnhaltestelle rechts ab, dann sind Sie richtig. Es ist das vierte Haus auf der rechten Seite.«

»Ganz schön weiter Weg mit dem Fahrrad. Da musst du doch durch die ganze Stadt.«

»Ja, das stimmt. Aber zum Glück liegt das Haus, in dem meine Freundin wohnt, genau am Weg.«

»Dann vielen Dank für deine Unterstützung, Gabriel, und einen schönen Heimweg.«

»Den werde ich haben«, erwiderte er grinsend. »Und zum Abschluss des Tages gibt es dann noch Latein und Mathe.«

»Trotzdem alles Gute.«

*

»Schaffst du das Gespräch mit dem Vorturner der ›Bibeltreuen‹ noch?«, wollte Hain wissen, während er den Kombi vom Hof rollen ließ.

»Eigentlich nicht, aber wenn wir schon so weit sind, dann können wir auch noch diese halbe Stunde dranhängen.«

»So will ich dich hören, Gevatter Hinkefuß. Und wenn wir das erledigt haben, bringe ich dich wirklich und ganz ehrlich nach Hause.«

»Und meldest dich morgen auf keinen Fall vor Mittag bei mir. Wenn überhaupt.«

»Na, komm, ein bisschen was haben wir bestimmt auch morgen noch zu tun. Es liegt mir wirklich was daran, diesen Ahrens zu finden, bevor er noch weiteren Lokführern eine Sinnkrise bescheren kann.«

»Du meinst, dass er es weiterhin probieren wird? Wobei noch nicht mal bewiesen ist, dass das heute wirklich ein Suizidversuch gewesen ist?«

»Genau das meine ich. Und ich will sicher sein, dass er nicht gerade deshalb vor den Zug springt, weil er doch die Frau bei Zeislinger und die beiden Kerle umgebracht hat.«

Nach einer Weile des Schweigens ließ der Oberkommissar die Seitenscheibe heruntergleiten, wählte einen ruhigen Musiktitel aus und lehnte sich in seinen Sitz zurück.

»Was wird das jetzt?«, wollte Lenz wissen. »Eine Entspannungsübung?«

»Meinetwegen, ja. Ich habe nur gerade darüber nachgedacht, was sich in den letzten 24 Stunden alles ereignet hat, und das hat mir schon in der Herzgegend einen Stich versetzt. Vielleicht werde ich sogar meinen Job verlieren, wer weiß das?«

»Nun mach mal halblang, Junge. So schnell verliert ein deutscher Kripobeamter seinen Job schon nicht.«

Hain beugte sich nach vorn und drehte einen Regler ein wenig nach rechts, worauf sich die Lautstärke der Musik erhöhte.

»Lass uns einfach mal eine Minute lang nichts sagen, Paul. Lass uns einfach ein bisschen schweigen. Ich will mir kurz vorstellen, wie mein Leben sich weiter entwickeln würde, wenn ich kein Bulle mehr sein dürfte.«

Lenz warf seinem Kollegen einen sehr ärgerlichen Blick zu, griff zum Radio und schaltete das Gerät aus.

»He, was soll das denn jetzt?«, rief Hain.

»Das soll dich daran hindern, solch einen Blödsinn zu denken. Du wirst deinen Job nicht verlieren und deshalb musst du dir auch keine Gedanken darüber machen, wie sich dein Leben entwickeln würde, wenn du kein Bulle mehr wärst.«

»Du bist manchmal ein echt ignorantes Arschloch, Paul.«

»Und du bist manchmal ein ziemlicher Idiot.«

»Danke.«

Die nächsten Minuten verliefen tatsächlich schweigend, während Lenz fieberhaft überlegte, wie er die fällige Entschuldigung ohne allzu großen Gesichtsverlust formulieren könnte. Unterdessen hatten sie die Ihringshäuser Straße erreicht, die breite, vierspurige Ausfallstraße Richtung Nordosten. Hain lenkte den Kombi mit der rechten Hand, die linke ruhte auf seinem Oberschenkel. Als er an der Ampel Eisenschmiede auf Grün warten musste, summte er betont lässig die Melodie des Liedes, das Lenz vorher abgewürgt hatte. Als er beschleunigen konnte, klopfte er den dazugehörigen Takt mit den Fingern auf dem Oberschenkel. Dann hatte er die Abzweigung zur Koboldstraße erreicht und auch hier musste er bis zum Stillstand abbremsen, weil an der Haltestelle eine Straßenbahn stand und ein Fahrgast die Straße überqueren wollte. Das leise, rhythmische Klacken des Blinkers war das einzige Geräusch, nachdem er ein paar 100 Meter zuvor die Scheibe wieder geschlossen hatte.

»Es tut mir …«, wollte Lenz zu einer Erklärung ansetzen, doch die blitzartig erhobene Hand seines Kollegen brachte ihn abrupt zum Schweigen.

»Was ist …?«

»Psst«, murmelte der junge Oberkommissar. »Halt jetzt einfach mal den Mund, Paul.«

Links von ihnen ging der Mann los, nachdem die Fußgängerampel auf Grün gesprungen war, querte die Fahrbahn und verschwand, für die Beamten nicht mehr sichtbar, hinter der Hausecke des ersten Gebäudes in der Koboldstraße. Hain drehte den Kopf und sah Lenz durchdringend an.

»Das war er, Paul.«

»Wer war das?«

»Mensch, hast du ihn nicht erkannt? Der Typ, der gerade an unserem Auto vorbeigeschlichen ist, war Bernd Ahrens.«

Der Hauptkommissar reckte sich nach vorn.

»Bist du sicher?«

»Absolut.«

Die Ampel sprang auf Grün, doch Hain machte keine Anstalten loszufahren.

»Und, was machen wir jetzt?«, fragte er stattdessen.

»Na, was wohl? Wir setzen ihn fest.«

Ein lautes, genervtes Hupen von hinten.

»Und mit welcher Begründung?«

»Eigengefährdung. Der Rest wird sich zeigen.«

»Und du sprichst davon, dass mein Job nicht in Gefahr ist«, brummte der junge Polizist, legte den ersten Gang ein und rollte langsam um die Ecke. Bernd Ahrens ging mit gesenktem Kopf und hängenden Schultern etwa 40 Meter vor ihnen auf der rechten Bordsteinseite. Hain ließ den Wagen ausrollen und schaltete den Motor ab.

»Was ist jetzt?«

»Wir wissen doch, wo er hin will, Paul. Das da vorn ist das vierte Haus, und ich wette, dass er gleich dort klingelt.«

Es dauerte keine zehn Sekunden, bis sich die Annahme des Polizisten als zutreffend erwiesen hatte.

»Warum willst du warten, bis er wieder rauskommt?«

»Das will ich gar nicht. Ich will ihn nur nicht auf der Straße hopsnehmen.«

»Auch wieder wahr.«

In diesem Augenblick wurde die Tür des Hauses geöffnet und das freundliche Gesicht einer etwa 50-jährigen Frau mit hellem Haar wurde sichtbar. Sie schien sich sehr zu freuen, den Besucher zu sehen, und bat ihn herein.

»Mein linkes Ei und meine kriminalistische Intuition sagen mir, dass Bernd Ahrens nichts mit den Morden zu tun hat«, raunte der Oberkommissar.

»Das letzte Mal, als du so eine Eingebung hattest, haben direkt im Anschluss zwei ganz fiese, extrem schwere Jungs mit automatischen Waffen auf uns geballert.«

»Ja, ich kann mich erinnern. Aber musst du ausgerechnet jetzt diese olle Kamelle wieder aufwärmen?«

»Ich mein ja nur.«

Hain drehte den Kopf zur Seite und nickte.

»Gut, gehen wir.«

Damit öffnete er die Tür, stieg aus dem Wagen und wartete darauf, dass Lenz es ihm gleichtat.

»Du glaubst nicht, wie ich mich auf eine Dusche freue«, erklärte der Hauptkommissar, nachdem er seine Krücken in die richtige Position gebracht hatte und hinter seinem Kollegen auf das Haus zuhumpelte. Dort angekommen, legte Hain den Finger auf die Klingel, trat einen Schritt zurück und sah an der Fassade nach oben.

Zwei Stockwerke, nach dem Krieg gebaut, hätte mal wieder etwas Pflege nötig. Hinter der Haustür erklangen laute Schrittgeräusche, so, als würde sich jemand in Holzschuhen nähern. Dann wurde die Tür geöffnet und die gleiche Frau wie einige Minuten zuvor erschien. An ihren Füßen erkannten die Polizisten tatsächlich Holzpantinen.

»Ja, bitte?«, fragte sie, nachdem sie die beiden Besucher zunächst eingehend gemustert hatte.

Hain stellte sich und Lenz vor, während er kurz seinen Dienstausweis in die Höhe reckte.

»Sie sind Frau Zimmermann?«

»Ja, gewiss. Was kann ich für Sie tun, meine Herren?«

»Wir wissen, dass sich Bernd Ahrens in Ihrem Haus aufhält und würden gern kurz mit ihm sprechen.«

Frau Zimmermann drehte kurz den Kopf nach hinten, in Richtung des Flurs.

»Ja, ich weiß jetzt gar nicht, wie ich mit der Situation umgehen soll. Muss ich Sie in unser Haus lassen?«

»Zur Vermeidung von Missverständnissen wäre es sicher nicht schlecht.«

»Und wenn ich mich weigere? Verstehen Sie mich bitte nicht falsch, aber Bernd Ahrens ist ein wirklich guter Freund unserer Familie.«

»Wollen Sie sich vielleicht mit Ihrem Mann besprechen, Frau Ahrens? Wir möchten Ihnen keine Unannehmlichkeiten machen, aber …«

»Mein Mann ist nicht zu Hause. Ich erwarte ihn zwar jede Minute, doch ich kann diese Entscheidung sehr wohl allein treffen.«

»Das ist schön. Wir wollen Sie allerdings nicht zu etwas …«

Hain brach erneut seinen Satz ab, weil in ihrem Rücken das kummervolle Gesicht von Bernd Ahrens sichtbar wurde.

»Lass nur, Margarethe, es ist wohl besser, wenn ich mit den Herren spreche. Aber das muss nicht in eurem Haus sein, ich gehe auch mit ihnen auf das Polizeirevier.«

»Guten Abend, Herr Ahrens«, begrüßte Lenz den Mann, der sich nun neben der Hausherrin aufgestellt hatte. »Das ist sehr freundlich von Ihnen.«

»Das kommt doch gar nicht infrage, dass du wie ein Schwerverbrecher auf das Polizeirevier gebracht wirst«, ließ sie ihn wissen und wandte sich anschließend wieder Lenz und Hain zu. »Kommen Sie herein, meine Herren, und befragen Sie hier unseren Freund Bernd Ahrens.«

Die Einrichtung im Haus der Zimmermanns ließ auf eine eher bescheidene Lebensführung schließen. Die Möbel im Flur sahen verbraucht und abgewohnt aus, die Lampen schienen aus den Fünfziger Jahren des letzten Jahrhunderts zu stammen, und über allem lag ein schwerer, süßlicher Geruch.

»Setzen wir uns doch in die Küche«, bot Margarethe Zimmermann den Männern an und ging voraus, ohne auf eine Antwort zu warten.

»Wenn es Ihnen lieber ist, warte ich auch drüben«, schob sie in Richtung der Polizisten hinterher, nachdem alle in der Wohnküche des Hauses angekommen waren und sich gesetzt hatten.

»Das wäre sehr nett von Ihnen, ja«, zeigte Lenz sich mit ihrem Vorschlag überaus einverstanden.

»Mir wäre es, offen gestanden, lieber, wenn du dabeibleiben würdest«, entgegnete Ahrens leise. »Ich würde mich dann bedeutend wohler fühlen.«

Die Frau sah die beiden Polizisten abwechselnd an.

»Wie Sie möchten«, gab der Hauptkommissar nach.

»Dann ist das ja geklärt. Will jemand etwas trinken?«

Alle verneinen.

»Also, Herr Ahrens«, begann Hain vorsichtig, »Sie können sich sicher denken, dass uns Ihre Einlage von heute Nachmittag nicht besonders gefallen hat. Warum haben Sie das gemacht?«

»Weil ich nicht mit Ihnen sprechen wollte. Es hat mir in diesem Moment gerade ganz und gar nicht ins Programm gepasst. Außerdem dachte ich nicht, dass Sie von der Polizei sind, sondern dass mein Arbeitgeber Sie mir auf den Hals gehetzt hat.«

»Es wäre für uns einfacher gewesen, wenn Sie uns das gesagt hätten.«

»Es war ein Fehler, den ich einsehe, aber für den ich auch um ihr Verständnis nachsuche. Wenn ich gewusst hätte, dass Sie von der Polizei sind, hätte ich vermutlich anders gehandelt.«

Margarethe Zimmermanns Blick flog während des Gesprächs von einem zum andern, doch sie konnte mit dem Gehörten natürlich wenig anfangen.

»Können Sie sich vorstellen, warum wir Sie sprechen wollten, Herr Ahrens?«, wollte Lenz wissen.

»Nein, offen gestanden, nicht. Bei Detektiven, die mein Arbeitgeber geschickt hätte, schon, aber nicht bei der Polizei.«

»Was haben Sie gemacht, nachdem Sie uns … hinter sich gelassen hatten?«

»Ich bin weggelaufen. Zuerst in einen Laden auf der anderen Seite der Hauptstraße, danach durch die Felder Richtung Harleshausen.«

»Wollen Sie uns erzählen, was dann passiert ist?«

»Ich wollte nicht mehr leben.«

Frau Zimmermann stieß einen erstickten Schrei aus.

»Bernd …!«

»Ja, es ist zum Heulen, oder? Ich will mich umbringen, aber ich schaffe es einfach nicht. Ich werde vermutlich, oder vielleicht auch hoffentlich, für den Rest meines Lebens zu feige sein dafür, das ist mir spätestens heute endgültig klar geworden, als dieser Zug auf mich zugerast ist.«

»So etwas darfst du nicht einmal denken, Bernd. Nicht einmal denken!«

Hain warf Lenz einen kurzen Blick der Marke *Lass uns mit ihm zusammen abhauen und ihn irgendwo anders befragen* zu, doch der Leiter der Mordkommission gab seinem Kollegen mit einer kaum wahrnehmbaren Geste zu verstehen, dass er das nicht wollte.

»Doch, das darf ich, Margarethe. Es ist eine Erkenntnis dieses traurigen Tages für mich, dass ich es darf. Und eine weitere ist, dass ich gar nicht sterben will. Ich möchte, um mehr als alles andere in der Welt, dass Gerlinde, Sarah und ich wieder vereint sind, aber ich will dafür nicht mein Leben aufgeben.«

»Ihr werdet vereint sein, eines Tages!«, rief sie ihm zu.

»Das ist ein tröstlicher Gedanke, aber es ist eine Chimäre.«

Ahrens sah zu den Polizisten, dann wieder zu Frau Zimmermann.

»Noch eine Erkenntnis, schon die dritte des Tages. Ich kann nicht mehr daran glauben, dass es diesen Gott gibt, dem ich so viele Jahre vertraut habe, Margarethe, und dem ich mich so viele Jahre anvertraut habe. Er ist eine Illusion, eine Erfindung. Er ist nicht mehr als ein Trugbild, das wir Menschen uns erschaffen haben, damit wir unser Leben halbwegs in den Griff bekommen. Und dass wir die Verantwortung dafür, wenn es uns sinnvoll erscheint, einem sogenannten höheren Wesen zuschieben können.«

Margarethe Zimmermann war, während er seine überlegt gewählten Worte langsam und ohne jegliche Hektik ausgesprochen hatte, nach und nach in ihrem Stuhl zusammengesackt.

»Du musst verrückt geworden sein, Bernd. Du musst wirklich verrückt geworden sein. Ich kann nicht glauben, dass du das bist, der das gerade gesagt hat.«

Über Ahrens' Gesicht huschte der Schatten eines Lächelns.

»Siehst du nicht, dass du mich gerade bestätigst? Wenn es diesen Gott wirklich gäbe, dann wäre er doch auch für meine jetzigen Gedanken verantwortlich, oder? Der Mensch denkt, Gott lenkt. Aber wenn er mich jetzt nicht lenkt, wie soll ich dann daran glauben, dass er mich auch nur eine Sekunde meines bisherigen Lebens gelenkt hat?«

»Gott, steh ihm bei!«, flüsterte sie.

»Danke«, erwiderte er völlig ruhig. »Das brauche ich nicht mehr, weil ich vom heutigen Tag an mein Leben selbst in die Hand nehmen werde. Ich allein werde für mein Handeln verantwortlich zeichnen, für das Gute, aber auch das weniger Gute.«

»Aber«, versuchte Margarethe Zimmermann so etwas

wie einen Widerspruch, »du machst gerade eine schwere Phase durch, das geschieht bei uns allen manchmal. Deshalb musst du doch nicht deinen Schöpfer verleugnen, Bernd.«

»Aber nach deiner These wäre er doch auch dafür verantwortlich, oder habe ich das bis heute nur falsch verstanden? Wer, außer eurem Gott, sollte dafür verantwortlich sein?«

»Natürlich ist es Gottes Werk, wie du dich jetzt fühlst, was in dir vorgeht. Aber du weißt, dass alles einem großen Plan folgt. Seinem großen Plan, den wir Menschen nicht immer und zur Gänze verstehen können.«

»Ja, die Wege des Herrn sind unergründlich«, murmelte Ahrens.

»Spotte nicht über den Herrn in unserem Haus, Bernd. Bitte, tu das nicht, sonst müsste ich glauben, dass Satan sich deiner bemächtigt hat.«

»Ja, wer auch sonst könnte das gewesen sein? Wenn Gott nicht weiterhilft, muss Satan herhalten. Du kannst dir nicht vorstellen, wie mich dieses Schwarz-Weiß-Denken anödet. Alles, was gut läuft, wird Gott zugeschrieben, und alles andere den bösen Mächten, die ihm sein Reich streitig machen. Und ich sitze zwischen den Stühlen und soll das alles gutheißen.«

Er schüttelte energisch den Kopf.

»Nein, das ist vorbei, Margarethe. Es ist vorbei, weil ich es nicht mehr will.«

Frau Zimmermann sah ihm fest in die Augen, faltete die Hände und fing leise an zu schluchzen.

»Was kann ich noch für dich tun, außer beten, Bernd? Ich will dafür beten, dass sich der Herr deiner gnädig erweist und du nicht dereinst in der Hölle gefangen sein wirst.«

Lenz und Hain, die der Diskussion völlig fassungslos gefolgt waren, warfen sich einen Blick zu, doch keiner der beiden sagte ein Wort.

»Ah, darauf hätte ich wetten können, dass dieses Thema noch auf den Tisch kommt. Die Drohung, die Erpressung mit dem Fegefeuer hat noch gefehlt.«

Er warf ihr einen scharfen Blick zu.

»Merkst du denn gar nicht, was dahinter steht? Sei zu Lebzeiten so, wie wir es von dir erwarten, sonst wirst du nach deinem Tod in der Hölle schmoren. Wenn du aber immer lieb bist, wartet im Gegensatz dazu das Paradies auf dich. Dabei hat noch niemand jemals dieses Paradies, geschweige denn die Hölle, zu Gesicht bekommen. Das dient alles allein dem Zweck, sich die Menschen gefügig zu machen.«

In diesem Augenblick sprang Margarethe Zimmermann so rasant von ihrem Holzstuhl hoch, dass er mit lautem Krachen umfiel.

»Ich kann dieses Gespräch nicht fortsetzen, Bernd, ich bin dazu nicht in der Lage. Und ich bitte dich, unser Haus zu verlassen.«

Sie schnappte hektisch nach Luft, bevor sie weitersprechen konnte.

»Nein, ich bitte dich nicht, unser Haus zu verlassen, ich fordere dich dazu auf. Geh und komm besser nicht wieder, bevor deine Gedanken sich nicht in eine gute Richtung verändert haben. Bis dahin möchte ich jeglichen Umgang mit dir vermeiden.«

Damit drehte sie sich um und verließ die Küche.

»Tja, das war's dann wohl«, fasste Ahrens das Gespräch mit Margarethe Zimmermann nach ein paar Sekunden des allgemeinen Schweigens zusammen. »Ich hatte erwartet, dass es nicht leicht werden würde, aber dass sie mich gleich an die frische Luft setzt, konnte ich nicht ahnen.«

»Wie fühlen Sie sich jetzt?«, wollte Lenz wissen.

»Befreit«, antwortete Ahrens nach einer Weile des Nachdenkens und stand auf. »Und jetzt lassen Sie uns irgendwohin gehen, wo Sie mir in Ruhe Ihre Fragen stellen können. Das kann von mir aus auch das Polizeirevier sein. Ich habe nichts angestellt, außer, dass ich, zum Glück, meinen Selbstmordversuch vergeigt habe. Und«, fügte er betreten hinzu, »dass ich Sie beide angeschwindelt habe. Wenn ich wegen dieser Sache Schwierigkeiten bekommen sollte, werde ich es durchstehen. Es ist vermutlich im Vergleich zu dem, was ich in den letzten Monaten durchgestanden habe, nicht so dramatisch, was deshalb auf mich zukommen wird.«

»Nein, das ist es sicher nicht«, stimmte Lenz zu. »Und für uns ist es viel bedeutender, dass Sie gern und überzeugt weiterleben möchten.«

»Ja, das möchte ich wirklich.«

Auch die Polizisten standen nun auf.

»Dann lassen Sie uns mal losfahren«, meinte Hain und steuerte auf die Küchentür zu, als aus dem Flur Geräusche erklangen. Jemand steckte einen Schlüssel ins Schloss, drehte ihn um und öffnete die Haustür. Lenz und Hain sahen sich fragend an, doch Bernd Ahrens ergriff sofort die Initiative.

»Das ist vermutlich Konrad. Geben Sie mir bitte ein paar Minuten mit ihm, damit ich auch das hinter mich bringen kann.«

Die Polizisten nickten.

»Hallo, Konrad«, hörten sie ein paar Augenblicke, nachdem er um die Ecke getreten war, den Witwer sagen, doch sein Tonfall klang dabei merkwürdig verändert. »Meine Güte, was ist denn mit dir passiert?«

Die Antwort bestand aus einem undeutlichen Genuschel, das in der Küche nicht zu verstehen war.

»Bist du in einen Unfall verwickelt gewesen?«

Wieder leises Genuschel.

Im nächsten Augenblick zuckten die Polizisten zusammen, weil ein markerschütternder Schrei, offenbar ausgestoßen von Margarethe Zimmermann, durch das Haus gellte.

»Konrad! Himmel!«

Der junge Oberkommissar blickte seinen Boss an, der mit den Schultern zuckte.

»Was sollen wir jetzt machen?«

»Keine Ahnung. Geh rüber und sieh nach, was los ist.«

»Sei froh, dass du auf Krücken unterwegs bist«, murmelte Hain, verließ die Küche und trat in den Flur. Was er zu sehen bekam, hätte ihm in einer anderen Situation vielleicht ein verschämtes Grinsen abgenötigt, doch an diesem Tag und in dieser Minute blieb ihm jegliches Lachen im Hals stecken. In der noch offenen Haustür, eingerahmt von Margarethe Zimmermann und Bernd Ahrens, stand ein Mann, dessen Gesicht kaum zu erkennen war und dessen sonstiges Aussehen mit ›abgerissen‹ überaus wohlwollend umschrieben gewesen wäre. Seine Hosenbeine waren mit Grasflecken übersät, das Sakko an mehreren Stellen zerrissen und einer der Ärmel war nur noch durch ein paar Fäden mit dem Rest des Kleidungsstücks verbunden. Wichtiger als all diese Merkmale allerdings war für den Kripomann, dass Zimmermanns Nase ganz offensichtlich in den letzten Stunden einen bösen Treffer abbekommen hatte. Hain zog mit einer schnellen Bewegung seine Dienstwaffe aus dem Holster und richtete sie auf den Pastor.

»Nehmen Sie die Hände hoch, Herr Zimmermann!«, forderte er den Mann in der Tür so sachlich wie möglich auf.

Margarethe Zimmermann riss die Augen auf und starrte für ein paar Sekundenbruchteile auf die Pistole, die ihren Mann bedrohte.

»Hilfe!«, schrie sie dann auf. »Hilfe, er will meinen Mann erschießen.«

Damit warf sie sich mit ihrem nicht unerheblichen Gewicht nach vorn, versetzte dem Arm des Polizisten einen Stoß, drehte den Körper nach rechts, fletschte die Zähne und biss Hain mit voller Kraft in den rechten Unterarm. Im gleichen Augenblick, in dem die Frau Blut in ihrem Mund schmeckte, brüllte der Oberkommissar gequält auf, öffnete die Hand und ließ die Waffe fallen.

»Sind Sie völlig meschugge?«, schrie er die Frau an, deren Zähne noch immer in sein Fleisch verbissen waren und die keine Anstalten machte, sich von ihm lösen zu wollen. Er zerrte an ihren Haaren, riss sie am Ohr, doch es nützte nichts. Sie lockerte den Druck ihrer Kaumuskeln kein Jota. Das änderte sich erst, als eine donnernde Stimme aus dem Hintergrund sich einschaltete.

»Aufhören!«

Sofort lockerte sich der Biss, und sie hob den Kopf. Auch Hain blickte nach links, wo Konrad Zimmermann an der gleichen Stelle stand wie zuvor. Die einzige sichtbare Veränderung betraf die Pistole, die er nun in der Hand hielt.

»Aber Konrad ...«, flüsterte Bernd Ahrens, und in seiner Stimme lag etwas zutiefst Beunruhigtes.

»Halt deinen Mund!«, fauchte Zimmermann ihn leise,

aber mit sehr viel Nachdruck an. »Und du, Greta, erklärst mir, was hier los ist. Aber erst hebst du die Pistole auf.«

Die Frau tat, was er von ihr verlangte.

»Er ist von der Polizei und wegen Bernd hier. Und ich verstehe überhaupt nicht, warum er mit seiner Waffe auf dich gezielt hat.«

Hain, der sich seinen blutenden und pochenden Arm hielt, fixierte Zimmermann.

»Los, sagen Sie es Ihrer Frau. Erklären Sie ihr, was Sie für einen Privatkrieg geführt haben.«

»Halten Sie den Mund. Gar nichts werde ich erzählen.«

»Auch gut«, schob der Polizist hinterher. »Spätestens vor Gericht werden Sie vermutlich Ihre Meinung ändern müssen.«

Der Mann in der Tür hob den Lauf der Waffe in seiner Hand um ein paar Millimeter an, sodass er direkt auf Hains Gesicht zielte.

»Seien Sie still!«

»Was hast du getan, Konrad?«, wollte nun Bernd Ahrens wissen. »Was hast du Schlimmes getan, dass dieser Polizist seine Waffe auf dich gerichtet hat?«

»Was ich getan habe?«, schrie Zimmermann ihn an. »Ich habe dafür gesorgt, dass deine Frau und dein Kind das Paradies betreten können. Dass es ihnen dort, wo sie sind, gut geht.«

»Ich verstehe nicht ganz.«

»Das musst du nicht. Hauptsache, ich weiß, was ich tue.«

»Er hat mehrere Menschen getötet«, erklärte Hain dem Witwer. »Menschen aus dem Umfeld von Maik Wesseling. Völlig unbeteiligte Menschen.«

Ahrens schluckte.

»Wesseling? Der Mann, der …«

»Genau der, ja.«

»Aber …«

»Was, aber? Ein Auge für ein Auge, einen Zahn für einen Zahn. Das hat der Herr uns vorgegeben und ich sehe darin nichts Schlechtes. Dieser Mann hat dir deine Familie genommen, Bernd!«

»Und wenn? Berechtigt dich das dazu, Rache zu üben?«

»Es berechtigt den Herrn, Rache zu üben, und ich bin sein Werkzeug gewesen.«

Bernd Ahrens trat einen Schritt nach vorn, doch Zimmermann scheuchte ihn zurück.

»Bleib, wo du bist!«

»Und wenn nicht? Willst du mich dann auch erschießen?«

»Zweifle besser nicht daran, dass ich dazu fähig wäre, du undankbarer Lump.«

»Und dann? Erschießt du den Polizisten hier und danach seinen Kollegen, der in der Küche sitzt?«

Einen Moment lang zeichnete sich in Zimmermanns Mimik Unsicherheit ab.

»Du bluffst.«

»Nein, das macht er nicht«, korrigierte ihn Lenz, der an der Ecke auftauchte.

»Hände hoch!«, brüllte der Gottesmann ihn an.

»Den Gefallen würde ich Ihnen gern tun, aber dann falle ich vermutlich einfach um. Ich bin im Augenblick leider auf die Krücken angewiesen.«

»Dann rücken Sie Ihre Pistole heraus, aber dalli.«

»Auch diesem Wunsch würde ich gern nachkommen, aber ich habe keine Waffe dabei.«

Während der Hauptkommissar das sagte, zog er umständlich die Seitenteile seines Sakkos auseinander, sodass sein Gegenüber sehen konnte, dass er wirklich unbewaffnet war.

»Und jetzt«, fuhr er ruhig fort, »sollten wir alle besonnen und überlegt handeln. Es wäre keinem der Anwesenden gedient, wenn es weitere Opfer zu beklagen gäbe.«

Ahrens, dessen Blick zwischen Lenz und Zimmermann während deren Konversation hin und her geflogen war, schien sich aus diesem Vorschlag nicht viel zu machen.

»Du hast getötet, Konrad!«, schrie er. »Du hast Menschen umgebracht, weil du Gott spielen wolltest. Du verdammter Bastard hast mir die Hölle heißgemacht, weil ich laut darüber nachgedacht habe, mir das Leben zu nehmen, und tötest gleichzeitig Unschuldige. Was bildest du dir nur ein?«

»Was ich mir einbilde? Was ich mir einbilde? Was bildest du dir ein, so mit mir zu reden?«

»Ist das wahr, Konrad?«, mischte Margarethe Zimmermann sich ein. »Hast du wirklich jemanden getötet?«

Er nickte.

»Ja, das habe ich getan. Aber es geschah im Auftrag unseres Herrn. Der Herr hat mir dabei die Hand geführt.«

»Was für einen Unsinn du erzählst, Konrad«, widersprach Ahrens. »Und wie leicht du es dir damit machst.«

»Halt deinen Mund, Bernd. Ich warne dich und ich sage es nicht noch einmal.«

Ahrens lachte laut auf und trat wieder einen Schritt nach vorn.

»Bleib!«

»Du willst mir Angst machen? Du mir?«

Die Waffe fuhr herum und wies damit direkt auf Ahrens' Kopf.

»Ich werde nicht zögern, dich zu erschießen. Es ist gar nicht schwer, einen Menschen zu töten, glaub mir.«

»Dann musst du es jetzt bewei…«

Alle, die im Flur standen, zuckten zusammen, als der Schuss krachte. Bernd Ahrens' Kopf wurde nach hinten geschleudert, riss den Rest des Körpers mit sich, der eine seltsame Drehung ausführte und auf dem Boden aufschlug. Sofort bildete sich eine Lache dunkelroten Blutes neben dem aufgeplatzten Kopf des Mannes. Hain reagierte schnell, aber nicht schnell genug. Zwar gelang es ihm, mit einer hastigen Bewegung Margarethe Zimmermann seine Dienstwaffe wieder zu entreißen, doch noch bevor er sie richtig in der Hand hatte, hörte er Konrad Zimmermanns schneidende Stimme.

»Sie wollen der Nächste sein? Nur zu, ich habe nichts mehr zu verlieren.«

Der Polizist ließ den Arm sinken und die Waffe auf den Boden fallen, während Zimmermann die Tür in seinem Rücken zuwarf.

»Das war Gottes Wille«, flüsterte Margarethe Zimmermann mit Blick auf Bernd Ahrens. »Es war Gottes Wille und seine Strafe dafür, dass Bernd ihn verspottet und sich von ihm abgewendet hat.«

31

Lenz hatte das Gefühl, dass seit Zimmermanns Schuss eine kleine Ewigkeit vergangen sein musste, doch es waren gerade einmal ein paar Sekunden. Der Pastor stand noch immer in der gleichen Haltung wie zuvor da, die Pistole in seiner Hand rauchte noch. Bernd Ahrens hatte nach seinem Aufschlag auf dem Boden noch ein paarmal verhalten gezuckt, doch nun lag er regungslos da. Es war offensichtlich, dass ihm nicht mehr zu helfen war.

»Greta«, wandte Zimmermann sich an seine Frau, ohne sie anzusehen, »du musst mir jetzt helfen. Mach die Kellertür auf, damit wir die beiden dort unten einsperren können.«

Die Frau nickte und kam seiner Aufforderung ohne zu zögern nach.

»Herr Zimmermann, was Sie jetzt machen, verschlimmert nur Ihre Lage«, redete Lenz leise auf den Mann ein. »Übergeben Sie meinem Kollegen Ihre Waffe und lassen Sie uns die Sache beenden.«

Hinter dem Hauptkommissar ertönte das Knarren der Kellertür.

»Ich bin so weit, Konrad.«

»Los!«, wies er die Polizisten an. »Und du, Greta, tritt zurück.«

Lenz drehte sich um und sah die Frau an.

»Frau Zimmermann, ich bitte Sie. Ihr Mann hat keine Chance, aus dieser Sache heil herauszukommen, und wenn es schlecht läuft, leiden weitere Unschuldige. Deshalb ...«

»Halten Sie den Mund!«, keifte sie ihn an. »Wir wissen

nicht, was der Herr uns vorgibt und welchen Weg er für uns vorgesehen hat. Mein Mann hat das Richtige getan, davon bin ich fest überzeugt, weil er es im Namen Gottes tat.«

Der Polizist hätte ihr für diesen Unsinn am liebsten eine seiner Krücken über den Schädel gezogen, zog es jedoch vor, ruhig zu bleiben.

»Wo wollen Sie jetzt hin, Herr Zimmermann?«, fragte Hain. »Wollen Sie noch weitere Unschuldige in die Sache hineinziehen?«

»Es sind keine Unschuldigen gestorben. Alle, die mit diesem unsäglichen Wesseling in Beziehung stehen, sind schuldig. Und jetzt Schluss mit dieser Diskussion und ab in den Keller.«

Hain überlegte einen Moment lang, ob er einen Überraschungsangriff wagen könnte, entschied sich aber dagegen. Die Distanz zu dem Mann mit der Waffe in der Hand war dafür eindeutig zu groß, und er sorgte auch mit einigem Geschick dafür, dass sie nicht kleiner wurde. Deshalb drehte der junge Polizist sich langsam um, machte einen größeren Schritt, um nicht in die sich noch immer vergrößernde Blutlache neben Ahrens' Leiche zu treten, und ging auf die offenstehende Tür mit der Milchglasscheibe im oberen Teil zu, neben der sich in etwa zwei Metern Entfernung Margarethe Zimmermann postiert hatte.

»Keine krummen Touren, sonst erschieße ich Ihren Kollegen«, warnte Zimmermann überflüssigerweise.

Aus dem Keller wehte ihnen ein muffiger Geruch entgegen, als die Kripobeamten die ersten drei, vier Stufen hinabgestiegen waren. Lenz tat sich sichtbar schwer, die steile, nur von einer matten Funzel beleuchtete Stiege unfallfrei hinter sich zu bringen und bewegte sich mit äußerster Vorsicht. Als sie etwa die Hälfte der Stufen geschafft hatten, wurde oben die Tür ins Schloss geworfen und gleich danach der Schlüssel zweimal umgedreht. Hain wandte sich um, warf Lenz einen kurzen Blick zu und hatte keine Sekunde später das untere Ende der Treppe erreicht. Dort bog er nach links ab, weil aus dieser Richtung etwas Licht den dunklen Keller erhellte.

Lenz dagegen war wieder auf dem Weg nach oben. Vorsichtig und leise setzte er die Gummipuffer auf jeder Treppenstufe auf und schob sich dann aufwärts. An der Tür angekommen, duckte er sich, damit sein Kopf nicht durch die Scheibe auf der anderen Seite sichtbar wurde, und legte ein Ohr gegen das kühle Holz.

»Wir werden uns wiedersehen, Konrad«, hörte er sehr gedämpft. »Wir werden uns im Paradies wiedersehen, das weiß ich. Der Herr wird dich nicht verurteilen für das, was du getan hast.«

»Da können wir ganz sicher sein, Greta.«

Es gab eine kurze Stille, dann ein Geräusch, das entfernt an einen Kuss erinnerte, gefolgt von einem lauten Schluchzen.

»Du musst jetzt stark sein. Der Herr wird dir beistehen, vertrau auf ihn.«

Erneut ein lautes Schluchzen.

»Das werde ich. Und jetzt geh. Bitte.«

Wieder eine Phase der Stille, dann das Schlagen einer Tür, gefolgt von einem durch und durch gehenden Wimmern.

»Da unten ist alles verrammelt und verriegelt«, schnaufte Hain, der neben seinem Boss aufgetaucht war.

»Er hat vermutlich gerade die Biege gemacht, aber sie ist noch da«, flüsterte Lenz.

»Und da bist du sicher?«

»Was ist schon wirklich sicher?«

Der Oberkommissar drückte mit beiden Handflächen so lautlos wie möglich gegen das Türblatt, um die Dicke abschätzen zu können. Dann schob er Lenz zur Seite und versuchte, im fahlen Schein der Treppenlampe die Beschaffenheit des Schlosses zu erkennen.

»Ein Schubs, und das Ding ist offen«, fasste er zusammen. »Aber es wäre blöd, wenn dieser Irre noch auf der anderen Seite stehen und uns abknallen würde.«

»Tja, das Risiko müssen wir eingehen.«

Hain warf seinem Chef und dessen Krücken einen abschätzenden Blick zu.

»Das würde ich auch sagen, wenn ich mich an zwei so Dingern festhalten könnte«, brummte er, ging vier Stufen nach unten, holte tief Luft und schnellte vorwärts.

Seine Voraussage, die Widerstandskraft der alten Tür betreffend, war zwar nicht schlecht gewesen, allerdings auch nicht zu 100 Prozent richtig. Entgegen seiner Erwartung hielt die Schlossseite seiner massiven Gewalteinwirkung relativ gelassen stand, während die Scharniere mit lautem Scheppern aus ihren Befestigungen flogen. Weil sich die für ihn falsche Seite löste, und er deshalb im Flug eine völlig verdrehte Haltung einnahm, schlug der Polizist flach mit dem Rücken auf dem Boden auf, was ihm augenblicklich die Atemluft raubte.

»Aaaahhhh!«, stöhnte er, riss jedoch trotzdem die Augen auf und blickte sich um. Was er dabei zu sehen bekam, versetzte ihm den nächsten Schock.

Margarethe Zimmermann stand etwa einen Meter hinter dem Leichnam von Bernd Ahrens, mit dem Rücken zur Haustür. In der wie Espenlaub zitternden rechten Hand hielt sie Hains Dienstwaffe.

»Liegenbleiben! Keine Bewegung!«

Der Kripobeamte senkte den Blick, schloss die Augen und bemerkte eine Welle des Zorns durch seinen Körper schießen, derweil vor dem Haus synchron dazu eine Autotür zugeschlagen wurde. Im exakt gleichen Moment schwirrte etwas an seinem linken Ohr vorbei, was ihn unwillkürlich den Kopf einziehen ließ. Das undefinierbare Flugobjekt schlug mit einem lauten Krachen etwa einen Viertelmeter neben der Frau ein, die sich ebenfalls mächtig erschreckte und dabei ihren gesamten Körper ein wenig nach links drehte. Diese Situation nutzte Hain, um sich aufzurichten, nach vorn zu schnellen und direkt neben ihr zum Stehen zu kommen. Mit einem blitzartigen Griff hatte er Margarethe Zimmermann seine Pistole entrissen und starrte ihr wutentbrannt ins Gesicht. Seine voreilige Hoffnung, dass ihr Vorrat an Widerstand damit erschöpft sein könnte, wurde schlagartig ad absurdum geführt, denn sie riss die Augen weit auf, hob die Arme und wollte nach seinem Hals greifen. So weit kam es jedoch nicht, denn der Kommissar holte aus und schlug ihr mit der linken Handkante gegen die rechte Kopfseite. Damit war der ungleiche Kampf abrupt beendet. Nach einem erstaunten Knurrlaut und einem ebensolchen Verdrehen der Augen knickten Frau Zimmermann nämlich einfach die Beine weg und sie fiel zu Boden. »Ob das jetzt Gottes Wille war, weiß ich nicht«, brummte Hain. »Aber es war ganz sicher meiner.«

»Kann ich meine Krücke zurückkriegen?«, hörte er seinen Boss aus dem Hintergrund fragen.

Ohne eine Antwort zu geben, hob er die Gehhilfe auf, warf sie Lenz vor die Füße und stürmte wortlos aus dem Haus.

Der Hauptkommissar ergriff die Krücke, umkurvte die

Leiche, die Blutlache und die Frau und quälte sich ebenfalls aus der Tür. Dort sah er seinen Kollegen gerade in dessen Wagen springen.

»Ich komme mit, Thilo!«

Dieser Wunsch schien dem jungen Oberkommissar ganz und gar nicht zu behagen, was sich eindeutig an seinem Gesichtsausdruck ablesen ließ, doch er stoppte neben seinem Kollegen und stieß die Beifahrertür auf.

»Warum bist du nicht im Haus geblieben und hast dich um die Scheiße dort drinnen gekümmert?«, wollte er wissen, als beide saßen und er dabei war, den Wagen zu wenden.

»Das können die Kollegen machen, die ich jetzt anrufe. Wir haben es gemeinsam angefangen und wir bringen es auch gemeinsam zu Ende.«

»Hoffentlich ist das eine gute Idee.«

Während Hain nun mit quietschenden Reifen auf die Ihringshäuser Straße zu beschleunigte, griff Lenz zu seinem Telefon und beorderte ein paar Streifenwagen sowie die Kollegen des Kriminaldauerdienstes zum Haus der Zimmermanns.

»Was für einen Wagen benutzt der Mistkerl?«, wollte er wissen.

»Einen dunklen BMW-Kombi. Es ist vermutlich derselbe, mit dem er Viola entführt hatte.«

»Kennzeichen?«

»Hat er bestimmt eins dran, aber die Daten kann ich dir leider nicht sagen.«

»Ich dachte …«, gab der Hauptkommissar zurück und löste auch noch eine Großfahndung nach dem BMW aus.

»Da vorn, das könnte er sein!«, schrie Hain und versuchte, das ohnehin bis zum Teppich durchgetretene Gaspedal noch weiter nach unten zu pressen. Zu seinem großen Glück befanden sich nicht viele Autos auf der stadteinwärts führenden Straße. Trotzdem wechselte er auf die in der Mitte zwischen den vier Fahrspuren verlaufende Straßenbahntrasse, schaltete einen Gang hoch und fing wild an zu hupen, bevor er, kurz vom Gas gehend, über die Kreuzung an der Weserspitze raste. Der Abstand zu dem Münchner Kombi, in dem er Zimmermann vermutete, verringerte sich schlagartig, weil der hinter zwei nebeneinander dahingleitenden Cabrios feststeckte. Dann scherte auch der BMW nach links aus und benutzte die Straßenbahntrasse, um schneller vorwärtszukommen.

»Bingo, das ist er. Kannst du die Nummer erkennen?«

»Ja«, erwiderte Lenz und rief die Kennzeichendaten ins Telefon.

»Wenn der in diesem Tempo über die Kreuzung am Katzensprung brettert, gibt es die nächsten Toten«, mutmaßte der Oberkommissar, doch die für sie maßgebliche Ampel sprang früh genug auf Grün. Allerdings tauchte ein ebenso großes Problem in Form einer der hellblau lackierten Straßenbahnen der Stadt Kassel auf, die an der direkt hinter der Straßenkreuzung liegenden Haltestelle stand.

»Ach du Scheiße!«, murmelte Lenz, doch nun riss der Mann im Wagen vor ihnen das Steuer nach rechts und zog wieder auf die Straße.

»Pass auf, das Kind!«, warnte der Leiter der Mordkommission seinen Kollegen mit einem lauten Aufschrei. Hain, der das etwa zwölfjährige Mädchen erst auf den Zuruf hin wahrgenommen hatte, trat mit voller Wucht auf das Bremspedal.

*

Konrad Zimmermann sah in den Rückspiegel seines betagten BMW-Kombi. Das ihn verfolgende Auto, das fast zu ihm aufgeschlossen hatte, musste nun wegen eines Kindes, das auf die Straße trat, stark abbremsen, weswegen sein eigener Vorsprung sich wieder deutlich vergrößerte.

Er hatte gezittert, als er in seinen Wagen gesprungen war. Zum ersten Mal seit ewig langer Zeit hatten seine Hände wieder gezittert. Es war ihm nicht schwergefallen, diese Nutte totzuschlagen oder diese beiden Homosexuellen. Es hatte ihm, im Gegenteil, sogar eine gewisse Genugtuung bereitet, denen die Schwänze abzuschneiden, obwohl sie zu diesem Zeitpunkt noch gar nicht tot waren. Wie sie gezuckt hatten dabei! Nach seiner Überzeugung konnte man das gern mit allen Schwulen dieser Welt so machen. Schwulsein bedeutete, in Todsünde zu leben; es bedeutete, sich gegen die Natur zu stellen. Früher hatte er noch propagiert, dass es eine Krankheit wäre, die heilbar sei, doch davon war er schon vor ein paar Jahren abgekommen. Seitdem wurde ihm nur noch übel bei dem Gedanken, dass ein Mann einen anderen Mann küsste. Oder am Ende das mit ihm machte, was dieser Stricher mit Oliver Heppner gemacht hatte …

Zimmermann wollte nicht mehr daran denken. Er wollte dieses Bild nicht mehr in seinem Kopf haben, wie der eine Mann mit seinem Mund im Schoß des anderen versunken war. Ekelhaft war das!

Als er die beiden umgebracht hatte, war er kalt und völlig abgebrüht an die Sache herangegangen. So kalt, dass es ihn selbst überraschte. Nun aber zitterten seine Hände so sehr, dass er kaum das Lenkrad festhalten konnte. Und das Zittern hatte mittlerweile auch die Beine und die Füße erreicht. Mit pochendem Herzen warf er erneut einen kurzen Blick in den Rückspiegel, konnte jedoch nichts davon erkennen, was sich hinter seinem Wagen abspielte.

Vermutlich bin ich so aufgeregt, weil sich der weitere Fortgang meines Lebens entscheidet? Vielleicht beruft mich der Herr bald zu sich, wer weiß das schon?

Sein Kopf bewegte sich ein paar Grad nach links, und für einen Augenblick kreuzte sein Blick den seines Sohnes, der auf der anderen Straßenseite neben seinem Fahrrad stand und völlig entgeistert den Weg des BMWs verfolgte.

Ich habe dir keine Schande gemacht, Gabriel. Denn ich habe im Namen des Herrn gehandelt. Er hat meine Taten autorisiert.

Gern hätte der Pastor der ›Bibeltreuen Gemeinschaft Kassel‹ seinem Sohn seine Beweggründe näher erklärt, doch dazu kam es nicht mehr, weil in diesem Moment direkt vor ihm ein Betonmischer auftauchte.

Um diese Uhrzeit braucht doch kein Mensch mehr Beton, schoss es Zimmermann durch den Kopf, als er den Fuß vom Gas nahm und stattdessen auf das Bremspedal presste. Unter den Kotflügeln des Kombis drang sofort blauer Qualm hervor, und im selben Moment realisierte Zimmermann, dass der Zusammenstoß mit dem schweren Fahrzeug nicht mehr zu verhindern sein würde.

Das also ist Gottes Plan mit mir? Dass ich unter einem Betonmischer zerschelle?

Er schluckte.

Das kann unmöglich sein! Nein, das will ich nicht!

Wille hin, Wunsch her, genau zwei Zehntelsekunden später krachte der BMW direkt zwischen die Achsen des Betonmischers, der durch den Aufprall etwa zwei Meter zur Seite versetzt wurde und dessen fast voller Tank wie eine reife Melone zerplatzte. Das Hinterteil des Kombis schoss etwa einen Meter in die Höhe, die zwischen den Rädern eingeklemmte Kühlerhaube wurde jedoch von dem noch immer rollenden Lastwagen zur Seite geworfen, was der Szenerie für ein paar Augenblicke eine fast künstlerische Anmutung verlieh. Dann aber wurde die gesamte Karosse in sich verdreht und das Heck zurück auf den Boden geschleudert, wo auch der Benzintank des PKWs zerschellte und seinen Inhalt großzügig über die Altmarktkreuzung verteilte. Den Rest übernahmen die Funken, die vom auf dem Straßenbelag schlitternden Metall des Chassis verursacht wurden. Zunächst erklang ein kurzes, leises ›Fupp‹, das von einem hässlichen Zischen abgelöst wurde, dem wiederum der eigentliche Zündvorgang folgte. Ein paar Hundertstelsekunden später verschwand die komplette Unfallstelle in einem gewaltigen Feuerball.

Konrad Zimmermann war zu diesem Zeitpunkt noch bei Bewusstsein. Er konnte alles um sich herum wahrnehmen, roch das Diesel, das Benzin, hörte jedes Geräusch, sah über sich den dunkelblauen Himmel, weil das Dach seines Wagens etwa 40 Zentimeter nach hinten verschoben war. Das Feuer roch er, bevor er es sehen und spüren konnte, doch als die Hitze zu ihm vorgedrungen war, ergriff das nackte, blanke Entsetzen Besitz von ihm.

Die Hölle! Ich werde in der Hölle schmoren! Mein Gott, warum tust du mir das an? Habe ich wirklich so sehr gefehlt, dass ich so grausam bestraft werden muss?

Vor seinem geistigen Auge tauchte der massige Körper von Erich Zeislinger auf, den er, wild keuchend, traktierte. Dann erlebte er noch einmal den Moment, in dem Stefanie Kratzer aufhörte zu atmen.

Sie hat es doch verdient!

Das Feuer war nun überall um ihn herum. Es fraß sich

durch seine Hose, ließ die Haare auf seinen Beinen zu Kringeln werden und es schmerzte. Es schmerzte so sehr, dass dem Pastor die Tränen kamen.

Sie hatten es alle verdient!

Das Letzte, was er wahrnahm, bevor er endgültig das Bewusstsein verlor, war eine Stimme. Eine bekannte, eine vertraute Stimme: »Papa!«, schrie sie laut und deutlich. »Papa!«

EPILOG

»Hier in der Zeitung steht, dass aus diesem Inferno nicht mal der Teufel persönlich hätte gerettet werden können«, erklärte Maria den am Tisch sitzenden Männern.

Lenz, Hain und Rolf-Werner Gecks nickten beklommen.

»Dem kann niemand widersprechen, der es gesehen hat«, stimmte Hain den Mutmaßungen der Lokalpostille zu. »Noch in 50 Metern Entfernung sind die Scheiben der umliegenden Häuser durch die Druckwelle der Explosion geplatzt.«

»Gut, dass es vorbei ist«, meinte Lenz, »und dass nicht noch mehr Menschen Opfer dieser verbohrten Auge-um-Auge-Zahn-um-Zahn-Ideologie wurden. Ich hätte mir zwar gewünscht, dass sein Sohn das alles nicht hätte mit ansehen müssen, aber das ist nun einmal leider nicht mehr zu ändern.«

Gecks nahm einen Schluck von seinem Bier, stellte das Glas zurück auf den Tisch und beobachtete eine Weile das Geschehen auf der Karlswiese, wo sich Massen von Documentabesuchern im Abendrot und bei wieder angenehmeren Temperaturen treiben ließen.

»Wir haben übrigens herausgefunden, wie es ihm gelungen ist, in die Wohnungen zu kommen.«

»Ach ja?«, erwiderte Lenz. »Lass hören.«

»Er war ja gelernter Schuhmacher, hat aber vor ungefähr zwölf Jahren seinen Job verloren. Danach arbeitete er eine Weile bei einem dieser kombinierten Schuh- und Schlüsselservicebetriebe, und bis zu seinem Engagement als Pastor knapp vier Jahre bei einem richtigen Schlüsseldienst.

Da war er unter anderem dafür zuständig, ausgesperrten Menschen wieder das Betreten ihrer vier Wände zu ermöglichen. Also wusste er genau, wie ein Sicherheitsschloss leise und ohne es zu zerstören zu öffnen ist.«

»Interessant«, bemerkte Lenz. »Weil das noch nicht geklärt war, hat doch das BKA immer noch eine Zwei-Täter-These favorisiert. Ist das damit vom Tisch?«

Gecks zog die Schultern hoch.

»Was weiß ich. Es wird immer noch so dargestellt, als ob der OB und die Frau ein Paar gewesen seien, also frag mich nicht, was die noch hinbiegen, um parteipolitisch alles korrekt aussehen zu lassen. Und, ganz ehrlich, es ist mir auch scheißegal.«

»Aber Zimmermann«, gab Lenz zu bedenken, »muss doch das komplette Umfeld von Wesseling über Monate ausgespäht haben. Sonst hätte er doch die ganzen Details, zum Beispiel über das Doppelleben von Olli Heppner, nicht wissen können.«

»Wie es aussieht, hat er das tatsächlich gemacht; vermutlich sogar in jeder freien Minute. Es haben sich nämlich schon mehrere Zeugen gemeldet, die ihn dabei beobachtet haben, es zu der Zeit allerdings nicht als besorgniserregend wahrnahmen.«

»Die beiden großen christlichen Religionen haben angeblich«, fasste Maria einen weiteren Artikel aus einer anderen Zeitung nachdenklich zusammen, »ziemlich aufgeschreckt reagiert auf die Geschichte und unisono betont, dass dieser Auswuchs einen absoluten Einzelfall darstellt.«

»Wir sollten es jetzt wirklich gut sein lassen«, warf Hain ein wenig ärgerlich dazwischen. »Ich dachte, wir wollten uns auf ein Bier treffen und dabei Documentabesucher anspannen.«

»Ja, die Documentabesucher. Wie es aussieht, könnte die Unfallstelle am Altmarkt die größte Attraktion der gesamten Ausstellung werden.«

»Nun mach aber mal einen Punkt, Paul«, protestierte Maria. »Die größte Attraktion, nach unserem Beitrag in der Galerie natürlich, seid ihr, Thilo und du, weil ihr den wirklichen Mörder dingfest gemacht habt.«

Die drei Kripobeamten sahen sich erheitert an.

»Was gibt's denn da zu lachen? Thilo hat keine dienstrechtlichen Konsequenzen mehr zu befürchten, und du hast ein deftiges Lob vom Innenminister des Landes Hessen bekommen.«

»Sie kennt einfach den Polizeiapparat nicht«, sinnierte Gecks süffisant in Richtung seiner Kollegen.

»Nein, den kennt sie wirklich nicht«, stimmte Hain spöttisch zu. »Und es wäre gut, Paul, wenn du ihr in einer stillen Stunde mal erklären würdest, dass man sich für so eine Belobigung rein gar nichts kaufen kann und dass die Helden von heute möglicherweise die Deppen von morgen sind.«

»Ihr seid Idioten!«, ranzte Maria sie an, doch in ihrer Stimme lag ein belustigter Unterton.

»Wie wäre es eigentlich für dich gewesen, wenn die Ausstellung, wie von einigen gefordert, abgebrochen worden wäre?«, wollte Hain von ihr wissen.

»Ich hätte es gut gefunden«, erwiderte sie. »In so einem Fall muss der Realität einfach der Vorzug vor der Vision, also dem virtuellen Leben, in das ich natürlich auch die Kunst mit einbeziehe, gegeben werden. Und diese Mordserie ist für mich nun einmal absolut real und brutal gewesen. Noch immer übrigens, obwohl Erich aus dem Gröbsten raus ist.«

»Kennst du Avery Brundage?«, fragte Lenz seine Frau nach einer Weile mit Unschuldsmiene.

»Nein, wer soll das sein?«

»Er war der IOC-Präsident, der nach dem Überfall des Palästinenserkommandos auf die israelischen Sportler bei der Olympiade 1972 in München die wegweisenden Worte dafür gefunden hat, dass die Spiele weitergehen konnten. Der dafür gesorgt hat, dass der Kommerz über die Pietät gesiegt hat.«

»Und was genau waren seine Worte?«

»The games must go on.«

ENDE

Matthias P. Gibert
Menschenopfer
978-3-8392-1237-0

»Wieder schafft es Matthias P. Gibert hochaktuelle Themen in einem authentischen Kriminalroman zu verpacken!«

Hideo Asami, Küchenhilfe in einem Sushi-Restaurant in Kassel, plagen Unwohlsein und Übelkeit. Als ihm die Haare büschelweise ausgehen, verschwindet er plötzlich spurlos. Wenige Tage später werden drei verkohlte Leichen in einer Laube entdeckt, Hauptkommissar Paul Lenz übernimmt die Ermittlungen. Ein weiterer Angestellter des Sushi-Restaurants leidet unter den gleichen Beschwerden wie sein Kollege, weigert sich jedoch zum Arzt zu gehen, da er sich illegal in Deutschland aufhält und nicht krankenversichert ist. Als auch er verschwindet, verschärft sich die Situation dramatisch ...

Wir machen's spannend

Matthias P. Gibert
Zeitbombe
978-3-8392-1202-8

»Ein topaktueller Krimi um brisante Themen: Sicherungsverwahrung, Justizfehler und das Leben in Freiheit nach Jahrzehnten hinter Gittern.«

Zwischen Kassel und Fulda überfährt ein ICE einen Mitarbeiter der Kripo Kassel. Der tragische Vorfall wird als Suizid zu den Akten gelegt. 14 Tage später der nächste Tote: Erneut ein Polizeibeamter, wieder von einem Zug getötet. Kommissar Paul Lenz beginnt an der Selbstmordvariante zu zweifeln. Bei seinen Ermittlungen stößt er auf einen mehr als 20 Jahre zurückliegenden Mordfall. Lenz gräbt trotz massiver Behinderungen aus den eigenen Reihen die alten Akten aus und stellt fest, dass die Sachlage damals nicht so eindeutig war, wie es die Beteiligten heute darstellen …

Wir machen's spannend

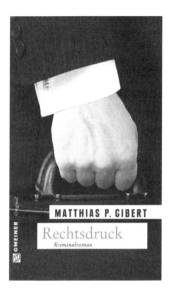

Matthias P. Gibert
Rechtsdruck
978-3-8392-1130-4

»Wieder verpackt Gibert ein aktuelles Thema in einer spannenden Krimihandlung. Erschreckend authentisch!«

Gerold Schmitt, ein arbeitsloser Autolackierer mit Kontakten zur rechten Szene, wird brutal zusammengeschlagen. Er überlebt nur knapp. Schmitt glaubt, dass es sich um den Racheakt einiger Türken handeln könnte, mit denen er Ärger hatte.

Wenig später werden in der Kasseler Nordstadt ein türkisches Ehepaar und ihr zwölfjähriger Sohn brutal ermordet. Die Ermittlungen konzentrieren sich auf den ältesten Sohn der Familie, da dieser kurz zuvor einen heftigen Streit mit dem Vater hatte. Doch bald kommen Hauptkommissar Paul Lenz ernsthafte Zweifel, ob er wirklich die richtige Spur verfolgt …

Wir machen's spannend

Matthias P. Gibert
Schmuddelkinder
978-3-8392-1084-0

»Ungemein tiefgründig, sensibel und topaktuell. Ein Highlight deutscher Krimiunterhaltung!«

Baunatal, Nordhessen. Der pensionierte Erzieher Dieter Bauer wird durch einen Schlag auf den siebten Halswirbel getötet. Am Abend des nächsten Tages wird Ruth Liebusch tot aufgefunden – ebenfalls eine ehemalige Erzieherin, ebenfalls getötet durch einen Schlag auf den siebten Halswirbel. Und es gibt noch eine Gemeinsamkeit zwischen den Opfern: Beide waren in den 70er Jahren im Karlshof tätig, einem berühmt-berüchtigten Jugendheim südlich von Kassel.

Kommissar Paul Lenz vermutet einen Serienkiller. Was ihn jedoch verwirrt: Die Morde haben beinahe zur gleichen Zeit, räumlich weit voneinander entfernt stattgefunden …

Wir machen's spannend

Matthias P. Gibert
Bullenhitze
978-3-8392-1037-6

»Flott und spannend erzählt.«
Hessische Niedersächsische Allgemeine

Günther Wohlrabe, Eigentümer des größten Bestattungsunternehmens in der Region, stirbt nach einem *Dinner in the Dark* qualvoll. Was zunächst nach einem natürlichen Tod aussieht, entpuppt sich schon bald als raffiniert ausgeführter Giftmord und ruft Hauptkommissar Paul Lenz auf den Plan. Als kurz darauf auch noch ein Kasseler Bauunternehmer ermordet wird und Lenz herausfindet, dass die beiden Toten am Bau von Deutschlands größtem Krematorium im nahe gelegenen Hofgeismar beteiligt waren, entwickelt sich der Fall für ihn zu einem wahren Höllentrip …

Matthias P. Gibert
Eiszeit
978-3-8392-1002-4

»Ein atmosphärisch dichter, in den Details von Verbrechen und Ermittlung abwechslungsreicher und packender Krimi.«
Radio Darmstadt

Sommer 2009. Salvatore Iannone, Besitzer eines Eiscafés in Kassel, fühlt sich von dem Immobilienspekulanten Jochen Mälzer bedroht und bittet die Polizei um Hilfe. Zwei Tage später werden Iannone und seine Frau tot aufgefunden.

War ihre Eisdiele den Plänen des Baulöwen im Weg, der dort ein großes Outlet-Center plant? Kommissar Lenz glaubt fest daran, doch Mälzer scheint nicht nur ein wasserdichtes Alibi zu haben, sondern auch Schutz von höchster Stelle zu genießen ...

Wir machen's spannend

Matthias P. Gibert
Zirkusluft
978-3-89977-810-6

»Mehr davon, möchte man nach 372 Seiten rufen.«
Oberhessische Presse

Kassel im Frühwinter 2008. Der Architekt Reinhold Fehling wird brutal ermordet. Keine 24 Stunden später gibt es eine weitere Leiche, Bülent Topuz, ein türkischstämmiger Student. In seiner Wohnung findet sich nicht nur ein Brief, in dem er die Verantwortung für den Mord an Fehling übernimmt, sondern auch die Tatwaffe. Doch Kommissar Lenz findet schnell heraus, dass Topuz nicht der Mörder gewesen sein kann …

Wir machen's spannend

Matthias P. Gibert
Kammerflimmern
978-3-89977-776-5

»Nach dem Krimi-Erstling ›Nervenflattern‹ ist Matthias P. Gibert mit ›Kammerflimmern‹ ein Buch gelungen, das man schon nach den ersten Seiten nicht mehr aus den Händen legen will.« *Hessischer Rundfunk*

Wolfgang Goldberg, Justiziar der Industrie- und Handelskammer Kassel, wird erhängt in einem Wald bei Kassel gefunden. In derselben Nacht brennt sein Haus ab. In das Blickfeld der Ermittler um Hauptkommissar Paul Lenz rückt ein ehemaliger Werkstattbesitzer, der Goldberg kurz zuvor bedroht und ihm vorgeworfen hat, schuld an seiner Pleite zu sein. Nun ist er spurlos verschwunden. Lenz spürt, dass der Mord nur die Spitze des Eisbergs ist. Er ist einem ausgewachsenen Skandal auf der Spur und seine Gegner scheinen übermächtig …

Wir machen's spannend

Matthias P. Gibert
Nervenflattern
978-3-89977-728-4

»Stringent in der Handlung, unprätentiös in der Sprache und sorgfältig recherchiert, ist Giberts Krimi-Erstling ein Buch, das man nur ungern aus der Hand legt.«
Oberhessische Presse

In Kassel geschehen kurz hintereinander zwei tragische Unfälle – jedenfalls scheint es zunächst so. Ein anonymer Brief an den Oberbürgermeister der Stadt lässt jedoch erhebliche Zweifel an der Zufälligkeit der Ereignisse aufkommen – und urplötzlich steckt Kommissar Paul Lenz mitten in einem brisanten Fall: Die Documenta, bedeutendste Ausstellung für zeitgenössische Kunst der Welt, wird durch einen Anschlag mit einem hochgiftigen Nervenkampfstoff bedroht ...

Wir machen's spannend

Unsere Lesermagazine
2 x jährlich das Neueste aus der Gmeiner-Bibliothek

Alle Lesermagazine erhalten Sie in Ihrer Buchhandlung oder unter www.gmeiner-verlag.de.

24 x 35 cm, 32 S., farbig; inkl. Büchermagazin »nicht nur« für Frauen

10 x 18 cm, 16 S., farbig

GmeinerNewsletter
Neues aus der Welt der Gmeiner-Romane

Haben Sie schon unsere GmeinerNewsletter abonniert?

Monatlich erhalten Sie per E-Mail aktuelle Informationen aus der Welt der Krimis, der historischen Romane und der Frauenromane: Buchtipps, Berichte über Autoren und ihre Arbeit, Veranstaltungshinweise, neue Literaturseiten im Internet und interessante Neuigkeiten.

Die Anmeldung zu den GmeinerNewslettern ist ganz einfach. Direkt auf der Homepage des Gmeiner-Verlags (www.gmeiner-verlag.de) finden Sie das entsprechende Anmeldeformular.

Ihre Meinung ist gefragt!
Mitmachen und gewinnen

Wir möchten Ihnen mit unseren Romanen immer beste Unterhaltung bieten. Sie können uns dabei unterstützen, indem Sie uns Ihre Meinung zu den Gmeiner-Romanen sagen! Senden Sie eine E-Mail an gewinnspiel@gmeiner-verlag.de und teilen Sie uns mit, welches Buch Sie gelesen haben und wie es Ihnen gefallen hat. Alle Einsendungen nehmen automatisch am großen Jahresgewinnspiel mit attraktiven Buchpreisen teil.

Wir machen's spannend